Lisa McInerney

Blutwunder

Roman

Aus dem Englischen von
Werner Löcher-Lawrence

liebeskind

Die Originalausgabe erschien 2017 unter dem Titel
»The Blood Miracles« bei John Murray, London.

Umschlagmotiv: Richard Nixon / Arcangel
Typografie und Satz: Frese Werkstatt, München
Herstellung und Umschlaggestaltung: Sieveking · Agentur, München
Druck und Bindung: Friedrich Pustet, Regensburg

ISBN 978-3-95438-110-4

Für Caroline

I

Wie so vieles, was Ryan verkackt, geht es mit Ecstasy los.

Und wie so oft bei Ecstasy tut es das in Rotterdam, wo Daniel Kane, der völlig frustriert ist, weil er sich seit Monaten von seinem Lieferanten verarscht fühlt, die Bekanntschaft einiger Jungs aus Neapel macht. Dan freundet sich mit ihnen an, soweit das mit solchen Jungs möglich ist, sie rauchen zusammen holländisches Gras und zerreißen sich das Maul über die Rotterdamer Spießer.

Die Sache nimmt Fahrt auf, als Ryan nach einer Woche Sommerurlaub in Neapel mit der profunden Beobachtung nach Hause kommt, dass die Pillen da echt besser sind, was er aus zwei durchgemachten Nächten mit null Kopfschmerzen schließt. Das setzt sich in Dans Hirn fest und entwickelt sich da zu so etwas wie einer Strategie. Als es Herbst wird, zieht er erste vertrauliche Erkundigungen ein. Als es Winter wird, organisiert er einen Besuch.

Ecstasy zu finden ist nicht einfach. Es gibt so viele MDMA-Imitate: PMA, NBOMe, MDE, alles Buchstabensuppen zweitklassiger Stimulanzien, in chinesischen Laboratorien entwickelt. Der Schwarzmarkt ist kein freier Markt. Die Konsumenten nehmen, was sie in die Finger kriegen, und Methylendioxymethamphetamin gibt es nun mal nicht immer. Das hängt von den Kapazitäten und Launen der Dealer ab, und denen kann man nicht wirklich trauen, denen geht's nur ums Geld. Bei der Befriedigung des Endverbrauchers geht es allein darum, wie viel er zu zahlen gewillt ist.

Aber Dan Kane denkt, da er nie derjenige sein wird, der die meisten Pillen importiert, muss er die besten haben. Die Gewinnmargen sind dann zwar nicht so großartig wie bei dem billigen Buchstabenschrott, aber bei Hochwertigem ist die Nachfrage hoch, und Dan pflegt den Ruf, mit feinen Pharmazeutika zu handeln. So macht es Sinn für ihn, von einem Produzenten zum andern zu wechseln, wenn der bessere Ware liefert. Sein Unternehmen ist klein genug, um mit solchen Wechseln umzugehen, sein Ehrgeiz groß genug, mit den Turbulenzen klarzukommen. Und Neapel, nun. Wie sich rausstellt, gibt's da bessere Pillen. *Ist das kein glücklicher Zufall?*, fragt er.

Weil, da ist natürlich die Sache mit Ryans Blut.

Anfang Dezember, etwa drei Monate vor Ryans Einundzwanzigstem, fünfeinhalb Jahre seit er mit seiner Freundin Karine zusammen ist, und sieben Jahre nachdem er Dan kennengelernt hat, stehen er und Dan in einem Gang im dritten Stock des Corker City-Hotels. Dan, der unterwegs noch ganz zapplig war, gibt sich kalt und klar, nur einmal sieht Ryan ihn auf dem Gang kurz zögern, und das ist, als er ausatmet und alle Luft aus sich rauspumpt, wie man es bei Langstreckenläufern manchmal sehen kann.

Dan neigt den Kopf leicht zur Seite, und daraufhin Ryan seinen auch. »Achte auf die Feinheiten«, sagt Dan, und Ryan nickt unmerklich, so wenig Platz ist zwischen ihnen. »Das ist kein Deal«, fährt Dan fort, »der sich in einfachem Englisch abwickeln lässt.«

Ryan weiß, dass es dafür zu spät ist, aber er sagt es trotzdem. »Du weißt, wenn du hier eine neue Route aufmachst, hast du es mit der Camorra zu tun. Das ist dir klar, oder?«

»Was macht das für einen Unterschied?«, fragt Dan. Was unterscheidet Banden von Clans und Syndikaten? Am Ende geht's immer ums Geschäft. Dan hat mit englischen Topleuten gearbeitet, mit Holländern, Russen. »Und wenn ich Russen managen kann, Ryan, dann auch Italiener.«

Ryan weiß, dass man die Camorra nicht managt. Er kann nicht sagen, woher er das weiß oder wann er es akzeptiert hat.

Er weiß es einfach, vielleicht durch die dahingemurmelten Flüche seiner Mutter. Oder weil er trotz allem vernünftig ist. Im Grunde.

Dan neigt den Kopf in die andere Richtung. »Sag, dass du okay bist.«

»Ich bin okay«, lügt Ryan.

Ryan sitzt mit einem einsamen Neapolitaner in einem Eckzimmer, und sie reden, während es in der Stadt unten dunkel wird. Das MDMA wird in Estland hergestellt, in Neapel in Pillenform gebracht und nach Cork geliefert werden, während sich Dans Geld in die Gegenrichtung bewegt. Im Hintergrund werden Buchhalter herumsurren und Illegales legal machen. Einzelheiten verschleiern, Bestechungsgelder zahlen und das Ganze in die richtigen Gewänder kleiden. Dan gibt Ryan die Fragen vor. Der Rest der Truppe, Shakespeare, Pender, Cooney und Feehily, fläzt sich auf Sesseln oder lehnt an der Wand. Der Neapolitaner ist unbeeindruckt.

Ecstasy, eine Probesendung von fünfzigtausend für fünfzigtausend, nur um die Route zu testen, alles im Voraus bezahlt, ein Fünfzigtausend-Euro-Risiko für einen brandneuen Lieferweg, und Ryans Bedenken kommen Monate zu spät.

Ich bin okay, sagt er sich, obwohl er es nicht ist. Er ist nervös und fühlt sich wie eingerostet. Seit dem Feiertagswochenende im Oktober hat er nichts mehr gemacht.

Der Neapolitaner will, dass er ihm was erklärt, und entweder ist es Ryans Aussprache, das verschluckte Ende eines Wortes oder dass er ins *Napulitano* rutscht. Die Augen des Italieners werden ganz groß. Der Ruf des Blutes: Seine Nasenlöcher blähen sich, sein Mund weitet sich. Er erkennt in Ryan einen seiner Art.

Ich bin okay, redet Ryan sich ein. *Das alles ist okay.*

Dan organisiert die vierzehn Tage nach dem Treffen aufs Sorgfältigste. Er schickt Shakespeare, eigentlich Shane O'Sullivan, seinen Vollstrecker und Berater, seine rechte Hand, um eventuelle Probleme mit seinem Mann vom Zoll zu besprechen. Er checkt eine alte Mietwohnung an der Watercourse Road als mögliche Basis für die erste Sendung: Sind die Wände feucht, zieht's da, was sind die Nachbarn für Leute? Er unternimmt zwei Probeläufe mit Cooney und Feehily und fabriziert gute Gründe, warum die beiden an den Tagen vor der Lieferung im Corker Hafen in Ringaskiddy sein müssen. Die Pillen sollen im letzten Container sein, der vor Weihnachten aus Salerno kommt, am 23. Dezember.

Dabei denkt er weit über das Best-Case-Szenario hinaus: Die Lieferung ist ein Erfolg, die Pillen werden gleich verkauft, und die Jungs in Neapel machen pro Pille einen guten Preis, sodass eine lange Zusammenarbeit gewährleistet ist. Halb Irland wird dabei sein wollen. In Uniform oder ohne, alle werden ihren Schnitt machen wollen. Damit umzugehen wird starke Nerven erfordern. Er muss sich seiner Fähigkeiten sicher sein, seiner Leute, und dass er zu dieser Stadt gehört. Am meisten sorgt er sich um Jimmy Phelan, den Raubritter, der oft nur mit seinen Initialen genannt wird, weil die Leute die Hosen voll haben. Der Kerl denkt, alles in Cork gehört automatisch ihm. Wenn Jimmy Phelan spitzkriegt, was da läuft, wird er mit Sicherheit versuchen, die Sache an sich zu reißen. Dan weiß, dass sich die Route bewährt haben muss, bevor es so weit kommt. Je länger er es schafft, dass Phelan nicht dahinterkommt, desto leichter wird mit seiner Großmannssucht umzugehen sein. Wenn das bedeutet, erst mal nur außerhalb der Stadt zu verkaufen, sei's drum.

Er erklärt Ryan diese Dinge wieder und wieder, in Ryans Wohnzimmer, frühnachmittags in der ersten Dezemberhälfte. Dan ist begeistert, Dan ist nervös, Dan ist entschlossen, optimistisch und verzweifelt.

Dan scheint enttäuscht, dass Ryans Ernennung zum Dolmetscher den Jungen nicht gleich aus seiner Depression geholt hat. Als hätte er erwartet, Ryan wäre nach dem Treffen mit dem Neapolitaner gleich wieder der Alte.

Am Ende der vierzehntägigen Vorbereitungen sagt er: »Es wird Zeit, dass du deinen Arsch wieder hochkriegst«, nicht ganz unfreundlich.

Es ist eigentlich nur Ryans neuartige Melancholie, über die Dan sich beschweren kann. Verdient hat Ryan auch so. Während seiner Wochen zu Hause hat ihm sein Bruder Cian Pommes und schlechte Nachrichten gebracht und war im Gegenzug mit Wegbeschreibungen versorgt worden – zu Kunden, Abholpunkten, Schuldnern, Handlangern. Die Dealer, die Ryan versorgt, sind nicht auf Grund gelaufen. Dan hat keinerlei Beschwerden gehört. Aber er braucht mehr von Ryan als nur den regelmäßigen Umsatz, mehr sogar als seine Italienischkenntnisse und sein neapolitanisches Blut. Dan Kane, ein disziplinierter Esser, der Gewichte hebt, liest und sich zusammensucht, was ihm am Buddhismus am besten gefällt, der an Ausgeglichenheit glaubt, herumvögelt und auf die Qualität seines Kokains stolz ist, dieser Dan Kane braucht einen Apostel. Er braucht eine wandelnde, redende Bestätigung, dass er auf der Höhe ist.

Daniel Kane hat eine Menge Energie in Ryan Cusacks Wohlbefinden investiert.

Einige Tage bevor die Pillen ankommen sollen, braucht Dan wieder Ryans Italienischkenntnisse.

Es ist später Samstagnachmittag, und Ryan ist zu Hause. Karine ist bei ihm. Wenn sie die Zeit erübrigen kann, neben ihrem Studium, kommt sie, um ihn an die verschiedenen Dinge zu erinnern, die zum Leben gehören. Du solltest was essen, reden, spazieren gehen, du solltest mit mir schlafen. Heute hat sie auch noch gesagt, dass er duschen soll. Ryans körperliche Ausstattung ist von der Art, dass er zur Eitelkeit neigt – *septisch* ist der alte Cork'sche Ausdruck, den er von seinem Dad zu hören kriegt. Aber seit jenem Feiertag vergisst er sich, um sich später, leicht überrascht, wieder zu erinnern. Sein Bart wächst schnell, wie sich herausstellt.

Dan schreibt:

DU MUSST FÜR MICH MIT JEMANDEM REDEN.
ALSO KOMM IN DIE GÄNGE, KLEINER MANN.

Die Nachricht kommt, als Ryan im Bad ist, und Karine liest sie. Als er zurückkommt, sitzt sie auf seinem Bett, ohne Stiefel, die Füße unter sich gezogen, hält sein Telefon in der Hand und starrt ins Nichts.

Sie sagt: »Dan will was von dir.«

Sie lässt ihn das Telefon nehmen. Er liest Dans Nachricht, die zu einem sehr ungünstigen Zeitpunkt kommt, schließlich weiß Karine nicht, dass Ryan mit neapolitanischen Exporteuren redet. Sie ist nicht darauf vorbereitet, dass Dan nach ihm verlangt. Ryan weiß, er sollte sich setzen, seine Gedanken sammeln, Dan anrufen und um eine Stunde Aufschub bitten. Er muss seiner Freundin seine Rückkehr aus dem Exil erläutern, die ihn immer noch dort wähnt. Er legt das Telefon auf den Tisch und nimmt sich eine dunkle Jeans, ein enges T-Shirt und Stiefel. Zum Ausgehen.

Es ist eine knifflige Unternehmung. Er ist ziemlich langsam, und sie beobachtet ihn, als würde sie einen Reha-Aufenthalt in Erwägung ziehen. Fährt mit den Händen über seinen Körper, zupft seine kurzen Locken zurecht, streicht ihm mit den Fingerspitzen über die Wange, legt die Handflächen links und rechts auf seine Brust.

»Merkst du nicht, was für ein wandelndes Desaster du bist?«, sagt sie.

Ein Desaster, durch Abstammung und eigenes Zutun. Ryan, der älteste Sohn von Tony Cusack und Maria Cattaneo, ist in Cork City geboren und aufgewachsen und spricht, mit leichtem Einschlag, fließend Italienisch, gebrochen Neapolitanisch und ein raues, schnelles irisches Englisch. Seine Augen sind schwarz wie Melasse, seine olivfarbene Haut ist atlantikgebleicht, wobei seine Nonna allem, von der Zugluft bis hin zum *malocchio*, mehr oder minder ernsthaft die Schuld für seine Blässe gibt. Ryan ist knapp unter eins achtzig und ein bisschen schmaler um die Brust, als er es sein sollte, doch das Leben im Exil macht Männer nun mal hager. Er betreibt das Geschäft junger, wilder Kerle überall auf der Welt, das Verschieben illegaler Rauschmittel aus seinen prekären Kreisen in die Hände, Münder und Nasen derer, die es besser wissen sollten. Gibt sich großkotzig, um den Umstand zu verbergen, dass er weder frei atmen noch gut schlafen kann. Macht sich Sorgen um seine Zukunft und fühlt sich manchmal furchtbar unzulänglich. Ryan hat nicht genug Übung, um immer ins Schwarze zu treffen.

Vor ihm sitzt seine Freundin, seit sechs Jahren ist sie das, so blond und hell wie er dunkel ist und blutleer. Sie zieht ihre Hände zurück, schiebt die Lippen vor und holt Luft.

»Du bist doch völlig neben der Spur«, sagt sie, »und wenn du jetzt da raus zu Dan gehst, haut's dich um.«

»Ich muss wieder an die Arbeit, Mädchen.«

»Warum musst du gerade jetzt wieder anfangen? Du hast seit sechs Wochen nichts gemacht, Ryan, und stell dir vor, er ist auch ohne dich klargekommen.«

Ryan kann sie keines Besseren belehren. Er war still die letzten sechs Wochen, meist zu Hause, und ihre Worte zeigen mal wieder, denkt er, wie unschuldig seine Freundin doch ist. Anzunehmen, dass er nicht gleichzeitig was am Laufen hatte. Karine ist sich nur in groben Zügen bewusst, was ihr Freund so treibt, wenn er nicht mit ihr zusammen ist. Dan kennt sie nur, weil Ryan schon länger mit ihm zusammen ist als mit ihr. Sie weiß, dass Ryan genug verkauft, um einen ordentlichen Schnitt zu machen. Was ihr seit einiger Zeit nicht mehr ganz recht ist. Es war okay für sie, solange die Alternative war, dass er hätte hungern müssen. Aber jetzt hat er Geld und einen bestimmten Ruf, und das passt ihr ganz und gar nicht.

Ryan sagt: »Zu Hause zu bleiben würde mir mehr schaden.«

»Wieso das?«

Sie sieht müde aus, denkt er, aber das ist der Prüfungsstress. Sie haben es beide nicht leicht, auf unterschiedliche Weise.

Er sagt: »Ich fühle mich besser. Die letzten paar Wochen … ich hab's gepackt, ich bin drüber weg.«

»Du bist drüber weg? Ryan, du hast versucht, dich umzubringen.«

»Hab ich nicht.«

»Du sagst, du bist raus aus dem Loch, ohne dich dem zu stellen, was dich da reingebracht hat.« Sie weicht zurück. »O Gott«, seufzt sie und blinzelt in Richtung Decke.

»Ich weiß, wonach es aussah.« Ryan will nach ihrer Hand greifen, doch sie hebt beide Hände und zieht einen Schmollmund. »Aber das war es nicht. Es ist schon schwer genug, ein paar Tage ohne dich auszukommen, Karine. Warum würde ich das in die Länge ziehen wollen?«

»Weil du dich schuldig fühlst. Weil du nicht klar denken konntest.«

Ryan reibt sich die Augen. »Ich mache es wieder gut«, sagt er.

»Okay. Ich musste dich vor einem frühen Tod retten, aber das machst du einfach wieder gut. Das gehört nun mal dazu, wenn man mit dir zusammen ist. Oh, mein Freund hat Tiefgang. So tief, dass er beinahe zwei Meter unter der Erde gelandet wäre.«

Sie hat allen Grund, frustriert zu sein. Im Oktober hat er es bei einer Feld-Wald-und-Wiesen-Sauferei komplett übertrieben: zu viele Drinks für seine Verfassung, die durch Zwickmühlen, gefühlte Ausweglosigkeit und Selbstmedikation geschwächt war. Dazu seine grundlegenden Ängste. Alle erzählen Ryan, dass er wie Tony aussieht, ihm wie aus dem Gesicht geschnitten ist, der wahre Sohn seines Vaters. Es musste ja so kommen, Tony würde sich in ihm durchsetzen, nicht nur äußerlich, sondern auch mit seiner Wut, seiner Weinerlichkeit, seinen Fäusten. Ryan hatte mit seiner Freundin gestritten. Sie hatte ihn unter Druck gesetzt und er die Faust gehoben. Hat sie nicht geschlagen, stand aber kurz davor. Hat sie gegen die Wand gedrückt und die Faust in den Putz gerammt.

»Was ist nur in dich gefahren?«, hatte sie geweint, und wenige Stunden später gaben die Ärzte aus der Notaufnahme Antwort. Kokain, sagten sie. Alkohol. Paracetamol.

Sechs Wochen Benommenheit waren die Folge. Ryan plagten verschüttete Erinnerungen und die Fassungslosigkeit darüber, so ausgerastet zu sein. Er ist ziemlich sicher, dass die Überdosis nicht gewollt war. Er weiß, wie lange es dauert, sich mit Paracetamol umzubringen, und es kommt ihm nicht in den Sinn, dass er es versucht haben könnte.

Ryan nimmt an, dass er nach einem weiteren Streit mit Karine einfach nur traurig und betrunken war, wobei er ihr nie die Schuld gegeben hat, selbst in den finstersten Momenten nicht. Karine hat nichts damit zu tun, dass er ihre gemeinsame, wunderschöne Geschichte auslöschen wollte und die tausend Dinge, die sie für ihn tut. Er ist es, er macht sie fertig, und sie sieht ihn an, den Tränen nahe und so verletzlich, und ihre Mittäterschaft macht sie wütend, und die Wut beschämt sie. Es gab Ärzte, die unheilvolle Worte wie »Episode« wiederholten und auf einen Psychiater, Psychologen oder was auch immer Bezug nahmen, was Karine, die angehende Krankenschwester, ernst nehmen musste. Sie wartete mit ihm in der Apotheke auf Medikamente, die er dann nicht genommen hat und nicht nehmen wird. Karine hat ihm ein Notizbuch gekauft und ihn angefleht, hineinzuschreiben, was er nicht ausdrücken kann. *Schreib auf, was du fühlst*, sagte sie. *Ich weiß nicht, schreib über Songs, die dir etwas bedeuten. Wenn du schon nicht mit mir redest, schreib mir. Schreib irgendwem*. Sie versucht ihn wieder zusammenzusetzen.

Ja, ich bin ein Desaster, möchte er ihr sagen, ich bin ein Desaster und wünsche mir, dass du mich wieder in Ordnung bringst. Ich will hier raus, ich will wiedergutmachen, was ich dir angetan habe. Am Fuße des Vesuvs will ich es begraben.

Doch stattdessen macht er einen Schritt auf sie zu und versucht, gesund und normal zu tun, er küsst sie nachdrücklich und versichert sich ihrer Kooperation. Sie legt ihm die Arme um den Hals.

Hitze, Haut, Schweiß. Sie schimpft sogar noch, als ihre Körper übereinandergleiten. Sie sagt, sie kann ihm nicht helfen, wenn er nicht mitmacht. Sie erinnert ihn daran, dass sie im nächsten Jahr ihren Abschluss macht. Ihre Wege könnten sich trennen. Sieht er das nicht? Himmlisch, im schwachen Schein der Bodenlampe neben seinem Bett sagt sie ihm, dass sie ihn liebt. Hinter ihren Schultern schimmern die Dinge, die sie auf seiner Kommode liegen hat. Eine Bürste, ein Deospray, Abschminkcreme, Watte. Zwei kleine Flakons Nagellack, pastellfarben. Und in einer der Schubladen gibt es noch mehr. Flauschige Strümpfe, T-Shirts, Tampons, ein Föhn. Alles andere gehört Ryan, Elektronik, ein digitales Klavier, schwarz, kantig, Männersachen, aber das Zimmer ist genauso ihres wie seins.

Zwischen tieferen, langsameren Atemzügen sagt er, dass er sie auch liebt. Mehr liebt.

»Wenn du mich liebst, hörst du auf. Und zwar sofort.«

»Womit?«

»Mit dem Dealen.«

Er drückt seinen Mund auf ihren Hals und schmeckt Salz.

Sein Telefon klingelt, als er an ihrer Schulter wieder zu Atem kommt und sie Kreise auf seinen Nacken zeichnet. Draußen ruft jemand: »Okay, Schatz!«, eine Autotür schlägt zu, ein Lieferwagen fährt vorbei, und hinten im Haus schaltet sich die Heizung mit einem Brummen ein. Ryan rollt zur Seite. Karine klammert sich an ihn.

»Antworte nicht«, sagt sie. »Hör einfach auf.«

Aber er muss antworten. Die Normalität verlangt es von ihm.

Mam,

vielleicht bin ich nicht verrückt. Vielleicht nicht selbstmordgefährdet. Vielleicht nur rastlos.

Ich mag ja zweitausend Kilometer weit weg sein, doch in mir fließt neapolitanisches Blut, und neapolitanisches Blut ist rastlos. San Gennaro wurde geköpft, doch sein Blut fließt noch immer. Neapel zapft regelmäßig ein paar Ampullen ab, doch es bildet sich immer neu. Mir ist klar geworden, dass neapolitanisches Blut keinen Körper braucht und ich mich nicht sorgen muss, ob ich lebe oder sterbe. Ich bin so rastlos wie unbesonnen, und dieses Blut wird mich umbringen, statt mich am Leben zu halten.

Habe ich dir je gesagt, was meine früheste Erinnerung ist? Ich vergrabe mein Gesicht in Dads Hals, weil ein blindes, steinfarbenes Monster auf uns losgeht.

Ich weiß nicht mehr, wie du es mir erklärt hast, aber mir war klar, dass ich einen Toten angeguckt hatte, und es brannte sich in mein Hirn, dass genau das passiert, wenn Leute sterben: Sie nehmen die Farbe von Stein an, und ihre Augen fallen raus. Du hättest nicht mit mir nach Pompeji fahren sollen, als ich noch nicht alt genug war, um Monster zu ertragen. Wobei ich mich heute frage, ob das der Plan war. Dachtest du, mit mir dorthin zu fahren, als ich noch klein und leicht zu erschrecken war, würde reichen? Dass ich wegbleiben würde, wenn ich Italien mit dem Tod in Verbindung brachte?

Die Vulkane. In Irland haben wir kaum etwas, was sich als Berg bezeichnen ließe, während in Neapel der Berg dich töten kann. Und Pompeji, das ist offensichtlich der Vesuv. Erst Jahre später habe ich erfahren, dass die Toten nur Gipsfiguren waren, doch das än-

derte nichts. Der Tod, der Tod war überall. Andenken an einen explosiven Berg.

Weißt du noch, die Frau, mit der du auf Hochzeiten gesungen hast? Stephanie? Einmal wart ihr in der Küche, und draußen hat's gegossen wie aus Kübeln, und sie sagte: Ich verstehe nicht, warum du hier lebst, Maria, wenn du auch in Italien sein könntest, wo es warm ist, und du sagtest: Meine Söhne in Neapel großziehen? Gott, ich bin doch nicht wahnsinnig. Ich habe Dad danach gefragt, was so mörderisch an Neapel wäre, abgesehen von dem Berg? Er sagte, da gebe es mehr Irre als sonst irgendwo. Das muss zur Zeit der Scampia-Geschichte gewesen sein. Zieh bloß nicht nach Neapel, die Stadt kann dich auf alle möglichen Arten umbringen.

Und da kamst du her, weshalb ich wusste, dass auch du sterben würdest.

Die Sache ist, nach deinem Tod wurde die Zahl unserer Besuche in Neapel von deiner Mam und deinem Dad und ihrem Bedürfnis bestimmt, uns in die Backen zu kneifen, was in deiner Fahnenflucht-Logik nicht vorgesehen war. Ich flog hin, wann immer sich die Möglichkeit bot. Im Sommer war ich das letzte Mal da gewesen. Ich bin dich besuchen gegangen, hab aber nichts gesagt, weil Karine dabei war. Wir hatten gerade eine Woche auf Ibiza verbracht und waren beide ziemlich hinüber. Vielleicht hast du mich also gar nicht bemerkt. Aber ich war da.

Karine war auch ganz ruhig, aber ich hab mir nicht viel dabei gedacht. Ich meine, sie spricht nur Englisch, warum sollte sie da nicht ruhig sein? Aber am zweiten Tag, da haben wir uns in der Stadt umgesehen und eine richtige Pizza gegessen, und sie meinte: Ryan, das ist so komisch.

Ich dachte, sie meinte das ganze Chaos. Sie kriegte den Mund nicht zu vor Staunen, als wär Neapel mein Zimmer, das ich vergessen hatte aufzuräumen, bevor sie zu Besuch kam. In einer engen Gasse, zwischen baufälligen Mauern voller Graffiti, sagte sie: Das ist so komisch, dass du redest und ich verstehe kein Wort davon.

Für sie war ich immer nur ein waschechter Junge aus Cork ge-

wesen, und jetzt war ich plötzlich auch ein Neapolitaner, der komisch daherredete und Jungs auf die Backen küsste. Diesen Teil von mir hatte sie bis dahin höchstens flüchtig zu sehen gekriegt, wenn ich telefoniert oder mir Fußballspiele gegen Napoli angeguckt hatte. Plötzlich musste sie akzeptieren, dass ich nie ein ganzer Mensch sein würde, immer nur eine Hälfte.

Es ist echt scheiße, sich irgendwo hingezogen zu fühlen, wo du nicht wirklich hingehörst. Ich glaube, du verstehst das, so ging's dir schließlich auch mit Cork. Dein Englisch hatte einen Corker Akzent, du hast irische Legenden gesammelt und uns irische Namen gegeben. Und ich: Ich schreie für Napoli, ich wedele mit den Armen, selbst wenn ich weiß, es kapiert keiner, und ich hab »Il Mattino« auf dem Telefon.

Siehst du, ich habe einen Riecher für Leichen und bebende Erde.

Deswegen ist mein Dad auch immer ausgetickt, wenn sie mich verhaftet haben. Deine Mam hat alles getan, um dich von dieser Scheiße wegzuhalten, und siehe da, du hast sie trotzdem gefunden.

Aber wo habe ich das rastlose Blut ursprünglich her, Mam?

2

Dan Kane sagt, dass ein Mann seines Glückes Schmied ist und das Schicksal grausam, wenn es nicht herausgefordert wird. Dass man sein Schicksal in der Hand hat. Und so ist es Ryans Überzeugung aus zweiter Hand, dass auch er weiß, was er tut, und nicht damit rechnen kann, dass irgendwer wegen ihm die Hände ringt. Dan hat viel für ihn getan.

Ryan hat ihn vor Jahren kennengelernt. St.-John's-Mitsommerfeuer, Ärger im Rauch, und Ryan nimmt die Beine in die Hand. Er weiß nicht mehr, was das ganze Trara sollte, aber Dan hielt mit einem schwarzen 5er neben ihm.

»Ärger, kleiner Mann?«

Ryan antwortete mit seinem gewohnten »Verpiss dich«, und Dan lachte.

»Der Zwergdealer«, sagte er. »Ich weiß alles über dich. Was ist los, kennst du die Quelle deiner Ware nicht?«

Das ist Dan, klar. Nicht unbedingt groß, aber ziemlich kräftig gebaut, was von seinen sorgfältig ausgesuchten Klamotten heruntergespielt wird. Grauäugig, die grau melierten Haare kurz geschnitten, er sieht aus, als könnte ihm der Stress nichts anhaben, in einer von gefährlichen Leuten beherrschten Stadt zu dealen. Das liegt mit an seinem meisterlich dosierten Drogenkonsum, um sich zu beruhigen oder zu pushen, je nach Bedarf. Er arbeitet mit medizinischer Präzision. Das Einzige an ihm, was nicht ins Bild passt, ist seine übergroße Unterlippe, die ihn wie einen schmollenden Boxer aussehen lässt, wenn er vergisst, sie gegen seine Zähne zu ziehen.

Damals kam er an die wunderbarsten Pillen und musste seinen Wohlstand teilen. Mit vierzehn suchte Ryan nach einem

Ort außerhalb von seinem Zuhause, wo er seine Ruhe hatte, außerdem war er es leid, nichts über das hinaus in der Tasche zu haben, was er von der Stütze seines Vaters abzweigen konnte. Einer Gruppe von leidenschaftlichen Stimmungs-Freaks Pillen zu verkaufen, schien da nicht wirklich jene gesellschaftszersetzende Unternehmung zu sein, die die *Six One News* immer wieder beklagten. Und so nahm Dan Kane ihn unter seine Fittiche.

Das allein schon war bemerkenswert, wie andere Dealer verschiedentlich bemerkten, weil Drogenhandel kein Lehrberuf ist. Warum Zeit und Energie dafür aufwenden, zukünftige Rivalen heranzuziehen? Wenn dich der kleine Ficker nicht verpfeift, legt er sich direkt mit dir an. Wer für den Job taugt, lernt die Regeln auch so. Da ist wenig Platz für geduldige Unterweisungen.

Bemerkenswert, beachtlich. Ryan hat durch seinen frühen Aufstieg Aufmerksamkeit auf sich gezogen. Von Bullen – warum sollte er denen nicht auffallen? –, die wissen, dass Jugendliche anfällig sind, die Ryan schon mal weggesperrt haben, die ihn auf der Straße anhalten und in aller Öffentlichkeit abtasten. Von anderen jungen Wilden, den Jungs, mit denen Ryan angefangen hat und die immer noch in dreckigen Wohnzimmern hocken, Taschenbillard spielen, Pillen und ein paar Gramm an Laufkundschaft verkaufen, während er die Leiter rauf ist, Leute unter sich hat und einen GTI fährt. Von Partnern, die weit älter sind und zusehen, wie Ryan aufrückt, die sich zurückgesetzt fühlen und murmeln, dass er, das Wunderkind, dazu ausersehen ist, sich für seinen Hüter eine Kugel einzufangen.

Und schlimmer noch. Von echten Profis, denen Dan nur hinterhertrabt. Ryans Aufstieg hat das Interesse der Mächtigen in seiner Stadt geweckt.

Dan will, dass Ryan ihn in einer von den vielen Wohnungen trifft, zu denen er Zugang hat, einer makellosen, unbewohnten Dreizimmerwohnung über einer Kneipe in der Innenstadt.

Ryan parkt am Kai und raucht fast einen ganzen Joint, während er durch die Oliver Plunkett Street geht. Ein schwarzer

Himmel bedeckt ein bernsteinbraunes Aufflammen nach dem anderen. Die Laternen leuchten, die Schaufenster leuchten, der Bürgersteig leuchtet. Cork City drängt die Nacht zurück, und seine Bewohner zittern und husten unter ihrem Baldachin. Ryan spürt den Gegensatz von Schutz und Ausgesetztsein, die vollen Straßen als Zuflucht vor dem sich drehenden All, und beides macht ihn nervös. Er weicht Spaßvögeln aus, die gegenseitig ihre Weihnachtspullover bewundern, dahintrödelnden Pärchen mittleren Alters und ausdruckslosen Frauen, deren Telefonbildschirme unter ihrem Kinn an- und ausgehen. Sein Atem geht bereits zu schnell.

Dan ist in Höchstform. Seine Aufgabe für Ryan ist einfach, unter anderem geht es darum, Gelder von einem Bankkonto auf ein anderes zu transferieren. Ryan nimmt die relevanten Daten von einer männlichen Stimme in Italien entgegen, samt der strikten Anweisungen zu ihrer Verwendung. Dann gibt ihm Dan ein nicht registriertes Telefon, damit Ryan das alles an eine weibliche Stimme in Irland weitergeben kann.

Erst denkt Ryan, er spricht mit Dans Freundin Gina, denn obwohl sich Dan gern mit jungen Mäusen umgibt und sie mit übertriebenen, in ganz Europa spielenden Geschichten beeindruckt, bis sie ihm erlauben, sich zwischen ihren Beinen zu entstressen, stellt er sie nicht an. Aber diese Frau ist nicht Gina, wie Ryan klar wird, als sie gelangweilt auf seine ruhige Stimme reagiert. Er ändert den Ton.

»Und, hast du's gecheckt?«

»Das ist doch nur eine IBAN«, sagt sie, und er kann hören, wie sie die Augen verdreht.

»Scheiße«, sagt Dan, was Ryan leicht nervt, »sie hat's kapiert, es reicht.«

Sie gehen nach unten in die Kneipe, und Dan bestellt Ryan ein Pint und einen Jameson in einer neu eingerichteten Nische mit LEDs und einer ganzen Wagenladung von kitschigem Zeug.

Ryan war die letzte Zeit trocken. Karine meinte, wer schwächelt, muss aufhören, alles noch schlimmer zu machen. Aber jetzt sieht er, dass er was trinken muss, wenn er wieder ins Rennen einsteigen will. Also wird er das Zeugs schlucken, auf dem Altar seine Brust entblößen und die Götter herausfordern. Er ist noch nicht versaut vom Alkohol, der seine Mutter und seinen Vater zu Monstern gemacht hat, und es kommt vor, dass er überlegt, ihm genau das zu verweigern. Aber nicht zu trinken heißt, zuzugeben, dass du kaputt bist. So weit ist er noch nicht. Und ganz sicher nicht vor Dan.

Nach zwei Pints und einem Jameson geht Ryan in den Biergarten, um eine zu rauchen und Karine anzurufen. Um sie zu beruhigen, denn wenn das heute sein erster offizieller Tag zurück im Geschäft ist, dann ist es gut gelaufen.

Sie kann die ausgelassene Stimmung um ihn herum hören. »Himmel, Ryan, bist du unterwegs?«

»Ich hab Feierabend«, sagt er. Er fühlt sich gut und möchte sie bei sich haben. Nichts würde die Rückkehr zur Normalität besser dokumentieren als das hier. Für gewöhnlich hat sie nichts gegen eine kleine Tour am Samstagabend. Er versucht sich zu erinnern, wie viele Prüfungen sie noch vor sich hat. »Ich bin mit Dan was trinken.«

»Und hast du es ihm gesagt?«

»Was gesagt?«

»Ryan, sei jetzt kein Arsch. Dass du mit ihm durch bist!«

»Nein«, sagt Ryan. Er reckt die Zigarette in Richtung Himmel und reibt sich mit dem Daumen über die Stirn.

»Du hörst also nicht auf.«

»Das ist es nicht … Er wird mich nicht einfach gehen lassen. So funktioniert das nicht.«

»Du willst also sagen, dass ich völlig naiv bin, weil, wenn du erst mal drinsteckst in dieser Scheiße, lassen sie dich nicht wieder raus. Und dass du ein hoffnungsloser Fall bist, Ryan, und ich Ruhe geben soll. Richtig?«

»So einfach ist es nicht«, sagt er. »Ich mache Geld für ihn, weißt du … So was lässt sich nicht über Nacht regeln.«

»Eine Menge Dinge lassen sich über Nacht regeln, Ryan.«

»Was soll das denn jetzt heißen?«

»Es gab da vor nicht so langer Zeit einen Abend, als ich dachte, wir würden uns bloß streiten, und plötzlich warst du ein völlig anderer.« Sie legt auf.

Er ruft wieder an, aber sie antwortet nicht. Er wartet, dass ihre Mailbox anspringt.

»Komm schon, Mädchen. Ich weiß, was dir Sorgen macht, und ich bring das in Ordnung. Ich muss nur erst diesen Scheiß hier erledigen. Du brauchst einfach etwas Geduld.«

Er sieht Dan aus der Hintertür des Pubs treten, und er sieht zufrieden aus.

Ryan sagt: »Warte auf mich, Karine. Bitte.«

Dan kommt näher, einen Jameson in jeder Hand.

»Wir haben noch so tolle Sachen vor uns. Und hinter uns«, sagt er und sieht sich nach den anderen Rauchern um. Sie stehen überall, mit Biergläsern in der Hand, in denen sich das Licht bricht und kleine Laternen aus ihnen macht. Hauptsächlich Frauen, vielleicht zwei Dutzend, mit bloßen Beinen, in hellen Kleidern, das Haar glatt und glänzend. Ryan fängt den Blick einer Brünetten mit Federwimpern und Kirschlippen auf. Sie lächelt, er sieht weg.

In der hintersten Ecke des Biergartens zieht Dan im Schutz seiner Armbeuge Lines auf den Tisch, zeigt darauf, und Ryan weiß, dass das jetzt eher ein Test ist als eine nette Aufmerksamkeit. Wenn er klarmachen will, dass mit ihm alles okay ist, dann erwartet Dan, dass er es zeigt und sich eine Line reinzieht. Er will es nicht. Er ist schon halb betrunken, was zusammen mit dem Koks Panik bedeuten kann: Auflösung, Kontrollverlust, Lungenkrämpfe, Tränen. Er fühlt sich in die Zange genommen und denkt an die Camorristi und die Besonderheiten der neapolitanischen Sprache.

Er schnupft die Line und konzentriert sich darauf, den Überblick zu behalten.

So tolle Sachen, führt Dan aus. Ihm geht es nicht nur ums Geld, sondern auch um einen Nebeneffekt, den es mit sich bringt: Er will sein eigener Herr sein und nicht, wie er bekräftigt, den örtlichen Räuberbaronen huldigen müssen. Er hat an Leute wie Jimmy Phelan lange genug Abgaben entrichtet, wobei das Einzige, was Phelan ihm tatsächlich voraushat, die zehn Jahre sind, die er früher dran war als Dan. Das Koks beflügelt ihn. Sein Blick bohrt sich in Ryan, während er seine Predigt vom Stapel lässt. Oh, sie werden erfolgreich sein, sie werden den Handel in der Stadt dominieren, und wenn auch nur die Allerbesten ihre Namen kennen, werden sie doch alle, alle ihre Ware wollen. Unternehmer, Theaterleute, nicht berufstätige Väter, Models. »Sieh dich um«, sagt Dan, »sieh dir die Leute an mit ihren Uniabschlüssen, ihren Karrieren, ihren Mitteln und Möglichkeiten und ihrer Hoffnung, dass keiner sieht, was mit ihnen nicht stimmt. Sie alle wollen es, und bald schon wollen sie es von uns. Guck dir die ganzen Schnepfen da drüben an. Die sind schon fast so weit.«

Dan hält kurz inne. »Dass ein Mann wie ich«, fährt er fort, »es so weit bringt, hat mit Eiern, Geduld und Wissen zu tun, dem verdammten *Wissen*, dass er es einmal schaffen würde. Und den richtigen Jungs um ihn herum«, fügt er großzügig hinzu. »Wie würdest du es machen, Ryan? Wie würdest du die richtigen Männer aussuchen, für die Jobs, die erledigt werden müssen?« Aber er will keine Antwort, Ryan hat schon frühere Versionen dieser Rede gehört. »Das hat mit Glück nichts zu tun«, fährt Dan fort. Er klopft mit den Fingern auf den Tisch, verzieht die Unterlippe und justiert den Blickwinkel über Ryans Schulter. »Es ist die Fähigkeit, die von dir gewünschten Eigenschaften in deinem Gegenüber zu erkennen, und dann imstande zu sein, sie zu formen. Ich täusche mich nie im Charakter von Leuten.«

Er legt die Hand links an Ryans Hals.

»Die ganze Zeit, die du gebraucht hast, um zurück in die Spur zu kommen, und ich habe nicht einen Moment an dir gezweifelt, Ryan.«

Dan zweifelt nicht an Ryan, weil er nicht weiß, dass der auch Jimmy Phelan schon den einen oder anderen Gefallen getan hat.

Sich daran zu erinnern ist ein zu großes Risiko für Ryan. Mal abgesehen von seiner unangenehmen Auszeit, oder dass er seiner Freundin gegenüber ausgerastet ist, könnten ihn die Schuldgefühle angesichts seines Verrats übermannen. Er denkt kurz an seinen Dad und ist damit bereits hart an der Grenze.

Dan drückt Ryans Hand auf. Er holt ein paar Pillen hervor, auf die ein gewundener Umriss geprägt ist, der an beiden Enden spitz zuläuft.

»Ein Phönix«, sagt er. »So was hast du noch nicht erlebt.«

Ryan schließt die Hand um die Pillen und formt eine Faust. Dan legt die Hand erneut an seinen Hals. Stirn an Stirn, Ryan schließt die Augen. Dan bewegt die Finger.

»Es ist verdammt gut, dich zurückzuhaben, kleiner Mann«, sagt er.

Cork ist eine kleine Stadt mit hundertzwanzigtausend Seelen. Ihre Bewohner leben eng an eng, und so ist es nichts Besonderes, dass Ryan Umständen entstammt, die er mit einigen üblen Typen gemeinsam hat, Typen, die weit Übleres angestellt haben, als er es sich je hat zuschulden kommen lassen. Es ist nichts Besonderes, dass Jimmy »J.P.« Phelan, der erfolgreichste unter allen Irrtümern der Stadt, zusammen mit Tony Cusack aufgewachsen ist und diese Verbindung Bestand hatte, bis Tonys Sohn alt genug war, um ihm, J.P., nützlich zu sein. Nichts Besonderes, dass Phelan versucht hat, Ryan auf seine Lohnliste zu setzen, obwohl dessen Lehrverhältnis so offensichtlich war. Und es ist auch nichts Besonderes, dass Ryan sich dem Mann beugen musste, dessen Wort auf der Straße sakrosankt ist, vor allem, wenn die einzige Alternative darin bestand, Waise zu werden.

Vor sechs Monaten hat Ryan Cusack Jimmy Phelan einen Gefallen getan.

Es gab da eine junge Frau. Georgie. Mitte zwanzig, verpackt in einen nuttigen Fummel. Ryan war eine Weile ihr Dealer, da war er fünfzehn, sechzehn. Sie hatte rabenschwarze Haare, war so albern wie schreckhaft und viel zu zerbrechlich, um mit ausgewachsenen Kriminellen umzugehen. Wie immer sie sich Jimmy Phelan gegenüber auch danebenbenommen haben mochte, es reichte, um ihren Abgang notwendig zu machen, und so drang Phelan denn eines klammen Tages in Tonys Haus ein und verlangte von ihm, dem klammsten Mann in Cork, den Job zu übernehmen. Aber Tony war zu schwach, und so blieb es an seinem Erstgeborenen hängen. Ryan ging mit der Frau in ihren Unterschlupf, um es hinter sich zu bringen. Für seinen Vater einzuspringen und auf Geheiß des aggressivsten Mannes, den er kannte, zu agieren, ließ keinen Platz für Zweifel oder Irrtümer, aber Ryan versagte, und zwar glorreich. Er setzte die junge Frau in einen Flieger und sagte ihr, sie solle sich nie wieder hier blicken lassen. Wobei er ihr nicht vertrauen konnte. Er wollte nicht mal ihr Ehrenwort.

Aber so funktioniert diese Stadt eben.

Es gibt Jungs, die sitzen ganz oben, und ihren Namen zu kennen ist ein Fluch. Fast alle Verbrecher, aber einige in Tugend gekleidet. Leitende Gardaí, Zollbeamte. Ryan weiß nicht, wer sie sind, nur dass es sie gibt. Irgendwo wichsen sie rum, ohne Pause, und Ryan kennt das, weil hin und wieder was für ihn abfällt, oder irgendeine Scheiße fliegt ihm um die Ohren, wenn denen was gegen den Strich geht. Aber so ist die Welt, denkt er, ob du ein Rockstar bist, ein Handlanger für McDonald's oder ein mittlerer Dealer.

So ist Ryan. Er übernahm Phelans Job, weil er nicht groß genug war, es ihm zu verweigern. Vor Dan hat er es verheimlicht, weil Phelan für den genauso ein Unterdrücker ist wie der oberste Garda. Phelan behindert Dans Aktivitäten und wirtschaftliche Initiativen und hängt archaischen Vorstellungen von Territorien nach. Zwar war J.P. nie Ryans Vertrauter oder gar sein Freund, aber Dan unterscheidet nicht zwischen Vertrautem, Freund und Tyrann, ihm wird egal sein, wie der Verrat zustande gekommen ist, wichtig ist allein, dass es ihn gab.

Aber hör zu, sagt sich Ryan, *wenn ich mit meinen Schuldgefühlen einen Verrat an mir selbst begehe, muss ich aufhören, mich schuldig zu fühlen.* So funktioniert diese Stadt nun mal. Es ist ja nicht so, als wäre ihre Beziehung immer schon von Respekt und Brüderlichkeit geprägt gewesen. Er hat einiges von Dan weggesteckt. Es hat Schläge gegeben – pädagogische, auf den Hinterkopf, ins Gesicht, in Pubs, auf Gängen, auf irgendeiner Brache. Grobe, herausgebrüllte Befehle und eindrückliche Demonstrationen von Überlegenheit. Ryan hat immer alles geschluckt, und selbst, wenn es Scheiße war, am Ende hat es zu etwas geführt. Ryan geht es ums Geld und ums Weiterkommen, er wird nie einer von den faltenwerfenden, finster aussehenden Wichsern sein, mit Tätowierungen auf beiden Armen, die dienstagabends unten im Flying Bottle hocken mit ihren Bräuten, die sich die Haare frisiert und nur noch ein verdammtes Auge haben.

Last Orders, und die Nacht ist noch lange nicht vorbei. Dan balanciert die lange weiße Line zwischen Trunkenheit und klarem Kopf entlang. Ryan ist ungelenker unterwegs, er hat nicht mehr recht den Zugriff, aber Dan ist so gut drauf, dass er es entweder nicht merkt oder es ihm egal ist.

»Sehen wir mal, was sonst noch geht«, sagt Dan und entscheidet sich für einen Club namens Room.

Sechs Wochen in seinem Zimmer, und Ryan flieht in den Room. Das hebt die Stimmung nicht gerade. Es ist kaum was los, aber die fetten Beats helfen den Pillen, dem Koks oder was immer an künstlicher guter Laune die Leute auf die Tanzfläche getrieben hat. Ryan will einen doppelten Whiskey. Er will die doppelte Dröhnung.

»Dieser Laden geht vor die Hunde«, sagt Dan, aber das sagt er, egal, wohin sie kommen. Was das sicherste Zeichen dafür ist, dass sich ein Mann seinen späten Dreißigern nähert. »Hol mir einen Gin«, sagt er und geht hinter dem DJ-Stand hoch auf den Balkon, den VIP-Bereich, wo angegraute Wichtigtuer durchtriebene Frauen in unbequemen Schuhen beeindrucken. Ryan geht an die Theke. Rachel bedient. Vor ein paar Jahren ist Ryan mal an einem Abend mit ihr im Bett gelandet. Er war sauer auf Karine, verletzt und deswegen ziemlich von der Rolle, und es gab eine House-Party, und da passieren solche Sachen eben.

Sie sagt: »Hey, Ryan.«

Er trägt einen Gin, einen Jameson und ihr Lächeln hoch auf den Balkon, wo Dan schon drei Mädels gefunden hat, die er zutexten kann. Ryan gibt ihm seinen Drink. Es kommt vor, dass Dan ihn in der Vorrunde gerne dabeihat – bis er sich für eine entschieden hat und jemanden braucht, der die Freundinnen beschäftigt. Im Moment scheint er Ryan gar nicht wahrzunehmen, und so stellt der sich vorne ans Geländer und guckt auf die Tanzfläche runter. Am liebsten würde er den Kopf auf den gebürsteten Stahl legen, die Augen schließen und vorrollen. Rüberklettern.

Aber von der anderen Seite der Tanzfläche kommt Colm McArdle, Promoter, Manager, großer Zampano mit entsprechender Figur, knapp eins neunzig, breite Schultern und eine gute Farbe im Gesicht. Er reckt beide Arme in die Luft, die Hände auf Ryan gerichtet und zu dem geformt, was Colm für Hörner hält und Ryan mit seinem neapolitanischen Blut als was ganz anderes kennt. Colm nickt zum Beat, während er sich durch die Leute schiebt.

»Scheiße, da ist er ja, unser *Mann*«, ruft er, als er auf den Balkon kommt, und dehnt dabei das letzte Wort, wie es die Leute in Belfast machen. Ryan Cusack, ja, da ist er. »Warst du 'ne Weile in England oder was?«

»Nein«, sagt Ryan, und obwohl es gut wäre klarzumachen, dass sein Verschwinden nichts mit dem Gesetz zu tun hatte, gibt er keine weiteren Einzelheiten preis. Worüber auch?

»Dachte, du wärst in London. Oder Amsterdam. Hab gehört, dass du dich wegduckst.«

Ryan lächelt und schüttelt noch einmal den Kopf, und Colm ist clever genug, das Thema zu wechseln. »Ich habe da 'n Vorschlag für dich«, sagt er.

Er verschränkt die Arme auf dem Geländer neben Ryan, und sie beäugen die etwa fünfzig Leute unten auf der Tanzfläche.

Colm sagt: »Was für ein Scheißladen.«

Das eisblaue Licht auf dem Balkon unterstreicht sein strohblondes Haar und verleiht seinen farblosen Brauen einen außerirdischen Schimmer.

»Lechzende Knechte, die sich zu Musik bewegen, die dem DJ scheißegal ist«, sagt er. »Saufen krügeweise Pisse und ziehen sich irgendwelchen Scheiß in ihre leeren Birnen. Stirbt alles ab, und keiner ist da, um sie zu retten.«

Er fragt Ryan, ob er sich noch an die Zeit erinnert, als Clubbing das Einzige war, was zählte. Als sie die ganze Woche aufs Wochenende gewartet haben, um sich abschießen und als Teil von etwas fühlen zu können. Für einen Fünfundzwanzigjährigen ist das eine so sehnsüchtige wie zweifelhafte Erinnerung. Ryan sagt, klar, das weiß er noch, was gar nicht stimmt. Die Szene war schon lange, bevor er rausdurfte, an ihrer eigenen Kotze erstickt. Lange, bevor Colm auf die Piste kam.

»Das Kapital hat gewonnen«, sagt Colm. »Die DJs wollen Unsummen für eine Stunde am Freitagabend, als wär's was Edles, einen Haufen Idioten mit schlechtem Trance auf Trab zu halten. Warum solltest du zweihundert Euro abdrücken …«, seine Nase kräuselt sich, »um dir irgendeine beschissene EDM reinzuziehen, wenn du deine Kumpel einladen, den Scheiß von vor zwei Jahren anhören und dich flauschig bei dir zu Hause abschießen kannst? Währenddessen versuch ich meine Oberen davon zu überzeugen, dass sie genug auf den Tisch legen, um ein paar korrekte Namen zu buchen, und die zicken rum und sagen mir, sie können kein Risiko eingehen. Kein Risiko! Mit verfickter Tanzmusik? O Mann, genau. Also mach ich meinen eigenen Laden auf, für all die von uns, die sich immer noch mit Musik vollpumpen wollen, aber ohne überteuerte Drinks und irgendwelche gehypten DJs.«

Er richtet sich auf. Trommelt mit den Händen aufs Geländer und dreht sich zu Dan um.

»Ich besorg ihm was zu trinken«, sagt er und zieht wieder los, und Ryan nutzt die Zeit, um die erste von Dans Pillen zu schlucken, und dann, als er Colm zurückkommen sieht, die zweite. Ryan weiß, er sollte in seiner Verfassung nicht hier sein, aber jetzt sitzt er fest, wegen des Jobs und der Chemikalien, die sich bereits in seinem Körper befinden. Er sehnt sich nach Zufriedenheit, und wenn nicht danach, dann nach so etwas wie einer Woge des Vergessens. Er will sein Unbehagen loswerden, seinen vor sich hin gärenden Katzenjammer.

Colm gibt Dan seinen Drink, und Dan tätschelt ihm gedankenverloren den Arm.

Colm kommt zurück zu Ryan und sagt, ganz ernst: »Bist du dabei?«

»Bin ich … hä?«

»Dabei. Mit mir. Bei meinem Projekt.«

»Ich hab echt keine Ahnung, wie man einen Club managt, Mann.«

»Ich hab einen Set von dir gehört. Du bist besser, als du denkst. Komm schon, ich bin Hunderte Kilometer von zu Hause weg, und du bist mein kleines örtliches Genie.«

Die LED-Strahler flammen auf. Ihre Lichtkegel schneiden durch die Düsternis, Strobo-Blitze setzen ein. Die Tanzenden zucken, und der DJ reißt alles auf, die alte Tiësto-Masche, um die Leute aus der Bahn zu holen, die keine Ahnung haben, wie sie loslassen sollen.

»Okay, ich will ehrlich sein«, sagt Colm. »Ich hab einige Tausender in das Projekt gesteckt, hab eine Location gefunden, mir eine Lizenz besorgt, es ist alles bereit. Aber der Typ, der das mit mir machen wollte, hat sich verpisst, und ich steck, das muss ich zugeben, Cusack, ziemlich in der Scheiße.«

»Warum hat er sich verpisst?«

»Der ist verdammt noch mal ausgewandert, dieser Wichser.«

Unter ihnen halten die Tanzenden die Hände über den Kopf und ziehen die Lichter hin und her.

»Was, meinst du, kann ich für dich tun?«, fragt Ryan.

»Ich brauche jemanden, der mich unterstützt, und du bist so talentiert wie gut vernetzt. Ich weiß, das kommt jetzt etwas plump rüber, klar, aber es ist seit Wochen schon keine Zeit mehr für Diplomatie. Und ehrlich, ich hätte dich auch gefragt, ob du nicht ein paar Sets übernehmen willst, wenn der andere Typ sich nicht nach Kanada verpisst hätte. Wären wir uns in den letzten paar Wochen irgendwo über den Weg gelaufen, hätte ich dir schon längst ein Ohr abgekaut.«

»Hast du je mal was von der Credit Union gehört, Colm?«

»Hör zu, nichts passiert ohne Grund«, sagt Colm. »Ich glaube, so soll es sein. Ich will kein Geld, ich suche nach Verbündeten.«

»Du willst eingeführt werden«, sagt Ryan.

Sie sehen zu, wie Dan sein kleines Publikum verzaubert.

»Tja, dir kann man nichts vormachen«, sagt Colm.

Eine von Dans Frauen verabschiedet sich auf eins der Ledersofas auf dem Balkon. In dem kurzen Durcheinander tritt Ryan vor zu Dan, beugt sich zu ihm runter und sagt: »McArdle will dir was vorschlagen«, und auch wenn sie ihn nicht verstehen können, scheinen die Frauen, angetrunken und temperamentvoll, wie sie sind, interessiert an dem, was da abläuft.

Colm fasst sich kurz, Ryan hört die Einzelheiten nicht mit. Auch nach dem Gerede von Talent und Genie ist das nicht seine Sache. Dan wird interessiert sein, oder eben nicht. Er wird Ryan nach seiner Meinung fragen, oder eben nicht.

Jetzt spürt er es hinten im Kopf. Die Pillen machen sich bemerkbar.

Colm zählt für Dan irgendwas an den Fingern ab, und Dan nickt.

Ryan blinzelt. Er spürt, wie sich seine Wimpern von der Haut heben. Sein Hals entspannt sich. Seine Pupillen werden geflutet. Die Euphorie steigt seine Waden hoch, seine Schenkel, zwischen die Beine, in Bauch und Nacken. Dan fasst Colm an die Schulter und wendet sich wieder den Frauen zu. Colm lächelt und wedelt zum Rhythmus der Musik mit der Hand. Ryan kaut die Noten und schluckt sie mit Gewalt runter, als könnten sie ihn halten, als könnte die Musik verhindern, dass er zurück ins Dunkel gewirbelt wird. Es alarmiert ihn, wie schnell es in ihm hochbrandet. Das ist mehr als Euphorie. Es ist ein wilder Verlust von Perspektive und Bodenhaftung.

»Du bist dicht, oder?«, röhrt ihm Colm ins Ohr.

Ryan schiebt sich eine Hand über den Mund und hält sich das Kinn.

»Sieht gut aus«, sagt Colm. »Das mit Dan, meine ich. Wobei, was immer das mit dir gemacht hat, sieht auch gut aus. Ich mein ja nur.«

»Ich geh eine rauchen«, sagt Ryan.

»Jepp, ich komm mit«, sagt Colm und tut es offenbar auch. Ryan ist nicht mehr fähig, es zu registrieren. Er findet sich draußen im Raucherbereich wieder und kämpft mit der Flamme seines Feuerzeugs. Er stellt fest, dass ihm ein Mädchen den Rücken reibt, ein Türsteher sagt, er soll Wasser trinken. Er stellt fest, dass er sicher sterben wird. Er ist beeinflussbar und hilflos, sorgt sich allein um die Formlosigkeit seines Erlebens. »Dan hat nach dir gesucht«, sagt Colm irgendwann. Die Tanzfläche leert sich, die Leute suchen nach ihren in die Ecken getretenen Mänteln. Ryan hält eine Flasche Bier in der Hand, in einer Ecknische, und die Lichter sind alle an. »Am besten noch zu ’ner Party«, sagt Rachel. Ryans Hand liegt in ihrer, auf ihrem Schoß. Sie fahren Taxi, Ryan schließt die Augen, und Rachel legt ihm den Kopf auf die Brust. Es kann ihn nicht stören. Sein Körper fühlt sich nicht an wie seiner. Eine Party, dann, oder irgendeine trostlose Runde. Ryan hat sich noch nie so verloren gefühlt.

»Ich weiß nicht, was ich falsch mache«, sagt Rachel.

»Was?«, sagt er.

Sie stehen in einem Badezimmer, ganz nahe beieinander. Ryan schiebt ihre Hand weg und knöpft seine Jeans wieder zu. »Scheiße«, sagt er, guckt in den Spiegel über dem Waschbecken, und es sieht aus, als wäre alles mit einem feinen Silberstreif umrandet. »Wir könnten einfach zu mir gehen«, sagt Rachel.

»Ich muss los«, erklärt Ryan.

»Okay, lass mich meinen Mantel holen.«

Er wartet nicht auf sie. Er geht, hält sich das Kinn und reibt sich mit der anderen Hand über den Schenkel.

Er kommt zur Fußgängerbrücke am Ende vom Bachelor’s Quay, wo sich der Fluss windet, um endlich durchs Herz der trunkenen Stadt zu fließen, die immer wieder aus der Wirklichkeit herausfällt, als wäre die Luft hier besonders dünn und er könnte zwischen einem Cork, in dem er mit Camorristi und Drogenlieferungen zu tun hat, und keinem Cork hin- und herwechseln, überhaupt keinem Cork.

Er klettert auf das stählerne Geländer der Brücke. Balanciert bis in die Mitte und steht mit den Zehen über dem angeschwollenen Dezemberwasser. Hinter ihm ist die Nacht, sind leere Gebäude und ausgeweidete Stadthäuser, ist die Stille der Träumenden und Volltrunkenen. Vor ihm die Lichter des Zentrums, weit genug weg, dass, wenn da einer wach wäre und herumliefe, er ihn nicht sehen könnte, ein Schatten auf dem Stahl.

Schon schlimm genug, dass er hier ist. Schlimm genug, dass

die Düsternis, die ihn an dem Feiertagswochenende im Oktober befallen hat, über den Winter nicht gewichen ist, allen Besänftigungsversuchen seiner Freundin zum Trotz, dem ganzen Gras und seiner eigenen verlorenen Geduld zum Trotz. Schlimm genug, von der eigenen Ware überrascht zu werden. Aber jetzt singt er, wie ein Junge, der was zu besingen hat.

Ziellos, durcheinander: Patrick Wolf, Sam Cooke, Murder by Death, Joe Goddard. Seine Gedanken wandern wie sein Schwerpunkt. *Wenn ich falle*, denkt er, *werde ich sehr nass.*

Oder sehr tot, und es ist dieses Entweder-oder, das ihn zögern lässt. Er schwimmt wie ein Fisch, und wenn er reinfällt und wieder rauskrault, ist alles, was passiert, dass er triefnass nach Hause geht. Sich 'ne, Komma, sich 'ne Lungenentzündung holt. Ihm ist nicht nach Schwimmen, er würde lieber aus seiner Haut rauskriechen und die Vergangenheit hinter sich lassen. Sie werden ihn am Morgen ans Geländer gelehnt finden, friedlich, papierdünn, und sagen: »Ach, der arme Ryan. Aber hat er nicht immer schon Teile von sich verloren?«

Die Luft hat Zähne, und seine Füße sind taub. Er ballt die Hände zu Fäusten und zieht sie in die Ärmel seiner Jacke. Er singt. Leise vor sich hin oder aus vollem Hals, er weiß es nicht.

»Was soll das denn werden?«

Ryan dreht den Kopf. Da ist jemand hinter ihm, eine Frau, und die ist nicht aus Whiskey und chemischen Substanzen, sie sieht nicht aus, als käme sie daher, wo die Luft dünn ist. Er denkt, er könnte sie bitten, es zu beweisen, aber seine Zunge klebt am Gaumen, und als er den Kiefer hin- und herbewegt, um sie zu befreien, verliert er das Gleichgewicht, und dann schüttelt sich der Stahl einen Moment lang, und der Magen fliegt Ryan in den Hals, und er landet auf der Brücke, flach auf dem Rücken, und sein Kopf schlägt auf den Boden und lässt den Nachthimmel verwirbeln.

Sie steht über ihm und legt die Stirn in Falten.

Er setzt sich so schnell auf, um sich ans Geländer zu lehnen, dass er sich den Kopf noch mal anschlägt, und sie seufzt und sagt wieder: »Was soll das denn werden?«

Er schiebt sich in die Höhe, kratzt mit den Schulterblättern über das Stahlgitter, und die Frau, die da mitten in der Nacht durch die Stadt bummelt, runzelt die Stirn derart, dass ihr die Brauen auf die Augen fallen.

»Und?«, sagt sie.

»Und was?«

»Was soll das werden?«

»Nichts.«

Sie kräht. »Aber ja doch. Was für ein Spaß, wenn man frühmorgens junge Kerle trifft, die dem Fluss schöne Augen machen. Einfach so. Was würde deine Mutter dazu sagen?«

Ryan denkt, dass seine Mutter wohl nicht in der Verfassung für ein Gespräch wäre, wo sie fast schon zehn Jahre tot ist. Er beginnt der Frau zu erklären, dass er hier nicht wegen seiner Mam herumwankt, wird dann aber von dem Gedanken überrascht, dass er tatsächlich wegen seiner Mam hier ist, denn das ist doch der Punkt, was Mams betrifft, und ihm fällt mitten im Satz das Kinn runter, und er fährt damit hin und her und kommt dann drauf, den Mund wieder zuzumachen, so komplett hinüber, wie er ist.

»Wie heißt du?«, fragt sie.

Ryan hatte mal eine hübsche Sammlung von Pseudo-Identitäten, bevor die Bullen ihn alle kannten und die Sozialarbeiter es aufgaben bei ihm. Aber so, wie ihm der Schädel brummt, fällt ihm keine einzige ein.

So, »Ryan«, sagt er, und sie wartet, bis er das »Cusack« folgen lässt.

»Was in Gottes Namen soll das werden, Ryan Cusack?«

Ihre Stimme ist von Tausenden Zigaretten zerkratzt, und das Gesicht da vorn auf ihr drauf sieht aus, als hätte es irgendwer mit schwerer Hand von der Stirn nach unten gewischt. *Oh, Großmutter, was für große Zähne du hast!*

Er hofft bei allen Heiligen, dass er das jetzt nicht laut gesagt hat.

Vielleicht schon. Sie sieht ihn finster an.

»Komm«, sagt sie.

Und geht los.

3

Es ist immer noch dunkel, als Ryan nach Hause kommt. Der erste Morgenbus fährt vor seiner Haustür an ihm vorbei, die Fenster leuchten, und die Köpfe der wenigen Mitfahrenden wackeln, als hätten sie sich den Hals gebrochen. Ryan geht in sein Schlafzimmer, legt sich hin und schließt die Augen. Das ist ein Verlust von Bewusstsein, kein Ausruhen. Er sieht die Schatten aus dem Club, greifende Hände, Zigarettenasche auf dem Bordstein, eine ältere Fremde, die ihn führt und beschimpft. Die Bilder verlieren ihre Form und verebben, so wie es Chemikalien tun, und langsam begreift er, dass das Telefon klingelt. Er öffnet die Augen. Es hört auf. Er dreht sich zur Seite. Das Telefon fängt erneut an zu klingeln.

Es ist Karine, und sie könnte ihn umbringen.

»Wo bist du?«, fragt sie.

»Im Bett. Zu Hause.«

»Bist du sicher?«

Das sagt sie mit einem sarkastischen Heulen, und er stützt sich auf einen Ellbogen und sieht sich mit einem Auge um, nur für den Fall, dass das hier nicht sein Zimmer in dem Drei-Zimmer-Reihenhaus ist, das er zusammen mit seinem Cousin Joseph gemietet hat, der einen Job und eine Tochter hat und ihm neunzehn Monate voraus ist.

»Du weißt, dass ich Montag eine Prüfung habe?«, sagt Karine.

»Ja.« Er reibt sich sein Auge.

»Warum rufst du mich also um zwei Uhr morgens an, und kriegst dann kein Wort raus, Ryan? Weißt du, wie viel Kraft mich das kostet, nicht loszurennen und nach dir zu suchen, um dich nach Hause zu bringen? O mein Gott«, sagt sie, und dann noch mal: »O mein Gott.«

»Es tut mir wirklich leid, Mädchen«, sagt er. »Das war der Alkohol.«

»Nur Alkohol, wie?«

Ryan legt sich wieder hin.

»Ich will einfach, dass alles wieder normal läuft«, sagt er.

Aber was ist schon normal, fragt er sich ein paar Stunden später, wenn nicht die Fähigkeit, mit dem Umstand umzugehen, dass rein gar nichts normal ist? Keiner Situation kann man trauen, nichts ist sicher. Normalität: Ich kann die Dinge nehmen, wie sie kommen, und lauthals drüber lachen. Ich kann Drogen nehmen, Schnaps trinken und alte Hennen ficken, kann Scheiß reden und durch meine eigene verdammte Stadt laufen, ohne mich alle fünf Schritte umsehen zu müssen.

Nach Mittag sitzt er in der Küche seines Vaters, mit dem Telefon in der rechten Hand und der rechten Hand auf dem Schoß, und starrt Karines letzte Nachricht an.

WAS BRAUCHT ES ALSO? PHYSISCHE BEDROHUNG?

Jetzt muss er erst mal dasitzen und überlegen, was sie damit meint. Etwa seinen Vater? Will sie ihn, mit übernatürlicher Intuition wissend, wo er sich gerade aufhält, fünf Jahre zurückversetzen, um ihn durch Schamgefühle zum Nachgeben zu bringen? Als würde Ryan nicht sowieso schon nach den Wänden greifen.

»Versteh mich nicht falsch«, sagt Tony barsch. »Ich freu mich, dich auf den Beinen zu sehen.«

Er sitzt ihm gegenüber, legt eine Pause ein und sieht Ryan an, dann wieder auf seine Zigarettenblättchen.

Ryan tippt auf seinen Telefonbildschirm, damit er nicht ausgeht.

»Es ist nur, du solltest es ruhig angehen lassen«, sagt sein Vater.

»Eine Kur machen oder so was?« Es strengt ihn heute an, den Klugscheißer zu geben.

»Es ist nichts falsch an dem Wunsch, dass es dir gut geht, oder?«, sagt Tony.

»Mir geht's gut.«

Tony schüttelt den Kopf.

Hinter Tony auf der Fensterbank liegt die Stromrechnung, wegen der Ryan gekommen ist. Der Briefkopf lehnt gut sichtbar an der Scheibe. Es hat was Arrangiertes. Sie wartet schon seit Tagen auf ihn.

Ryan legt die Stirn in seine Hand.

»Gott weiß, dass ich dir keine Vorschriften mache«, sagt Tony. Er zündet sich seinen Joint an. Ryans Blick fällt auf eine ansehnliche Portion Waldgrün mitten auf dem Tisch: das Tütchen, das er seinem Vater mitgebracht hat. Oh, Ryans verpeilter Dad. Hält ihm vor, ein dreckiger Drogendealer zu sein, und raucht sein Gras weg.

»Trotzdem«, fährt Tony fort, »du bist an Halloween frontal gegen die Wand gerannt, und das sollte dich dazu bewegen, nicht einfach nur einen Gang zurückzuschalten, sondern ganz damit aufzuhören.«

An diesem Punkt hätte Ryan seinem Vater früher vielleicht versichert, dass er nur ab und zu etwas mehr kauft, um was für seine Kumpel zu haben, und dass er die Autoversicherung mit seinen DJ-Auftritten und seiner kaum verkäuflichen Stock Music bezahlt. Nach Phelan sind solche netten Täuschungsversuche sinnlos.

»Mir geht's gut, Dad«, sagt er automatisch, obwohl das nicht so ist. Die Nachwirkungen der letzten Nacht sind fürchterlich. Nette Pillen rächen sich nicht am Tag danach, aber Whiskey und Bier und Gras und Tabak und eine doppelte Dosis von was mit der Qualität aus dem letzten Jahr, das ist eine Kombi, die jeden aus den Hufen haut.

Das Problem mit den netten Pillen ist im Übrigen, dass

die Stadt nicht daran gewöhnt ist. Sie ist nicht darauf vorbereitet.

»Nichts ist gut«, sagt Tony. »Das ist nicht normal.«

»Was ist normal?«, fragt Ryan, der gerade seine eigene Definition gefunden hat und denkt, dass ihm sein Vater, wenn er die nötige Zeit und Ruhe fände, um drüber nachzudenken, zustimmen würde.

»Du warst so ein schlauer Junge.«

Da kann Ryan ihn nur komisch ansehen, einen schrecklichen, stürmischen Moment lang befreit von der Last seines Zustands.

»Du hast sie alle hinter dir gelassen, Ryan, und jetzt beißt du dir in deinen eigenen verdammten Schwanz.«

Tony blickt über die rechte Schulter seines Sohnes zur Tür hinüber. Seine Augen verengen sich, als er ein weiteres Mal an seinem Joint zieht. Wenn er seinen Vater beim Rauchen beobachtet, fragt sich Ryan manchmal, ob er selbst auch so aussieht, wenn er sich einen Joint reinzieht, unangemessen ernst und konzentriert. Es scheint eine bittere Sache für Tony zu sein. Und sind sie sich nicht ähnlich, er und sein Dad? Sind sie nicht beide dunkelhaarige Schläger, die zu Missmut neigen und Frauen mit sich runterziehen, die sie nicht verdienen?

»Wenn ich an dich da draußen denke …«, sagt Tony und schüttelt den Kopf.

Ryan steckt sein Telefon in die Tasche, nimmt den Kopf in die Hände und starrt auf den Tisch.

»Was würde ich ohne dich machen, Rocky?«

Darum geht es doch, oder? Tony Cusack könnte sich leicht wieder in eine Jimmy-Phelan-Katastrophe verstricken, und was dann, ohne seinen Sohn, dem er die Sache aufhalsen kann? Soweit sein Vater weiß, ist Ryan sogar bereit, einen Mord zu begehen.

Wenigstens macht ihm das Sorgen. Er hat damit zu kämpfen, er quält sich, und für seinen Sohn ist es ein bitteres Vergnügen und zugleich ein Tritt zwischen die Beine.

Ryan möchte es ihm gestehen. Er wünscht es sich mehr, als er sich je etwas gewünscht hat. Er spürt die Last auf seinen Schultern, aber es geht nicht, er kann es ihm nicht sagen. Sein Vater denkt, er ist ein Mörder, und er muss ihn in dem Glauben lassen, weil die Wirklichkeit noch viel schlimmer ist. Jimmy Phelan hatte Ryans Auftrag mit einem Ultimatum versehen: Ryan bringt das Mädchen um, oder Phelan bringt seinen Vater um. Ryan hasst Tony Cusack, er hasst ihn mit einer Leidenschaft, dass er nachts nicht schlafen kann. Aber seine Liebe für ihn ist noch größer, und dafür hasst er sich selbst.

»Es gibt so viele Geschichten in dieser Stadt«, sagt Tony, »von jungen Burschen … die sich das Leben nehmen, und dann die Schlagzeilen, wem sie es vorher genommen haben, und alles, was ich denken kann, ist, dass ich einer von den Vätern sein könnte, die vom *Echo* befragt werden. Ich freue mich, dich in Freiheit zu sehen, Ryan. Aber als sie dich hinter Gittern hatten, war es besser.«

Ryan schiebt seinen Stuhl zurück und geht hinter Tony vorbei, um die Rechnung von der Fensterbank zu holen.

Tony schämt sich. Der Nacken unter seinem dunklen, gewellten Haar ist ganz rot. Es ist noch kaum Grau darin, trotz seiner Fahrigkeit, seiner Schlafstörungen und seines ständigen sorgen- und whiskeybedingten Krankseins. Ryan bringt die Rechnung zum Tisch, streicht sie glatt und zählt Scheine darauf.

»Willst du nicht mit mir reden, Junge?«

»Mir geht's gut.«

»Erzähl mir das nicht. Erst vor sechs Wochen habe ich deine verdammte Hand gehalten, während du dir eine Überdosis aus den Knochen geschlafen hast!«

Sie starren einander an. Tony glaubt Trotz zu erkennen, und so wendet er den Blick ab, tatsächlich aber weiß Ryan einfach nicht, was er sagen soll. Tony wird es ihm nicht glauben, wenn er ihm erklärt, dass er nicht absichtlich zu viel genommen hat.

Alle Entschuldigungen und Ausflüchte der Welt werden da nicht helfen.

Er lässt seinen Dad sein Gras rauchen.

Kaum tritt er draußen durchs Gartentor, taucht ein kurz geschorener, sommersprossiger Wicht auf, sieht ihn finster an und sagt: »Ryan, ich hab auf dein Auto aufgepasst.«

»Du bist der Beste.«

Der Knirps zieht die Nase kraus. »Du musst mir dafür was zahlen«, sagt er.

»Ja, das muss ich.«

Der Kleine zieht eine Grimasse, rennt weg, und als er in sicherer Entfernung ist, schreit er: »Das nächste Mal zersteche ich dir die Reifen!«, beißt die Zähne zusammen und hockt sich auf den Bordstein.

Im Auto schreibt Ryan:

WIE NETT

Karine antwortet sofort:

BEI DAN IST ES OKAY WENN ER DIR DROHT UM DICH AUF LINIE ZU HALTEN, BEI ALLEN ANDEREN NICHT, IST ES DAS?

DAS IST LOGISCH FALSCH GEDACHT

DU HÄLTST DICH FÜR CLEVER. KEINER LACHT, RYAN.

Der kleine Kerl sitzt immer noch auf dem Bordstein und starrt zu ihm rüber, eine Hand als ungewollten Gruß gegen die Stirn gedrückt.

Ryan sitzt eine Minute lang da, anderthalb, und starrt zurück.

Cian kommt aus dem Haus, die Einfahrt herunter und setzt

sich auf den Beifahrersitz. Er ist so dunkel wie Ryan, größer und auch schon breiter, obwohl er fast drei Jahre jünger ist als sein Bruder. Er züchtet eine Art Bart heran, Tony nennt ihn seit einiger Zeit *Fuckin Pirlo*, was Cian gefällt. Cians Augen stehen weit auseinander und sind voller Leben, die Augen eines Jungen, der schon einiges erlebt hat. Er greift nach dem Hebel, um den Sitz zurückzuschieben, und sagt: »Was geht, Boy?«, und nach einigem Hin und Her beschließen sie, dass es eigentlich nur um ihren Vater und die Geschäfte geht. Letzteres wird als Erstes abgehakt. Ryan muss sich kurzfassen: Cians Italienisch ist nicht so gut wie seins, der Junge braucht Training. Übergabestellen und der jeweilige Zeitpunkt werden klargestellt, während Cian sich einen Joint dreht. Dann sitzen sie da, sehen zu, wie das Licht abnimmt, und rauchen und reden, bis ihnen die Worte ausgehen. Ryan liebt seinen Bruder, ist aber nicht in der Stimmung, herumzualbern.

»Hab ich dir erzählt, dass neue Pillen kommen?«, sagt er.

Cian macht den Mund auf, Rauch quillt heraus. »Wie sind sie?«

»Brutal.«

Das gefällt Cian. »Sauber.«

Ryan verbessert ihn. »Brutal.«

Die doppelte Bedeutung ist ein Omen, aber vielleicht interpretiert Ryan da auch zu viel rein. Die Stadt ist solch chemische Reichtümer nicht gewohnt, aber gut, es ist praktisch sicher, dass die Qualität eine schöne Überraschung wird.

Er erinnert sich daran, dass das nicht sein Problem ist, checkt Karines letzte Nachricht noch einmal und schreibt zurück:

OKAY, ICH BIN EIN ARSCH. DAS HILFT UNS BEIDEN NICHT WEITER. SEHEN WIR UNS SPÄTER?

Sie antwortet nicht.

Ein Katalysator, erklärt Colm, ist etwas, das eine chemische Reaktion auslöst, während mit ihm selbst nichts passiert. Darum geht es bei seinem Abend: Bring Leute zusammen und gib ihnen die Möglichkeit, sich zu verlieren. Der *Catalyst*, Corks trendigster Club, wird jeden zweiten Samstag im neu eingerichteten Veranstaltungssaal des alten Riverbank Inn am Kai steigen. Der Spaß geht los, sobald genug Geld in der Kasse ist.

An diesem Punkt kommt Dan ins Spiel. »Das Timing ist perfekt«, sagt er. »Neue Pillen, neuer Markt, neue Waschmaschine. Hab ich dir je gesagt …«, er legt einen Arm um Ryan, lacht und drückt ihn an sich, »wie verdammt froh ich bin, dass die Leute dich mögen? Man wird dich irgendwann zum Ehrenbürger machen.« Er verliert kein Wort über ihren nächtlichen Streifzug, und wie hinüber Ryan war. Ryan interpretiert das so, dass er nicht so zerstört aussah, wie er tatsächlich war, oder dass Dan zu sehr damit beschäftigt war, bei einer der Frauen zu landen, um auf ihn zu achten. Und es gibt noch keine wirkliche Notwendigkeit für erhöhte Alarmbereitschaft. Das kommt später erst, wenn die Schnüffler Wind davon kriegen. Später, wenn die Räuberbarone dazukommen.

Am Dienstag sieht sich Ryan die DJ-Station im Riverbank Inn an, während Colm Dan erzählt, an welchen Fäden er hat ziehen und welche Versprechen er mit hinter dem Rücken gekreuzten Fingern hat machen müssen. Er erzählt ihm von Verhandlungen mit DJs, die gerade angesagt oder schon auf dem absteigenden Ast sind, jungen Raketen, die er aus England rüberholt, damit sie vier mörderische Stunden abliefern. Dubliner Legenden, die offenbar in die wirkliche Hauptstadt kommen wollen, um zu erleben, wie verdammt gut es sich im Süden leben lässt. Ryan überlässt er die Verantwortung für den Warm-up-Set und die Website. Während Dan das Unternehmen aufbaut, damit er Geld durchpumpen kann, soll Ryan die gute Seele davon sein. Der Hauskünstler. Der unternehmenseigene Träumer.

»Kane ist der Banker, aber wir sind die Katalysatoren«, sagt Colm, als sie zurück in seiner Wohnung sind. »Wir setzen diese Stadt in Flammen, lehnen uns zurück und sehen zu, wie sie explodiert.«

Ryan kann sich nicht auf seine Ausführungen konzentrieren. Er steht am Fenster in Colms Wohnzimmer und hofft, dass ihn das Gras genug runterholt, um positiv über Karines Drängen nachzudenken, die Laufbahn zu wechseln.

Ich bin jetzt DJ, sagt er in Gedanken zu ihr. *Okay? Ich muss nur noch so lange weiterdealen, bis sich die Geschichte selbst trägt und genug für mich, meinen Dad, die Autoversicherung und jede Reise abwirft, die du dir als Erwachsene nur vorstellen kannst.*

Die Stadt trägt ihre Weihnachtssachen, eine zusätzliche Schicht Farbe, zur Verteidigung gegen die Dunkelheit. Die Lichter unter ihm setzen Gedanken in Gang, die Dinge mit mehr Geschenken in Ordnung zu bringen. Ryan hatte schon das eine oder andere gekauft, online bestellt, bevor der Nebel kam. Er könnte noch mehr kaufen. Eine Hotelsuite, ein Paar Schuhe, etwas Funkelndes. Er zaubert sich seine Freundin vor Augen, fröhlich strahlend, umgeben von Geschenkpapier.

Die Weihnachtslichter sollten den Wunsch in ihm wecken, etwas trinken zu gehen. Ein paar Pints, ein paar Whiskeys, um gegen das Jucken anzukratzen. Er will zwar nicht raus, aber auch nicht hier rumsitzen und mit Colm quatschen, der längst so stoned ist, dass er komplett rumfantasiert. Ryan geht und verspricht sich, über Strategien nachzudenken, fühlt sich aber ein bisschen durch den Wind.

Er kann mit dem Dealen nicht aufhören und gleichzeitig im Catalyst auflegen. Er kann sich aus dem Geschäft nicht zurückziehen und in Cork bleiben. *Wenn du erst mal drinsteckst in dieser Scheiße, lassen sie dich nicht wieder raus.* Er lächelt unwillkürlich, als er daran denken muss, wie sich seine Großmutter erst kürzlich noch beschwert hat, wie schrecklich es doch sei, dass die jungen Leute nicht mehr eine lebenslange Anstellung erwarten könnten. Seine irische Großmutter. Worüber sich die andere beschwert, weiß er nicht: Sie macht das Beste aus der wenigen Zeit mit ihrem Enkel. Sie sagt ihm, wie schön er sei, und zu Weihnachten schickt sie ihm *struffoli*.

Er weiß, würde er Dan den Rücken kehren, könnte er immer nach Italien, seine Familie da würde ihn willkommen heißen, zumindest bis sie das Ausmaß seiner moralischen Verkommenheit erkennen würde. Wenn seine Nonna fragt, was genau er macht, erklärt er ihr immer, dass er damit zu tun hat, eminent gute Hintergrund- und Filmmusik zu produzieren, und er versichert ihr, dass er das Klavierspielen noch nicht aufgegeben hat und Rachmaninow mit verbundenen Augen spielt, nur mit den Ellbogen.

Aber Karine kann Ryan nicht auf Italienisch ins Gewissen reden, und er bezweifelt, dass sie scharf darauf ist, es von ihm zu lernen.

Vielleicht gibt es das perfekte Liebespfand da draußen. Vielleicht, wenn er es findet und ihr bringt, vielleicht versteht sie ihn dann und wartet auf ihn. Er weiß, dass das ein lächerlicher Gedanke ist. Aber vielleicht … *Wer blöd ist, probiert's*, sagt er sich, ohne zu wissen, wo er den Spruch herhat, ob er ihn geträumt oder von jemandem an den Kopf bekommen hat.

Er fährt nach Hause, hält aber ein Stück vor seiner Haustür an. Da steht eine Reihe Nachbarn um Männer mit Signalwesten und Schutzhelmen herum. Irische Wasseruhren-Installateure, begleitet von der Gardaí, sehen sich rundbäuchigen Landsmännern gegenüber, die es satthaben, neue Lasten aufgebrummt zu kriegen. Da sind auch Leute mit Kameras und Mikrofonen. Stoned und träge, wie er ist, sieht sich Ryan das ganze Trara an und beschließt, sich leise wieder zu verdrücken. Er kann die Gesichter der Gardaí nicht erkennen, aber da sind ein paar von den Nachbarn, die ihn gerne beiseiteziehen und ihm seine Zeit stehlen. Und es besteht die Gefahr, dass da was aus dem Ruder läuft, bei so was kann sich die Stimmung schnell aufheizen. Er hört es doch manchmal im Pub oder liest es auf Facebook: *Dealer brauchen nur was auf die Knie. Packen wir uns ein paar Eisenstangen und tun was.* Er kennt einige von den fetten Schildwachen, und sie kennen ihn.

Er kehrt um und fährt in die entgegengesetzte Richtung. Vor St. Luke's steigt er aus und stützt die Ellbogen aufs Dach.

Tony ist oft mit ihm hergekommen, als Ryan noch klein war. Es gibt eine große Wiese und Bänke, und die Straßen sind ausgesprochen steil. Er sieht die Stadt glitzern und die Anhöhen ringsum ergießen sich in einen See aus Licht. Er weiß, er sollte großen Hunger haben, wenn er Cork so daliegen sieht. In seiner Branche wird von einem erwartet, dass er versucht, das Geschäft unter seine Kontrolle zu bringen.

Er denkt an die neuen Pillen und stellt sich vor, wie er seinen Kunden sagt, sie sollen die Konsumenten warnen: *Immer langsam, das ist guter Stoff, das ist Balearen-Niveau.* Dann hat er getan, was er konnte. Dann kann er sich die Hände waschen. Und wird reicher.

Als er zurück nach Hause kommt, sind die Arbeiter, Gardaí und Protestierer weitergezogen. Er macht sich einen Topf Ravioli und isst sie, während er von der Küche ins Wohnzimmer und weiter ins Schlafzimmer geht. Er kann nicht ruhig dasitzen. Er versucht mit einem Track weiterzumachen, den er früher im Jahr angefangen hat, kommt aber nicht in den entsprechenden Groove. Er raucht einen Joint. Er klickt sich durch YouTube.

Er nimmt das Notizbuch, das ihm Karine gekauft hat. Es ist noch ziemlich leer, abgesehen von den Notizen für eine Sequenz, die er in seinen Track reinbringen wollte, den Anfängen einiger Playlists und, ganz hinten, irgendwas, von dem er nicht weiß, was es sein soll, für seine Mutter, oder über seine Mutter. Aber das will er jetzt nicht sehen.

Er nickt erst nach drei Uhr morgens weg. Liegt da, mit den Händen auf dem Kissen vor seinem Gesicht. Treibt davon und schreckt wieder hoch. Fällt und fängt sich im Fallen. Er sorgt sich um Karine, und die Sorge wird zu einem Drama. Sie geht auf ihn los, fährt ihn an, und er träumt, wie er sich deswegen fühlt. Wacht wieder auf. Guckt seine Hände an und denkt über Songs nach, die auseinanderfallen. Hämmer, Tasten und Saiten verwinden sich und splittern auf, während seine Finger umherwandern, ein Links-Klick, ein Rechts-Klick, und er fragt sich, warum er keine Melodien hinbekommt aus schlechten Mustern und immer neuen Reddit-Fetzen. Er enttäuscht seine Musikerhände.

Aber du spielst doch gar nicht, oder?

Freier Fall, ein plötzliches Flattern in seiner Brust. Er ist hellwach.

Du bist Musiker, sagt eine allwissende hässliche Alte. *Aber du spielst nicht, oder?*

4

Am nächsten Tag beschließt Ryan, dass er bestens drauf ist. Warum sollte er auch nicht gut drauf sein? Nach einem koksbedingten längeren Tief wieder anzufangen zu arbeiten, würde jedem die grauen Zellen verrühren. Was immer ihm die Fähigkeit gegeben hat, Tracks zu bauen, hat sich in diese nächtliche Fantasie verwandelt, weshalb er vorwurfsvolle alte Schachteln aus dem Pillenstaub hervorgezaubert hat. Das waren die letzten manischen Visionen seines postdepressiven Zustands. Das und mehr nicht.

Und so dehnt er alte Muskeln, belebt schlechte Gewohnheiten neu und verkauft ein halbes Kilo aus einer der vielen Wohnungen, zu denen Dan Zugang hat. Für gewöhnlich sind es irgendwelche Ein-Zimmer-Buden am Rand der Stadt. Auf der lange verlassenen Baustelle gegenüber von dieser haben sie wieder zu arbeiten begonnen, und Ryan nimmt zwölfeinhalb Riesen von einem untergeordneten Dealer in Empfang, während von drüben Maschinenlärm und Geschrei herüberschallt.

Er trifft Dan im Haus an der Watercourse Road, um ihm die zwölfeinhalb zum Waschen zu geben. Dan hat Shakespeare dabei, der mit den letzten Infos von diesem Zolltypen kommt, wobei es hauptsächlich um ein paar zusätzliche Scheine geht. Dan ist immer noch in Form. »Ich nehme an, das ist es wert«, sagt er. Er zählt Ryans Geld und behält alles bis auf ein kleines Bündel. »Ein bisschen Taschengeld«, sagt er. »Das reicht dir, bis ich den Rest sauber habe.«

»Obwohl Gottes Mühlen langsam mahlen …«, dröhnt Shakespeare.

Freitagabend trifft Ryan Colm in den Union Studios, wo der

einen vom Room gesponserten Service anbietet. In ein paar Stunden Studioarbeit flicken sie die wirren Träume der Talentlosen zusammen, es gibt fünf professionelle Erinnerungsfotos und eine CD. »Schenk deiner Liebsten dieses Jahr zu Weihnachten eine Illusion«, brummt er.

Vor dem Regieraum treffen sie Triona. »Hey, Ryan«, sagt sie ausdruckslos. Diese Stadt ist voll mit abgelegten Frauen, mit denen er irgendwann mal im Bett war.

»Wie läuft's, Triona?«

»Das Übliche. Was machst du so?«

»Ich werde von dem Kerl hier gerade aufs Glatteis geführt.«

»Seine Spezialität.« Die Hitze im Studio hat sie müde gemacht. Sie reibt sich die Wangen, und ein Ohrring verfängt sich in einer Haarsträhne. Sie ist fünf, sechs Jahre älter als Ryan, zwei sind es seit ihrer halbstündigen Verzückung. Er erinnert sich nicht mehr an viel, nur dass es der Höhepunkt einer durchzechten Nacht voller Blickkontakte und Anspielungen war. Sie war gerade aus Santa Ponça zurück und hatte Bräunungsstreifen auf dem Arsch.

»Bist du nach Weihnachten da?«, fragt sie.

»Wahrscheinlich.«

»Dann habe ich einen kleinen Remix für dich. Trance. Durchschnitt. Wir hatten die letzten zwei Wochen eine Liedermacherin hier. Ihr Manager will was Lebhafteres als Thema. Genau dein Ding.«

»Was, Trance und Durchschnitt? Ich find dich auch ganz toll, Triona.«

Sie verzieht das Gesicht. »Komm schon. Ich werde den ganzen Tag hier sein. Frohe Weihnachten.«

Ryan und Colm sitzen im Regieraum und besprechen Setlists. Colm ist ganz bei Tech-Trance, mit ein bisschen progressivem House für die Wärme. Deep ist in, sagt Ryan. Das *weiß* er, scheiße. Deep ist was für Samstagabend-Püppies, das haut keinen um, oder? Colm will keine Gäste, er will Jünger.

Er fragt, ob es möglich ist, dass ihm Ryan schnell einen Mix zusammenstellt, den er auf der neuen Website promoten kann. »Oder irgendwas, was du schon hast und passen könnte«, sagt er. »Aus den letzten sechs Monaten vielleicht.« Ryan hat seit Halloween nichts gehört, das heißt, es ist eine ganz schöne Herausforderung.

Aber das sind nur kurze Aktivitätsschübe während endloser Stunden des Wartens auf Bestellungen, Lieferungen, Zusagen. Seine Tage sind auch weiter abwechselnd manisch und depressiv.

Dann kommt der 23. Dezember, der Abend, an dem die Pillen eintreffen sollen. Karine will abschalten, die Prüfungen sind vorbei, und sie zieht mit ihrer Truppe los. Ryan sagt ihr, dass er später dabei sein wird. Er sagt das am frühen Nachmittag, ohne zu wissen, ob er sein Versprechen halten kann. Aber Dan hat nichts dagegen, ihm ein paar Stunden freizugeben. »Es ist ja nicht so, als ob du selbst was hin- und herfahren solltest«, sagt er. »Dazu mögen dich die Gardaí zu sehr. Geh zu Karine. Lass es sie das letzte Mal mit einem Mann mit mittleren Perspektiven treiben.«

Colm hat Ryan in den Ohren gelegen, einen Zug durch die Clubs zu unternehmen. Er besteht darauf, dass sie der gelangweilten Stadt ihre Pläne näherbringen. Was unbedingt ohne Dan Kane geschehen muss. Dan taugt nicht als Gesicht für den Catalyst. So ist diese Stadt.

Karine und Ryan treffen sich umgeben von ihren himmlischen Heerscharen in einem Pub an der Grand Parade, der mit funkelnden weißen Lichtern und grünen Zweigen ausstaffiert ist. Sie glitzert in Hellrosa. Ihr Haar ist Sonne auf Schnee. Sie küsst ihn und legt ihm den Kopf auf die Brust, und er fährt ihr durch die offenen Locken, bewegt seine Lippen an ihre Stirn, schließt die Augen und atmet ein.

Sie stehen in einem Dickicht alter Schulfreunde, von denen

Ryan einige das ganze Jahr über sieht, andere zu schöneren Ufern aufgebrochen sind. Letztere fragen, wie es ihm geht und wie der Stand in Bezug auf ihre liebsten Rauschmittel ist. Gras, Koks, Pillen: St. Paddy's moderne Dreifaltigkeit. Der Rest brüllt vor allem laut herum. Zwischen den Dreierreihen entlang der Theke und den vom Boden bis zur Decke reichenden Fenstern werden Geschichten, Witze und Frivolitäten in die Basslines eines faulen DJs gewickelt. Ryan kauft eine Runde. An der Theke kippt er einen Jameson und bringt einen zweiten mit dem Rest der Getränke.

»I'm«, trällert ein Mann in einem steifen Polohemd, der sich an der Theke festhält. *»Dreaming.«* Er drückt den Rücken durch und breitet die Arme aus. *»Of a white. Christmas.«*

»Und dabei bleibt's auch!«, röhrt jemand.

Karine verdreht die Augen und lächelt. Ryan erwidert ihr Lächeln.

Colm kommt herein, entdeckt Ryan und drängt sich grinsend und konzentriert zu ihm durch.

»Was läuft, Kumpel.«

Er stellt sich selbst allen vor, die ihn nicht kennen oder sich nicht an ihn erinnern. Er erzählt ihnen vom Catalyst. Karine sieht Ryan an.

»Was hör ich da?«

»Yeah. Er macht einen Club auf. Und ich helfe ihm ein bisschen.«

»Musikalisch, meinst du?«

»Yeah.« Es wird eine bessere Gelegenheit geben, ihr die ganze Wahrheit zu sagen. Wenn sie weniger engelsgleich aussieht und weniger das Gefühl hat, zu ihm zu gehören. Er verfolgt, wie sie die Idee zerlegt und bewertet. »Ich muss was mit mir anfangen«, sagt er. Sie legt den Kopf schief. »Wie man mir erzählt«, fügt er hinzu.

»Warum hast du es verheimlicht?«

»War nicht meine Absicht.«

Sie schenkt ihm ein schwaches Lächeln.

Sein Telefon vibriert. Er holt es hervor und will den Anruf wegdrücken, aber Dans Name steht im Display. Karine starrt Colm an. Ryan tätschelt ihren Arm und geht zur Tür.

»Wo bist du, kleiner Mann?«

Ryan steckt sich eine Zigarette an. »Draußen. Wir trinken was im Annex.«

»Wie ist es da?«

Ryan sieht sich zur offenen Tür hin um. »Ziemlich durchgeknallt.«

»Bleib, wo du bist«, sagt Dan. »Du musst eine kleine Sache für mich erledigen und dann … dann sollten wir einen trinken, der Gelegenheit entsprechend.«

Als Ryan wieder reingeht, zu Karine, steht sie immer noch da und starrt Colm an, als wäre der Kundschafter einer von der Seite anrückenden Armee.

Ryan bestellt sich noch einen Whiskey und tritt zu ihr. Er hält die Tür im Blick, was ihr nicht entgeht.

»Was ist los mit dir?«

»Nichts.«

Ihre Seite fühlt sich warm und weich an unter seiner Hand. Er bewegt die Finger, spürt, wie sie nachgibt, und versucht sich das Gefühl zu merken, denn sobald Dan durch die Tür kommt, wird sie ihn verdammt noch mal umbringen.

Dan kommt mit Shakespeare, zwanzig Minuten später. Er sieht Ryan an, als er an ihm vorbeigeht, und Ryan atmet aus. Er hat das Gefühl, seit Stunden die Luft angehalten zu haben.

Karine versteift sich.

»Was?«

Ihre Wut fixiert sie vor einem hellen, verschwimmenden Hintergrund. »Du hast Dan geholt?«

»Ich kann ihm nicht verbieten herzukommen, Mädchen.«

Sie zieht sich von ihm zurück und verschränkt die Arme.

»Jetzt übertreib mal nicht«, sagt er leise, denn ihre Kohorten um sie herum spitzen die Ohren, um zu hören, worum es bei den beiden geht.

»Den Mann, der dich beinahe umgebracht hätte?«, sagt sie.

»Ach, komm.«

Sie zerhackt die Luft zwischen ihnen. »Er steht für etwas, das dich beinahe umgebracht hätte, Ryan. Und du holst ihn her zu uns?«

»Lass mich nur schnell Hallo sagen. Ich bleibe bei dir. Ich bin mit dir zusammen hier«, sagt Ryan und wartet, bis sie ihn anfährt: »Mach doch, was du willst.«

Er schiebt sich zur Treppe am Ende der Theke vor. Im ersten Stock ist eine Raucherterrasse, voll mit Heizpilzen und Rattan-Tischen. Dan steht mit Shakespeare ganz am Ende. »Sie sind da«, sagt er und gibt Ryan ein Telefon. »Ruf unseren Kumpel in Italien an. Sag ihm, das Zeugs ist durch.«

Ryan geht hinaus in die Gasse neben dem Pub und macht den Anruf. Er überbringt die Nachricht auf Italienisch. Sein neuer Kollege antwortet auf Neapolitanisch, und das ist okay, denkt sich Ryan, klar, warum ein so heikles Gespräch nicht noch mehr verschleiern, wenn man kann?

»Was jetzt?«, fragt er Dan, als er zurückkommt, obwohl die Frage bereits beantwortet ist. Dan und Shakespeare halten Drinks in der Hand und stehen bei einer kleinen Gruppe an einem der Tische. Die Hand eines Mädchens mit cartoonrotem Haar liegt auf der von Dan. Vielleicht ist das eine von denen aus dem Room, vielleicht auch nicht. Ryan kann sich nicht erinnern.

»Cooney und Feehily sind im Hafen«, sagt Dan. »Wenn sie Entwarnung geben, holen wir das Zeugs. Gina macht das, still und leise. Darauf trinken wir einen, und wenn Pender hier ist, gleich noch einen.« Er gibt Ryan einen Whiskey, der auf dem Tisch hinter ihm steht. »Ein vorsichtiges ›Auf uns!‹«, sagt er, und Shakespeares skeptische Miene bestätigt ihn. Ganz kurz leuchten seine Zähne auf.

Sie trinken.

Colm erscheint in der Tür, und Dan nickt ihm zu und sagt zu Ryan: »Nicht jetzt.« Ryan trinkt seinen Whiskey aus, geht zu Colm und dirigiert ihn zurück. Colm hat keine Einwände. Er scheint nicht rumschubsen oder große Sprüche machen zu wollen. Vielleicht profitiert er von dieser Partnerschaft, denkt Ryan.

Sie gehen auf die Toilette und drängen sich in eine silberne Zelle. Aus klugem Grund gibt es keine Wasserkästen. Colm fischt eine Kreditkarte aus seinem Portemonnaie und schaufelt mit der Ecke eine Dosis aus einem Tütchen.

»Alles okay?« Er hebt die Karte an die Nase und schnupft.

»Hier oben schon. Aber wenn ich zu meiner Alten runterkomme, gibt's ein furchtbares Theater.«

»Ja, die ist ziemlich sauer.« Colm verschluckt sich. »Ich weiß ja nicht, was du gemacht hast, aber die sieht richtig angefressen aus.«

Er gibt Ryan die Karte.

»Was hab ich nicht gemacht?«, sagt Ryan und nimmt noch ein bisschen mehr.

Er geht zusammen mit Colm hinunter zur Bar, hält aber Abstand von der Horde. Selbst so, hinter einer ganzen Wand von Leuten und mit einem Jamie in der Hand, kann er sehen, dass sich die Stimmung gewandelt hat. Karine ist von ihren Freunden umgeben, die ganz angetan sind von ihren schönen Augen und bebenden Lippen. Ryan ist mal wieder der Schlimme.

Pender kommt.

Jason Pender, ein langjähriger Kunde, der zum Mitarbeiter wurde, ist davon überzeugt, dass er wichtig genug ist, um mit seinen Zulieferern auf einer Stufe zu stehen. Er überwacht einen Teil des Handels in West Cork und ist dafür bekannt, in den Hügeln rundum zu verschwinden, wann immer er mit seiner großen Schnauze die Geduld von jemandem überstrapaziert hat, der größer oder furchterregender ist als er selbst. Pender ist ein launisches Arschloch, aber erfolgreich, und das hat ihn weiter gebracht, als er je hätte kommen sollen. Jedenfalls denkt Ryan das. Ihm entgeht nicht, dass sein Hass etwas mit seinem Ego zu tun hat. Für Pender sind Dan und Shakespeare Partner, Ryan dagegen ist kaum mehr als ein Nichts und nur deswegen in ihre Absprachen eingeweiht, weil er Dans Bodyguard gibt und, seit Neuestem, für ihn dolmetscht.

Ryan bringt ihn auf die Raucherterrasse. Dan lässt seine Eckzähne sehen und schickt Ryan zur Bar, um noch eine Runde zu holen. Ryan bestellt und trinkt, und das meint er ernst, einen letzten Jameson.

Ryan hält sich nicht für einen geborenen Trinker. Es ist nicht so, dass das Dealerleben einen automatisch in Pubs und Clubs führt, aber Dan mag nächtliche Vergnügungen, und Ryan folgt ihm. Mehr noch: Musik zu machen scheint ihm in diesen Sphären absolut möglich, während es in einem Konzertsaal undenkbar wäre. Sobald sich Ryan das auch nur vorstellt, verspannt er sich, wird gereizt und unendlich traurig. Ihm ist durchaus klar, dass er einmal für was anderes ausersehen war und seine Mutter die Grundlagen dafür gelegt hat. Aber statt Klavier zu spielen und zu komponieren, setzt er sich vor einen Monitor. Statt zu üben, ist er unterwegs.

Shakespeare ist auch nicht unbedingt ein geborener Trinker und Clubber, wobei Pender grundsätzlich immer irgendwie fehl am Platz wirkt. Ryan ist mehr als zehn Jahre jünger als die beiden und sieht eher danach aus, für Orte wie diese gemacht zu sein, aber manchmal ist es schwer, den Erwartungen zu entsprechen. *Verspannter kleiner Wichser*, hat Shakespeare ihn schon mehrmals genannt, offen ins Gesicht.

Er geht mit den Drinks hoch auf die Raucherterrasse, und irgendwas ist vorgefallen. Pender und Dan stehen viel zu nah voreinander. Dans Zeigefinger bohrt sich in Penders Brust. Da gibt es ein übles Missverständnis.

Ryan stellt die Gläser ab. Er versucht Shakespeares Blick aufzufangen, aber der ist völlig auf die beiden fixiert.

»Nichts kommt ohne J. P.s Erlaubnis nach Cork rein«, sagt Pender. »Wenn wir einverstanden sind, bekommen wir Zugang zu seinen Märkten und seinen Kontakten im Hafen.«

»Es kommt eine Menge ohne J. P.s Erlaubnis nach Cork rein«, sagt Dan. »Ich hab's gerade bewiesen.«

»Die Großen werden uns in die Mangel nehmen, und den Kampf verlieren wir, Mann.«

»Wenn ich mit alten Männern wie Jimmy Phelan zusammen arbeiten wollte«, sagt Dan, »hätte ich diese Quelle nicht aufgetan. Bist du zu blöd, um das zu kapieren?«

»Bist du so blöd, anzunehmen, dass das von jetzt an ein Spaziergang wird?«

»Ich muss was an den Ohren haben«, sagt Dan. »Ich könnte schwören, du hast mich gerade blöd genannt.«

»War nur so'n Gedanke«, sagt Pender. Ihm scheint plötzlich die Luft auszugehen, aber Dan ist auf hundert. Er schlägt vor sich in die Luft. Shakespeare hebt beschwichtigend die Hand zum Rest der Terrasse hin, hält den Blick aber auch weiter auf Dan und Pender gerichtet. Es ist an Ryan, sich umzusehen, und ja, einige Leute haben was mitgekriegt, besonders eine junge Frau, die übertrieben zu ihren beiden Freundinnen hin gestikuliert. Aber niemand glotzt herüber, und niemand sieht verstört aus.

»Nur so'n Gedanke«, sagt Dan. »Ein Gedanke, der fast schon zurückhaltend ist für so einen forschen Handlanger wie dich, Pender.«

»Was soll das jetzt wieder heißen?«, sagt Pender.

»Es heißt, dass ich mich fragen muss, mit wem du dich schon unterhalten hast, Junge.«

»Mit niemandem«, sagt Pender. »Mit wem sollte ich mich unterhalten?«

»Unter normalen Umständen würde ich mich fragen, wer dir überhaupt zuhört. Aber bei dieser Sache hier gibt es, wie ich mir vorstellen kann, reichlich Leute, die dir liebend gerne zuhören würden. Verpiss dich«, sagt er. »Verpiss dich, ich will dich nicht mehr sehen.«

Pender will sich verteidigen und tritt näher an Dan heran, aber der kehrt ihm den Rücken zu. »Scheiße noch mal, Dan«, sagt Pender. »Ich habe nie was gegen dich gesagt.«

»Schaff ihn mir aus den Augen«, knurrt Dan zu Ryan hinüber.

Das ist leichter gesagt als getan. Shakespeare muss mithelfen, und zu zweit bekommen sie Pender durch die Tür und die Treppe runter. Unten angekommen, dreht sich Pender zu Ryan um. Er ist eine hässliche Kreatur. Heiser, behelfsmäßig normal in den Klamotten, die seine Alte ihm kauft, mit Borstenkinn und benebeltem Blick. »Cusack«, sagt er, »du glaubst doch nicht, dass da was dran ist.« Shakespeare beachtet er nicht weiter. Er weiß, an Shakespeare zu appellieren wäre vertane Zeit. Und als Ryan nichts weiter sagt, ändert er seinen Ton und fährt ihn an: »Oder hat er dir das Denken noch nicht beigebracht, Cusack?«

Shakespeare hebt die Brauen, zeigt auf die Seitentür und geht wieder nach oben.

»Auftrag erledigt, was?«, sagt Pender.

Er dreht sich wieder zu Ryan.

»Ist der Auftrag damit erledigt, du Schoßhündchen? Genau, geh zu deinem Sugardaddy, weil einen Schritt weiter, und ich reiß dir eigenhändig die Eier ab. Was hältst du davon?«

Ryan drückt seine Nase gegen die von Pender.

»Sag das noch einmal.«

Pender schubst Ryan weg, und Ryan holt aus, aber Shakespeare kommt gerade noch rechtzeitig zurück, umfasst seine Arme und zieht ihn zurück. Aus dem Gleichgewicht gebracht, schlägt Ryan gegen die Wand, und Pender beugt sich vor, als wäre er dafür verantwortlich.

Dan kommt die Treppe herunter, mit schweren, langsamen Schritten.

»Denk nicht, ich würde deine Ergebenheit nicht zu schätzen wissen«, murmelt Dan, »selbst wenn du auf die Idee kommst, sie in einem Pub mitten in der Stadt zu zeigen, wo das halbe County zusieht.«

Ryan sagt nicht mal, dass es ihm leidtut. Er hat das Gefühl, gleich in Tränen auszubrechen, und das ist so peinlich, so Tony-Cusack-typisch, so derart Ryan-aber-nicht-Ryan. Er und Dan stehen beim Notausgang, in der Gasse seitlich vom Pub. Vorne am Anfang der Gasse, wo sie auf den Bürgersteig und den Vordereingang trifft, steht die cartoonrote Frau. Sie gibt sich ungeduldig, ein Bein vorgereckt und die Hände in den Hüften.

»Ich sage dir, du sollst ihn rausbringen, und du forderst ihn auf der Treppe zum Duell? Was verdammt noch mal ist in dich gefahren, Ryan?«

»Nichts.«

»Komm mir nicht so«, warnt ihn Dan.

»Karine streitet mit mir rum, das ist alles.«

»Warum soll das ein Problem zwischen dir und mir sein?«

»Ist es nicht«, sagt Ryan. »Soll es nicht.«

Shakespeare kommt aus dem Notausgang, knallt die Tür gegen die Mauer und zittert vorbei, profimäßig achtlos. Ryan führt eine Hand an den Mund, um auf den Nägeln zu kauen, erwischt sich aber dabei, macht eine Faust und schlägt sich auf den Schenkel.

»Du kannst dich von diesen jungen Perlen nicht mit Katastrophen überziehen lassen, wann immer ihnen danach ist«, sagt Dan. »Musstest du dir mal kurz in die Hose fassen, um zu sehen, ob noch alles da ist?«

»So war es nicht.«

»So war's sehr wohl. Ich hätte heute Abend überall sein können, bin aber extra hergekommen, weil ich darauf vertraut habe, dass du dich kümmerst. Sag mir jetzt nicht, dass ich da falschlag.«

Durch Ziegel und Mörtel kann Ryan Bässe hören, die das Auf und Ab seiner Brust bestimmen. »Du lagst nicht falsch.«

»Trotzdem muss ich wieder mal die Regeln für dich außer Kraft setzen, verdammte Scheiße.«

»Ich hab was getrunken«, murmelt Ryan.

»Ach ja, schieb es auf den Alkohol. Hör zu, kleiner Mann, wenn ich abends unterwegs bin, um Leute zu treffen oder mit dem einen oder anderen Arschloch was zu bereden, muntert es mich auf, dass du da bist, um mir den Rücken freizuhalten. Wenn Alkohol das in Gefahr bringt, trink nicht. Gerade du solltest das wissen.« Das war klar. Er zerrt Tony Cusack aus Ryans Kopf und nutzt ihn für seinen Anschiss.

Dazu ein Anflug von einem Lächeln. »Ah. Das gefällt dir nicht, was?«

»Es ist nicht wichtig, was mir gefällt oder nicht gefällt«, sagt Ryan.

Dan wendet sich ab. »Wir reden morgen«, sagt er. »Ich muss mir ein paar Dinge durch den Kopf gehen lassen, und jetzt habe ich was zu erledigen. Besonders weil das Gegenstück zu deiner Kleinen, mein Nachschlag, nach Penders Anfall genervt rumschmollt und mit dem Taxi los will. Geh und klär den Scheiß mit Madame. Ich kann mich nicht auch noch mit deinen Hormonen rumschlagen.«

Madame. Die Sonne in Ryans Leben. Er drängt sich durch schreiende Hindernisse, Kerle, die sich die Ärmel hochgekrempelt haben, um mit ihren miesen Tätowierungen zu protzen, Frauen, die aus ihren Neonfetzen platzen, durch finstere Blicke, zwinkernde Augen und spitze Ellbogen, und die zusätzlichen Weihnachtslichter lassen erbarmungslos noch den kleinsten Makel erkennen. Sie steht noch da, wo er sie zurückgelassen hat, nur ist da jetzt ein anderer Mann an ihrer Seite, keiner aus der Gruppe, nicht der Freund, Bruder oder zufällig vorbeikommende Bekannte von jemandem. Das sieht Ryan gleich. Der Bursche hält genau den Kurs, den Ryan auch halten würde, wenn er was Knackiges an Land ziehen wollte.

Der Kerl geht näher ran, um ihr was ins Ohr sagen zu können, und legt ihr eine Hand auf den Rücken.

Ryan kommt bei den beiden an, und die Hand des Fremden zuckt und fällt nach unten.

Sie sieht nur zu.

»Willst du was?«, fragt Ryan den Jäger.

Der ist schlau genug, verlegen zu wirken. »Was?«

»Du begrapschst meine Freundin, Junge.«

Der Fremde hebt die Hände. »Gott, woher sollte ich das denn wissen?«

Karine dreht sich auf dem Absatz um. Ryan holt sie direkt hinter der Tür ein, im Raum zwischen der Bar und den Türstehern. Sie ballt die Hand zur Faust, als er ihren Unterarm packt, presst die Lippen aufeinander und weicht zurück gegen die Wand. Rechts neben ihr hängt ein Plakat für eine Neujahrsparty. Mit Bildern von tanzenden, lila umrahmten Schönen. »Der Herr wird besitzergreifend«, sagt Karine. »Dazu hast du kein Recht.«

»Süße, nein, das werde ich nicht. Wer verdammt war der Wichser?«

»Nur ein Junge. Weißt du? Jungs? Die versuchen manchmal jemanden kennenzulernen, wenn sie abends unterwegs sind.«

»Du denkst, der wollte dich nur kennenlernen? Das ist ja wohl ein Witz.«

»Nun, du musst ja wissen, wie sich so ein Arschloch an eine Frau ranmacht, oder?«

Ryan legt die Hand auf die lila Frauen und lehnt sich über Karine. Sie schiebt die Lippen vor.

»Scheiße, ich war doch nur ein paar Minuten weg.«

»Das waren nicht nur ein paar Minuten.«

»Ich war im Dienst. Es war notwendig. Und ich sollte darauf vertrauen können, dass du nicht gleich Männer anmachst, wenn ich dir den Rücken zuwende.«

»Du bist so ein verdammter Mistkerl.« Sie lächelt. »Ein richtiges Arschloch. Weißt du, was du tun kannst? Lauf hinter Dan her und sieh, ob du dich an seiner Schulter ausheulen kannst, denn ich bin mit dir fertig.«

Sie versucht sich an ihm vorbeizuschieben, aber er legt auch die andere Hand an die Wand, auf die andere Seite neben ihrem Kopf, starrt sie an und begreift, dass sie es ernst meint. Ihre Augen lodern. Sie reißt ihn auf, greift in ihn hinein, packt seinen Magen und drückt zu.

»Das war es also.« Er hustet einen Lacher aus sich heraus. »Am 23. Dezember. Nach zu vielen Drinks?«

»Ich hatte zwei, Ryan. Wie viel hattest du?«

»Was macht das schon, wenn du mit mir durch bist?«

»Oh, richtig. Ich hab ja ganz vergessen, dass es dir immer lästig war, wenn ich mich zu Tode gesorgt habe. Aber du hast recht. Ich bin nicht deine Krankenschwester. Mach dich ruhig weiter kaputt, Ryan. Ich stehe dir nicht länger im Weg.«

»Siehst du, es geht immer so weiter!« Sie wirft den Kopf zur Seite, und er schlägt gegen die Wand. »Scheiße, das ist doch alles völlig übertrieben, Karine. Ich hab mir zu viel reingezogen, okay? Ich hab mir das Bruttosozialprodukt von Bolivien durch die Nase reingezogen. Aber das ist jetzt vorbei. Ich habe es dir gesagt. Und alles, was daraufhin von dir kommt, ist ein verdammter Vorwurf nach dem anderen, was für ein hoffnungsloser Fall ich doch bin und dass ich alles, wirklich alles an mir ändern muss, um dich glücklich zu machen. Okay, auch das stimmt: Ich hätte dich beinahe geschlagen.« Ihre Schultern sacken weg. »Und du erinnerst mich ständig daran«, fährt er fort. »Ich hab's nicht getan. Aber Scheiße, so wie du drauf rumreitest, hätte ich es genauso gut tun können.«

»Was soll das jetzt heißen?«

»Genau das, was ich gesagt habe«, sagt er. »Du musst mir erlauben, das hinter mir zu lassen.« Aber er hat es versaut, und er weiß es. Sie stößt ihn vor die Brust, und er weicht zurück. »Karine«, sagt er. Die Arme hängen ihm an den Seiten herunter. Sie geht zur Tür zum Schankraum und bleibt noch mal stehen.

»Wir sind fertig miteinander, Ryan. Aber lass dich davon nicht aus der Bahn werfen. Gönn dir noch einen Jamie. Noch eine Line. Noch eine Schlampe. Oder …«, sie verdreht theatralisch die Augen, die ersten Tränen kommen, » … willst du wieder nach Hause gehen und dich umbringen?«

Sie verschwindet im Gedränge, und er geht in die andere Richtung, an den Türstehern vorbei raus auf die Straße.

Und da steht er. Schimpft stumm vor sich hin. Und ballt die Fäuste.

Vielleicht eine Viertelstunde steht er da, bis er denkt: *Ich brauche was zu trinken und eine Line.* Um den Schock abzuschwächen. Colm ist noch drinnen und bequatscht die schielende Menge, was ihre gemeinsame Unternehmung angeht. Als würde sich Ryan fortan um die Ausschweifungen der ganzen Stadt kümmern wollen.

Er geht hinüber zum Anfang der Gasse. Schaut den schwarzen, dunklen Pfad hinunter. Die Stadt lärmt um ihn herum. Er will losrennen, dann aber wieder nicht, während sie noch drinnen ist.

Er wirft einen Blick zurück zur Tür, und da steht ein Mädchen neben den Rausschmeißern, die Hände auf dem hüfthohen Sperrgitter hinter sich. Sie sieht zu ihm herüber.

»Alles okay?«, fragt sie.

Ryan neigt den Kopf zur Seite.

»Nein«, sagt sie. »Du kennst mich nicht.«

Sie sieht ihn an. Rauchige Augen unter kräftigen Brauen, blutrote Lippen und mokkabraunes Haar, das ihr bis auf die Schultern fällt. Sie beobachtet, wie er sie ansieht, und gluckst und seufzt, als wäre das alles äußerst komisch. »Hi«, sagt sie.

»Wie läuft's?«, sagt Ryan.

»Alles okay mit dir?«, fragt sie wieder.

Seine Fäuste öffnen sich verlegen. »Nein …«

»Irgendwas hat mir gesagt, dass ich dich fragen sollte. Ich bin Natalie«, sagt sie.

Sein Kinn sackt kurz weg, bevor ein Geräusch herauskommt. »Ryan.«

5

Manchmal will Ryan Cork daran erinnern, dass er seine wahre Natur nicht vor ihm verbergen kann. Dann will er sich auf die Patrick's Bridge stellen und zum nördlichen und südlichen Ufer rüberbrüllen: *Glaub nicht, dass ich dich nicht durchschaue!*

Diese Stadt, wie alle anderen Städte auch, hasst die Leute, die in ihr geboren sind. Lieber würde sie sich ständig erneuern, als sich zu denen zu bekennen, die sie verkorkst hat. Ryan sieht es ziemlich klar, die Sippschaften, die Hipster-Baristas, die engen Anzüge und die Studenten, die reinfluten und sie alle rausdrängen. Ryan kapiert es: Wer will schon Leute wie ihn, der alle versaut, denen er was verkauft, abgesehen von denen, die ihn brauchen und längst versaut sind? Die Männer, die auf der Straße schlafen, sind Alkoholiker, und die Frauen, die dich anhalten und um Geld anhauen, ebenfalls. Es liegt an Cork, denkt Ryan, das ist nicht seine Schuld. Leute verlieren ihre Jobs, können die Miete nicht zahlen, dafür kann er nichts. Und doch, wenn die Leute den Lack der Stadt brechen sehen und tiefer gucken, machen sie allein ihn als Schuldigen aus. Er ist zu urban, sein Akzent ist zu stark, sein Gang zu arrogant.

Aber diese Natalie stammt aus einem anderen Cork, einem künstlerischen, lebendigen Hochglanz-Cork, und sie hüpft durch seine Straßen.

Ryan folgt ihr, weil sie es ihm sagt, und sie fragt ihn, heiser, warum er so traurig ist. Er sagt, dass seine Freundin endgültig die Nase voll hat von seinem Mist, und sie sagt: *Ach du Scheiße!*, und er sieht sie mit offenem Mund an und hofft auf eine wilde, gefährliche Art, dass sie seine Hand nimmt. Sie kaufen sich einen Kaffee in einem der bis spät geöffneten Centra-Läden und setzen sich in die kalte Luft beim Fluss, am Ende der Parade. Ryan hat das Gefühl, dass ihn eines Tages jemand fragen wird: »Worüber habt ihr geredet?«, und er kann sich kaum erinnern. Du redest und redest, und bald schon ist es egal, worüber. Es sind nichts als Worte, Pausen, Stimmen und Stille. Besonders, wenn du eins draufgekriegt hast und alles erzählen würdest, nur damit sie nicht geht. Nicht, dass er sie anlügt: die Catalyst-Sache, Colm, Karine, das brechende Herz in einer nur halb fertigen Melodie. Aber auch nicht die ganze Wahrheit. Er mag ja dicht sein, verrückt ist er nicht.

Sie dreht sich auf der Bank zu ihm hin und spielt mit ihrem Haar, nimmt es hinter dem Kopf zusammen, lässt es los und nimmt es wieder zusammen. Sie ist eine meisterhaft arrangierte Landschaft, ein durch Ausschnitt und Wespentaille akzentuiertes Stundenglas. Sie führt ein Interview mit ihm. Mit den richtigen Worten am passenden Ort, dem richtigen Ton, um ihn für sich zu gewinnen.

Sie fragt, wie lange er mit Karine zusammen war, und er sagt, im kommenden März wären es sechs Jahre gewesen.

»Wow«, sagt sie. »Das ist für immer.«

Er denkt an Ewigkeiten, während die Luft kristallisiert und die Pubs zumachen. Weit hinter ihnen, am anderen Ende der Parade, kommen seine gelegentlichen Feier-Kumpels womöglich gerade heraus, ziehen sich die Mäntel über die Schultern und beschließen, noch weiterzufeiern. Er stellt sich Karine unter ihnen vor, ihr so perfektes Gesicht mit einem verdrießlich vorgeschobenen, wütenden Kinn.

Was von seinem Kaffee noch übrig ist, hat die Temperatur von Spucke. Er zerdrückt den Pappbecher.

Nüchternheit droht, und da an Worten füreinander kein Mangel herrscht, sucht Natalie eine Bar aus, die noch geöffnet hat, und sie gehen hin, immer noch um Fingerspitzenbreite voneinander getrennt. Der Laden ist aufgemacht wie ein Varieté, es riecht nach altem Samt, nach Möbelpolitur und Hopfen. Das

Licht ist stark heruntergedimmt. Er kauft ihr einen Brandy. Sie checkt ihr Telefon und lacht, weil ihre Freunde ohne sie nach Hause gegangen sind. Er schreibt Colm und fragt, was geht. Partys, nimmt er an. Chaos, um den Hunger zu verstecken und zu nähren. Und sie lächelt ihn an. Sie rückt näher, und sie lächelt ihn an.

Sie stehen bei einer Wand mit lauter mahagonigerahmten Fotos, von Cellistinnen, brütenden Gitarristen und vollbusigen Sängerinnen, die den Kopf in den Nacken legen. Sie beugt sich zu seinem Ohr hin. »Du scheinst schon viel glücklicher zu sein.«

»Habe ich so elend ausgesehen?«

»Eine wunderschöne Tragödie«, sagt sie. »Verloren auf einem Fußweg.«

Er kauft ihr noch einen Brandy.

Die whiskeygetränkten Klagen über seine Freundin und die ruckelnden Erklärungen über das Veranstalten von Clubnächten dünnen aus. Sie kommt mit ihm zu Colms Party. Während Frauen tanzen und Colm Lines auf den Bildschirm seines iPads zieht, sprechen sie über Musik. Sie redet von Nina Simone und fragt ihn, ob er glaubt, dass Electronic die neue Klassik ist. Sie glaubt ihm nicht, als er sagt, dass er Klavier spielt. Sie rutscht auf dem dünnen Leder des Sofas von Colms Vermieter vor und nimmt seine Hände in Augenschein.

»Die sind viel zu schön für Musikerhände.«

Da ist dieses Wort wieder, *Musikerhände*, aber er ist zu dicht, um sich darauf zu konzentrieren.

»Was hättest du erwartet? Klauen?«

»Ich weiß nicht. Vielleicht. Mehr Knöchel und Adern.«

Er fährt mit dem Mittelfinger über ihre Handfläche.

Colm geht vorsichtig vor ihnen in die Hocke und hält ihnen das iPad hin. »Ladys first«, sagt er, und Natalie nimmt das Angebot an. Sie ist geradeheraus, ohne das übliche Getue: *Nimmst du Drogen? Ist das okay für dich?*, und Ryan ist froh drum. Er widmet sich seiner Line und überlegt, ob sie das Gleiche denkt.

Eine Stunde später steht er mit ihr im bleichen Licht des Flurs und nimmt ihre Hände. Sie legt den Kopf in den Nacken. »Küsst du mich jetzt?«, flüstert sie.

»Ja. Kommst du mit zu mir?«

»Ja.«

Von da geht es voller Gier auf den Rücksitz eines Taxis und in den Flur bei ihm im Haus, wo sie sich die Mäntel von den Schultern reißen. Natalies Küsse sind hungrig, ihre Zähne klacken gegen seine. In seinem Schlafzimmer zieht sie ihm das Hemd über den Kopf, tanzt mit den Fingerspitzen über das Ende seines Rückgrats und fasst an den obersten Knopf seiner Jeans. Er packt sie mit ruppigem Respekt aus. Ihr Körper ist weich, wo seiner fest ist. Er gräbt die Finger in ihren Arsch und drückt den Mund auf ihren Hals. Das Bett hinter ihr ist ungemacht. Die Daunendecke zusammengelegt und zur Seite gedrückt, das Laken kraus.

»Hast du keine Angst?«, fragt sie. »Du hast mich doch gerade erst kennengelernt und weißt gar nicht, was für ein Mädchen ich bin?« Ihre Augen leuchten meerblau in den braun-orangen Schatten seines Zimmers. Sie steht inmitten ihrer verstreut herumliegenden Kleider, die Hände auf seiner Brust. »Denkst du nicht, du solltest mich fragen«, flüstert sie, »ob ich dich deiner Freundin zurückgebe?«

Er beugt sich vor, und sie lässt sich unter seinem Gewicht aufs Bett zurücksinken. Er senkt ein Knie zwischen ihre und die Ellbogen links und rechts neben ihren Kopf. Sie versinkt. Stoff wird über ihrer beider Hüften gezogen, und sie greift nach ihm, schließt die Hand um ihn. Er fühlt vor, drückt ihre Schenkel auseinander, sie keucht: »Du hast doch ein Kondom?«, und die momentane Zielstrebigkeit seiner Lust fällt in sich zusammen, sie spürt es, so benommen, wie er innehält.

Joseph ist nicht zu Hause. Selbst unterwegs, nimmt Ryan an. Nackt und unbeholfen durchsucht er die Kommode seines Cousins. Ryan hat nichts gegen das Konzept von sicherem Sex. Er hat nur selten welchen. Der Vorzug einer langjährigen Freundin. Das ist ihr Ding.

Ihr Ding, sein Verlust. Er findet eine Packung Durex. Schnappt nach Luft und steht eine Minute lang da. Er stellt sich vor, dass Natalie gerade aufrecht dahockt und überlegt, wie sie einem Mann entfliehen kann, der so schlecht mit der eigenen Wirklichkeit umzugehen versteht, dass er nicht mal Kondome in seinem Zimmer hat. Demütigung begleitet den Rückzug, und er flucht über den Verlust seines Elans. Er fragt sich, was er da eigentlich macht, und erinnert sich daran, dass es etwas ist, was er verdammt noch mal mag. Er zieht die Brauen zusammen und ballt die Fäuste, hastet zurück in sein Schlafzimmer, und sie sieht ihn aus dem Dämmerlicht seines gelegentlichen Gefängnisses und all seiner schlechten Entscheidungen an.

»Ich habe gerade deine Tätowierung gesehen«, sagt sie.

»Oh.«

»Sexy. Wie lange hast du die schon?«

»Ein paar Jahre.« Er macht Musik, ein bisschen 65daysofstatic, um die Emotionen zurück in den Raum zu holen. Dass sie die Tätowierung erwähnt, ist eine heimliche Katastrophe. Der Drache, der seine Flügel von Schulter zu Schulter reckt und dessen Schwanz in zwei Gabeln eines züngelnden Ks endet. Karine auf Ryans Rücken.

»Es lässt dich wie einen Martial-Arts-Kämpfer aussehen«, sagt Natalie.

Sie setzt sich auf. Die Decke rutscht in ihren Schoß. Sie lässt die Hände über seine Hüften gleiten und führt ihn zu ihrem Mund. Die Katastrophe verpufft. Er schließt die Augen und hört widerstreitende Rhythmen: hämmernde Tasten über dem Schlagzeug, *pesante, fortissimo*, seinen Atem, sein Herz.

Sie lehnt sich zurück, wartet, dass er sich fertig macht und ihr folgt. Als er sich hinlegt, schiebt sie sich auf ihn. Sie ermutigt ihn nachzugeben, er fasst ihre Ellbogen.

»Nein«, sagt er.

Sie blinzelt.

»Ich mag das nicht«, sagt er.

Er rollt sie auf den Rücken. Hält ihre Hüften. Zieht sie an sich und sieht ihr in die Augen. Ihr Blick flattert davon. Sie sieht auf seine Kehle, seinen Mund, und wieder in seine Augen. Ihre Lippen öffnen sich.

Und so beginnt auch das jetzt, wie so vieles, was Ryan verkackt, mit *Ecstasy*.

Wahrscheinlich wärst du als Mutter zu italienisch gewesen, um Karine D'Arcy zu mögen. Stereotypisch gesprochen, du hättest sie gehasst, hättest sie für ein bleiches Flittchen gehalten, das nicht kochen kann. Aber jetzt, wo du tot bist, kannst du dich hinter solchen Plattitüden nicht mehr verstecken. Es ist auch so schon schwer genug, dich zu finden.

Ich muss dir etwas gestehen. Dad hat erst begriffen, dass ich eine Freundin hatte, als ich wegen ihr nicht nach Italien wollte.

Am Abend meines fünfzehnten Geburtstags sind wir zusammengekommen, und drei Wochen und zwei Tage später

Haben wir es. Gemacht. Verdammt.

Ich weiß, du hättest mir den Hintern versohlt. Ich war so jung, ich weiß, ich weiß.

Weißt du, woher ich das weiß? Weil es für ein paar Tage danach okay war, und dann wurde sie richtig komisch. Sie war überzeugt, jetzt, wo wir Es getan hatten, würde ich nichts anderes mehr von ihr wollen, und sie stieß mich zurück, wann immer ich ihr nahe kam. Das machte sie einen Monat lang, gerade noch glücklich, und schon reißt sie mir den Kopf ab. Und klar, ich hatte keinen Schimmer, was da vor sich ging, ich war fünfzehn und hatte von nichts eine Ahnung. Joseph kam dahinter und machte alles noch schlimmer. Er wusste von mir, dass ich einmal reingedurft hatte und seitdem draußen bleiben musste, und meinte, entweder würde ich lügen, wenn ich sagte, dass wir es gemacht hatten, oder ich wäre zu jung, um zu wissen, ob ich tatsächlich richtig bei ihr drin war, oder einfach so scheiße gewesen, dass sie mich nicht mehr wollte. Er hat mich völlig fertiggemacht.

Wir hatten diesen fürchterlichen Streit deswegen, wobei sie es so weit trieb, dass ich in Tränen ausbrach, was ich, wie ich damals dachte, nicht überleben würde. Das ist das absolut Peinlichste, so zusammenzubrechen, wenn du erst fünfzehn bist. Aber stattdessen kam dadurch alles wieder in Ordnung. Weil sie sah, dass meine Gefühle für sie echt waren. Dass ich sie, nun ja, liebte. Sie hat mich so glücklich gemacht. Hat mich förmlich verschlungen. Die ganze Zeit.

Trotzdem, Dad hat nichts davon mitgekriegt, bis nach dem Mittelschulabschluss. Zu Beginn der Sommerferien waren wir schon fast drei Monate zusammen, meine Nonna rief an, mit der gewohnten Einladung, und Dad kam zu mir und Kelly ins Wohnzimmer und fragte, ob ich den Sommer über nach Neapel wollte (die Einladung galt auch für Kelly, aber die war da schon komplett antifamiliär). Und ich musste sagen, ich glaube, dieses Jahr nicht.

Mein Dad ist fast in Ohnmacht gefallen, und dann ging Kelly dazwischen: Er will nicht, weil er eine Frrreunnndiiin hat!

Dad nahm es gelassen. Es macht ja keinen Unterschied für Väter, ob ihre Söhne eine Flamme haben oder nicht. Für dich schon, oder? Ich kann mir nicht vorstellen, dass du sie gleich gemocht hättest, schließlich war sie das Mädchen, für das ich meine Sommer in Italien aufgegeben habe. Andererseits warst du schon lange nicht mehr da, als ich alt genug für eine Freundin war, dass ich nicht wirklich sagen kann, wie du reagiert hättest. Ich meine, du warst komisch, was Italien anging, das weiß ich noch, und vielleicht wärst du froh gewesen, dass ich zu viel mit Karine zu tun hatte, um hinzufliegen. Ich weiß es nicht. Das ist das Problem, richtig? Dass ich dich nicht gut genug gekannt habe.

6

Sie kommen mit ein paar Joints wieder runter und erzählen ein bisschen, Natalie von ihrem Master in Rechnungswesen und ihren bisherigen Abenteuern – sie gönnt sich eine einjährige Auszeit und ist gerade aus London zurück, wo sie ihren vierundzwanzigsten mit einem Riesenfest in Shoreditch gefeiert hat. Den Sommer über war sie auf dem Kontinent unterwegs. Sie erzählt ihm von ihrem älteren Bruder in Melbourne, der Bilanzbuchhalter ist, ihren Eltern, die ebenfalls Bilanzbuchhalter sind, und von Alf, ihrem Golden Retriever, der wahrscheinlich auch Buchhalter ist. Er erzählt ihr von Italien, vom DJing und wie er versucht, die Melodien in seinem Kopf einzufangen.

Kurz nach sieben bestellt sie sich ein Taxi und zieht sich an, streicht die Falten in ihren Sachen glatt und fährt sich mit den Fingern durch die Haare. Er spielt ein paar Tracks ein, und sie ziehen einen Strich unter ihr Rendezvous. Natalie hält seine linke Hand und spielt mit seinen Fingern.

»Ich respektiere wirklich, was ihr macht, du und Colm«, sagt sie. »Alle, die ich sonst kenne, drehen wegen ihrem Master durch oder irgendeinem Praktikum, und an so was denkt ihr gar nicht erst, oder?« Sie zögert und lächelt. »Zeig mir dein Telefon«, sagt sie und streicht mit der Hand unter seinem Kinn her.

Er gibt es ihr, und sie holt ihr eigenes heraus, ruft seine Nummer auf und tippt sie in ihren Bildschirm.

»Hier«, sagt sie.

Er bringt sie zur Tür und küsst sie zum Abschied. Sie fasst ihn bei der Taille. »Es war wirklich schön«, sagt sie. »Bist du okay?«

»Ja«, sagt er. »Klar doch.«

»Aber fast sechs Jahre«, sagt sie. »Wow.«

Der Rausch verebbt, und seine Überbleibsel meißeln ihren Code hinten unter seine Schädeldecke.

Ryan wacht gegen Mittag auf, allein, am Heiligen Abend, er streckt sich, atmet tief durch, erinnert sich und geht ehrfürchtig mit seiner Erektion um. Er duscht. Zurück im Schlafzimmer, öffnet er aus einer Laune heraus seinen halb fertigen Track, und vor ihm flackert auf, wie er weitermachen kann. Er versucht sich glücklich zu schätzen. Er sagt sich, dass es absolut einleuchtend ist, doch sein Gewissen will sich von solch bequemen, einleuchtenden Erwägungen nicht beruhigen lassen.

Karine, wach und strahlend, umgeben von Geschenkpapier.

Ruf sie nicht an, sagt er sich. *Ruf sie bloß nicht an.*

Himmel, sagt er sich. *Gott im Himmel, sie hat gesagt, ich soll nach Hause gehen und mich umbringen.*

Er dehnt die Finger und spielt ein komplettes Stück auf seinem digitalen Klavier. Seit seine Schale aufgebrochen und Tony Cusack aus ihm herausgebrochen ist, seit er seine schöne Karine mit seinen Musikerhänden an die Wand neben der Zimmertür gedrückt und dem, was zwischen ihnen war, die Flügel ausgerissen hat, hat er das nicht mehr getan.

Er ruft sie an. Er wendet dem Bett den Rücken zu, in dem er ihren Ersatz gevögelt hat, und wartet, dass sich nach dem Klingeln ihre Mailbox einschaltet. Die Nachricht, die er ihr hinterlässt, besteht aus Entschuldigungen und schwerem Atem.

Auf seinem Computerbildschirm regt sich der Cursor und wartet darauf, dass er ihm Leben einhaucht.

Das Telefon klingelt, und er springt auf, erleichtert darüber, dass Karines Entschlossenheit so schnell in sich zusammengebrochen ist.

Aber es ist Shakespeare, der sagt: »Mit wem hast du geredet?«

»Was?«

»Ich habe gerade angerufen und bin auf deiner Mailbox gelandet. Mit wem hast du geredet?«

Normalerweise fragt Shakespeare so was nicht, und wenn, würde Ryan ihm sagen, er soll sich um seinen eigenen Scheiß kümmern. Aber da ist ein bissiger Unterton in seiner Stimme, und Ryan sagt: »Mit meiner Alten. Was ist los, Mann?«

»Das willst du besser nicht wissen.«

»Was redest du da? Was soll das?«

»Ich rede von dem Geschenk, das uns dein italienischer Freund gemacht hat.«

»Und?«

»Scheiße, weil es geklaut worden ist.«

Alle fünfzigtausend Pillen. Shakespeare erklärt die Einzelheiten, als hätte er es mehrfach üben müssen, um sicher zu sein, dabei nicht die Fassung zu verlieren: Gina ist am Morgen hingefahren, hat die Pakete eingesammelt und ist auf Nebenstraßen zurück in die Stadt, aber kurz vor Rochestown haben drei Kerle mit Strumpfmasken sie gestoppt und ihr die komplette Lieferung abgenommen.

»Fuck.«

»Genau«, sagt Shakespeare. »Du kommst besser her.«

Nicht jeder wird in Dans Haus eingeladen. Das steht nur Vertrauten und Bodyguards zu, Männern, in deren Gegenwart sich Gina sicher und Dan wichtig fühlt. Und selbst noch unter diesen wenigen Auserwählten ist Ryan ein Sonderfall. Er hat auf Dans Sofa geschlafen, als er sich vor seinem Vater verstecken musste, hat dort zu essen und zu trinken bekommen, hat Mitgefühl erfahren, wurde behütet.

Gina ist mindestens so lange mit Dan zusammen wie Ryan, wenigstens sieben Jahre. Sie fungiert nur in wichtigen Angelegenheiten als Kurier, Dan mag sie nicht in Gefahr bringen. Sie öffnet die Tür ihres Hauses in der bewachten Wohnanlage im

Stadtzentrum mit einem netten »Hallo, Fremder«. Sie wirkt gelassen, hatte aber auch einige Stunden, um sich zu beruhigen. Sie trägt Leggings, flache Schuhe und einen lockeren Haarknoten. Gina hat es gern bequem, und man sieht sie nur selten nicht im Pyjama. Sie war immer gut zu ihm. Falls sie was dagegen hatte, dass Dan ihn unter seine Fittiche nahm, hat sie es sich nie anmerken lassen.

»Bist du wieder du selbst, Schatz?«, fragt sie, als er eintritt. Was sie meint, ist an ihrem leicht besorgten Ausdruck zu erkennen. Es ist kaum eine Überraschung für Ryan, dass Dan ihr Schrott erzählt, aber es ist ihm peinlich.

»Ja, doch. Musste nur mal Luft holen. Du weißt, wie das ist.«

Sie drückt seinen Unterarm.

»Du bist also okay?«, fragt er.

»Oh, es ist nichts passiert. Es ging eigentlich gegen Dan.«

Sie schickt ihn in die Küche und geht selbst ins Wohnzimmer. Es wird kurz laut, als sie die Tür öffnet. Sie hat Freundinnen da. Moralische Unterstützung, während die Männer in den Krieg ziehen. Mit den grausamen Worten der letzten Nacht hat Karine sich womöglich ein solches Leben erspart: sich an Drohungen aus jener Welt zu gewöhnen, in der ihr Mann sich bewegt, dem seine Geschäfte wichtiger sind als ihr Seelenfrieden.

Ryan geht zu Dan und Shakespeare in die Küche. Ein Topf mit Glühwein dampft auf dem Herd. Es riecht warm und köstlich, und Ryan denkt an Trunkenheit und den Reiz von unerwartetem, unzulässigem Sex. Es ist ein ungewollter Reflex. Er ist noch fertig von letzter Nacht und ganz zittrig.

»Du hast dir verdammt viel Zeit gelassen«, sagt Shakespeare.

»Es ist Heiligabend«, sagt Ryan. »Da draußen ist wahnsinnig was los.«

»Jetzt kommt endlich runter«, sagt Dan zu Shakespeare. Auch er hatte Zeit, sich zu beruhigen.

Dan fügt der mageren Geschichte Shakespeares etwas Fleisch hinzu, erläutert Ginas Route und wo sie gestoppt wurde. Er beschreibt, wie die Pillen verpackt waren, und bestätigt noch mal, dass es Cooney und Feehily waren, die die Sendung überprüft haben.

»Keiner außer uns wusste davon«, sagt Dan. »Ich. Du. Shakespeare. Cooney. Feehily. Mein Zöllner noch, aber der ist ein Schulhofschläger, das ist für den zu groß. Und Pender. Sag mir, Ryan: Wer von den Nominierten kriegt eine Kugel in den Kopf?«

Ryan zuckt zusammen.

»Komm, du hast bestimmt einen Verdacht«, sagt Dan.

»Wenn das so ist«, sagt Shakespeare, »weiß ich nicht, warum wir hier sitzen und rumreden, Dan. Es sei denn, du fragst dich, ob es nicht noch andere Möglichkeiten gibt. Pender, weil du den Wichser rausgeschmissen hast. Oder Cusack, weil du ihn wieder reingelassen hast.«

Ryan starrt ihn an. »Meinst du das verdammt noch mal ernst?«

»So ernst, wie die ganze Sache ist, Cusack.«

»Ryan hat nichts damit zu tun«, sagt Dan. »Ich bin sicher, Ryan ist so sauber, wie Pender ein dreckiger Dieb ist.«

»Und genau da«, sagt Shakespeare, »glaube ich, dass du was nicht ganz checkst, weil ich mir bei keinem sicher bin.«

»Du willst doch nicht versuchen, es besser zu wissen als ich?«, sagt Dan. »Hat dir das in der Vergangenheit schon mal gutgetan?«

Das lässt Shakespeare verstummen. Ryan weiß nicht, warum. Es ist eines der vielen Geheimnisse im Verhältnis zwischen Shakespeare und Dan, die hervorgekramt werden, wenn einer von ihnen etwas unterstreichen will.

»Halt mich nicht für bescheuert«, warnt Dan Shakespeare.

»Sagen wir, du liegst richtig.« Shakespeare schlägt auf den Tisch. »Die Frage bleibt, warum zum Teufel wir hier noch rumhocken?«

»Vielleicht, weil ich mir am beschissenen Heiligabend nicht die Hände schmutzig machen will, Junge.«

Dan geht zum Herd und rührt den Wein um. Aus dem Wohnzimmer erklingt plötzlich der Refrain von *Stand By Your Man*, voller schriller Töne und beendet von einem einzelnen, lächerlichen Schluckauf. Noch ein Takt, dann wildes Gelächter. Shakespeares Nasenflügel weiten sich.

»Oder vielleicht«, sagt Dan, »will ich sehen, wer den nächsten Schritt macht.«

»Ach, Scheiße«, ruft Shakespeare. »Dass unser Zeug geklaut wird, reicht dir nicht als Schritt?«

»Ich will wissen, ob der nächste Schritt darin besteht, das Zeug unter die Leute zu bringen.«

»Pender? Der Pisser weiß grade mal, wie man einen Haufen legt, der kann doch nicht eine solche Menge von Pillen verkloppen.«

»Was mich ins Nachdenken bringt.«

»Ich denk nur drüber nach, wie ich mein verdammtes Zeug wiederkriege«, sagt Shakespeare.

»Du kriegst es ja zurück«, sagt Dan. »Und dann weißt du genau, in was für einem Umfeld du es verkaufst. Macht das für dich keinen Sinn?«

Shakespeare steht auf und zieht seine Jacke an. »Das ist völlig durchgeknallt.«

»Habe ich dich jemals in die Scheiße geritten?«, fragt Dan.

Shakespeare antwortet nicht. Er stakst hinaus. Ryan will ihm folgen, aber Dan hebt die Hand und legt den Kopf schief. »Lass ihn«, sagt er. »Ich muss was mit dir besprechen.«

Sie warten, bis die Haustür zufällt, und noch ein bisschen länger. Ryans Kehle trocknet aus, und er fängt an, in kurzen Abständen zu schlucken. Dan lehnt sich gegen die Arbeitsplatte. Sein Blick treibt umher, er debattiert mit sich selbst. Endlich wendet er sich Ryan zu.

»Gestern Abend hat er auf dem Weg nach draußen einen Streit mit dir angefangen«, sagt er. »Pender.«

»Er war ziemlich angepisst.«

»Wegen mir, oder was?«

Ryan nickt.

»Erinnerst du dich?«, sagt Dan. »Ich habe Pender gesagt, seine plötzliche Zuneigung zu Jimmy Phelan sei merkwürdig zurückhaltend?«

»Ja.«

»Denkst du, ich hatte damit recht?«

»Diese Scheiße jetzt beweist es doch.«

»Ja«, sagt Dan. »Aber hättest du das vorher von ihm gedacht?«

Ryan sagt, langsam: »Ich hätte nicht gedacht, dass er so weit vorausdenken kann.«

»J. P. weiß also über unser Unternehmen Bescheid. Glaubst du das?«

»Kann ich nicht sagen.«

»Himmel, Ryan, bezahl ich dich dafür, dass du rumstehst und gut aussiehst?«

Ryan legt den Kopf in den Nacken. »Ich kann nicht darüber spekulieren, was J.P. weiß und was nicht, aber ich glaube nicht, dass er versuchen würde, sich über Pender an uns ranzumachen, falls er was weiß. Ich glaube, er würde größere Geschütze auffahren.«

»Es sei denn, er weiß nur einen Teil. Es sei denn, er wollte mehr aus Pender rausbringen, und Pender hatte die Hosen voll, weshalb er zu mir gekommen ist und es mir zu sagen versucht hat, bevor es ihn zerreißt. Das gibt mir zu denken, Junge. Das hat mich die ganze Nacht wach gehalten.«

»Du hattest recht.«

»Ja. Ja.«

Dan drückt den Rücken durch und fährt sich mit einer Hand über den Kopf.

»Hör zu, ich werde Pender begraben«, sagt er, »aber vorher muss ich rausfinden, ob dieser Irre sich nicht in die eigene Tasche arbeitet. Ich bin sicher, Cooney und Feehily hätten weder den Anreiz noch die Eier, gegen mich zu arbeiten. Trotzdem, tu mir den Gefallen, finde das raus. Sag aber Shakespeare nichts davon. Er soll nicht wissen, dass ich Grund habe, auch bei ihm genau hinzusehen.«

»Du wirst doch nicht an Shakespeare zweifeln, Mann?« Shakespeare ist seit zehn Jahren, länger noch, Dans Partner.

»Das ist herzlich nett von dir, Ryan, weil Shakespeare ganz und gar nicht abgeneigt war, dir zu misstrauen.«

Ryan überdenkt das und glaubt, dass es stimmt, sagt dazu aber nichts.

»Ich muss wissen, ob ich es mit zwei Abtrünnigen zu tun habe, bevor ich irgendwas unternehme«, sagt Dan. »Dann gibt's Brücken zu überqueren und darunter Arschlöcher zu ertränken.«

Die Doppeltür zum Wohnzimmer öffnet sich, und Gina kommt mit drei Glaskrügen heraus. Sie lächelt und sagt, dass sie nur die Gläser nachfüllen will.

Dan klopft Ryan auf die Wange. »Verlier nicht die Nerven«, sagt er leise. »Wir warten ab und werden bald schon mehr wissen.«

Gina stellte die Gläser auf die Arbeitsplatte neben dem Herd. »Trinkst du ein Glas mit, Ryan?«

»Danke, aber ich muss weiter.«

So umarmt sie ihn. »Frohe Weihnachten, Schatz.«

Ryan hat Pläne, die über frohe Weihnachten weit hinausgehen. Vergiss die langen Nächte, die im Bett verbrachten Tage und die gelegentlichen Katastrophen, ein Mann von zwanzig kann nicht erreichen, was Ryan erreicht hat, wenn er nicht wenigstens ein bisschen Grips besitzt. Er hat was aus sich gemacht, das sagt Dan ihm oft, und eines Tages wird er genug auf der hohen Kante haben, um seine Evolution vom Unmensch zum Schlitzohr zu befördern. Musik wird es geben, hoffentlich live, vielleicht auch synthetisch, je nachdem, wie viel Glück er hat. Dazu Karine und eine eigene Wohnung für sie beide, wenn sie mit der Uni fertig ist. Sie haben so oft darüber geredet. Und dann wird es auch einen Ring geben. Oder ein Baby. Auf die Reihenfolge kommt es nicht an, nur dass das alles passiert, und Ryan glaubt daran.

Am Weihnachtsmorgen duscht er, rasiert sich, zieht sich schick an und steht ein paar Minuten im Flur, hat die Augen geschlossen und atmet durch die Nase ein und aus. Dann fährt er rüber zu ihrem alten Reihenhaus. Zwei Flaschen Jameson hat er dabei, eine Lage Carling und einen Haufen Geschenke für seine Geschwister, auch für die, die denkt, er wäre der größte Versager, der sich je den Weg durch ihr brüchiges Zuhause gebahnt hat.

Sie ist in der Küche und mahlt Salz über Kartoffeln in einer Ofenform. Die Aussicht auf Röstkartoffeln ist keine wirkliche Entschädigung für das verbale Gemetzel, das Kelly Cusack an ihm verüben wird, doch heute ist ihr Bruder ein Masochist.

»Gut für dich, dass du aus dem Bett gekommen bist«, schnaubt sie.

Ryan klatscht zwei Fünfziger auf die Arbeitsfläche und schiebt sie zu ihr hin. Sie sagt: »Was ist das?«, worauf er antwortet: »Wonach sieht's denn aus?«, und sie: »Ah, Bestechungsgeld«, und er: »Spende es, wofür immer du willst«, woraufhin sie sagt: »Mach dich nützlich und schäl die Pastinaken.«

Tony hat schon getrunken, wie es Tradition ist, aber heute leisten Ryan, Kelly und Cian ihm Gesellschaft. Cathal stibitzt eine Dose Bier. Alle tun so, als hätten sie nichts gesehen. Niamh und Ronan schütten Cola in Weingläser und tanzen auf ihren Stühlen. Cian redet mit vollem Mund. Kelly blitzt Ryan an, Ryan zählt die Muster auf seinem Teller, und sein Dad, sein armer, verpeilter Dad, sitzt da, trinkt und zwingt sich gelegentlich zu einer Gabel Truthahn. Und obwohl Weihnachten in diesem Haus, seit Ryan mit elf seine Mutter verloren hat, immer schon scheiße war, ist es in diesem Jahr noch mal schlimmer, weil ihn Kelly für egoistisch genug hält, sich selbst umbringen zu wollen, und sein Vater denkt, er ist ein Mörder.

Er steckt sein Telefon in die Tasche und holt es wieder hervor, es ist wie ein Ritual, er verfolgt die Uhr auf dem Bildschirm, und als das Essen vorüber ist, geht er hinaus, setzt sich vorne auf die Mauer, holt einen Joint raus und ruft Karine an.

Die Luft pflanzt gefrierende Perlen auf Autofenster und Gartentorriegel, und Ryans Joint zieht gut und schmeckt genau richtig.

»Ich habe mich schon gefragt, wann du anrufen würdest«, sagt sie.

»Ich habe es gestern probiert, aber du hast nicht zurückgerufen.«

Vielleicht liegt ein Friedensangebot in dem Geräusch, das sie als Antwort gibt.

Sie treffen sich eine Stunde später im Haus seiner Großmutter. Wenn das Festmahl vorüber ist, kommt die weitere Familie bei ihr zusammen. Nana Cusack mag Karine sehr, die so anders ist als Ryan. Sie hofft immer noch, dass etwas davon auf ihren Enkel abfärbt. Karine bekommt ein Glas Wein und einen Kuss auf die Wange. Ryan kriegt nichts. Er hat seinen eigenen Alkohol mitgebracht.

Im Flur seiner Großmutter gibt Ryan Karine ihre Geschenke.

»Ich weiß, du willst Schluss machen«, sagt er, »aber …« Ein Schulterzucken. Ein angedeutetes Lächeln.

Er wartet darauf, dass sie sagt: *Was das angeht …*, doch das tut sie nicht. Sie probiert ihr Armband an, lächelt, als sie das Parfüm auspackt, und drückt sich ihr iPad an die Brust. Im Wohnzimmer erdulden die anderen ihre vollgestopften Mägen und die Verwandtschaft. *Sie ist so ein entzückendes Mädchen*, wird seine Großmutter da drinnen zum Besten geben, denkt Ryan. *Sie ist viel zu schade für ihn.*

»Ich habe auch was für dich«, sagt Karine, und als er es auspackt, seufzt sie: »Ein Buch, für einen Jungen, der nicht liest.«

Es ist ein schwerer Band. Beängstigend.

Geräusch und Stille: Eine menschliche Obsession.

Ryan dreht das Buch um.

»Das ist toll, D'Arcy.«

»Du musst nicht übertreiben. Es soll dir guttun.«

Die Musik, steht auf der Rückseite, *in Geschichte, Wissenschaft und Kultur.*

»Nein«, sagt er. »Das ist wirklich toll.«

»Es wäre nicht richtig gewesen, es dir nicht zu geben.«

Er legt das Buch vorsichtig auf Nanas kleinen Tisch im Flur. Karine erlaubt ihm, seine Arme um sie zu legen. »Es tut mir leid«, sagt er.

»Was ist es diesmal?«

»Vorgestern Abend. Dass Dan da war.«

Er legt die Stirn gegen ihre und schließt die Augen.

»Und mir tut leid, dass ich das gesagt habe«, flüstert sie. »Mit dem Nachhausegehen und …«

»Ist schon gut. Ich hab's versaut.«

»Nein, Ryan … Ich musste dich heute sehen, weil es sich sonst schrecklich angefühlt hätte, aber … Ich meine, es tut mir leid, was ich gesagt habe, aber das ist nur das kleine Problem. Das große ist immer noch da.«

Er hat Angst, die Augen zu öffnen. Er fährt mit einem seiner Arme über ihren Rücken und legt ihr die Hand in den Nacken. Ihre Nasen berühren sich. Er spürt ihren Atem auf seinen Lippen. Er formt Ansätze von Einwänden, die im Alkohol und ihrer Wehmut dahinwelken. So war es nicht geplant.

7

Am zweiten Weihnachtstag, mittags, schreibt Dan:

NICHTS NEUES, KLEINER MANN. BLEIB RUHIG.

Und so gräbt Ryan einen Mix aus, an dem er kurz vor Halloween herumprobiert hat. Er nimmt ihn am Computerbildschirm auseinander und baut ihn während der nächsten Stunden neu auf. *Tech-trance*, erinnert er sich, *und seine Jünger*. Er kritzelt die Worte in sein Notizbuch, setzt das Ding neu zusammen, und es ist wunderschön: eine neunzigminütige Kostprobe voller Rhythmus und Herz. Was Karine auch immer über ihn sagen mag, Ryan kann mit den Song-Paletten anderer Leute Nächte ausmalen.

Sein Mund ist trocken. Er trinkt einen halben Liter Wasser an der Küchenspüle und nimmt einen Becher Tee mit in sein Zimmer. Ein Intro gibt den Beat vor. Das zieht einen rein. Ryan setzt sich aufs Bett und dreht sich einen Joint, weil, ob es der Tee ist oder der Alkohol vom Abend zuvor, ihm droht der Schweiß auszubrechen. Hinter seinen Ohren ist es ganz heiß, und auf beiden Schläfen auch.

Er beendet den Mix und macht sich erneut an seinen halb fertigen Track. Schließlich steht er vom Tisch auf und ruft Karine an.

Keine Antwort.

»Diese Scheiße wieder«, murmelt er, setzt sich, trinkt seinen Tee und baut Linien und Bögen. Das Schweigen am anderen Ende lässt ihm aber keine Ruhe.

BIST DU DA?

Zurück zur Bassline. Er optimiert den Riff, doch seine Vorstellungskraft hat mit der Stille ihrer Wut zu kämpfen. Er ruft wieder an, und eine Stunde später schreibt sie zurück.

NICHT WIRKLICH.

DAS IST DEINE VERDAMMTE ANTWORT?

HIMMEL RYAN WAS ERWARTEST DU WAS ICH SAGEN SOLL?

Er will ihr unbedingt mit der Frage: *Schreibst du das von deinem iPad?*, antworten, lässt es aber lieber. In seinem Kopf nimmt der Track eine andere Richtung. Ryan hält die Finger ganz nah über sein MIDI-Keyboard und spielt in Gedanken einen neuen Riff.

GEHST DU AUS

JA. ABER NICHTS RYANISCHES.

WAS IST RYANISCH

LAUTER BASS + DROGEN + VERSCHWITZTE HEMDLOSE IDIOTEN DIE MIR UNTER DAS KLEID ZU FASSEN VERSUCHEN + TOILETTEN MIT SCHUSSLÖCHERN IN DER WAND + POLIZEIRAZZIEN

SEHR KOMISCH

NICHT WIRKLICH. DIR EINE GUTE NACHT.

»Oh, die werde ich verdammt noch mal haben«, sagt er zu seinem leeren Zimmer.

Er trommelt mit den Fingern auf den Tisch, und seine Gedanken wandern wieder zum Kokain. Er hat genug, um sich für den Rest des Tages mit Cian und Joseph einzubuddeln, zu schnupfen und Müll zu reden. Aber in die Stadt zu gehen hat Vorteile. Offenbar läuft sein Vertrag aus.

»Scheiße.«

Er kann sich nicht noch einen Komplettabsturz erlauben, jetzt, wo die Musik wiederkommt.

Sein Handy klingelt. Es flattert hinter seinen Rippen, und er greift danach, aber es ist eine unbekannte Nummer, nicht die von Karine. Wobei, was sollte sie ihm schon erzählen? *O Ryan! Es tut mir fürchterlich leid, dass ich dir deine Schwächen vorhalte! Kannst du mir vergeben, dass ich mitbekomme, wie hoffnungslos kaputt du bist?*

Also antwortet er mit einem »Ja?«.

Eine kurze Pause, und dann sagt sie: »Hi, Ryan.«

»Was für ein Glück, dass ich dich nach deiner Nummer gefragt habe«, sagt Natalie mit großen Augen. »Weil ich ständig daran denken musste, wie sehr du mich wiedersehen willst, und da hab ich meine Schuldgefühle einfach nicht mehr ertragen.«

Ryans Antwort klingt mehr wie ein höfliches Niesen und nicht, als lachte er. Was ihr zu gefallen scheint.

Sie sind auf dem Rummel. Ihre Idee, und er war offen gewesen. Sie will mit ihm durch die Lichter laufen, die grüngesichtigen Kleinen und diese Dinger sehen, die zu neunzig Prozent Schal und zu zehn Prozent Student sind. Sie will ihn zwischen herumwirbelnden Strahlen und den roten Gesichtern der Festtagshorde sehen. Und er ist absolut dafür, zu einhundert Prozent aufseiten einer gelegen gekommenen Unterbrechung mit einem etwaigen kleiderlosen Ende.

»Im Übrigen«, sagt Natalie ernst, »hatte ich Angst, deine Freundin könnte dich in Stücke gerissen haben, wodurch ich noch mehr Schuld auf mich geladen hätte. Und dass du, wenn du das überstanden hättest, von mir erwarten würdest, die Lückenbüßerin zu geben. Mein Gott, du bist so ein Opportunist.«

»Du bist verrückt«, sagt er und grinst, und sie stimmt ihm zu. »Ich hab dich an einer Straßenecke aufgelesen«, sagt sie. »Wir sind zum Wahnsinn verdammt.«

Sie nimmt seine Hand, und nach einem ungelenken Blick auf die Leute um sie herum lässt er es geschehen. Menschen wirbeln über ihren Köpfen, Gefangene mechanischer Ungeheuer, die Netze aus glücklich ausgelassenen Schreien weben. Es riecht nach Popcorn. Es gibt Basswummern und Neonversprechen.

»Ah«, sagt Natalie. »Das ist es.«

Über der offenen Tür eines kleinen Wohnwagens mit violetten Lichtern und Silberperlen im Fenster hängt ein Schild mit der Aufschrift: »Wahrsagerin.«

Er fällt zurück, als sie hinübergeht. Ihre Arme reichen so weit, wie er sie lässt, und sie zieht ihn mit.

»Sag jetzt nicht, dass du nervös bist«, sagt sie.

»Kein bisschen, Mädchen. Das ist doch sowieso nur alles Quatsch.«

»Ach ja, mein Lückenbüßer?« Sie macht große Augen. »Wer weiß, vielleicht will ich mich ja versichern, dass ich das Richtige mache, wenn ich meinen gesunden Menschenverstand von dir und deinen Fick-mich-Blicken belagern lasse? Madame könnte mir ein paar wertvolle Einblicke gewähren.«

»In den Inhalt meiner Taschen, ja.«

»Sie hat das Recht, ein bisschen Geld zu verdienen, und ich habe das Recht, über deine zweifellos unreinen Absichten aufgeklärt zu werden.« Ihr Kopf dreht sich ruckartig um, und sie blickt ihn an. »Hast du Angst, dass deine finsteren Gedanken enttarnt werden, Ryan?«

»Ich glaub, du hast mich längst durchschaut.«

»Das werden wir sehen, oder?«

Madames Augen sind mit Indigo umrahmt, ihre langen, spitzen Fingernägel darauf abgestimmt. Sie ist beeindruckt von der Länge von Natalies Lebenslinie. Ryan nimmt an, dass alle, die sich diesen Quatsch anhören, eine sehr lange Lebenslinie haben. Das und die Wahrscheinlichkeit von Reisen und erfüllten Wünschen und allem, was schemenhaft genug ist, um Madame als Meisterin der alten Künste ihres Fachs zu erweisen.

Natalie macht die erwartbaren Geräusche. Ihr Ausdruck lässt erkennen, wie ihr schwindlig wird. Die Brauen schießen hoch, und ihre rubinroten Lippen formen ein vollkommenes O.

Ryan denkt über Madames Steuerabgaben nach. Er fragt sich, ob man sich als selbstständiger Schwindler registrieren lassen kann oder, wenn die Transaktionen bar über den Tisch gehen, mithilfe leichtgläubiger Damenkränzchen und frisch Hinterbliebener genug Geld waschen könnte, um die Fassade als Teilzeitschwätzer für eine kriminelle Vollzeitunternehmung zu nutzen. Aber er lenkt sich nur von den Überbleibseln seines letzten Blackouts ab. Er nagt an Nägeln, die er schon vor Jahren völlig runtergekaut hat. Noch einmal kocht der Exzess in ihm hoch. Worte auf einer stählernen Fußgängerbrücke.

Du bist der Musiker, wiederholt eine alte Frau und drückt mit einem Daumen auf seine Hand. *Aber du spielst nicht, oder?*

»Nun«, kläfft Madame und streckt eine Hand in seine Richtung.

»Sie sind grandios«, sagt Ryan. »Wissen Sie nicht schon, wie kaputt ich bin?«

Madame triumphiert säuerlich. »Das habe ich oft.«

»Ach ja?«, sagt Natalie. »Männer, die absolut keinen Humor haben?«, und als das Ryan zögern lässt, packt Madame etwas zu heftig seine Hand. »Ooh!«, haucht sie blinzelnd. »Du bist ein Heimlichtuer.«

Zwei bemalte Augenpaare starren Ryan an. »Bin ich nicht«, sagt er.

»Doch, doch. Eine sehr zurückgezogene Person. Da ist es nicht überraschend für mich, dass du aus einer großen Familie stammst.« Madame hält inne. Ryan sagt nichts. Madame drückt seine Hand. »Du willst es nicht ans Licht kommen lassen, oder? Du hast viele Geheimnisse.«

»Klar, ich bin ein offenes Buch.«

»Du bist …«, sie beugt sich weiter vor, »ein sehr finsterer Mensch.«

»Ich …«, er beugt sich ebenfalls vor, »bin ein Musterbeispiel an Mitgefühl.«

»Du hältst dich für schlau«, sagt sie, »aber keiner lacht.«

Ryan braucht eine Weile, um zu erkennen, dass das genau Karines Vorwurf ist. Mittlerweile hat Natalie seine Hand sanft aus der von Madame gezogen. »Manchmal«, sagt sie tröstend, »ist es Leuten unangenehm, wenn die … Mysterien der Zukunft … aufgedeckt werden! Das müssen Sie doch schon erlebt haben, Madame. Männer werden nervös und fangen an sich aufzuspielen.«

Madame richtet sich auf. »Menschen mit Geheimnissen werden immer unsicher, wenn man ihnen auf die Schliche kommt. Also, Missy, pass auf den da auf. Der ist ein Heimlichtuer.«

Sie wanken aus dem Wohnwagen. Natalie marschiert voran, mit einer Hand auf seinem Arm, die andere vor dem Mund, und als sie weit genug weg sind von Madames Wohnwagen, lässt sie los und ruft: »O mein Gott, hast du ihren Akzent gehört? Ich glaube, den hat sie von Red aus *Orange Is the New Black*!«

Ryan geht in Richtung Parkplatz, und Natalie folgt ihm und reißt Witze und lacht, während er sich sagt: *Beruhige dich, du verdammter Idiot*, und Tabakrauch in seine Lunge zieht. Nichts hätte Madame über ihn sagen können, was er verbirgt. Auf die Größe seiner Familie hat sie seinem Akzent nach geschlossen. Er kann nicht so tun, als käme er irgendwo anders her als vom unteren Ende der Sozialhilfe-Klasse. Ein Heimlichtuer? *Sie ist ein Plappermaul, er ein finsterer Typ … Genau, ich nenne ihn einen*

Heimlichtuer. Alles erklärbar und die Aufregung nicht wert. Er benutzt den Tabakrauch als Entschuldigung, den Kopf abzuwenden.

»Hast du Geheimnisse, Ryan?«, stichelt Natalie, als er über Lichter hinwegsieht. »Das ist okay. Ich hab auch welche.«

Sie dreht die Musik auf, als sie im Auto sitzen, und findet einen Sender, den sie hören will. Sie fügt sich in den Raum, den Karine hinterlassen hat, streckt sich und verformt ihn. Sie klappt die Sonnenblende herunter, guckt in den kleinen Spiegel und betupft ihre Unterlippe. Ryan atmet durch die Nase ein, durch den Mund wieder aus und drückt sich die Nasenwurzel. Natalie macht den Mantel auf. Sie trägt eine enge Hose und ein hübsches Top, das sich über ihre Brüste legt und alles Mögliche zu erkennen gibt, und er fleht innerlich darum, dass sie ihn auch heute Nacht wieder hereinlässt, ihn ausknockt und bei sich behält, in Sicherheit vor seinen Geheimnissen. Sie sagt etwas zu dem Song, den sie mitsingt, und Ryan braucht zu lange, um zu begreifen, dass sie eine Antwort erwartet. »Was?«, sagt er. »Sorry … Was?«

»Schon gut. Hey«, sie dreht die Musik leiser, »ist alles okay?«

»Natürlich ist alles okay.«

»Du bist echt still geworden.«

»Ich bin ein stiller Mensch. Ein Heimlichtuer.«

Sie lacht nur kurz, als sie merkt, dass er nicht mitlacht.

»Oh«, sagt sie. »O Gott. Hat dich das *getroffen*?«

»Quatsch.« In seinem Kopf teilt sich die Szenerie in zwei Wirklichkeiten, und ein paralleler Ryan und eine parallele Natalie lösen sich von ihnen und fahren auf der falschen Straßenseite in Richtung Innenstadt. *Scheiße noch mal*, widerspricht der parallele Ryan, *klar hat es mich getroffen. Hat die Alte damit nicht klargemacht, dass ich auf der Leiter irgendwie weit unter dir stehe mit meiner verdammten Großfamilie, die sie aus meinem verfickten Akzent rausgehört hat?*

Nun, das stimmt, das ist mir auch aufgefallen, seufzt die parallele Natalie. *All die Geheimnisse, die sie in deiner offenen Hand sehen wollte. Was mögen das für welche sein?*

Das geht dich nichts an, Natalie. Gehen wir jetzt wieder ins Bett?

Oh, ich glaube nicht, summt die parallele Natalie mit vielsagender Sympathie für die bläuliche Färbung der parallelen Eier des parallelen Ryan.

Die wirkliche Natalie schiebt ihre Hand auf seinen Schenkel.

»Du hast mich noch gar nicht auf einen Geburtstags-Drink eingeladen.« Ihre Finger tanzen weiter hoch. »Wie wär's mit deinem Stammlokal.«

»Das ist weit oben auf der Northside, Mädchen.« Und damit meint er nur teilweise den Pub.

»Und? Bin ich zu fein für die Leute da?«

»Wir sind wieder in der Stadt, das ist alles.« Ryan will nicht von einem Trupp entrüsteter gemeinsamer Freunde fertiggemacht werden, weil er den Bruch mit Karine zu schnell schluckt und zu wörtlich nimmt. »Im Übrigen ist es von da wieder ein ziemliches Stück nach Hause.«

»Was, du willst mich nach Hause schicken?«

Er sieht zu Natalie hinüber, aber auf der Straße hinter ihr, rechts von ihrem Kopf, da ist ein Geist. Ryan sieht ihn durch ein breites Tor verschwinden und schert auf den Fußweg aus.

Natalie schnappt nach Luft. »Was …«

Er hat bereits die Tür auf und einen Fuß draußen, dreht sich aber noch mal um. »Bleib hier, ich muss was checken.«

»Was?«

Aber da hat er die Tür schon zugeschlagen und verschwindet den Gehsteig hinauf.

Auf der Straße herrscht Feiertagstrubel, doch kaum, dass er durch das Tor ist, lässt der Bass nach und der Rhythmus endet. Ordentliche Apartments um einen ordentlichen Hof herum, Laub und Äste sind von den Pflastersteinen zurückgeschnitten. Das ist kein Ort für Streuner und Gaffer. Sie hätte das Tor hinter sich schließen sollen. Kein Zweifel, dass es Krach gibt, wenn hier einer Ryan bemerkt. *Sehen Sie, was passiert, Frau Seherin, wenn Sie alles so weit offen lassen? Schurken schleichen durch unser wohlgeformtes Gebüsch, werfen Zigarettenstummel weg und erschrecken die Katzen.*

Er sieht sie in der Tür der Erdgeschosswohnung ganz hinten links verschwinden, und er rennt los und stellt sich vor, wie gerufen wird. *Gott allein weiß, was er dir hätte antun können! Ein ziemlicher Bursche und, wie ich gehört habe, den Gardaí so bekannt wie wir in den Bingohallen.* Ihre Tür steht offen. *Frech wie Oskar, der Junge, marschiert da einfach hinter ihr durch die offene Tür, Gottsegneundschützeuns.*

Im Flur riecht es nach Zigarettenrauch. Sie ist durch eine offene Tür rechts: eine Frau mit grau meliertem Haar und einer Zigarette zwischen den Fingern, mit beigefarbenem Ausdruck und einem beigefarbenen Mantel, der wie ein Auswuchs des Sofas wirkt, auf dem sie sitzt.

»Nun, Ryan Cusack. Offenbar hast du Weihnachten überstanden.«

Das Sofa steht der Tür gegenüber, und die Wand dahinter ist ein einziges großes Regal, das mit allem Möglichen vollgepackt ist: Büchern, Nippes, alten Schallplatten, Körben. Das Zimmer geht in eine offene Küche über, deren verfügbare Flächen mit Einkaufstaschen, Zigarettenstummeln und Lebensmitteln übersät sind.

»Oh, Gott noch mal«, sagt die Hüterin des Ganzen. »Sag jetzt nicht, dass das Fest dir die Zunge gelähmt hat.«

»Was?«

»Kleine Gaben. Wie war's?«

»In … Ordnung.«

Sie nickt, lächelt ermutigend, und als er schweigt, lässt sie einen aufgebrachten Seufzer hören und sagt: *»Und-wie-geht's-dir-Maureen?«*

»Sie kennen mich.« Was eher eine Frage ist als eine Feststellung.

Das begreift sie. »Ja.«

»Aber ich bring Sie nicht unter.«

»Irgendeine Vorstellung musst du doch haben, wenn du mir von der Straße hierher folgst?«

»Nein, ich meine ... Ich weiß, dass wir geredet haben. Ich weiß, wann. Ich kann nur nicht mehr sagen, worüber.«

Sie gluckst. »Also das überrascht mich nicht.«

»Ja. Hören Sie, ich war vielleicht nicht so gut drauf.«

»Nennt ihr jungen Leute das heute so?«, wundert sie sich.

»Ich meine, vielleicht war ich ...«

»Unfreundlich?«, rät sie. »Aggressiv?« Sie ändert ihre Haltung und setzt sich etwas bequemer hin. »Das warst du nicht. Aber du bist ein dummer Junge, Ryan.«

»Warum bin ich ein dummer Junge?«

»Damit zu drohen, sich von einer Brücke zu stürzen, kommt mir schon ziemlich dumm vor.«

»Oh.«

»Oh«, wiederholt sie.

»Da war alles ein bisschen viel für mich gewesen. Aber ich wäre nie wirklich gesprungen.«

»Nein?«

»Nein, ich meine ... Also, ich bin Ihnen schon Dank schuldig, und es tut mir leid, wenn ich Ihnen einen Schreck eingejagt habe. Aber Sie wussten Sachen. Über mich. Sachen, die ich Ihnen auf keinen Fall erzählen würde.«

Sie zuckt nicht mal mit der Wimper. Er reibt sich die Stirn.

»Ich habe keine Ahnung, wer Sie sind«, sagt er, schwächlich. »Sie haben mich zu Tode erschreckt.«

»Komm herein«, sagt sie. »Weshalb bleibst du da so in der Tür stehen?«

Er tritt ein Stück weiter vor und rutscht mit dem Rücken vor die Wand.

»Ist das hier Ihre Wohnung?«, fragt er. Es ist ein hübsches Apartment, aber völlig durcheinander.

»Mein Sohn hat mich hier einquartiert«, sagt sie, »und mich wird keiner wieder rauswerfen. Reicht das als Antwort?«

»Wohnt Ihr Sohn hier mit Ihnen?«

»Nein.«

»Sonst jemand?«

»Keine Menschenseele«, sagt sie. »Und ich brauch auch keine.«

»Ich hab nichts gesagt.«

»Wolltest du aber.«

»Wollte ich nicht.«

»Nicht, dass es dich was angehen würde, aber das …«, sie hebt eine Hand über den Kopf und fährt mit ihr im Kreis herum, »ist Teil einer Pattsituation. Fäll kein Urteil über etwas, was du nicht ermessen kannst.«

»Mir ist egal, ob Sie in einer Höhle leben, ich will nur wissen, wie … Hören Sie, Sie haben Sachen über mich gesagt.«

»Was für Sachen?«

»Wie, dass Sie denken, ich bin … ein bisschen ein Mistkerl.«

»Ach, immer raus damit. Ich hab dich einen kleinen Gangster genannt.«

»Das dann«, krächzt Ryan. »Woher wissen Sie das?«

»Ich durchschau dich einfach, Junge.«

»Das können Sie nicht«, erklärt er ihr. »Ich bin undurchsichtig.«

Sie wirft lachend den Kopf in den Nacken, dann kommt ihr Kinn wieder herunter, und sie sieht ihn an. Ihre Augen sind bleich und streng, und ihr Lachen bricht ab. »Wer hat dir das gesagt?«

»Vielleicht sag ich das einfach so.«

»Das hoffe ich. Also ich persönlich würde nicht gern durch die Stadt laufen und denken, ich bin den Leuten ein Mysterium, wenn ich tatsächlich so durchsichtig wäre wie du.«

»Was soll das heißen?«

»Das heißt«, sagt sie, als käme er nach einer Kopfverletzung gerade erst wieder zu sich, »dass ich dich glatt durchschaue.«

»Also, ich meine, *wie* können Sie das? Ich bin doch nicht wirklich durchsichtig, oder?«

»Miesepetrig bist du.«

Sie starren sich an. Sie hat eine zerfurchte Stirn, tiefe Falten links und rechts von der Nase bis hinunter zum Kinn, kleinere rund um die Mundwinkel. Und sie hat seinen Akzent.

»Es tut mir leid.« Er ist nicht sicher, warum er sich entschuldigt. Er scheint die richtigen Zeichen zu setzen. »Ich muss einfach verstehen, woher sie diese Sachen wussten. Ich zermartere mir den Kopf darüber.«

»Ich will dir sagen, was ich dir neulich nachts schon gesagt habe.« Sie steht auf und streicht sich über den Schoß. »Ich weiß Dinge.«

»Ja, aber *wie* Sie diese Dinge …«

»Was, wenn ich dir sagen würde, es ist das Geschenk einer höheren Macht?«

»Was für eine höhere Macht?« Da gibt's irgendwo einen Dreh. »Die eines Richters? Meines Dads?«

»Oh, du bist mehr als nur halb irisch«, lacht sie. »Sind das die höchsten Mächte, wenn du ein kleiner Gangster bist? Ich nehme es an.«

Er fragt zögernd: »Was ist halb irisch?«

Ihre Antwort ist klar: »Du.«

Sie geht in ihre Küche hinüber und sagt über die Schulter hinweg: »Neulich nachts warst du viel aufnahmebereiter.«

»Da war ich auch ziemlich daneben.«

»Nun, das stimmt. Tatsache bleibt jedoch, dass ich Dinge weiß, weil ich Dinge weiß. Eine Erklärung dafür gibt's nicht.«

»Wollen Sie mir sagen, dass Sie eine verdammte Wahrsagerin sind?«

Sie füllt den Kessel mit Wasser und schaltet ihn ein.

»Das ist nicht komisch«, sagt er.

»Hörst du mich lachen?«, fragt sie. »Wobei ich dir freiheraus sage, Ryan, dass es mich freut, dich so wach und energiegeladen zu sehen. Ich habe mir Sorgen gemacht. Ich will damit nicht sagen, dass ich die ganze Nacht wach gelegen und den Rosenkranz gebetet hätte, aber es ist gut zu sehen, dass du nicht schwimmen gegangen bist. Weißt du, dass ich die beiden Abende nach unserem Schwatz wieder zur Brücke hin bin, nur für den Fall?«

Danke, ist die automatische Antwort, doch er schluckt sie herunter.

Sie wirft einen Teebeutel in eine Tasse. »Ich nehme also an, du hast dir zu Herzen genommen, was ich gesagt habe. Auch wenn du dich jetzt nicht mehr daran erinnern kannst.«

»Hören Sie!« Sie sieht ihm zu, wie er sich von der Wand wegstößt und einen warnenden Finger hebt. »Man läuft nicht einfach so rum und erzählt den Leuten, dass man sie für Gangster hält, und wartet dann mit irgendwelchen Märchen auf, verstehen Sie? Wenn Sie mir nicht sagen, wie Sie darauf gekommen sind, drängen Sie mich in die Ecke, und darauf reagiere ich nicht unbedingt gut.«

Sie lächelt. Lächelt!

»Warum sollte ich vor einem Musiker Angst haben?«

Das könnte er ihr erzählt haben. Es ist seine Lieblingsillusion. Aber er hat es ihr nicht erzählt. Er erinnert sich an Bruchstücke, und eines ist seine Verwirrung, als sie sagte: *Aber du spielst doch gar nicht, oder?* Du spielst nicht, kleiner Gangster-Junge.

»Hören Sie«, setzt er noch einmal an, aber da zieht etwas ihre Aufmerksamkeit auf sich, und er sieht zur Tür hinüber, und da steht Natalie und blickt mit dem Autoschlüssel in der Hand zu ihm herüber.

8

Trance und Durchschnitt.

Am Abend nach dem zweiten Weihnachtstag sitzt Ryan in seinem Zimmer und bastelt an dem Remix für Triona. Als versuchte er eine Burg mit Müll zu befestigen. Einen Schmetterling mit Spraydosen zu verschönern. Er fragt sich, ob die Künstlerin seine Hilfe wollte oder ob ihr Manager ihr seine Expertise aufgedrängt hat. *Hör zu*, er sieht nach dem Dateinamen, *Aimee. Wir müssen alle Aspekte mit einbeziehen. Dance ist riesig. Die Amis können einfach nicht genug davon kriegen. Und die Drogen! »Mollies« nennen sie das Zeug. Sie machen sich nicht mal die Mühe, es zu pressen, so eilig haben sie es.*

Trance und Durchschnitt, mehr bringt Ryan jetzt nicht hin. Sein Kopf ist völlig vernebelt.

Er konnte nicht viel machen. Er stand kurz davor, die Nerven zu verlieren, und da kam Natalie rein und fuhr ihm in seine Wut. Worauf Maureen aufstand und den Mund verzog, als könnte sie sich nicht dazu durchringen, diesen Einfaltspinsel zu verspotten.

»Ich komme wieder«, warnte er sie, als Natalie durch die Tür voranging.

»Klar doch«, sagte Maureen, »ich halte solange die Stellung.«

In dem Moment konnte er wenig tun, denn auch wenn ihn verrückte Seherinnen für ein offenes Buch hielten, also, so eine Sache konnte einen schon beschäftigen, und Ryan würde dem auf den Grund gehen. Natalie kam mit ihm nach Hause, ihre Neugier war zu sehr angefacht, als dass sie noch in einen Pub gewollt hätte.

»Wer war die Frau?«

Er zuckte mit den Schultern. »Ich habe sie ein paar Abende vor Weihnachten kennengelernt, auf dem Weg nach Hause, nach einer Party. Da lief sie in der Stadt umher. Ich wollte nur sehen, ob mit ihr alles in Ordnung ist.«

Sein Mitgefühl erwies sich als aphrodisisch.

Hinterher rauchten sie. Natalie saß auf seinem Bett, die Daunendecke zwischen den Beinen und über die Brüste gezogen.

»So, Ryan«, sagte sie. »So. Ryan.«

Sie überzog ihn mit Fragen und wurde mit der einen oder anderen Wahrheit bestraft.

»Was hast du nach der Schule gemacht?«

»Was ich jetzt mache. Ein bisschen Produktion. Ein bisschen den DJ geben.«

»Hast du so was wie eine Ausbildung dafür?«

»Hab ich mir selbst beigebracht.«

»Hast du sonst irgendeine Ausbildung gemacht?«

»Ging nicht wirklich. Ich habe keinen Abschluss.«

Eine Wolke, nachdenklich ausgeatmet, hing in der Luft. »Das ist so irisch«, sagte sie. »Wenn die Leute nicht mit dem Stoff klarkommen, lässt man sie durchfallen.«

Er sah auf, und sie hielt seinem Blick stand, selbst dann noch, als er die Brauen zusammenzog und den Kopf schüttelte.

»Nein, hör zu. Ich hätte meinen Abschluss geschafft, aber daraus wurde nichts, weil sie mich rausgeschmissen haben. Nicht, weil ich zu blöd war.«

Die Brauen hoch, die Lippen vor. Dann: »Du bist von der Schule geflogen?«

»Ja.«

»Wie hast du das geschafft?«

»Drogen.«

Den Kopf zurück, den Mund auf. Rauchkringel. Ein heiseres Lachen. »Ich bin *sooo* froh, dass du deine Lektion gelernt hast.« Die Decke verrutschte ein Stück, als sie den Joint hob. Gerade genug, um eine hellrosa Brustwarze freizulegen.

»Hast du irgendwelche Kinder?«, fragte sie.

Die Antwort war nein, natürlich nicht, und er fragte sich kurz, ob sie vergessen hatte, dass er erst zwanzig war. Aber nur kurz, weil, obwohl er sie gerade erst gevögelt hatte, ihre nackte Brust war einfach zu viel.

Und so überlegt er jetzt, während er an diesem tief empfundenen Song rumwerkelt, was für Titten Aimee wohl hat. Und dieser träge Gedanke holt ihn von seiner Workstation ins Internet, dessen offene Landschaft ihn zu ein paar kurzen Filmen führt. Ach, das ist der Grund, warum Ryan nie wirklich was getan kriegt. Die Frauen sind sein Tod.

Nachdem Natalie ihn interviewt hatte, ließ er sie einen Teil von seinem Catalyst-Mix hören und nach ihrer Zustimmung auch die ersten zwei Drittel seines Tracks. Und danach, sie war so begeistert, fand er sogar den Mut, ihr was Echtes vorzuspielen, er nahm sein Keyboard und verging sich an Pieczonkas Tarantella. Er fing verkrampft und nervös an, musste die Augen schließen, die Schultern sacken lassen und den Nacken lockern. Natalie war geschafft. Sie rollte sich auf dem Bett ein, die Arme über dem Kopf. »Du musst schon dein ganzes Leben lang spielen«, sagte sie.

»Meine Mam hat's mir beigebracht.«

»Du Glücklicher. Meine Mam hat mir nichts beigebracht.«

»Doch, wie man Buchprüfer wird. Und das ist weit lukrativer.«

»Als wäre ein Mensch wie du an schnödem Profit interessiert. O Gott, ich verderbe dich. Deine arme Freundin, Ryan.«

Aimee singt davon, sich in jemanden zu verlieben, von dem sie nie gedacht hätte, dass sie sich in ihn verlieben könnte. Ihre Stimme, zerbrechlich und mutlos, kämpft um einen emotionalen Treffer, den sie nicht landet. Ryan mag ihren Song mehr und mehr, aber es nervt ihn, dass sie ihn nicht so weit trägt, wie sie sollte. Er spielt mit. Mit seinem Klavier zieht er sie hoch und pumpt Leben in ihre Flüsterei. Nach einer Weile entsteht dabei etwas, das nur noch wenig mit Aimees Stimme und ihren Gefühlen zu tun hat. Es bricht weg von der Melodie, die es zu stützen gilt, und entwickelt sein eigenes Leben.

Er löscht Aimees Stimme und spielt allein weiter.

Es ist fast Mitternacht, als es vorne an der Tür klopft. Ein einfacher Schlag mit der Hand oder der Faust, nicht mit den Knöcheln. Ryan nimmt die Hände vom Keyboard. Er lauscht. Kein Bulle klopft so. Er checkt sein Telefon auf verpasste Nachrichten. Kein Freund, kein Dad, kein Bruder. Nichts.

Er geht die Treppe hinunter, die Hände in den Taschen.

Es ist Shakespeare, und auch er hat die Hände in den Taschen, aber als er hereinkommt, wirkt das nicht lässig, sondern schlangengleich, sprungbereit. Das hat mit Shakespeares Hagerkeit zu tun. Der Mann hat gelernt, wie man sich bewegt, und er ist stärker, als er aussieht.

»Was geht?«, sagt Ryan.

»Was hat Dan über die Pillen gesagt?«

Shakespeare geht nicht weiter in eines der Zimmer, sondern bleibt unten an der Treppe stehen. Ryan schließt die Tür und lehnt sich mit dem Rücken dagegen. »Nicht mehr als an Heiligabend.«

»Warum?«

Ryan zuckt mit den Schultern. »Hat er nicht gesagt, er will sehen, was als Nächstes kommt?«

»Und du denkst, das ist okay, Cusack?«

»Ich denke, er weiß, was er tut«, sagt Ryan. Er versucht bei Shakespeare Anzeichen eines Verrats zu entdecken, wobei er nicht sicher ist, wie die aussehen würden. Ryan würde sich selbst nicht für fähig halten, sein nervöses Zucken zu verbergen. Vielleicht ist Verrat eine symptomlose Störung.

»Siehst du«, sagt Shakespeare. »Das kommt mir komisch vor.«

»Dass er sehen will, was als Nächstes kommt?«

»Nein, Junge. Dass du so verdammt entspannt bist wie er.«

»Ich hab da kein Geld reingegeben, und ich glaube nicht, dass ich wütend werden sollte, bevor Dan es tut.«

»Scheiße, Cusack. Damit geht uns ganz schön was durch die Lappen, und du solltest echt angepisst sein, dich unten in West Cork rumtreiben und Jagd auf Pender machen, aber nein, du hockst wieder in deinem Loch. Wochenlang warst du raus aus dem Geschäft, dann kommst du zurück, um mit einem Burschen in einer Sprache zu reden, die keiner von uns versteht, die Sache geht komplett den Bach runter, und du tauchst wieder ab. Siehst du nicht, Cusack, auf welche Gedanken man kommen kann?«

»Hat dir Dan zu dem Thema nicht klar seine Meinung gesagt?«

»Dan hat eine Schwäche für dich, die ich nie verstanden habe, Junge. Vielleicht kann er sich nicht dazu durchringen, dich zu verdächtigen, oder vielleicht hat er dich im Verdacht, aber kann sich nicht dazu durchringen, dir die Kniescheiben zu zertrümmern. Weißt du, trotz Weihnachten und dem ganzen Scheiß, ich kapier nicht, warum Dan Pender nicht rannimmt, wenn er sicher ist, dass er das Problem ist«, und Shakespeare kommt heran, die Hände vorgestreckt, packt Ryans T-Shirt vorn an der Brust und knallt ihn gegen die Tür. Ryan prustet. Er fasst Shakespeares Arm und drückt, aber Shakespeare gibt kaum nach. »Wenn die Pillen nicht wieder auftauchen, Cusack«, sagt er mit rauer Stimme, »wenn ich rausfinde, dass du da deine Finger im Spiel hattest, Italiener hin oder her, schlitz ich dir die verdammte Kehle auf.«

»Lass mich los«, ächzt Ryan.

»Wirst du mir etwas Lohnenswertes erzählen, wenn ich das tue?«

»Was, soll ich etwa irgendwelchen Scheiß erfinden? Lass mich verdammt noch mal los!«

Shakespeare knallt Ryan noch einmal gegen die Tür, bevor er loslässt und zurücktritt.

»Okay.« Ryan zieht sich das T-Shirt glatt. »Hier ist etwas Lohnenswertes für dich, du Arschloch.« Er spürt Streitlust in sich aufsteigen. Seine Emotionen zu analysieren ist ihm zur Angewohnheit geworden, das hat er von Dan: *Erkenne sie, bewerte sie. Wenn sie negativ sind, wirst du wahrscheinlich feststellen, dass sie nicht zweckdienlich sind, also schluckst du sie herunter.* Aber das will er jetzt gerade nicht.

»Du bist der, mit dem Dan ein Problem hat«, sagt er.

»Ich?«, sagt Shakespeare.

»Ja. Du bist ein unzuverlässiges Arschloch.«

»Das soll wohl ein Witz sein.«

»Das ist kein Witz«, sagt Ryan.

Ryan wusste nicht wirklich, was Wut war, bevor er im Teenageralter war, und da wurde er oft von ihr übermannt. Er war bekannt dafür, handgreiflich zu werden. Zwei Mal war er bestraft worden, weil er seinen Kopf gegen eine Ziegelmauer gerammt hatte. Und als er sich am Küchentisch mit einem Messer drei Mal in den Arm geritzt hatte, wurde er ebenfalls heruntergeputzt.

Was willst du bei deiner Zusammensetzung erwarten?, schnaufte Nana Cusack, als wäre seine leichte Reizbarkeit eine Krankheit, die aus seinem Mischlingsblut herrührte. Das war Teil ihrer Einschätzung, als er nach neun Monaten in Saint Patrick's wieder rauskam. Als wäre er das Opfer seiner genetischen Defekte und nur deshalb mit verbotenen Substanzen, zum Verkauf und Eigenbedarf, erwischt worden. Das Herz hat die gleiche Farbe wie das Haar, und schon, wenn er die Stimme hebt, muss mit weiteren Ausbrüchen gerechnet werden. Ich meine, irische Männer würden ihre Jungs ja niemals nach Strich und Faden verprügeln, bloß weil morgens kein geschnittenes Brot auf dem Tisch steht.

Ryan hat gelernt, mit seiner Wut umzugehen. Manchmal

lenkt er ihre Energie in seinen Job, manchmal dreht er sie in einen Joint, manchmal macht er sie zur Sau. Und manchmal lässt er sich von ihr diktieren, was er sagt.

»Hör zu, Dan denkt genau wie du und ich, dass Pender zu blöd ist, die Pillen ganz allein zu klauen. Also war er es nicht, oder er hatte Hilfe. Du denkst, ich war es, weil du einfach nicht schnallst, dass ich Pender genauso wenig ertragen kann wie er mich. Dan denkt, dass du es warst, denn wer von uns hat schon das Zeug dazu, so ein mieser Dreckskerl zu sein?«

»Diese dreckige Koksnase«, sagt Shakespeare, macht den Mund wieder zu und sieht zur Decke.

»Nimm es als Kompliment«, sagt Ryan. »Pender ist zu blöd, und ich habe viel zu viel Ehrfurcht vor Dan. Auf gleicher Höhe bleibst nur du übrig.«

»Das fühlt sich nicht wie ein verdammtes Kompliment an.«

Ryan kann nicht sicher sagen, ob Shakespeare schockiert ist. Er streicht sich über den Bart, kneift sich ins Kinn, und seine Schultern scheinen verspannt. Im Übrigen ist er so wie immer: Als hätte er nicht die Kraft zuzubeißen.

»Du sollst mir sicher nichts von alldem erzählen«, sagt er. »Warum tust du's trotzdem?«

»Weil du nichts damit zu tun hast. Das war schon überzeugend, wie du hier rein bist, um mir eins überzuziehen.«

»Was immer noch keine Garantie dafür ist, dass du nicht dahintersteckst.«

»Ach, Scheiße …« Ryan schüttelt den Kopf. Er ist plötzlich wahnsinnig müde und will sich nur noch langmachen. »Was auch immer. Stell selber Nachforschungen an und frag Dan, wie wild ich darauf war, Brücken zur Camorra zu bauen. Nur zu.«

»Nur, dass ich ihn nicht fragen kann, oder, Cusack? Ich darf nichts von der ganzen Scheiße wissen, weil wir uns dann gegen ihn verschwören …«, er macht eine Geste, »und Monate damit zu tun haben, dem Wichser das wieder auszutreiben, während irgendwer unsere Pillen verhökert.« Er schlägt gegen die Mauer neben sich. »Scheiße. Ob es Pender war, J. P. oder der verdammte Rory Gallagher, es ist egal, jetzt, wo wir wissen, dass die Quelle nicht sicher ist.«

»Die Quelle ist okay. Die Pillen sind angekommen. Cooney und Feehily haben sie gesehen und an Gina weitergegeben.«

»Dann sollte sich Dan Cooney und Feehily vornehmen.«

»Meinst du das ernst? Cooneys Kopf tut nicht mehr, als seine Ohren auseinanderzuhalten, und wenn Feehily zwei Gehirne hätte, wäre er doppelt so blöd.«

»Du müsstest schon ziemlich bescheuert sein, wenn du mich beklauen willst«, sagt Shakespeare.

»Es war Pender«, sagt Ryan. »Es muss nur noch geklärt werden, ob er J.P. dabei im Rücken hat.«

»Ja, und genau deshalb muss es ihm an den Kragen gehen, denn wenn wir noch länger warten, verlieren wir immer mehr Geld. Dan wird die zweite Fuhre nicht bestellen, bevor er die erste wiederhat, und wo bleiben wir dabei, hm, ich und du? Wir stehen mit leeren Händen da, wenn er sein Lager nicht auffüllt. Und die Jungs im Ausland, die werden auch nicht beeindruckt sein, wenn wir plötzlich Funkstille haben.«

Oh, sagt Ryan leise für sich.

»Wenn Dan dir also vertraut, Cusack, dann bist du der, der ihn dazu bringen sollte, aktiv zu werden. Ob Pender das Ding allein gedreht hat oder mit J.P.s Segen, macht keinen Unterschied. Wir tun was und bewegen uns weiter. Ich habe Rechnungen zu bezahlen.«

»Ich bin nicht in der Position, irgendwen unter Druck zu setzen«, sagt Ryan.

»Und was soll ich ihm sagen? Dass ich weiß, was läuft, weil ich dir an den Kragen gegangen bin, nachdem er mir gesagt hat, dass du sauber bist. Nein, es ist dein Job, dem paranoiden Ficker den Kopf zurechtzurücken.«

Ryan ist genervt. »Das hat doch nichts mit Paranoia zu tun, dass die verdammten Pillen weg sind.«

»Bei Dan ist alles Paranoia«, sagt Shakespeare, »weil er sein weißes Pulver zu lieb gewonnen hat. Vielleicht, weil du versucht hast, dich umzubringen, und der Schock zu groß für ihn war. Vielleicht ist das alles am Ende tatsächlich deine Schuld, ob du nun bei der Sache mit den Pillen dabei warst oder nicht. Vielleicht ist es nur gerecht, wenn du deswegen einen abkriegst.«

Er geht zur Tür, und Ryan hat kaum Zeit, ihm aus dem Weg zu gehen.

»Klär das«, sagt Shakespeare über die Schulter von draußen.

Das ist leichter gesagt als getan. Da er oft nicht schlafen kann, gibt Ryan Shakespeare nicht die Schuld an der nachfolgenden rastlosen Nacht, aber er dreht und wendet, was er gesagt hat, im Kopf hin und her. Im Dunkeln. Shakespeare hat nichts mit dem Verschwinden der Pillen zu tun, und er steckt auch nicht mit J.P. unter einer Decke. Im Gegenteil, er ist fassungslos, dass Dan ihm so etwas zutraut. Ryan stellt sich vor, wie Shakespeare sich in seinen verletzten Gefühlen suhlt und das alles bei einer starken Tasse Tee auf seiner Alten ablädt, und so müde er ist, er muss grinsen. Shakespeare verdient nicht, von Dan verdächtigt zu werden, aber Ryan will kein Weg einfallen, wie er Dan eines Besseren belehren kann, ohne zuzugeben, dass er Shakespeare alles erzählt hat. Im besten Fall würde er sich damit Prügel einhandeln. Im schlimmsten … nun. Wer weiß, wozu Dan fähig ist, Dan, der einen seiner Teilhaber rausgeschmissen hat, weil der ihm eine Partnerschaft mit J. P. vorgeschlagen hat. Dan, *der sein weißes Pulver zu lieb gewonnen hat.*

Obwohl sich Ryan daran erinnert, dass Dan das, was er nimmt, genau und streng bemisst, als wüsste er, wohin er auch noch das letzte Körnchen in seinem Nervensystem zu schieben hat.

Ryan hat ein paar nicht so tolle Möglichkeiten. Am nächsten Tag sitzt er mit Dan im Haus an der Watercourse Road und hört zu, wie er Handlanger herumschickt. Dan will was von Penders

Leuten hören, und er will wissen, ob aus J. P.s Lager was rausdringt. Ryan wird bewusst, dass er sich auch selbst darum kümmern könnte, was ihn sich unglücklich den Nacken reiben lässt. Er hat so was wie eine Verbindung zu Phelan, und es könnte eine Möglichkeit geben, dessen Absichten auszuloten, ohne Dans Ernte und sein eigenes Leben zu riskieren. Er erinnert sich, wie sein Vater ihm gesagt hat, dass J. P. allen weit überlegen ist. Ryan weiß nicht, ob er so was je gemacht hat.

Langsam nähert sich Silvester, und keinem gelingt es, die Pillen zu finden, von Pender ein Geständnis zu hören oder Phelan aus der Reserve zu locken. Ryan, dessen Aufgabe es immer noch ist, Shakespeares Loyalität zu beweisen, versucht Dan zu überzeugen: Aber sein Wort reicht nicht.

»Wie willst du wissen, dass er nichts damit zu tun hat?«, fragt Dan.

»Weil ihn die Sache wahnsinnig macht, deshalb.«

»Hast du Beweise?«, fragt Dan. »Keinen. Kannst du dir nicht vorstellen, dass er heimlich durchaus ein Motiv hat? Du musst immer drei Schritte vorausdenken. Alle Möglichkeiten mit einbeziehen. Scheiße noch mal, ich hoffe, du spielst kein Snooker.«

»Alles, was ich sage, ist, wir sollten Pender festnageln. Ich denke nicht, dass es uns längerfristig hilft, besonders gewieft sein zu wollen.«

»Da hast du recht«, sagt Dan. »Du denkst nicht.«

Und so arbeitet Ryan, der sich durchaus seine Gedanken gemacht hat, aber nicht weiß, wie er sie präsentieren soll, weiter an seinem Remix und seinem Track. Zwischen seinen gras- und teegefärbten Sessions geht er mit Colm ins Riverbank Inn, um herumzutüfteln und alles genau zu inspizieren. Währenddessen schreibt Natalie eine SMS nach der anderen. Sie mag ihn. Er weiß nicht, warum, und beschließt, es ist entweder der Sex oder die Musik. Vielleicht auch beides. Frauen lügen gerne, was ihre Lust angeht, und tun so, als wären sie nicht wirklich so spitz wie Männer, aber Natalie hat damit keine Schwierigkeiten. Ryan mag ihre Offenheit. Sie stellt keine großen Ansprüche, was das Erobertwerden angeht, und ihre Ehrlichkeit hat etwas Berauschendes.

SCHALTE SKY ARTS EIN, KALVIERSPIELER. JARVIS COCKER SPIELT COMMON PEOPLE AUF DIESEM WINZIG KLEINEN KEYBOARD.

HABE GERADE GESEHEN ES GIBT E-ZIGARETTEN AUCH EXTRA FÜR GRAS ABER MEIN GOTT IST DAS SCHMUTZIGE AN SO EINEM JOINT NICHT TEIL DES GANZEN?

HÖRST DU PHILIP GLASS WENN DU KOMMST? MIR KANNST DU ES SAGEN, ICH FINDS IRGENDWIE SCHARF.

Die letzte SMS führte etwas später zu einem wunderbar unzüchtigen Selfie, auf dem sie nur vom Mund bis zu den Rippen zu erkennen war.

Ryan ist nicht sicher, in was er da reingeraten ist, findet es aber zunehmend schwierig, sich deswegen zu schämen, wenn er sieht, dass der Dezember eher zum Frühling wird, als dass Karine auftaut. Sie gewährt ihm eine Antwort auf jede dritte SMS. Seine Anrufe ignoriert sie.

FUCK, DU KÖNNTEST WENIGSTENS SAGEN OB DU OKAY BIST.

ICH BIN OKAY.

So geht das bis zu dem Abend, als Joseph mit Crowley, Sheehan, Emma, Louise und, klar, wo Louise ist, da ist auch Karine, aus dem Pub kommt, und Ryan schnellt vom Sofa hoch. Sie kommt als Letzte herein und geht gleich weiter in die Küche, als wäre es ihre Wohnung.

Er folgt ihr. »Was machst du hier?«

Sie nimmt ihre Tasse aus dem Schrank. »Wir haben gemeinsame Bekannte, oder?« Sie schaltet den Kessel ein. »Dir komplett aus dem Weg zu gehen würde bedeuten, dass ich aus der Stadt ziehen müsste.«

Er nickt zu ihrer Tasse hin. »Du willst also keine Party?«

»Ich bin geschafft von all den Partys.«

Sie dreht sich um, den Rücken zur Arbeitsfläche, die Hände links und rechts aufgestützt, und zieht einen Schmollmund.

»Du warst die ganze letzte Woche komisch zu mir«, sagt er.

»Wir haben Weihnachten, und dagegen bin ich allergisch.«

Sie sehen einander an, den Boden, die Wände.

»Trinkst du was?«, fragt sie, als das Wasser kocht.

Er gibt zu, dass er eine Flasche Bier im Wohnzimmer stehen hat.

Sie geht in sein Schlafzimmer, während Joseph und die übrige Bande sich auf eine Playlist verständigen, und Ryan nimmt sein Bier und folgt ihr. Sie zieht eines seiner T-Shirts an, und er erhascht einen kurzen Blick auf ihre Brüste, als der Stoff herunterrutscht. Sie geht zur Kommode und wühlt darin herum. Sein T-Shirt reicht gerade über die Rundung ihres Hinterns, nicht weit genug, um ihren rosa Schlüpfer vollständig zu bedecken. Sie streicht an ihm vorbei, geht ins Bad und lässt ihn einen beginnenden, sehr spekulativen Ständer kleinreden.

Zehn Minuten später schlüpft sie ins Bett und dreht sich auf die Seite. Er sitzt an seinem Tisch, kippelt leicht mit seinem Stuhl, nippt an seinem Bier und sieht zu, wie sie daliegt. Er könnte, als sie eingeschlafen ist, die Kopfhörer aufsetzen und an seinem Remix weiterfeilen. Aber er knickt ein. Er legt sich neben sie ins Bett, und der Bass und das Gelächter von unten halten ihn noch ewig wach und in Gedanken.

Sie sind immer noch unten, ihre gemeinsamen Bekannten,

als Karine und Ryan aufwachen. Da ist Feuer in der Kälte, er hat seinen Arm über ihr liegen und seinen Körper an sie gedrückt. Sie seufzt, und er zieht sie enger an sich, schlaftrunken dahintreibend. Wie ihre Brust sich hebt und senkt. Eine ihrer Locken liegt auf seiner Schulter.

Sie klagt leise, dass sie sich schrecklich fühlt, und sagt, es tut ihr leid, dass sie so früh ins Bett ist, weil sie dachte, sonst würde sie sich nie wieder von ihrem Kater erholen. Sie putzen sich die Zähne und gehen zurück ins Bett. Sie versuchen sich an einem Gespräch, es folgt ein Kuss, dann schiebt er ihr das T-Shirt über die Schultern und lässt es auf den Boden fallen.

Sie stellt Fragen in Momenten, in denen er nicht antworten kann: »Warum bin ich hergekommen, wo ich doch wusste, dass das alles ist, was du willst?«, als sein Mund zwischen ihren Beinen ist und seine Hand über die weiche Innenseite ihres Schenkels fährt. »Warum kannst du es nicht einfach lassen?«, als er in sie gleitet, und sie sich mit ihm bewegt und ihn so fest an sich drückt, dass er das Gefühl hat, mit ihr eins zu sein, und vielleicht ist es ja so, vielleicht ist er das, und für eine wunderbare Weile weiß er, dass alles einen Sinn ergibt und sein Körper nur ganz ist, wenn er in ihr ist, und er schließt daraus, dass er Philip Glass nicht hören will.

Er zieht seine Trainingshose an und geht hinunter in die Küche, um ihr einen Kaffee zu kochen.

»War das jetzt eine gute Idee?«, sagt ein schwankender Joseph hinter ihm.

»Was war eine gute Idee?«

»Das weißt du ganz genau, Cusack.«

Ryan sagt ihm, er soll sich verpissen, und geht zurück zu seiner Freundin, die aufrecht in seinem Bett sitzt, mit rosa Wangen und nassen Augen.

»Wer zum Teufel ist das?«

Sie hält ihm sein Telefon hin. Natalies unbekleidetes Selbstporträt füllt den Bildschirm.

»Hörst du«, heult Karine, *»Philip Glass, wenn du kommst?«*

Ryan kann im Moment nur den Kaffee abstellen.

»Wie konntest du?«, schreit Karine.

»Du hast Schluss gemacht mit …«

»Vor ein paar Tagen, Ryan! Vor ein paar Tagen! Da fault er dir nicht gleich wegen Vernachlässigung weg!«

»Du hast kein verdammtes Moratorium damit verbunden.«

»Kein *verdammtes* Moratorium?«

»Nicht ein verdammtes Moratorium, ein verdammtes … Himmel.«

Der Sex hat dunkle Strähnen in ihr Haar gewoben. Eine umrahmt ihre linke Wange und klebt an der Haut fest, als sie sich über die Augen reibt.

»Du hast mir gesagt, du wolltest nicht mehr mit mir zusammen sein«, sagt Ryan.

»Man sollte meinen, dass du uns die Chance gibst, das Ganze noch mal zu überdenken, bevor du irgendwelche Schlampen aufreißen gehst. Oder läuft das schon länger? Ich meine, wenn sie dir schon Ficktexte schickt.« Sie wirft sein Telefon gegen die Wand, und es knallt dumpf, als es auf den Putz trifft, auf dem Laminatboden dann klappert es trocken. »Wie lange geht das schon? Die ganze Zeit, als du mir erzählt hast, du könntest nicht aus dem Haus?«

»Ich habe sie erst letzte Woche kennengelernt, das schwöre ich.«

Karine springt aus dem Bett und zieht sich wütend an. »Letzte Woche? Letzte Woche erst? Ich sage dir, wir brauchen eine Pause, und du findest sofort Ersatz?«

»Du hast nicht gesagt, dass wir eine Pause brauchen, Mädchen. Du hast gesagt, ich soll nach Hause gehen und mich umbringen.«

»Ich habe gesagt, wenn du dich umbringen willst, dann tu's, weil ich deine ewigen Launen nicht länger ertrage!«

»Das hast du nicht gesagt!«

Er folgt ihr die Treppe hinunter. Karine reißt die Haustür so heftig auf, dass sie gegen die Wand fliegt und eine schwarze Delle im Putz hinterlässt.

»Ich hab keinen blassen Schimmer, was genau du willst!«, ruft er ihr hinterher.

Er läuft bis zum Tor und sieht ihr nach, wie sie ins Grau davonstürmt. Er hat Angst, ihr zu folgen, will aber auch nicht in die besorgten Gesichter ihrer beschissenen gemeinsamen Freunde blicken.

9

Da Ryan nicht sehr gut darin ist, ältere Leute auszufragen, übernimmt seine griesgrämige Seherin die Führung. Der Komplex, in dem ihr Sohn die Wohnung gekauft hat, heißt Larne Court und ist, wie sie Ryan erzählt, voller Leute, die dich nicht grüßen und dir schon gar nicht nachweinen würden. Maureen ist mindestens zehn Jahre älter als die anderen Bewohner. Einmal in der Woche bringt sie ihre schwarzen Müllsäcke in den gemeinsamen Container, und niemand denkt auch nur daran, ihr zu helfen. Die Nachbarn stehen draußen vor ihrem Fenster und rauchen und reden völlig achtlos über ihr Leben. In Larne Court gibt's keine wissenswerten Geheimnisse, klagt sie.

Sie erzählt ihm ihre Geschichte. Sie ist ein Kind der Stadt, Cork bis ins Innerste, auch lange Jahre in London konnten ihr den Akzent nicht nehmen. Auf ihren Reisen hat sie Voraussicht gelernt, denn den Anker einzuholen, verbessert deine Urteilskraft und lässt dich hinter die Dinge sehen. Einsamkeit tut das auch, sagt sie. Die Menschen sind nicht dazu gemacht, ihren Heimatstamm zu verlassen, es kann sie wahnsinnig machen, und das schlägt sich in einer hellseherischen Empfindsamkeit nieder. Wahnsinn liebt Wahnsinn so sehr, wie sich ein einsamer Mensch nach Gesellschaft sehnt, und so hat sie sich zu Ryan hingezogen gefühlt, sein Inneres hat sich ihr offenbart, und sie konnte sehen, dass da einiges zu zerfasern droht. Das konnte sie nicht einfach ignorieren und ihn links liegen lassen.

Natürlich glaubt er ihr kein Wort von alledem, trotzdem gelingt es ihm nicht, die Story zu knacken. Er geht zu ihr, und in seinem Bauch lodert Wut, aber sie pinkelt sie gleich aus.

»Diese Art von Tamtam mag bei den Hitzköpfen in Italien verfangen«, schimpft sie, »aber nicht bei mir.«

»Was, das Orakel hat Italien genannt?«

»Nein.« Sie steht an der Spüle, um den Wasserkessel aufzufüllen, und öffnet die faltigen Hände mit den kurzen, unlackierten Nägeln und ohne Ringe. »Das warst du.«

Es könnte sein. Es könnte sein, dass das ehrfürchtige Staunen, an das er sich erinnert, mehr mit Alkohol und Drogen zu tun hat als mit ihrer Behauptung, hellsehen zu können. Pillen machen gesprächig. Und so nimmt er den Tee von dieser Frau entgegen, die weiß, dass er schlecht ist wie ranzige Butter und absolut verschlagen, und kann nichts anderes tun, als ihn zu trinken.

Sie setzt sich aufs Sofa und sagt: »Du bist nicht so weit, mit mir zu reden.«

»Worüber?«

»Das hatte ich auch nicht gedacht«, seufzt sie.

Stattdessen fährt sie mit ihrer Geschichte fort. Er hört auf jeden einzelnen Satz. Sie ist etwa so alt wie seine Großmutter, und er lauscht auf die Straßennamen und gemeinsame Feinde. Sie stammt eindeutig von der Northside.

»Dann erzähl mir was über Musik«, sagt sie plötzlich, bevor sie ihre Geschichte zu seiner Zufriedenheit beendet hat.

»Was soll ich denn über Musik erzählen?«

»Wie soll ich das wissen? Du bist doch der Musiker, oder?«

»Ja, ich bin Musiker«, bestätigt er leise.

»Und spielst immer noch nicht?«

»Ich spiele.«

»Es würde mich freuen, wenn ich da falschläge. Was spielst du?«

»Klavier.«

Sie blickt über seinen Kopf ins Nichts und sagt: »Klavier, das hätte ich dir auch sagen können.« Sie räuspert sich und fragt: »Gibt es viele kleine Gangster, die Klavier spielen?«

»Hören Sie auf, das immer wieder zu sagen.«

»Was? Dass du ein kleiner Gangster bist oder dass du Klavier spielst?«

Sie nimmt die Tassen und schüttet die Reste weg. Dann spült sie die Tassen und stellt sie vorsichtig auf das Abtropfgestell. Rechts von der Spüle türmt sich das Geschirr von mindestens zwei Wochen.

»Sie kriegen Ratten«, sagt Ryan.

»Werde ich nicht.«

Es ist bald acht, und es gibt Dutzende Dinge, die er tun sollte, statt hier mit dieser irren Alten zu hocken und sich Lügen anzuhören.

»Erzähl mir von deinem Klavier«, sagt sie, als sie wieder auf dem Sofa sitzt. Sie trägt einen blauen Strickpullover, zieht ein Papiertaschentuch aus dem Ärmel und fährt sich damit über die Nase.

»Es ist nur ein Hobby.«

»Ist das Gangster-Dasein auch ein Hobby oder eher eine Berufung?«

»Ich bin kein Gangster.« Ryan beugt sich vor. »Ich bin in keiner Bande und beteilige mich auch nicht an Revierkämpfen.«

»Bist du vorbestraft?«

»Nein.«

»Doch, bist du.« Sie ist zufrieden mit sich.

»Wie kommen Sie darauf?«

»Wie auf alles andere auch.«

»Wenn ich ein Gangster wäre, würde ich dann hier sitzen?«

»Ja«, sagt sie. »Weil sich ein kleiner Gangster Sorgen macht, was ich den Leuten erzähle, und wissen will, woher ich das alles weiß.«

»Ein Gangster wäre sehr viel angepisster als ich.«

»Es sei denn, es ist einer von der klavierspielenden Sorte.« Sie lacht, und ihr Lachen reicht von der arroganten Neigung ihres Kinns bis hinunter zu den Falten ihres Rocks. Sie seufzt glücklich. »Erzähl mir von deinem Klavier«, sagt sie wieder. »Wann hast du zu spielen angefangen?«

Mit drei. Eine Stunde jeden Tag mit seiner Mutter, zahllose Stunden allein für sich, Misstöne aneinanderreihend, die sich durch ihre Geduld langsam zu Melodien rundeten. Mit acht fingen sie an, ihn einzustufen, und er hatte gerade eine Auszeichnung bekommen, als seine Mutter beschloss, sich aus dem Spiel zu nehmen. Damit war seiner formalen Ausbildung Genüge getan. Sein Vater war der Ansicht, der Musikunterricht auf der Mittelschule sei Ersatz genug. Kaum, dass Ryan seine praktische Abschlussprüfung hinter sich hatte …

Er fuhr sich mit der Hand über die Kehle.

»Was?«, will Maureen wissen.

»Da hat er das Klavier verkauft.«

Sie ist mitfühlend genug, blass zu werden.

»Meine Enkelin spielt Klavier«, sagt sie.

»Ja?«

Sie verzieht das Gesicht. »Frag mich nicht, was für Prüfungen sie bestanden hat oder nicht. Ich habe keine Ahnung. Aber alles, was sie spielt, klingt wie ein Beerdigungsmarsch.«

»Welcher?«

»Werd ja nicht frech«, sagt sie.

Wider besseres Wissen verzieht Ryan den Mund.

»Und dann hast du aufgehört?« Maureen zieht eine Zigarette aus der Schachtel zwischen ihnen auf dem Couchtisch, zündet sie aber nicht an, sondern hält sie zwischen Daumen und Zeigefinger und klopft sich damit auf die Unterlippe.

»Vor langer Zeit.«

»Wie lange?«

Ryan zuckt mit den Schultern. Er hat damals Ersatz gefunden: Sex, Drogen, Schlägereien. Die Musik war nicht das Einzige, was ihn zu erregen vermochte. Das Klavier war das eine, aber er hatte eine Freundin, Zugang zu allen Stimulanzien, die er sich wünschen konnte, und ein aufkeimendes Bewusstsein der eigenen Kraft, wobei er wusste, dass er die niemals gegen seinen Vater wenden durfte. Natürlich hat er es sich vorgestellt. Spätabends im Schlafzimmer, das er sich mit seinen Brüdern teilte, hat er sich ausgemalt, wie er an seinem dahinschrumpfenden Erzeuger Rache nehmen würde, drinnen in seinem Kopf, wo die Wut nirgends hinkonnte.

Vielleicht meldete sich sein Verlangen nach Musik zurück, als die Wut abnahm, aber da hatte er bereits Angst vor ihr. Er sorgte sich, dass sein Talent nur im Wettstreit mit Drogen, Gewalt und Sex existieren konnte, als er ohne seinen Job, seinen Lebenswandel, seine Freundin nicht mehr auskam. Eine Weile lang waren es dann Sets von DJs, die ihn faszinierten: von Danny Howells, Steve Lawler und John Diggins. Er brachte sich bei, wie man mixt, stellte eigene Songs zusammen und nahm sie auf. Er kaufte sich ein gebrauchtes MIDI-Keyboard von einem Typen, der begriffen hatte, dass Musik zu machen hart war, aber mit dem Keyboard herumzuspielen vergrößerte Ryans Defizite nur noch, und am Ende zahlte er fast einen Riesen für ein elektrisches digitales Klavier von Yamaha, das er in sein Zimmer stellte und weit länger, als es für ihn heute irgendeinen Sinn ergibt, gekränkt anstarrte.

Und dann war da natürlich die Pause zwischen seiner absichtlichen-Querstrich-unabsichtlichen Überdosis und seiner kleinen Einlage, mit der er Natalie die Knie hatte weich werden lassen. Aber das erzählt er nicht. Auch nichts von den neun Monaten hinter Gittern, in denen es nichts anderes gab als den Rhythmus seines stotternden Herzens.

»Bist du gut?«, fragt Maureen.

»Elendig.«

»Hör auf, so schlecht kannst du nicht sein, wenn du als Kind schon angefangen hast.«

»Ja, aber ich habe ja nicht immer gespielt, oder? Von drei bis elf, dann noch mal halbherzig von elf bis fünfzehn und dann jahrelang eigentlich gar nicht mehr. Und ohne Übung ist es vorbei.

Sie hatten recht, als Sie sagten, ich würde nicht spielen. Vor ein paar Tagen habe ich eine Tarantella probiert, und es klang wie …« Er reibt sich die Stirn. »Wie Krähen, die auf Wellblech scheißen.«

»Ach, ich bin sicher, du bist da ein bisschen zu kritisch mit dir selbst. Du musst mir was vorspielen.«

»Das muss ich, jaja.«

»Du solltest wirklich. Ich habe ein gutes Gehör.«

»Ein gutes Gehör und ein drittes Auge. Ich nehme an, Sie können auch um die Ecke riechen und Ihr Essen schmecken, bevor Sie es gekocht haben.«

»Lieber Gott, du hast wirklich ein loses Mundwerk. Aber das ist wohl normal für kleine Gangster wie dich. Hast du ein Auto?«

Er zieht die Brauen zusammen. »Warum?«

»Weil ich mal rausmuss.«

»Jetzt mal langsam, ja? Ich bin doch kein Taxi.«

»Klar, ich weiß, dass du kein Taxi bist. Aber ein anständiger Junge, der weiß, wie kalt es draußen ist.«

»Anständig? Ich dachte, ich bin ein Gangster?«

»In deinem Alter kann man beides sein«, sagt sie. »Aber es dauert nicht mehr lange, bis ich die Straßenseite wechsle, um dir aus dem Weg zu gehen.«

Er grinst. »Wer hat überhaupt gesagt, dass ich ein Auto habe?«

»Also, ich hoffe, das sind deine Schlüssel, die da deine Jeanstasche so ausbeulen.«

»Großer Gott, was soll das denn jetzt?«

Sie nimmt ihren Mantel, der über dem Sofa hängt. »Komm«, sagt sie, »ich habe nicht den ganzen Abend Zeit.«

Sie lässt ihn vor sich aus der Tür.

»Als ich jünger war, in den Siebzigern«, erklärt sie, »da trugen die Jungs auch enge Jeans.«

»Würden Sie bitte aufhören, mich anzumachen?«

»Unter Minderwertigkeitskomplexen leidest du offenbar nicht. Ich fürchte nur, du bist ein bisschen halb gar für meinen Geschmack.«

Sie folgt ihm zum Auto. »Sehr schön«, sagt sie und lässt sich in den Sitz sinken. »Offenbar verdienst du ganz gut mit deinen krummen Dingern.«

»Tatsächlich hatte ich ein Riesenglück, weil der Kerl, dem das Auto gehört hat, der wollte nach Australien, und ich hatte die nötigen Kröten, also …« Fast hätte er den Satz mit einem »Ach, leck mich!« beendet.

Sie will nach Glanmire, was praktisch für ihn ist, wie sie sagt, wobei er sich nicht daran erinnern kann, dass er ihr gesagt hätte, wo er wohnt. Ein Punkt mehr auf der Liste der Dinge, die er dieser spöttischen Fremden erzählt haben muss und die sie ihm jetzt, in Lügen gepackt, zurückzahlen will.

»Deine Mutter«, sagt sie. »War sie Lehrerin?«

»Nur für mich. Bei meinen Brüdern und Schwestern hat sie es auch versucht, aber die hatten es nicht drauf.«

»Da warst du also Mamis Liebling, oder?«

»Das ging nicht. Sie war keine Mami.«

»Was war sie denn? Eine *mamma*? Wie schade, dass sie nicht sehen kann, wie du …«, einen weißheißen Moment denkt er, sie will »wie du dich im organisierten Verbrechen hervortust« sagen, doch dann fährt sie fort: »mit deinen Freundinnen unterwegs bist. Haben *mammas* dazu für gewöhnlich nicht so einiges zu sagen?«

»Meinen Sie das Mädchen gestern Abend? Das ist nicht meine Freundin.«

»Ach, aber jemand anders.«

Vielleicht ist es die Schroffheit, mit der er sie berichtigt. Sie halten an einer Ampel. Maureen blickt ihn an, doch er starrt stur geradeaus. Künstliche Lichter malen Muster ins Schwarz, ganz dicht auf Augenhöhe und über ihn hinaus. Wie die letzten Bojen vor dem offenen Meer.

»Meiner Mam«, sagt er ausdruckslos, »wäre das so oder so scheißegal gewesen. Sie war nicht wie andere.«

Maureen kichert. »Ist es nicht typisch italienisch, zwei Freundinnen zu haben? Was die Jeans erklären würde.«

»Sie ist nicht mal eng, oder, sie …« Er fängt sich und verstummt. Sie lässt das entzückte Zwitschern eines Kanarienvogels hören, der sich gerade in einem baumelnden Spiegel entdeckt hat.

»Sie sind ja irre«, sagt er.

»Weiß ich das nicht schon?«

Zehn Minuten später biegen sie in die Einfahrt eines allein stehenden Hauses in einem wohlhabenden Viertel. Bis auf ein Licht im Flur und die Weihnachtsbeleuchtung um die unteren Fenster und im Baum, der im Vorgarten steht, ist das Haus dunkel.

»Keiner zu Hause«, sagt Maureen.

Das ist nicht das, was Ryan hören will. Er will nicht bis ins Stadtzentrum zurückfahren müssen. Er muss zwei Tracks fertig machen, hat ein Mädchen, das es zu besänftigen, und eins, dessen Foto es zu loben gilt.

»Das heißt, Sie müssen wieder zurück«, schnauft er, und Maureen sieht ihn leicht verdrossen an und sagt: »Nachdem ich dich hier habe rausfahren lassen? Ich habe einen Schlüssel. Komm.«

»Wohin?«

»Das ist das Haus meiner Schwiegertochter.«

»Und?«

Sie steigt aus, steht neben der Beifahrertür und zupft sich den Mantel zurecht. Ryan bleibt, wo er ist. Sie bückt sich und sieht zu ihm hinein.

»Jetzt komm schon«, hört er sie sagen.

Er macht das Fenster auf.

»Wohin, habe ich gefragt.« Er nimmt an, sie denkt, sie hat da einen harten Burschen aufgetan, und zufällig gibt's hier eine Sache zu erledigen, die für ein Paar Hände zu schräg ist.

Sie schüttelt den Kopf, als hätte sie ihm das alles schon zwei Mal erklärt.

»Das ist das Haus von meiner Schwiegertochter«, sagt sie. »Der Mutter meiner Enkelkinder, verstehst du?«

Es dämmert ihm. »Es geht doch nicht immer noch um das Klavier?«

»Ich muss dich spielen hören«, sagt sie.

»Sie wollen in das Haus Ihrer Schwiegertochter einbrechen, damit ich für Sie Klavier spiele?«

»Das nicht. Ich habe einen Schlüssel. Gott, für einen Musiker hörst du ziemlich schlecht.«

»Ich geh doch nicht mit irgendeiner Frau, die ich gerade kennengelernt habe, in ein wildfremdes Haus, um ein Konzert zu geben. Haben Sie was genommen?«

»Deirdre und die Kinder sind über Neujahr in Spanien«, sagt sie, »und mein Sohn wohnt hier nicht mehr, sie hat ihn rausgeworfen. Damit ist niemand da, um dich zu beurteilen, außer mir.«

»Mich zu beurteilen? Sind wir hier in einer Castingshow oder so was?«

»Genau«, sagt sie. »Genau das ist es.« Damit dreht sie sich um und geht zur Haustür, und er sitzt kopfschüttelnd da und schaut ihr hinterher. Schließlich steigt er aus und folgt ihr.

Der Boden im Flur ist mit hellem Holz ausgelegt, und an den weißen Wänden hängen nur ein paar zueinander passende Gemälde, auf denen eine gedeckte Farbe auf die andere tropft.

Maureen öffnet eine Tür links. »Also dann«, und deutet mit einer Handbewegung auf ein Klavier in der Ecke.

Der Klaviaturdeckel ist geschlossen, das tiefschwarze Holz poliert, und obendrauf steht eine Glaskugel mit blauen und grauen Kieseln. Der Hocker ist neu bezogen, farblich abgestimmt auf den Rest des Raumes. Er ist cremefarben, wie das Sofa, wie die Sessel.

Ryan öffnet den Klaviaturdeckel.

Es ist fünf Jahre her, aber in der Zwischenzeit ist es nur poliert worden und hat hier und da einen neuen Tastenbelag bekommen.

»Das ist mein Klavier.«

Ein *Hmm?* hinter ihm.

Er versucht es noch einmal zu sagen und zögert. Er denkt, er muss sich täuschen. Er denkt, das merkwürdige Chaos dieses Abends bringt ihn selbst zum Lügen. Aber die Wahrheit ballt die Fäuste und verdreht ihm den Magen.

Jeder Kratzer und jede Delle, alles ist noch da und nur mit etwas Möbelpolitur abgedeckt worden.

»Scheiße, das ist mein Klavier.«

Er lässt sich schwer auf den Hocker fallen.

»Das Klavier gehört meiner Schwiegertochter Deirdre«, sagt Maureen ruhig.

Ryan dreht sich zu ihr hin. Sie lächelt nicht, aber ihr Ausdruck ist sanft. Ihre Wangen wirken voller. Haarlocken fallen über den Kragen.

»Deirdre und wie weiter?«

»Sie heißt Deirdre Allen.«

»Nun, sie hat mein verdammtes Klavier.«

»Es ist eine kleine Stadt«, sagt sie.

Er springt auf. »Woher wussten Sie, dass das hier mein Klavier ist?«

Maureen hebt den Blick zur Decke. Sie beginnt zu sprechen, öffnet dabei die Hände, es ist ein reuiges Gemurmel.

Ryan will es nicht hören. Er läuft hinaus zu seinem Auto und sieht, wie sie sein Klavier hergefahren haben, sieht, wie sie es achtlos über die Schwelle schieben und schräg in der Diele stehen lassen, während irgendeine eingebildete Schlampe erklärt, wo es hingestellt werden muss, damit die scheiß Glaskugel mit den beschissenen Kieseln am besten zur Geltung kommt.

Der Tag, an dem sie das Klavier seiner Mutter geholt haben, steigt wieder vor ihm auf. Seine Augen werden nass.

Die Stunden danach sind Stunden voller Wut und Trauer. Dann schläft er, wacht mehr als einmal auf und ist bis in die letzten Winkel seines Unterbewusstseins angespannt. Am späten Morgen steht er auf, sitzt herum, kocht innerlich und versinkt in Trauer. Er beschließt, seinem Vater einen Besuch abzustatten.

Er redet eine Weile darum herum. Sie sind beide gut darin, Ryan und Tony, um irgendwelchen Scheiß herumzureden. Nichts wird je klar herausgesagt. Als Ryan also fragt: »Erinnerst du dich, wem du mein Klavier verkauft hast?«, lässt er das meiste weg: *Erinnerst du dich, wem du das Klavier meiner Mutter verkauft hast? Und warum du so angepisst warst, als mich dieser Verlust völlig fertiggemacht hat?*

Tony weiß es nicht mehr. Es ist so lange her. Einer Frau, ja, eindeutig einer Frau.

»Warum willst du das wissen, Junge?«

»Keine Ahnung. Vielleicht hätte ich es gerne zurück.«

Das gefällt Tony nicht. Er glaubt plötzlich, Sentimentalität sei ein Privileg der Wohlhabenden. Er hustet, verschränkt die Arme vor der Brust und sieht seinen Sohn an, als würde ihn dieses Gespräch krank machen.

»Es war das Klavier von meiner Mam«, sagt Ryan. »Es bedeutet mir mehr als irgendetwas anderes auf dieser verdammten Welt.«

»Ja, es gehörte deiner Mam.« Tony hat mit diesem einfachen Eingeständnis zu kämpfen. Seine Mundwinkel zucken. »Aber was heißt das? Wir haben es erst gekauft, als wir das Haus hier kriegten. Davor war ihr Klavier das bei deinen Großeltern in Neapel. Und davor war es noch ein anderes. Es lohnt nicht, nach was zu suchen, was so …«

Völlig nichtssagend ist, denkt Ryan, das will er sagen. Tony beschämt das Ganze zutiefst: Er will nicht daran erinnert werden, wie er seinem Sohn die Hände genommen hat. Ryan könnte ihn fragen: *Sagt dir der Name Deirdre Allen etwas?*, aber er tut es nicht. Das üble Gedächtnis seines Vaters macht ihn fertig, und er weiß, er erträgt keine weiteren zwanzig Minuten mit ihm, so wie der zittert und stottert.

Im Übrigen hat der unruhige Schlaf in der Nacht Ryan mehr oder weniger davon überzeugt, dass er sich da einiges eingebildet hat. Er kann nicht mit Sicherheit sagen, dass er zwei nebeneinander stehende Yamaha U3s unterscheiden könnte, ganz zu schweigen, wenn er das eine fünf Jahre nicht gesehen hat. Er muss sich da was vormachen. Es war von Anfang an so ein komischer Abend.

Und so entschuldigt er sich.

Sie lässt einen freundlichen Seufzer hören, als sie die Tür öffnet und zur Seite tritt, damit er eintreten kann.

»Ich bleibe nicht lange«, sagt Ryan. »Ich wollte nur … Ich muss mich entschuldigen.«

»Wofür?«

»Weil ich davongerannt bin. Und Sie in Glanmire hab stehen lassen.«

Sie seufzt wieder. »Du bist fürchterlich nett«, sagt sie.

»Ich bin nicht nett. Nur …«, er wirft einen Blick in den Hof und findet den Rest seiner Lüge im Gestrüpp da draußen, »gut erzogen.«

»Nein, du bist nett, und das in einem Spiel, in dem genau das ein fürchterliches Handicap ist.«

»Hören Sie«, sagt er. Er hat keine Zeit für irgendwelchen Schrott. Er will an den nachweihnachtlichen Festlichkeiten teilhaben, die sich um Dinge ranken wie seinen verletzten Boss und seine verletzte Freundin. Ex-Freundin. Freundin. »Das Klavier meiner Mam hat mir viel bedeutet, deshalb habe ich vielleicht etwas überreagiert, als ich das von ihrer Schwiegertochter sah. Es ist das gleiche Modell. Aber es kann nicht wirklich das Klavier meiner Mam sein …«

»Das könnte es schon«, sagt sie. »So viele davon wird es in Cork nicht geben.«

»Aber sehen Sie …« Er holt sein Telefon aus der Tasche und wischt zwischen zwei Bildschirmen hin und her. »Selbst wenn es so ist, was besagt das schon? Ich bin einfach gekommen, um mich dafür zu entschuldigen, dass ich so ein Arschloch war. Und ich weiß, Sie waren gut zu mir, als Sie mich das erste Mal gesehen haben, also danke. Ich glaube nicht, dass ich aus Ihnen rausbringe, dass Sie die Bingofreundin meiner Nana sind oder was immer. Gut gemacht, Sie bewahren das Geheimnis. Und so … Wir sehen uns.«

Er dreht sich um, und sie sagt: »Deirdre kommt erst am Zehnten zurück. Wenn du es also noch mal sehen willst, sag Bescheid.«

»Ist schon okay.« Er hebt die Hand, hält den Blick auf sein Telefon gerichtet und geht den Weg hinunter.

»Komm vorbei, wenn du reden willst«, ruft sie ihm hinterher. »Du weißt, wo du mich findest.«

Er hebt noch einmal die Hand, und als er wieder in seinem Auto sitzt, denkt er: *Nun, ich brauche keine Ausflüchte und wilden Geschichten*. Er fährt nach Hause. Schaltet den Wasserkessel ein. Setzt sich aufs Sofa. Und weiß, er wird wieder hinfahren wollen, kämpft mit dieser Einsicht und verflucht sich für seinen Wunsch.

So lange war ich hungrig.

Tony Cusack können wir die Schuld daran nicht wirklich geben. Er wusste was zu essen auf den Tisch zu bringen, hat sein Wissen aber ertränkt. In eine Flasche Aldi-Whiskey hat er es gestopft und vergären lassen. Er stand nicht immer rechtzeitig auf, weil er nicht immer ins Bett ging. Ich war elf, zwölf, dreizehn, vierzehn, fünfzehn. Ich tat, was ich konnte. Ich kochte Pasta und Kartoffeln, schälte Möhren, rieb Käse. Aber das ist nichts im Vergleich zu einem richtigen, von Mam gekochten Essen. Frittata, sartù di riso und parmigiana.

Mein Dad hatte ein paar Zusammenbrüche. Ich weiß nicht, ob du das mitgekriegt hast. Einen direkt nach der Beerdigung, da wurden wir unter den Tanten aufgeteilt. Dann noch einen, da war ich zwölf, das war schlimm, da waren Cian und ich vier Monate bei dieser Familie in Carrigtwohill. Und als wir grade wieder zusammen waren, hatte Dad einen weiteren Aussetzer. Da bin ich nirgends hin. Ich und Kelly wurden mit ihm allein gelassen, und ich nehme an, wir haben uns irgendwie um ihn gekümmert und dafür gesorgt, dass es ihm noch schlechter ging.

Die Sache war, dass Nana rüberkam, um mit dem Essen und so zu helfen, als es Dad das erste Mal schlecht ging, und da gab es oft gekochte Kartoffeln. Ich meine, ich mag Kartoffeln und so, aber non si vive di solo Kartoffeln.

Was ich am meisten vermisst habe, war dein Risotto. Du hast immer alles reingeschmissen: Salami, Oliven, Chilis und was so übrig war. Ich hab Nana danach gefragt: »Sie hat's in eine große Pfanne gepackt, und man konnte eine ganze Armee damit satt kriegen.« Nun, sagte Nana, ihr seid schon eine Armee, das muss praktisch gewesen sein. Und dann gab sie mir noch eine Kartoffel.

Ich denke, irgendwann hab ich's nicht mehr ausgehalten. Ich weiß nicht.

Ich war vierzehn. Das war vor Karine, aber das mit Dan lief schon, also hatte ich ein bisschen Geld. Eines Samstags war ich allein in der Stadt, und ich ging von der Grand Parade bis Pana durch den English Market. Weißt du noch, wie verrückt du nach dem English Market warst? Du meintest, du könntest den ganzen Tag dort sein und alles inhalieren. Kaffee, Zucker, Schokolade, den Geruch von frisch gebackenem Kuchen, den Regen, den die Leute mit reinbrachten, den Käse, die Oliven, und dann die Metzgerstände am Ende, wie es da nach gepökeltem, rohem, sauberem, kaltem Fleisch roch, und die Luft, die von draußen reinwehte.

Weißt du noch, der kleine Laden mit der Pasta, den sonnengetrockneten Tomaten und so weiter? Da bin ich an dem Tag rein, um mal zu riechen, und dann stand ich vor dem Reis, und da war diese Frau, die mich lange anguckte. Ich glaube, ich sah aus, als wollte ich irgendwas kaputt machen oder mir die Taschen vollstopfen, wahrscheinlich hatte ich meine Kapuze auf.

Sie sagte: »Suchst du was?«

Mam, ich war nicht grade der gesprächigste Junge. Ich war bestimmt nicht mehr so, seitdem du weg bist. Ich spielte kaum noch, hab mich geprügelt und war mit Dad immer irgendwie auf dünnem Eis. Kurzum, ich weiß nicht, warum ich es gesagt habe, vielleicht war es der Hunger.

Was ist das für ein Risotto?, habe ich die Frau gefragt.

Sie sah genervt aus, mit einer dicken, braunen Brille. Sie sah aus, als könnte sie dich wegen nichts und wieder nichts komplett niedermachen, und als sie dann lächelte, wirkte es fürchterlich angestrengt, so als müsste sie wie wahnsinnig an ihren dünnen Lippen ziehen.

Sie gab mir eine Packung.

Ich drehte sie um, schüttelte sie und spürte ihr Gewicht.

Brauchst du sonst noch was?, fragte mich die Frau.

Oh, Unmengen.

Wissen Sie, wie man das kocht?, hab ich sie gefragt.

Sie wusste nicht, was sie von mir halten sollte.

Also musste ich ihr erklären, dass meine Mam es immer gekocht hatte. Aber jetzt war sie tot.

Darüber dachte sie nach.

Sie sagte: Komm hinter zu mir, Junge.

Und während sie die anderen Kunden bediente, schrieb sie mir ein Rezept für ein Risotto auf, so das einfache, mit Butter, Käse und Zwiebeln. Sie gab mir auch ein paar Brühwürfel und wollte kein Geld dafür. Ich nehme an, so ein hungriger kleiner Kerl hat was an sich, das selbst so'n Schlachtross weich werden lässt.

Das Komische ist, obwohl ich gleich nach Haus bin mit meiner Packung Arborio, meinen Brühwürfeln und dem Rezept fest in der Hand, habe ich nicht versucht, ein Risotto zu machen. Ich glaube, ich hätte jemanden umbringen können für ein Risotto, aber als die Möglichkeit da war, wollte ich nicht. Ich hatte Hunger, aber der Hunger fühlte sich richtig an. Dich zu vermissen war wichtiger, als zu essen.

10

Dan beschließt, den Catalyst nicht vor Anfang Februar aufzumachen. Januar sei ein mieser Monat, um die Leute dazu zu bringen, sich gehen zu lassen. Er und Colm stecken die Köpfe zusammen. Sie haben vor, beeindruckende Gast-DJs zu holen und die Einrichtung und das Soundsystem aufzumöbeln.

Der Januar schreitet fort. Ryan zieht noch ein paar große Transaktionen durch. Er wird einem Typen in Kilkenny vorgestellt, der einen privaten Haarsalon betreibt, mit exklusiven Kunden, die alle verrückt nach Koks und Pillen sind. Der Typ ist sauer, dass Ryan kein Meth im Angebot hat. Ryan sagt, er will sehen, was er tun kann, tut dann aber nichts. Im Übrigen kriegt er Kontakt zu einer Frau, die über Proxy-Server Einzelportionen verkauft. Sie erklärt ihm ausführlich ihr digitales Versteckspiel, so sinnlos es ist. Er hält ihre Methode für viel zu kompliziert und findet es komisch, dass sie ihre Hightech-Unternehmung mit ihm nur über klassische Codewörter abwickeln kann. Sie hat die Kohle, er die Eier, so war es und wird es immer sein.

Und Karine nagelt den Sarg endgültig zu. Sie ist die Erste, die Ryan an Neujahr anruft, und sie geht nicht dran. Sie lässt ihn am ausgestreckten Arm verhungern. Ihre gemeinsamen Freunde fühlen sich in der Zwickmühle, was ihr egal ist. Die Frauen brechen den Kontakt zu ihm komplett ab, was Joseph wiederum predigen lässt, dass Verschwesterungen eine fürchterliche Geschichte sind und man sich, wenn ein Pärchen aufhört zu vögeln, nicht auf eine Seite schlagen sollte.

An einem nassen Freitagabend treffen sie sich. Sie kommt zu ihm, völlig kopfscheu und blass. Ihr ist bewusst geworden, dass er über Aufnahmen ihrer wehrlosesten, ungeschütztesten Momente verfügt. »Die Nacktaufnahmen«, sagt sie. »Lösch sie.« Sie steht mit verschränkten Armen neben dem Schreibtisch in seinem Zimmer, während er die Ordner auf seinem Computer und Telefon für sie durchsucht. »Was ist mit der Cloud«, sagt sie. »Hast du Back-ups?«

Sie streiten. Sie will alles gelöscht sehen, er will es unbedingt behalten. Diese Bilder zeugen von dem, was einmal war, und dass es sie auch weiterhin gibt, beweist, dass das alles nur eine Unterbrechung ist.

»Als wir noch zusammen waren und du warst wütend auf mich«, sagt Karine, »da hast du mich gegen die Wand gedrückt, stimmt's? Und wenn du jetzt wütend auf mich wirst und ich bin nicht da, um mich gegen die Wand zu drücken, wer weiß, was du dann tust. Stellst du die Bilder ins Internet? Um mich in den Dreck zu ziehen?«

»Das würde ich nie tun«, sagt er. »Das wär absolut mies.«

»Mich an die Wand zu drücken auch.«

Aber sie ist mit dem Ihn-aus-der-Fassung-Bringen noch nicht fertig. Sie streicht sich die Haare aus dem Gesicht.

»Weißt du, du musst nicht so einen Aufstand machen«, sagt sie. »Vielleicht sind wir eines Tages Freunde.« Als wäre Freundschaft etwas, womit sie klarkämen – platonische Nähe, Schultern zum Ausweinen, private Witzeleien, freundschaftliche Essensverabredungen.

»Ich will nicht dein Freund sein, D'Arcy«, sagt Ryan.

Und während seine Beziehung zu Karine immer weiter den Bach runtergeht, blüht die zu Natalie geradezu auf. Ihre gemeinsame Zeit verbringen sie weitestgehend in seinem Bett. Sie ruft an, nimmt sich manchmal ein Taxi, manchmal holt er sie auch vom Haus ihrer Eltern ab. Sie trinken heißen Whiskey und reden über Musik. Natalie hört ihm beim Spielen zu oder findet Sachen, die er sich anhören soll. Sie gräbt alte Aufnahmen und neue Stücke aus und stellt Links zusammen. »Erzähl mir von deiner Freundin«, sagt sie in denkbar ungünstigen Momenten, bringt ihn dazu, etwas zu sagen, und bläst ihm einen. »Ist sie unglaublich schön?«, fragt sie und zieht sich für ihn aus. »Denkst du, deine Freundin kann mir vergeben?«, fragt sie, als sein Penis in sie gleitet. »Weißt du, ich glaube, sie ist meine *Ex*«, sagt er schließlich hilflos. Er gibt nach, er gibt auf. »Echt?« Natalie lächelt. »Stimmt das?«

Es gibt ein Datum, das er diesen Monat im Auge behält, den 10. Januar. Da kommt Maureens Schwiegertochter aus dem Urlaub zurück und wird ihre Tür für Leute wie ihn verbarrikadieren. Am 9. fährt er abends mit eingezogenem Schwanz zum Larne Court, und Maureen, außer sich vor Genugtuung darüber, dass sich ihre Prophezeiung bewahrheitet hat, will gleich los und hat den Mantel schon an, bevor er seinen ausziehen kann.

Wieder biegen sie in die Einfahrt des hübschen Hauses in Glanmire, und wieder zögert er, ob er mit ihr hineingehen soll.

»Ihre Schwiegertochter hat nichts dagegen, dass Sie in ihrem Haus herumschnüffeln, wenn sie nicht da ist?«, fragt er in der Diele.

Zu seinem Unbehagen streckt Maureen die Hand aus und reibt ihm herzhaft über den Arm.

»Sie hat nichts dagegen, wenn ich herkomme, solange ich die Katze füttere und die Blumen gieße«, sagt sie, und obwohl sie gemerkt haben muss, dass er auf ihre Geste hin zusammengezuckt ist, reagiert sie nicht weiter darauf und stößt die Tür auf.

»Sieh es dir noch einmal genauer an«, sagt sie.

Ryan ist sofort sicher, wie beim ersten Mal. Kaum, dass er es sieht, weiß er es, obwohl er sich dazu zwingt, zu hinterfragen, ob die Kratzer hier und da nur mit denen in seiner Erinnerung übereinstimmen, weil er es so möchte.

»Es ist meins«, sagt er.

Er schlägt ein paar Töne an. Es ist leicht verstimmt.

»Los doch«, sagt Maureen. Ihr Blick strotzt vor Selbstgefälligkeit, und sie sinkt in einen Sessel zu seiner Linken. »Spiel mir was vor.«

»Ich weiß nicht, was.«

Ach, seufzt sie. »Etwas, das man kennt.«

Er riskiert die Tarantella, und diesmal fehlt ihr nur die Klarheit eines perfekt gestimmten Klaviers. Aber er hat auch geübt.

»Nun«, sagt Maureen, als er fertig ist.

»Nun was?«

»Du bist viel besser, als du zugibst, oder?« Das sagt sie, als hätte er sie enttäuscht.

»Ich habe doch gesagt, dass ich schon als kleiner Kerl angefangen habe.«

»Aber auch, dass du aus der Übung bist. Und ich dachte, ich tu dir einen Gefallen.« Sie schiebt die Lippen vor, fängt sich wieder und sagt: »Und jetzt was Neues«, und er spielt den *Mosquito Song*, *I Saw the Dead* und Einaudis *Fly* auf dem Klavier seiner Mutter.

Es vergehen ein paar Stunden, bis er das Bedürfnis verspürt aufzuhören. Sie schließt die Tür zur Terrasse auf, und er geht hinaus, um zu rauchen. Hinter ihm in der Küche bewegt sich ihr Umriss von der Spüle zur Arbeitsfläche, sie schaltet den Wasserkessel ein. Er versichert sich, dass der Sitz des nächsten Gartenstuhls trocken ist, setzt sich mit dem Rücken zur Schiebetür hin und dreht einen Joint.

Als er ihn anzündet, tritt sie neben ihn.

Sie zieht die Nase kraus. »Nicht, dass ich überrascht sein sollte«, sagt sie als Nachtrag zu einem Einwand, den sie weglässt.

»Ich bin völlig aufgedreht«, sagt er. »Das ist eine große Sache, wieder auf *dem* Klavier zu spielen.«

»Wenigstens tust du nicht so, als bildete ich mir den Geruch nur ein.«

»Ich glaube, damit käme ich nicht durch. Das Zeug riecht wirklich. Aber ich denke sowieso, dass Sie ganz schön abgebrüht sind. Vielleicht zu sehr, um mit meiner Nana zum Bingo zu gehen.«

Sie steht am Rand des Rasens und blickt ihn aus dem Augenwinkel an.

»Lass mich mal ziehen«, sagt sie.

»Shit, ich will nicht im Knast landen, weil ich Sie umgebracht habe.«

»Gott, eure Generation glaubt ernsthaft, sie hat die Welt erfunden. Bob Marley war eher mein Alter als deins, oder?«

»Der ist mit Mitte dreißig gestorben.«

»Es muss schon toll sein …«, sie stemmt die Hände in die Hüften, »einfach alles zu wissen.«

Ryan lacht, und ihre Stirn legt sich in Falten, bis er ihr den Joint hinhält. Sie nimmt ihn lässig, zieht und stößt würdevoll aus.

Könnte sein, denkt Ryan, dass das Wiedersehen mit seinem alten Klavier einen Hunger in ihm entfacht hat. Nach seinem Konzert für Maureen scheint sein Platz in der Stadt eine Woche lang mehr Sinn zu ergeben. Natalie sieht in ihm einen Unternehmer und Musiker, der zu viel Gras raucht, und er denkt, dass das nicht schlecht wäre. Aber erst mal muss er seinen Boss beruhigen. Er redet mit Geschäftspartnern und macht ein großes Ding draus, jeden einzelnen Stein umzudrehen. Er ist ein Vorbild an Eifer und Fleiß und hofft, dass Dan seine Einschätzung in Sachen Shakespeare akzeptiert, sich an Pender rächt oder zu einer Verständigung mit J.P. kommt, was auch immer das Beste ist, damit sie die zweite Lieferung abrufen können.

Ein letztes Hurra, sagt er sich: Die Musik wird ihn retten. Und kaum, dass das offensichtlich wird, will er zurück zu Karine und ihr sein neues, instand gesetztes Ich präsentieren.

Aber Dan unternimmt immer noch nichts. Shakespeare wartet, und Ryan wartet, beißt sich die Nägel runter, bis es wehtut.

Er hat noch Vorrat, aber kaum genug, um ihn noch lange durchzubringen, und am Horizont sieht er einige große Bestellungen aufziehen.

Gegen Ende des Monats wacht er an einem Samstag auf, weil ihm eine feuchte Fingerspitze unter das linke Ohr drückt. Natalie beugt sich über ihn. Sie zieht den Finger zurück, als er wach wird, verlagert ihr Gewicht und drückt unter das rechte Ohr.

»Was soll das?«, fragt er.

»Ich verzaubere dich«, flüstert sie. »Um Ex-Freundinnen und hübsche kleine Biester von dir fernzuhalten. Sie bleiben weg, wenn sie mich spüren, du wirst sehen.«

Die Stellen, die sie berührt, trocknen fast sofort.

»Ich bin eine Hexe«, sagt sie. »Schlaf wieder ein, bevor ich dir dein Herz herausreiße.«

Am frühen Nachmittag wachen sie wieder auf. Ryan soll sich am Abend mit Colm treffen und hat bis dahin nichts anderes zu tun, als die Hexe zu vögeln und sich den Kopf freizurauchen. Da ist ein Anruf ärgerlich, und einer von seinem Vater besonders. Ryan antwortet mit einem Arm über den Augen, und als er sich meldet, spürt er, wie die Decke von seinem Bauch gezogen wird, ihren Atem und dann ihren Mund.

»Kommst du bitte her?«, sagt Tony.

Ryan fährt Natalie mit der Hand durchs Haar und lässt sie hinten auf ihrem Kopf ruhen. »Ich bin gerade beschäftigt.«

»Es ist wichtig, Junge«, sagt Tony.

»Ich komme irgendwann später.«

»Ryan, hör zu. Es ist wichtig, dass du *jetzt* kommst.«

Ryan stützt sich auf die Ellbogen, und Natalie richtet sich ebenfalls auf.

»Was ist los, Dad?«

»Komm einfach her«, sagt Tony. »Ich kann dir das am Telefon nicht erklären.«

Liebe und Treue, Tony weckt Ängste. Ronan ist zusammengeschlagen worden, man hat Niamh bei was erwischt. Oder Ryans Nonna hatte einen Herzinfarkt. Oder es sind die Gardaí. Eine Vorladung. Diese Szenarien vergiften ihn, er wird brüsk und unleidlich. Schiebt den Zauber beiseite. Sagt Natalie, wo die Bushaltestelle ist, und kommt eine Viertelstunde nach dem Anruf zu Hause an.

Die Küchentür steht offen, und sein Blick fällt als Erstes auf seinen Vater, der an der Spüle lehnt. Wie immer, im Hemd und mit schwarzen Jeans, samstäglich, lebendig ... Nun, solange der Sack noch atmet.

»Was ist?«

Als er durch die Tür kommt, sieht er es.

Links, gemütlich am Tisch seines Vaters, sitzt der Mann, der ihn vor sieben Monaten zu etwas gezwungen hat, was sich für Ryan als zu viel erwies.

Jimmy Phelan sagt: »Na, junger Ryan.«

Ryan denkt: *Ich bin tot. Er hat herausgefunden, dass ich noch weniger zum Killer tauge als zum Lügner.* Phelan steht auf. »Du hast deine Telefonnummer geändert«, sagt er.

»Das mache ich regelmäßig«, sagt Ryan.

»Wie du es solltest.«

Tony bewegt sich von der Spüle weg. Phelan sieht ihn an.

»Wir sehen uns. Ich selbst und der junge Mann hier gehen ein Pint trinken.«

Tony sieht Ryan an.

»Nur ein Pint«, lacht Phelan. Er klingt aufgeräumt, fast schon freudig. Das ist ein Trick, den Ryan erst noch lernen muss, Absichten absichtslos erscheinen zu lassen, Übles in helle Gewänder zu kleiden.

Sie gehen in Tonys Stamm-Pub in der Old Youghal Road. Das sind sieben, acht Minuten Fußweg unter höchster Anspannung. Die Luft brennt in Ryans Kehle. Phelan sagt nichts. Die Unwissenden, die ihnen entgegenkommen, grüßen kaum hörbar. Wer Phelan kennt, erschrickt oder macht große Augen.

Sie setzen sich an die Theke. Phelan kauft Ryan ein Carling.

»Ein Vögelchen hat mir erzählt, dass du dich entschieden hast, Recht und Gesetz zu befolgen«, sagt er.

Ryan versteht das als eine Anspielung auf seine Feigheit. Wenn ein Killer einen Auftrag nicht ausführen kann, macht ihn das auf perverse Art zu einem gesetzestreuen Bürger.

Phelan nimmt einen Schluck von seinem Murphy's.

»Ein neuer Club? Wie soll er gleich heißen? Katzenpisse oder so?«

Es ist keine Erleichterung in Sicht. Phelan trinkt noch mal und sieht zu, wie Ryan sein Glas anhebt und daran nippt.

»Catalyst«, sagt Ryan, als die Flüssigkeit seine Kehle beruhigt hat.

»Das muss ich mir fürs Scrabble merken«, meint Phelan und ruft zum Mann hinter der Theke, er soll den Ton des Manchester-Derbys lauter drehen.

Ryan hält sich an seinem Bier fest.

»Das hat mich nicht gestört«, sagt Phelan, checkt sein Telefon und sieht dann hinauf zum Fernseher, »bis ich gehört habe, dass es Dan Kanes Ding ist und du mit drinsteckst. Da dachte ich, es wäre das Beste, kurz mal bei dir nachzufragen. Apropos kurz …« Er ruft erneut zum Barmann hinüber. »Was für einen Scotch habt ihr, Donie?«

Er bestellt zwei Gläser Glenfiddich, pur.

»Viel Glück damit.«

Phelan hebt sein Glas zum Anstoßen. Ryan tut ihm den Gefallen.

»Dan weitet seine Aktivitäten aus«, fährt Phelan fort. »Hat lange genug dafür gebraucht, obwohl ich schon immer wusste, dass es ihn juckte, und seit unserem letzten gemeinsamen Projekt …«, er dreht sich zu Ryan hin, und sein Blick bohrt sich in ihn hinein, »weiß ich, dass du gut genug bist, ihm da zu helfen.«

Fast ein Tor. Der Barmann schreit auf. Ein abfälliges *Tsss* von einer knochigen Frau mit verschränkten Armen.

»Und es geht nicht nur um Clubs«, sagt Phelan. »Da kommen auch neue Pillen in meine Stadt. Was weißt du darüber?«

Der kaltgestellte Verräter, jetzt wendet er sich gegen Ryan. Penders Niedertracht gipfelt in diesem Verhör, und Ryan fragt sich bitter, warum er es nicht hat kommen sehen.

Er trinkt die Hälfte von seinem Scotch.

»Die Sache ist geplatzt«, sagt er. »Wer immer das ausgeplaudert hat, hat er Ihnen das nicht gesagt?«

»Ausgeplaudert?«, sagt Phelan. »Nein, Junge. Ich höre Dinge, und wenn ich will, frage ich nach. Meine Stadt sagt mir, dass von Kane neue Ware im Angebot ist, und ich erinnere mich, dass ich einen Mann bei ihm drinhabe, wobei ich natürlich weiß, dass er noch mit einem Fuß auf dem Schulhof steht.«

Er reckt sich.

»Sag mir, wo er die Pillen aufgetan hat«, sagt er.

Eine falsch gesetzte Pause vor Ryans Antwort, der Phelan keine Beachtung schenkt.

»In Rotterdam«, sagt Ryan und wartet darauf, dass sich Phelans Augen verengen, doch der spitzt die Lippen.

»Führ das ein bisschen weiter aus.«

»Neue Bekanntschaften mit besserem Stoff. Ganz einfach.«

»Wie neu?«

»Komplett. War ein neuer Markt für sie und ein Risiko, das sich nicht ausgezahlt hat. Die Sache ging daneben, wie ich gesagt habe.«

»Wie du gesagt hast«, intoniert Phelan. »Nur, dass die Sache an diesem Ende gescheitert ist, weil es keine Ganovenehre mehr gibt, habe ich recht?«

»Entweder das«, sagt Ryan, »oder die Route war nicht sicher, womit die Geschichte ein Ende hat.«

»Ganz und gar nicht«, sagt Phelan. »Ich kann mir nicht vorstellen, dass ihr so vorsichtig seid, gleich beim ersten Problem aufzustecken. Wo ist die geklaute Lieferung angekommen?«

Das kommt nicht ohne Hohn, lässt Ryans Puls hochschnellen und nimmt ihm den Atem. Was für ein Risiko. Aber er geht es ein, ob aus Dreistigkeit, Loyalität oder seiner Neigung, sich selbst Schaden zuzufügen …

»Ich weiß es nicht«, sagt er.

»Hör auf damit, Cusack. Kane lässt keinen Furz, ohne dich Rosen rausriechen zu lassen.«

»Ich bin in Ungnade gefallen«, sagt Ryan und denkt an sechs untätige Wochen und Beweise wilder Hingabe in den Bars der Stadt.

»Du?«, sagt Phelan. »Aber habe ich nicht gehört, dass du überall nach Dans Ware suchst? Du machst einen ganz schönen Krach.«

»Das muss ich, weil er wegen mir angepisst ist.«

»Warum das?«

»Das ist unsere Sache, oder?«

Phelans Mund zuckt. Nach einer Ewigkeit sagt er: »Bis ich beschließe, dass es meine Sache ist, ja. Mich interessieren eure Liebesstreitigkeiten genauso, wie ich deiner plötzlichen Unwissenheit traue.«

In Manchester wird immer noch gespielt, und die Unwissenden klatschen und schreien immer noch. Phelan trinkt seinen Scotch aus und schiebt das Glas an den Rand der Theke. Ryan sieht zu, wie er die Finger bewegt, streckt und zurückzieht.

»Weißt du«, sagt Phelan, »was ich erst gedacht habe? Dass das Ganze getürkt ist, dass es gar keinen neuen Zulieferer und keine neuen Pillen gibt. Einem Mann wie Kane ist so was doch zuzutrauen, oder?«

Er führt sein Bier an seinen lächelnden Mund.

»Aber dann, so eine neue Geschäftsbeziehung würde gut zum Start eines neuen Clubs passen, und wenn die Pillen gut sind …«

Er trinkt sein Bier mit drei Schlucken aus.

»Besorg mir ein paar von den Pillen, Ryan«, sagt er. »Ich weiß mehr, wenn ich sie probiert habe.«

»Das kann ich nicht. Ich hatte ein paar, aber die sind lange weg.«

»Dann sieh dich für mich nach welchen um. Kane ist das verschlagenste Arschloch, das ich kenne. Ich wette, er hat sich einen kleinen Vorrat angelegt. Das kannst du machen, wenn du abends rumziehst, Junge.«

Er steht auf, bittet um einen Stift und schreibt eine Nummer auf einen Bierdeckel.

»Ruf mich an, wenn du sie hast«, sagt er. »Mach dir nicht die Mühe, mir deine neue Nummer zu geben. Ich weiß ja, wie ich an dich rankomme.«

Als er zehn Minuten nach Phelan den Pub verlässt und noch mal zu seinem Vater geht, überlegt Ryan, ob er nicht Dan reinen Wein einschenken soll. Einfach, um zu sehen, ob es wirklich Schaden anrichten würde.

Pender mag die Pillen ja geklaut haben, aber wie es scheint, ist er nicht zuerst mit einer Vorwarnung zu Phelan. Pender mag ein Dieb sein, aber kein Informant. Und wenn Pender unschuldig ist, dann auch Shakespeare, und der innere Kreis ist so eng wie eh und je. Aber nein, Ryan kann Dan das nicht sagen, ohne ihm erklären zu müssen, woher er es weiß.

Ryan geht zurück zu seinem Vater, um ihm zu sagen, dass er okay ist, ohne es ihm zu sagen. Tony seinerseits sagt ihm auch nur, dass ihn das erleichtert. Sie teilen sich einen Joint. Ryan lässt seinen Vater ein paar Einzelheiten wissen, erzählt von dem Club-Projekt, Phelans Interesse daran und seinem Glückwunsch-Scotch. Auf dem Weg zurück zur Tür versetzt Ryan ein Spaß seines jüngsten Bruders einen Stich. Er ist gerade erst elf geworden. Ryan wirft ihn sich über die Schulter, und Ronan muss so sehr lachen, dass Ryan denkt, gleich spuckt er.

Er schreibt Natalie noch in der Einfahrt seines Dads, dass niemand gestorben ist.

11

Ryan trifft sich mit Colm, muss dann weg, um eine Lieferung zu organisieren, und hat eine Stunde bei Maureen, während der er sie bittet, ihre Schwiegertochter zu fragen, ob sie Interesse hat, ihr Klavier zu verkaufen. Maureen verspricht es. Danach weiß Ryan nicht, was er machen soll, da Natalie etwas mit einem Freund verabredet hat, was sie nicht absagen kann. Er fährt nach Hause, um über das Dilemma nachzudenken, in dem er steckt. Spielt auf der Xbox anderthalb Stunden Forza, sucht nach stumpfer Ablenkung, kommt neben dem Spiel aber zu keinen hilfreichen Ergebnissen. Hält nur die Hände beschäftigt, bis die Zeit verrinnt und sich das Telefon in seiner Tasche meldet. Dan braucht ihn.

Vielleicht war es immer schon Dans Plan gewesen, so lange zu warten, bis Pender durchdreht. Vielleicht war es Pender leid, vor Schatten Angst zu haben und mit einem offenen Auge zu schlafen. Vielleicht war Dans Ruhe am Ende nur ein cleverer Vorbote seiner Rache. Pender hat die Nerven verloren.

Da er an Dan nicht rankommt, hat er einen von Shakespeares Kurieren beschattet und ist ausgerastet, als er ihn bei einem kleinen Deal ertappt hat. In O'Connell's Pub, nördlich vom Fluss, ist er dem Kurier vor einem neugierigen, unwissenden Publikum ans Leder gegangen. Draußen auf der Straße hat der junge Kerl dann Shakespeare angerufen, und Shakespeare ist gekommen und auf Pender losgegangen. Pender meinte, er werde Dans Aufmerksamkeit schon kriegen, und wenn er dafür jeden einzelnen Kurier in Cork umbringen müsse. Shakespeare hat seinem Kurier daraufhin befohlen, den Pub im Auge zu behalten, und ist in die Stadt, um Dan zu holen. Als Dan alarmiert war, hat er Ryan angerufen, und jetzt ist auch Ryan da, und die beiden kochen vor Wut.

Sie stehen am Fluss, am Geländer bei der South Mall, zwischen dem Monument und dem Ufercafé. »Als hätte ich Zeit für diese Scheiße«, sagt Dan und nimmt sie sich. Er lässt den Blick über die Straßen gleiten, ohne weiter auf Ryan und Shakespeare zu achten. Schwerfällige Männer und Frauen mit dicken Mänteln und unsicheren Absätzen steigen beiderseits der Mall aus Autos aus, gehen zu Restauranttüren und Geldautomaten. Freudlos, zitternd, es ist ansteckend. Dans Laune verfinstert sich weiter.

»Scheiße, was erwartet dieser Schwanz von mir?«, sagt er. »Ist er jetzt J. P.s Laufbursche? Ich bestimme, wann wir in den Krieg ziehen, wir spielen hier nicht nach deren Regeln.«

»Vielleicht gibt er dir die Pillen zurück«, sagt Shakespeare.

»Red nicht so eine Scheiße«, fährt Dan ihn an, und Shakespeare sieht aus, als würde er auch gleich platzen und als ob sein Kommentar mit mangelnder Geduld und nicht mit Optimismus zu tun hätte. »Was soll ich machen?«, sagt Dan zum Bürgersteig vor sich. »Was verdammt noch mal soll ich machen?«

Shakespeare nimmt die Hände aus den Taschen, hält sie hoch und tut so, als legte er sie um einen Hals.

»Geh da rein«, zischt er, »hol ihn raus, und wir suchen uns ein ruhiges Plätzchen, wo wir dem Drecksack das Licht ausblasen.«

»Ja«, sagt Dan. »Ja.«

Seine Zweifel sind ungewöhnlich. Seine ganze Reaktion auf den Raub der Pillen ist ungewöhnlich, denkt Ryan. Dan ist eine absolute Macht, die nicht zum Zaudern neigt. Und er ist für gewöhnlich auch nicht hinterlistig, nicht mehr als irgendeiner von ihnen. Ryan ist sicher, Jimmy Phelans Einschätzung abtun zu können. Dan ist nicht durchtrieben, aber er zeigt Nerven und ist voller Argwohn. Dan ist paranoid. Dan liebt das weiße Pulver zu sehr …

Er sieht auf Dans Nase, und sie scheint die richtige Farbe zu haben, seine Pupillen haben die richtige Größe. Er sieht Shakespeare an. *Ist das eine Erleichterung?* Ryan könnte sich leicht täuschen, aber Mann, wäre das nicht großartig, wenn er recht hätte und Dan endlich von Shakespeares Loyalität überzeugt wäre, weil der da gerade einen imaginären Hals würgt?

Ryan denkt über Pender nach. Über die Abfolge. Vielleicht ist Pender nach Ryans Treffen mit J.P. gekommen, um Dan davor zu warnen, dass Ryan die undichte Stelle ist. Er verschränkt unwillkürlich die Arme vor der Brust, macht einen Buckel. Nein, nein. J.P. hat niemand etwas erzählt, das ist unmöglich, sonst hätte er die Lüge über Rotterdam nicht geschluckt. Es war Dans eigenes Trara über Diebe und Verräter, das J.P. alarmiert hat, kein Hinweis von Pender oder sonst wem.

»Gut«, sagt Dan. »Wir schnappen uns den Wichser, aber du …«, er zeigt auf Ryan, »du tust mir zuerst einen Gefallen. Da drüben …«, er macht eine Geste zum Restaurant an der Ecke hin, »am Tisch im Nebenraum, da sitzt eine Puppe, die ich heute Abend hatte nageln wollen. Geh zu ihr, sag ihr, es tut mir leid, dass ich unser Treffen abbrechen musste, bezahl die Rechnung, besorg ihr ein Taxi, und dann kommst du nach, okay?«

Dan geht los. Shakespeare folgt ihm, und als sie ihm beide den Rücken zugewandt haben, hebt Ryan die Hände an den Kopf, legt den Kopf in den Nacken und atmet tief aus.

Nicht, dass es gut wäre, einen Krieg vom Zaun zu brechen, sagt er sich, als er zum Restaurant hinübergeht. Aber wenigstens passiert jetzt was, und es ist nicht so, als sollte er zum Mittäter werden, selbst wenn Shakespeares allzu einfache, an Idiotie grenzende Drohung wahr gemacht werden sollte. *Nein, das ist alles okay*, sagt er sich. Es bewegt sich was, aber es ist okay. *Bewahr einen klaren Kopf, bewahr einen klaren Kopf.*

Ryan fragt an der Restaurantkasse nach dem Tisch im Nebenzimmer und zahlt Dans Rechnung. Dans Puppe sitzt über den Tisch gebeugt da. Sie trägt ein schwarzes Kleid und hat rauchige Augen.

»Was machst du denn hier?«, fragt sie.

»Darf ich dich das Gleiche fragen?«, sagt Ryan.

»Ich bin mit einem Freund essen«, sagt Natalie. »Hab ich dir doch gesagt.«

Ryan lässt sich auf Dans Stuhl sinken und starrt sie an. Natalie fährt sich mit der Zunge über die Lippen und starrt zurück.

Ryan trinkt Dans Wein aus, schüttet sich den Rest aus der Flasche ein und trinkt auch den. Nachdem er seine Kehle angewärmt hat, kann er mehr, als sich nur am Tisch festhalten. Er beugt sich vor.

»Was verdammt noch mal geht hier vor, Mädchen?«

»Wie meinst du das?«

»Ich meine«, sagt Ryan ruhig, um die noblen, großäugigen Essenden ringsum nicht zu verschrecken, »was du *verdammt noch mal* hier machst?«

»Ich esse mit einem Freund.«

»Dan Kane ist dein Freund?«

»Ja.«

»Muss ich fragen, was für eine Art Freund?«

Sie sieht ihn gequält an. »So einfach ist das nicht.«

»Du gehst mit Dan Kane?«

»Der Plan war, bis heute Abend. Kennst du ihn? Wo ist er?«

»Er ist weg. Hör zu, auch ich bin sein Freund. Er musste weg und schickt mich her, um mich um die Puppe zu kümmern, mit der er unterwegs ist. Ich soll ihre Rechnung zahlen und dafür sorgen, dass sie sicher nach Hause kommt.«

Natalie nimmt ihr Weinglas, und der Rand des Glases fährt kurz über ihre Unterlippe, bevor sie einen Schluck nimmt.

»Du hast mir nicht gesagt, dass du mit noch jemandem zusammen bist«, sagt Ryan.

»O Gott«, ächzt sie. »Er sagte, wir sollten essen gehen, und ich habe eingewilligt, weil ich ihm sagen wollte, dass ich ihn nicht mehr treffen will. Weil ich mit dir zusammen sein will.«

»Aber du warst mit ihm zusammen, als dir das eingefallen ist?«

Sie funkelt ihn an. »Ich war nicht mit ihm zusammen, als mir das eingefallen ist. Ich war mit dir zusammen. Und jetzt stellt sich raus, dass ich ihn wegen seines Freundes nicht mehr sehen will. Aber wie kannst du sein Freund sein, Ryan? Was für eine Art Freund kriegt Aufgaben wie die hier zugeteilt?«

Ryan nimmt den Kopf in die Hände. »Wo ist dein Mantel?«

Sie sitzt da, bis er aufblickt und sie ein zweites Mal anfaucht: »Wo ist dein Mantel?«

Draußen auf der Straße sieht er die Autos vorbeifahren. Sie zieht sich den Mantel über die Schultern und tritt neben ihn. Sie ist geduldig.

»Wie lange läuft das schon?«, fragt Ryan, als es nicht mehr anders geht.

»Mit Dan? Ich weiß nicht. Ein paar Monate?«

»Weißt du, was er macht?«

»Beruflich? So eine Art Wohnungsvermittler oder so.«

Ryan sieht sie an.

»Unter anderem«, gibt sie zu. »Ich denke, jetzt weiß ich mehr über dich, Ryan.«

Sie ist vorsichtig, aber was sie sagt, muss nicht hart klingen, um wehzutun. Obwohl er wusste, dass er es ihr nicht ewig hätte verheimlichen können. Zu dealen ist nicht gerade ein dezenter Beruf. Er dreht sich zu ihr hin.

»Du weißt nichts über mich, Mädchen. Und ich nichts über dich. Ich dachte nicht, du wärst diese Art von …«

»Art von was?«

Er marschiert los. Sie folgt ihm. »Diese Art von was?«, fragt sie noch einmal, doch er antwortet nicht, sondern sagt stattdessen: »Du warst also mit ihm zusammen, als wir uns kennengelernt haben.«

»Ich war nicht mit ihm zusammen, wir haben uns gelegentlich gesehen.«

»Wusstest du es?«

»Was?« Er bleibt vor ihr stehen, und sie läuft in ihn hinein.

»Dass ich einer von seinen Leuten bin! Hast du das verdammt noch mal gewusst?«

Sie lacht. »Einer von seinen Leuten, was soll das denn jetzt heißen?«

»Es heißt, hast du mich mit ihm gesehen?«

»Nein.«

»Hätte er gesehen … O Gott.«

Er fährt sich mit den Händen über die Schläfen.

»Gott im Himmel«, sagt er, wiederholt es leise und steht mit dem Kopf zwischen den Händen da. »Verdammt, verdammt!«, sagt er noch einmal für seine Stadt.

Er dreht sich zurück zu ihr, die Hände immer noch am Kopf. »Du hast mit ihm gevögelt, während du mit mir gevögelt hast«, sagt er. »Mit ihm und mit mir, o Gott. Was zum Teufel hast du mir sonst noch verschwiegen?«

»Reden wir über Geheimnisse? Du hättest dir einiges von der Seele zu reden, oder?«

Er lässt sich gegen das Schaufenster hinter sich zurückfallen. Sie tritt vor.

»Komm mir nicht näher«, sagt er. »Ich muss nachdenken. O Gott, er wird mich umbringen.«

»Himmel noch mal, entspann dich! Es ist doch nur Zufall.«

»Du checkst es nicht, Mädchen. Man wird mich irgendwo auf einem Feld finden, mit einem hübschen kleinen Loch im Kopf.«

»Ach, komm schon.«

Er geht in die Hocke und vergräbt das Gesicht in seinen Händen.

»Lass mich nachdenken«, sagt er. »Lass mich nachdenken.«

Sie hockt sich neben ihn.

»Du hast was für raue Typen übrig«, sagt er. »Für Dreckskerle. Das ist es.«

»Was soll das jetzt heißen?«

»Es ist die Art von Mann«, sagt er mit den Händen über

Mund und Nase. »Du hast mich mit nach Hause genommen, weil ich dazugehöre. Du magst mich aus dem gleichen Grund, aus dem Karines Eltern mich hassen.« Während er das sagt, stellt er sich Gary und Jackie D'Arcy tanzend in ihrer Küche vor, tanzend und laut jauchzend.

»Willst du mir wirklich sagen, du denkst, du bist ein Fetisch?«, sagt Natalie.

»Liege ich etwa falsch? Faszinieren dich Dans politische Ansichten, mein Esprit? Worauf bist du aus, Mädchen?«

»Ich bin auf gar nichts aus. Du musst echte Selbstwertprobleme haben, Ryan. Warum bist du so argwöhnisch?«

»Ich bin ein Dealer. Ich bin immer argwöhnisch.«

Er hört sie kaum seufzen. Sie steht auf und geht davon.

Er dreht den Kopf auf den verschränkten Armen und sieht ihr hinterher. Sie blickt sich nicht um. Er schluckt. Er reibt sich mit der Stirn über den Unterarm, steht auf. »Natalie.«

Sie wartet.

Als er vor ihr stehen bleibt, nimmt sie seine Hände. »Das ist ein Riesendurcheinander, nicht mehr. Ich bin nicht … ich weiß nicht, manipulativ? So schräg, wie du zu meinen scheinst?« Sie schnieft und senkt den Blick. Es ist ihr eindeutig nicht genug, ihn um den Verstand zu bringen, sie will ihm auch das Herz brechen.

»Himmel, Mädchen. Was machst du mit einem Kerl wie Dan Kane?«

»Er ist witzig, Ryan. Du ziehst mit ihm los, du weißt das. Und ja, vielleicht treibt er es manchmal zu weit. Die Welt ist ein komplizierter Ort. Wer bin ich, dass ich ihn dafür verurteile?«

»Kannst du nicht sehen, dass er ein verdammter Irrer ist?«

»Gott, wir sind ein paar Mal essen gegangen und haben über Dubrovnik und Drogen geredet. Da ist wenig Platz für Irrsinn.«

»Du weißt, er ist siebenunddreißig.«

»Und? Hör zu, ich habe ihn heute Abend getroffen, um mit ihm Schluss zu machen. Weil es ziemlich offensichtlich ist, dass du und ich, dass wir beide keine anderen Sachen laufen haben sollten.«

»Vögelst du immer herum, während du noch unsicher bist?«

»Du hast also in der Sekunde, als du mich kennengelernt hast, beschlossen, alle anderen romantischen Zwischenspiele zu unterlassen?«

Er schnauft.

Natalie nickt. »Genau, du weißt, dass du unfair bist.«

»Das mal alles beiseitegelassen, Mädchen. Wenn ich sage, dass ich tot bin, wenn er dahinterkommt, meine ich das im wahrsten Sinne des Wortes. Du wirst von einer Hexe zu einer verdammten Geisterbeschwörerin. Ist das okay für dich?«

»Aber es war ein Missverständnis!«

Er versucht alle möglichen Missverständnisse auszuräumen und erzählt ihr, dass er und Dan sich schon lange kennen und er sich um Dan kümmert und Dan sich um ihn. Und dass er ihn nicht unterlaufen kann, weil das Selbstmord wäre.

Sie schüttelt die ganze Zeit den Kopf und erklärt ihm, dass sie nie so eine Verbindung zu jemandem gespürt hat wie zu ihm. Dass sie nie mit jemandem noch am Tag des Kennenlernens geschlafen hat. Sie sagt, dass es mit ihnen funktionieren könnte. Sie legt ihm den Kopf auf die Brust. Er nimmt sie bei den Armen und schiebt sie zurück.

»Nein, Mädchen. Das muss aufhören.«

Sie schließt die Augen. »Muss er es denn erfahren?«

»Was?«

»Wenn du heute nicht zu ihm bestellt worden wärst, Ryan, hätte ich Schluss mit ihm gemacht.«

»Und wenn ich dich weiter getroffen hätte, würde ich zwei Meter unter der Erde landen.«

»Aber jetzt wissen wir Bescheid.« Sie bewegt sich wieder auf ihn zu. »Jetzt können wir vorsichtig sein. Es ist ja nicht so, dass er mich liebt. Ich weiß, dass er eine Freundin hat. In ein paar Wochen könntest du zu ihm gehen und sagen, dass du mich wiedergesehen hast und ob er was dagegen hat, wenn du mit mir zusammen bist. Er muss ja nicht erfahren, was im Moment zwischen uns läuft.«

»Hör mal, du kapierst das nicht. Du weißt nicht, wie dieses …« Leben? Geschäft? Ryan findet nicht das richtige Wort. »Wie das geht. Aber ich weiß es. Und ich muss vernünftig sein.«

»Ist es das, was du willst? Schluss machen?«

»Scheiß auf das, was ich will, Natalie. Das bringt mich unter die Erde.«

Sie schlingt die Arme um ihren Körper und sieht weg. »Gott, ich bin so dumm. Ich hätte wissen sollen, dass ich dir nicht gleich in der ersten Nacht hätte nachgeben dürfen. Ich wusste, damit war ich für dich eine, die jeden gleich ranlässt.«

Ryan könnte Natalie gehen lassen, zu O'Connell's zurücklaufen und dem Mann helfen, der nie erfahren wird, dass er sie ihm weggenommen hat. Er könnte sich mit einem Kuss verabschieden und sagen: *Wer weiß, vielleicht sehen wir uns mal wieder, und danke, dass du mich rangelassen hast.* Er könnte sie hier nehmen. Könnte sie in die Arme schließen und sie mit dem Rücken dort an die Mauer drücken. Es gibt so viele Dinge, die Ryan tun könnte.

Dan geht allein und ohne zu zögern in die Löwengrube, nachdem er seine Truppen draußen stationiert hat. Ryan lehnt mit Shakespeare an der Haube seines Civic und beobachtet aus dem Augenwinkel, was Dessie und Reidy, die beiden Handlanger, machen, die an der Ecke stehen und leise miteinander reden. Daneben fängt er Feehilys und Cooneys Blicke auf, die vorne auf Cooneys Avensis sitzen. In einem lächerlichen Anfall von Paranoia stellt er sich vor, dass sie seinen Verrat in einem Aufleuchten seiner Augen erkannt haben. Aber vielleicht ist es tatsächlich so. Was sind schon hinreichende Indizien, in einer so kleinen Stadt?

Shakespeare schiebt weder die Lippen vor, noch zieht er die Nase kraus. Falls er ihr Parfüm riecht, den Duft von Ryans Doppelzüngigkeit, lässt er es sich nicht anmerken.

Es sind weniger Leute unterwegs. Die Fußgänger, die vorbeikommen, sind alte Knacker mit Frauen in flachen Schuhen. Die Trinker, die in den Pub gehen, wollen nur einen Absacker. Ryan zieht die Schultern hoch. Da, über ihm im niemals endenden Schwarz, bewegt sich etwas, unsichtbar. Ryan spürt es tief im Magen, er sieht es, wenn er die Augen schließt.

»Was hat die Alte gesagt?«, fragt Shakespeare.

»Nicht viel.«

»War sie beeindruckt?« Er zwingt sich ein leeres Lachen ab. »Manchmal sehen sie beeindruckt aus.«

»Das war sie nicht, nein.«

»Ah, ein besserer Hase.«

Dan kommt heraus. Pender hinter ihm knurrt und gestikuliert, bis er sieht, dass Dan nicht allein ist. Es kommt zu einer unsanften Umarmung, als Dan Pender gegen die Mauer drückt und dem Narren die Ellbogen auf die Schultern legt. Penders wenige Kumpel erstarren. Dan legt den Kopf schräg und flüstert Pender was ins Ohr. Pender beißt die Zähne zusammen.

Mit gereizter Herzlichkeit tätschelt Dan Pender die Wange.

Und das war's.

Dan kommt zu Shakespeare und Ryan herüber. Pender hinter ihm verdreht den Hals wie nach einer weit ausgeglicheneren Auseinandersetzung.

»Kommt«, sagt Dan, während Ryan einen letzten Blick auf Pender und seine stummen Genossen wirft und dann zu seinem Boss aufschließt.

Dan geht zu Ryans Beifahrertür. »Du kannst mich mitnehmen«, sagt er, und zu Shakespeare: »Zurück zu mir.«

Ryan setzt sich hinters Steuer, lässt den Motor an und überlegt, was das »Zurück zu mir« bedeuten mag. *Zurück zu mir, wo du erschossen wirst, weil dich Pender, der immer noch steht, ans Messer geliefert hat.*

Denn Dan sagt nichts über ihr Treffen. Ryan kann sich ein paar Sachen denken. Ruhige Bekenntnisse, die, unter Anspannung, zu harmlosen Drohungen wurden. Kalte Wut. Zugleich verzweifelt und furchterregend. Und dann was? Warum hat Dan Pender da so zurückgelassen? Keuchend?

Dan macht das Handschuhfach auf. »Hast zu Kippen?«

Ryan wirft ihm die Packung und sein Feuerzeug aus der Jackentasche zu.

Dan steckt sich eine an.

»Was wollte Pender?«, fragt Ryan.

»Was denkst du? Gegen seinen Ausschluss protestieren. Irgendeinen Scheiß über die Zukunft des Geschäfts ablassen.«

»Als hätte er die Pillen nicht geklaut?«

»Als hätte er die Pillen nicht geklaut. Nur, dass er's war.«

»Ich raff das nicht. Warum ihn so laufen lassen nach dem, was er getan hat.«

»Ich weiß nicht, ob dir aufgefallen ist, dass er heute mit seinen Jungs unterwegs war. Im Übrigen steht er kurz vorm Durchdrehen, lass ihn ruhig schmoren. Ich greif mir den Wichser, wenn er es am wenigsten erwartet. Vielleicht krieg ich auch meine Pillen zurück, wenn ich es gerade am wenigsten erwarte. Lass Pender spüren, wie es ist, so ganz schutzlos zu sein. Währenddessen halte ich meine Karten verdeckt ...« Dan legt sich beide Hände auf die Brust.

Ryan sagt: »Aber wann nehmen wir die zweite Lieferung in Angriff?«

»Ich bewege mich nicht, bevor Phelan sich rührt.«

»Das sind jetzt Wochen, Mann. Du kannst noch nicht mal sagen, ob Phelan überhaupt von Neapel weiß.«

Dan reagiert nicht. Stattdessen fragt er, als sie den Kai erreichen: »Was hat meine Kleine gesagt?«

»Nicht viel.«

»Oh, sie ist gut erzogen. Die Guterzogenen sind die wildesten. Es ist alles so leicht in ihrem Leben, dass sie richtig durchgenudelt werden wollen, und je härter man sie rannimmt, desto härter wollen sie es. Das sollte man wissen, Ryan.«

Ryan hält das Steuer umklammert.

Zurück zu mir heißt nicht, dass Ryan erschossen wird, auch wenn es eine schlimme Geschichte ist: Dan erklärt, warum er Pender anscheinend laufen lässt. Cooney und Feehily nicken, halten inne, nicken wieder und akzeptieren widerwillig, ihm zuzustimmen. Shakespeare sieht aus, als wollte er jemanden umbringen, ob das nun beschlossen ist oder nicht.

»Was wollen wir?«, sagt Dan. »Tote produzieren, während wir ein neues Projekt angehen? Das Gesetz auf uns aufmerksam machen? Die scheiß Skandalpresse? Denkt mal weiter als bis zum nächsten Wochenende. Wir sind keine Tiere.«

»Dämlich genug sind wir«, sagt Shakespeare. »Irgendwelche Wichser beklauen uns nach Belieben, und wir unternehmen nichts.«

»Also mich würde es nicht überraschen«, sagt Dan, »wenn ich die Pillen noch zurückbekomme.«

»Gott im Himmel, Dan, wer immer die Dinger geklaut hat, will sie verkaufen. Meinst du, die liegen irgendwo in einem verdammten Museum?«

»Denkst du nicht, wir würden mitbekommen, wenn sie jemand verkauft? Kleine Phönixe, die den Mädels im County die Birne wegblasen?«

»Super«, sagt Shakespeare. »Super. Geile kleine Phönixe, die in geilen kleinen Kehlen verschwinden, während wir nur Motten in den Taschen haben. Mach die nächste Lieferung klar, Mann. Schreib den Verlust als Lehrgeld ab, nimm Rache oder warte, bis du die Pillen auf wundersame Weise zurückkriegst. Mach, was du willst, aber gib mir was, das ich verkaufen kann!«

Erst jetzt sieht Ryan, wie nervös Dan ist. Er bleckt die Zähne.

»Wenn ich überzeugt bin, dass es sicher ist«, sagt er. »Dann, und wirklich nur dann.«

»Wie funktioniert es?«, fragt Natalie.

»Wie funktioniert was?«

Ihr Kopf liegt auf seinem Bauch, er dreht eine Locke zwischen den Fingern. Es ist noch früh, noch dunkel, und Ryan würde gerne noch mal wegnicken.

»Was du machst, wenn du nicht mit mir zusammen bist«, sagt sie. »Was du mit Dan machst.«

»Je weniger du darüber weißt, Mädchen, desto besser. Sonst bist du bald über alle Berge.«

»Aber was ich mir ausmale, ist wahrscheinlich viel schlimmer.«

»Was stellst du dir denn vor?«

Sie dreht den Kopf, und ihre Wange streicht über seinen Bauch. »*Die Sopranos*«, sagt sie.

»Gott, mit den *Sopranos* hat das nichts zu tun.«

»Okay. Und wie bist du da reingeschlittert?«

»Geld, Mädchen. Es gibt ein ansehnliches Gehalt.«

»Da muss doch noch mehr sein.«

»Nein.«

Sie verzieht das Gesicht. »Ach, komm schon. Hilf mir, dass ich es verstehe.«

»Ich mochte Pillen, und eines Tages hat Dan mich gefragt, ob ich nicht welche für ihn verkaufen will. Das hab ich getan. Und damit satt Geld verdient. Das war's.«

»Wie alt warst du da?«

»Vierzehn.«

»Du kleiner Söldner.«

Ihre Umarmung besagt, dass sie es akzeptiert, oder zumindest pragmatisch betrachtet. Trotzdem bezweifelt er, dass sie es wirklich versteht. Er könnte ihr sagen, dass für Dan zu arbeiten bedeutete, für etwas Sorge zu tragen und Verantwortung zu übernehmen. Und dass Dan ihn nicht im Auge hatte, weil er fürchtete, Ryan könnte ihm das Auto klauen. Aber was würde das bringen? Selbst für ihn klingt es wie eine Entschuldigung.

»Ich will dich besser kennenlernen«, sagt sie. »Und was du tust, ist ein Teil von dir.«

Sie will die schmutzigen Einzelheiten, Geschichten über rebellische Kunden und Gangster, die ihre Kanonen in irgendwelchen räudigen Strip-Clubs leer schießen. Würde es ihr was ausmachen, wenn er tatsächlich ins Detail ginge? Dass man rastlos ist, den ganzen Tag mit einer Scheißangst rumläuft, Müll redet und mit den Leuten rumtanzt, die im gleichen Boot sitzen, während man weiß, das sind alles nur Klischees, Sprüche und Allgemeinplätze, als liefe alles nach Drehbuch. Alles ist bedeutungslos, es gibt keine echten Verbindungen, und mit dieser Verbindungslosigkeit kommen die Durchhänger, du isst schlecht und kriegst einen Raucherhusten. Alles ist falsch und leer und sinnlos, nichts spendet Trost. Du bist eine Eiterbeule am Arsch deines Landes, und du wehrst dich gegen die Wirklichkeit mit Parolen von Bruderschaft, Loyalität und Hierarchien. Dummen schwanzgesteuerten Fantasien. Geschichten, wie Natalie sie hören will.

Das alles ist nicht Ryan. Es ist etwas, das Ryan macht, um den Wolf von der Tür zu vertreiben, auch wenn die Bären schon drinnen hocken und sich am Feuer die Brocken aus den Zähnen pulen.

12

Am nächsten Tag geht Ryan ins Riverbank Inn, wo Colm und Dan in einem Büro sitzen, das ihnen überlassen worden ist, einem beigefarbenen, fensterlosen Raum hinter dem Veranstaltungssaal. Colm wirkt erschöpft, aber Dan scheint entspannt und klar nach seinem unerwartet ereignislosen Abend.

»Da ist mein Manager«, sagt Dan.

»… komm und setz dich«, sagt Colm.

Ryan sitzt da, mit den Händen auf den Knien, und gibt sich alle Mühe, so zu tun, als wäre er aufmerksam bei der Sache, während er tatsächlich über ein Geständnis nachdenkt, ein rechtzeitig abgelegtes. Aber dass er nichts gestehen *muss*, ist eine ebenso verlockende wie verwirrende Sache. Dan hat in Ryan sein nettes, unschuldiges Gegenstück – warum braucht er da noch ein anderes?

Colm beschwert sich, wie schwer es ist, engagierte Helfer zu finden, solange sein Start-up noch eher wie ein Eisberg ist – beachtlich, aber noch nicht richtig erkennbar. Von Leuten, die nur an ein paar Stunden Schwarzarbeit interessiert sind, kann man kein wirkliches Engagement erwarten. Colm sorgt sich, dass das seine Einlasspolitik negativ beeinflussen könnte. Er sagt, er wäre da gerne der Sozialist, aber das Gegenteil funktioniert besser: Die Leute fühlen sich gern als was Besonderes, und einen Türsteher und Rausschmeißer zu haben vermittelt den Eindruck, dass alle, die in den Club reinkommen, das tatsächlich auch sind. Er stellt es so dar, dass ein Türsteher die einzige Möglichkeit ist, in einer Stadt voll mit lizensierten Läden und hübschen Bräuten seinen Status auszudrücken.

Dan sieht Ryan an und verdreht die Augen.

Er ist am Ende ihrer Besprechung immer noch guter Laune und nett genug, Colms Ausführungen zu den Gästen ernst zu nehmen und beim Gehen zu versprechen, dass er drüber nachdenken wird. Draußen vor dem Riverbank Inn steht er dann da, die Hände in den Taschen, und sieht auf den Fluss hinaus. »Es läuft gut«, sagt er und kommt zu seinen Anweisungen für die nächste Woche: Wer braucht frisches Koks und wer eine Abreibung. Ryan nickt und hört zu, sieht ebenfalls auf den Lee hinaus, sieht eine Bewegung im Wasser, irgendeine große Rolle, die kaum an die Oberfläche reicht und auf die nächste Brücke zuschaukelt.

»Noch eins, kleiner Mann.«

Das kommt wie ein Nachsatz, ein plötzlicher Gedanke. Dan dreht sich weg und wieder zurück.

»Du wirst nicht auftreten«, sagt er.

»Auftreten?«

»Im Catalyst. Ich habe McArdle gesagt, er soll sich einen anderen DJ fürs Warm-up suchen. Ich kann dich das nicht machen lassen. Du musst Dinge für mich erledigen, das ist wichtiger.«

»Meinst du das ernst?«, sagt Ryan, obwohl er weiß, dass Dan keine Späße macht.

»Du darfst nicht sichtbar sein. Diese Hotshot-Scheiße ist nichts für dich. Am Ende habe ich Wichtigeres für dich zu tun, und dann musst du verfügbar sein. Das ist besser für dich.«

»Ja, aber Colms Plan …«

»Colm sieht sich bereits nach jemandem um, der nichts Besseres zu tun hat. Du passt da nicht rein. Es ist Zeit, die Spielereien zu lassen«, sagt Dan in Richtung Lee und geht davon.

Ryan kann damit umgehen. Er hat Schwierigeres durchgestanden, und er sieht die Logik dahinter. Kunst und Geschäft passen nicht zusammen. Mit einer spätabendlichen Clubveranstaltung

Geld machen wollen, eine Fassade aufzubauen, ja, das ist vernünftig. Aber man sollte so was nicht aus künstlerischen oder altruistischen Motiven machen, es sei denn, man ist komplett durchgeknallt. Ryan ist nicht komplett durchgeknallt. Ryan kennt seinen Platz, und es liegt in seiner Verantwortung, dafür zu sorgen, dass er da auch bleibt. Er muss es nicht mögen, um darin einen Sinn zu erkennen. Er tritt gegen die Mauer. Er muss es nicht mögen. Er schlägt mit der seitlichen Faust gegen die Mauer. Er rollt die Stirn über die Mauer und atmet durch die Zähne. Er muss es nicht mögen.

Vor heute Nachmittag war er noch hin- und hergerissen, was Natalie angeht.

Den Anfang der nächsten Woche verbringt Ryan damit, sich in der Küche einer Erdgeschosswohnung in einem schlecht geplanten Wohnkomplex in Ballincollig die Hände damit schmutzig zu machen, eine Lieferung klein zu schneiden. Zusammen mit Shakespeare. Für gewöhnlich sind sie von solchen Pflichten entbunden, vorübergehend jedoch nicht, denn wenn Pillen verloren gehen, muss der Kreis klein gehalten werden.

»So geht's«, sagt Shakespeare hinter seiner Atemschutzmaske.

So geht's. Ähnliche Ausdrücke, wie »Dies und das« oder »Hier und dort«, genügen auch Natalie, die jetzt eine Ahnung hat, wie Ryan sein Geld verdient. Je weniger er ihr erzählt, desto mehr gibt sie zu wissen vor. Undeutliche Hinweise entzücken sie, es fasziniert sie, Spekulationen anzustellen. Ryan erntet viele glückliche Seufzer, und als er sie am Mittwochabend trifft, geht sie gleich auf ihn los, wartet weder aufs Bett noch auf ihn, um ihn aus seinen Jeans zu holen.

Karine sieht er überhaupt nicht mehr, sooft er in Josephs kurzen Blicken nach ihr sucht. Kurz vorm Wochenende fragt er so unbeteiligt wie möglich: »Was Neues von Karine? Hast du mit Louise gesprochen?«, aber was Louise Joseph auch erzählen mag, führt nicht zu mehr als einem Achselzucken. Joseph sagt, dass keiner wirklich viel von ihr gesehen hat, freizeitmäßig sowieso nicht, weil sie voll in ihrem praktischen Jahr aufgeht. Am Donnerstagabend kommt es zu einer seltsamen Szene, als Ryan im Laden auf Jackie D'Arcy trifft, die ihn fragt, wie es ihm geht. Jetzt, wo er über Bord gegangen ist, scheint sie ihn plötzlich zu mögen.

Und direkt danach bekommt er einen komischen Anruf von Colm.

»Ich habe diesen Typen fürs Warm-up«, sagt er. »Kenneth Hourihan aus Hollyhill, glaube ich. Nennt sich Dante. Viel von seinem alten Zeug ist sehr kommerziell, aber das spielt er nicht, sagt er.«

»Okay«, sagt Ryan.

»Willst du ihn hören?«, fragt Colm. »Ich meine, du bist hier immer noch der musikalische Leiter, weißt du?«

»Bin ich das?«

»Ich glaube schon.«

»Okay.«

»Er ist sehr gut«, sagt Colm hilfreicherweise.

Colm plant ein Treffen am Freitagabend, mit Dan, Ryan und der kleinen Gang, die sie angesammelt haben – Bar-auf-die-Hand-Leute aus dem Riverbank Inn, ein paar Mädchen, die Colm aus dem Room kennt, und die Security-Typen, die Dan angeheuert hat. Ryan steht spät auf und verbringt einige Stunden mit Ableton Live und seinem Yamaha, bevor er sich entschließt, seine geheimnisvolle Bekanntschaft aufzusuchen und sie anzuschieben, was den möglichen Kauf des Klaviers seiner Mutter betrifft.

Sie lässt ihn nur widerwillig herein. Irgendwas hat sie verärgert. Sie sitzt auf dem Sofa, starrt vor sich hin und raucht eine Zigarette nach der anderen.

Ryan fühlt sich durch ihr Schweigen betrogen. Er läuft in ihrem Wohnzimmer herum, stößt mit dem Finger gegen irgendwelchen Zierrat und dreht kleine Überbleibsel aus ihrem früheren Leben in den Händen. Er geht hinüber in die Küche und erwischt sich dabei, wie er Zigarettenasche von der Arbeitsfläche in die hohle Hand wischt. Es gibt keinen Abfalleimer, aber Plastiktüten unter der Spüle. Er leert beide Aschenbecher, säubert auch den Rest der Arbeitsfläche und stellt die Nudelpackungen, die sie draußen hat stehen lassen, und anderes zurück in den Schrank. Die ganze Zeit starrt die Wahrsagerin ihn an, und als sie sagt: »Passt du auf dich auf?«, ist das mehr eine Anklage als eine Frage.

Ryan wägt seine Antwort ab.

»Ich habe das ganze Jahr noch keine Fußgängerbrücke überquert.«

Schnaufen und ein finsterer Blick, und endlich weiße Fahnen in den hochgezogenen Brauen. Sie betrachtet den geleerten Aschenbecher, den er vor ihr auf den Kaffeetisch stellt, und streicht darin vorsichtig die Asche ihrer Zigarette ab.

Ryan lehnt sich gegen die Arbeitsfläche.

»Haben Sie Ihre Schwiegertochter nach dem Klavier gefragt?«

Maureen scheint aufs Neue verärgert.

»Es zu verkaufen ist eine Sache, für die sie zu faul ist. Sie sagt, sie müsste es aufarbeiten lassen, um einen anständigen Preis dafür zu bekommen, und dass, wer weiß, die Kleine sich eines Tages doch noch damit anfreunden könnte. Ich habe ihr nicht gesagt, dass ich einen Käufer dafür an der Hand habe. Wie hätte ich ihr erklären sollen, dass ich einen jungen Burschen in ihr Haus gelassen habe? Da würde sie denken, ich hätte Übles im Sinn gehabt. Sie würde es meinem Sohn erzählen, und der ist ein verflixter Mistkerl.«

»Ist er das?«

»Er hilft nur, wenn es ihm in den Kram passt, hilfreich zu sein. Das Durcheinander, das du gerade aufgeräumt hast, das stammt von ihm.«

»Tut mir leid, dass ich aufgeräumt habe«, sagt Ryan.

»Tss«, macht sie und klopft neben sich aufs Sofa.

Er setzt sich.

»Ich werde versuchen, die Klaviersache für dich zu klären«, sagt sie. »Aber drängen kann ich sie nicht. Deirdre denkt schon jetzt, dass ich verrückt bin.«

»Sie sind nicht verrückt, Maureen.«

Sie sieht ihn aus dem Augenwinkel an. »Nein?«

»Es sei denn, Sie meinen pissig. Sie sind ein bisschen launisch.«

»Frauen«, erklärt sie. »Frauen sind nun mal launisch.«

»Sind sie das?«

»Aber sicher«, sagt sie. »Der Junge mit zwei Freundinnen. Wie behandeln sie dich?«

Ryan wechselt die Rollen, und seine andere Hälfte wird eine schöne Fremde, mit der er seine künstlerische Seite ausleben kann. Er sagt nicht, dass Natalie bisher kein Feld ausgelassen und seinen eigenen Boss als Pflug benutzt hat.

Maureen beschließt, dass er glaubt, Natalie steht eine Stufe über ihm.

Ryan erklärt ihr, dass die Welt heute wirklich nicht mehr so funktioniert.

Freitagabend, kurz nach acht, und Colm steht auf der Tanzfläche des Riverbank Inn und macht einen Probelauf mit einem Trupp Leute, den Ryan, wie er erst im Nachhinein kapiert, dirigieren soll.

Aufgemacht wird um elf. Alle, die Freunde eingeladen haben, müssen sie auf die Minute genau reinholen, oder sie zahlen den vollen Eintrittspreis. Colm will, dass die Tanzfläche um zwölf voll ist. Für die Große Eröffnung hat er Sterry gebucht, aus London, einen Trance-DJ, der es mit ein paar Remixes in die Charts geschafft hat. Nächste Woche kommt Charlie Dare, eine große Nummer aus Belfast, die noch nie südlich von Dublin aufgetreten ist. Letzte Bestellungen um halb drei. Falls VIPs später noch gewässert werden müssen, im Prinzip der DJ und seine Leute, bitte heimlich. Offensichtlicher Drogenkonsum wird nicht geduldet, was dezent abläuft, wird verständnisvoll behandelt. Die Frauentoiletten sind alle halbe Stunde zu checken, weil die Frauen nicht wieder herkommen, wenn es keinen Platz gibt, wo sie sich gegenseitig das Herz ausschütten können. Der Rest des Ladens bleibt an den Ecken ein bisschen krude, als Hommage an Sir Henry's, an den sich die meisten nicht erinnern, weil sie nicht alt genug sind.

Nicken überall, und Ryan wendet sich ab und geht nach draußen.

Die Mauern um ihn herum sind frisch gestrichen. Auf der einen Seite hat er das Inn, auf der anderen die Abgrenzung zu einer kurzen Gasse. Er befühlt die Steine. Das Weiß ist trocken. Ryan lehnt sich dagegen, steckt sich eine Zigarette an und spielt Tetris.

Er baut Mauern zwischen den Mauern, als Dans Kopf hinter der Ecke zur Straße hervorschaut.

»Scheiße, was machst du da, kleiner Mann?«

»Ich verkacke grade alles«, brummt Ryan, als einer der Blöcke quer über eine Lücke fällt.

Dan schüttelt den Kopf. Er steht am Straßeneingang, die Hände in den Taschen. »Ich nehm an, McArdle ist drinnen?«, sagt er.

»Richtig geraten.«

»Soll ich ihm sagen, dass du dich hier draußen versteckst?«

»Nein, verrat's ihm nicht.«

Dan sieht nach links. »Ich hab jemand mitgebracht, der sich um seine so wichtige Zugangskontrolle kümmern kann«, sagt er, und Natalie erscheint an seiner Seite. »Du kennst Ryan, oder?«, fragt Dan sie.

»Oh, ja«, sagt Natalie. »Vom letzten Wochenende.«

13

In dem fensterlosen Büro sieht Ryan zu, wie es Colm dämmert. Das offene Lächeln, die Brauen, wie sich die Muskeln um seinen Mund entspannen und das Kinn wegsackt und er sie endlich erkennt.

Ryan versichert sich seines Schweigens mit einem vorsichtigen Kopfschütteln hinter Dans Rücken, und so steht Colm nur da und starrt Natalie an, bis Dan den Arm, den er um sie gelegt hält, zurückzieht und raus zu seinem Wagen geht. Dann sagt er: »Was zum Teufel ist das jetzt?«

Ryan fragt auch. Er fragt, was sie sich dabei denkt, und Natalie zuckt mit den Schultern und sagt, es sei Dans Idee gewesen, und Ryan sagt, da sie wusste, dass es eine verdammt bescheuerte Idee war, hätte sie ihm sagen sollen, dass sie nicht da reingezogen werden will. Colm fragt weiter nach einer Erklärung. Er jault auf, als Natalie sagt, dass sie mit Ryan und Dan gleichzeitig zusammen ist, was komplizierter ist, als es aussieht.

»Wie kann das komplizierter sein, als es aussieht? Reichen sie dich hin und her wie einen verdammten Joint? Das ist nicht kompliziert!«

»Pass auf, was du sagst«, faucht Ryan ihn an.

Colm fährt herum und fasst sich an den Kopf. »Cusack«, ruft er, »was soll der Scheiß?«

Natalie setzt zu einer Erklärung an. Colm ist so angespannt, dass er sich selbst widerspricht und sagt, sie solle die Schnauze halten. Ryan baut sich vor ihm auf. Colm drückt ihm einen Finger auf die Brust. Ryan packt Colm beim Kragen und stößt ihn zurück. Natalie fasst Ryans Arm und fleht die beiden an, sich von ihr die Geschichte erklären zu lassen.

Ryan will Colm keine reinhauen, und Colm Ryan auch nicht. Sie blicken Natalie an.

Sie ist perfekt gekleidet für den Job. Ein schwarzer Bleistiftrock schmiegt sich um ihren Hintern, ihre Absätze sind auf Ryans Nasenhöhe. Er weiß nicht, ob sie sich für ihn rausgeputzt hat oder für Dan.

»Was ihr hier auf die Beine stellt, ist unglaublich«, sagt sie. »Ich meine, dynamisch. Engagiert.«

Colm hebt die Hände und dreht sich weg.

»Es gibt so viel, womit ich euch helfen kann«, sagt Natalie. »Dass ich herkomme, macht Dan glücklich. Er glaubt, er löst ein Problem für euch und tut mir was Gutes. Ich will, dass er das Gefühl verinnerlicht, dass wir Freunde sind, nicht mehr. Ich bin also hier, arbeite, habe meinen Spaß ... mit Ryan. Ich sehe Ryan, Dan sieht mich mit Ryan. Wisst ihr, Dan ist nicht verliebt in mich. Und nach einer Weile wird er nichts dagegen haben, wenn er sieht, wie ich mich in Ryan verliebe.«

Sie wird kurz rot.

Colm sagt: »Hörst du überhaupt zu, Cusack?«

»Glaubt ihr nicht, dass ich mir überlegt habe, ob es richtig ist, herzukommen?«, sagt Natalie. »Wie man es dreht und wendet, es macht Sinn.«

»Für mich nicht«, sagt Colm, »absolut nicht.«

»Hast du Dan nicht gesagt, dass du keine Angestellten brauchst, sondern Mitarbeiter? Das hat mein Interesse geweckt. Ich weiß, ich bin gut.«

»Auch darin, Hirnmasse von brandneuen Turntables zu wischen?«

»Dan wird nichts erfahren, bis ich es will«, sagt sie. »Hört zu, ich habe einen Master in Buchführung. Ich kann eine echte Hilfe sein. Ihr werdet staunen, was ich alles weiß.«

»Um diese Seite des Geschäfts kümmern wir uns nicht, danke.«

»Nein, Colm, echt, du wirst erstaunt sein.«

»Ich kann da nicht mitmachen«, sagt Colm nach einer Pause, die lang genug ist, um Zweifel aufkeimen zu lassen. »Vielleicht willst du es nicht zugeben, aber so fickst du ihn gleich mehrmals.« Er schüttelt einen Daumen in Ryans Richtung und fleht ihn an. »Das ist Selbstmord, Cusack.«

»Es ist eine chaotische Situation, die geklärt werden muss.« Ryan hält inne, legt die Hände auf den Kopf und dreht sich um. Er sieht Natalie an, und sie lächelt. »Es ergibt tatsächlich einen Sinn«, schließt er.

Colm breitet die Arme aus. »Cusack.« Seine Hände finden wieder zusammen, und er verschränkt sie vor der Brust. »Ich kenne Kane gut genug, dass ich vor jeder Frau wegrennen würde, der er auch nur zugezwinkert hat, und du kennst ihn noch besser als ich.«

Ryan sagt zu Natalie: »Gib uns eine Minute.«

Sie geht hinaus, und während Colm ihr hinterhersieht, legt sich seine Stirn in Falten und seine Schultern sacken weg. »Hör zu«, sagt er. »Versteh mich nicht falsch. Sie ist echt nett. Das habe ich schon gesagt, als du sie mit zu meiner Party gebracht hast. Aber keine Frau ist *so* nett. Wenn sie keine zweite Muschi hat, flehe ich dich an, deine verdammten Finger von ihr zu lassen. Dan Kane reitet sie. Ich meine, heiliger Herr im Himmel.«

»Nicht mehr.«

»Nein? Dafür fummelt er aber ziemlich an ihr rum.«

»Nein, Mann, sie ist durch mit ihm.«

»Oh, und hat vergessen, es ihm zu sagen.«

»Hör zu, es ist …« Ryan schüttelt den Kopf. »Es ist echt schwer. Die Sache verlangt etwas Feingefühl, und das jetzt ist der richtige Ansatz. Ich begnüge mich mit dem, was übrig bleibt, und irgendwann frag ich ihn, ob ich's mal probieren darf.«

»Ich decke also ein doppeltes Spiel, weil euch Arschlöchern nichts Besseres einfallen will? Oh, genau. Genau. Und was ist, wenn er dahinterkommt, bevor er den Geschmack an ihr verloren hat?«

»Sollte er dahinterkommen, behauptest du, du weißt von nichts«, sagt Ryan. »Ich werde es dir nicht vorwerfen.«

»Deswegen mache ich mir keine Sorgen.«

Ryan spürt die Musik, die durch die Wand wummert, die Anspannung der selbstvergessenen Vorbereitungen auf ein großes Abenteuer. Der Lärm fördert Offenheit, und er sagt zu Colm: »Ich weiß nicht, Mann. Meine Alte hat mich Weihnachten fertiggemacht. Natalie bedeutet mir nun mal was.«

»Sie bedeutet Ärger«, sagt Colm, drückt Ryan aber kurz an sich und sagt, dass er zu dem Thema nichts mehr sagen wird.

Kurz vor der großen Eröffnung des Catalyst schreibt Ryan Karine eine SMS. Er fragt, ob sie es schafft, heute zu kommen. Anschließend geht er noch mal duschen, kommt zurück in sein Zimmer und greift vorsichtig nach seinem Handy.

DIE GANG KOMMT ABER ICH KANN NICHTS VERSPRECHEN.
VIEL GLÜCK FALLS ICH DICH NICHT SEHE. X

Ryan setzt sich auf sein Bett und überlegt, was wohl hinter dem unerwarteten X stecken mag, schüttelt schließlich den Kopf und ermahnt sich, zur Vernunft zu kommen.

Von da an geht es Schlag auf Schlag: Er trifft Colm und begrüßt Sterry, macht einen Soundcheck, und Hourihan legt los. Von der Seite beobachtet er, wie sich die Türen des Catalyst öffnen. Es kommen ständig mehr Leute herein, die sich für den Anlass rausgeputzt haben. Es werden Drinks beschafft, das Terrain sondiert, und die Blicke wenden sich dem Stand des DJs zu. Hourihans Set ist gut, und die Leute spenden Beifall. Ryan steht da, sieht zu, wie Hourihan herumhüpft und posiert, und hasst den Wichser.

Als Sterry kommt, ist die Tanzfläche voll, und er lässt ein

paar protzige Big-Hitter vom Stapel. Ryan entdeckt Joseph an der Bar, duckt sich aus dem DJ-Stand und schiebt sich durch die Leute. Sterry fährt das Tempo dreißig Sekunden lang hoch, und alles brüllt und johlt.

Joseph macht ein Gesicht wie ein Kamel, das gleich losspuckt. »Geiler Industrial Chic«, bellt er. »Das gefällt mir. Vergesst den scheiß Trance, und ich komme vielleicht sogar wieder.«

»Sehr witzig, Mann.«

Joseph nimmt sein Glas von der Theke. Er nippt daran, ein Schatten der Lightshow zieht ihm eine Kapuze über den Kopf, und er lehnt sich zu Ryans Ohr hin.

»Natalie ist an der Tür.«

Möglichkeiten jetzt, mehr flüchtige Schatten um die durch den Raum tanzenden Strahlen. »Hast du Louise gesagt, dass sie es war?«, fragt Ryan.

Josephs Blick schießt nach links. »Nein.«

»Joe, sicher?«

»Na ja, vielleicht schon.«

»Karine kommt aber nicht, oder?«

»Ich glaube nicht, Mann.«

Damit ist nichts gewonnen. Natalies neue Stellung wird ihren Ruf unter den irgendwie noch gemeinsamen Freunden von Ryan und Karine aufwerten – aus der Frau, die mit ihm vögelt, wird die Frau, die so gut mit ihm vögelt, dass er sie die ganze Zeit um sich haben muss. »Ich habe nichts damit zu tun«, sagt er. »Sie ist ein Kumpel von Colm.«

Joseph lächelt ihn an, als wäre Ryan ein Schimpanse, der gerade etwas mit Fingerfarben gemalt hat, das vage wie ein Affe aussieht.

Beats bauen sich auf und stürzen ab, Bässe bringen das Blut in Wallung, Melodien ziehen die Tänzer wie Marionetten durch den Raum. Joseph und Ryan finden ihre Freunde. Ryan nimmt großäugige Glückwünsche entgegen. Nüchtern betrachtet er, wie sich die Stimmung seiner Freunde synthetisch verändert. Ihre

Hände beginnen herumzuwandern, ihre Arme zeichnen Bögen ins farbzerbombte Dunkel. Er will sich ihnen anschließen. Damit er erklären kann.

Er sucht Dan.

Dan steht an der Theke und hält mit Colm und ein paar von Sterrys Leuten Hof. Ryan tritt zu ihm, und Dan neigt den Kopf in seine Richtung, päpstlich.

Ryan fragt, bevor er kapiert, was er da fragt.

»Du hast nicht zufällig noch welche von diesen Pillen?«

»Also, komischerweise …«

Ryan hat natürlich selbst welche. Sie sind bestimmt nicht schlecht für den normalen Gebrauch, aber auch nicht annähernd solche Knaller wie die Wunderdinger, mit denen Dan vor Weihnachten seinen Appetit angeregt hat. Er hatte gedacht, sie müssten längst aufgebraucht sein. Dan nimmt sie zu Hause mit Gina, und Ryan kann sich eigentlich nicht vorstellen, dass sein kleiner persönlicher Vorrat bis in den Februar hinein gehalten hat. Aber sieh an, er hat.

Er folgt Dan durch die Tür hinter der Theke und das Gedärm des Riverbank Inn ins Büro. Seine Ohren klingeln in der plötzlichen Stille.

Dan hat ein paar in der Tasche. Er nimmt drei, zuckt mit den Schultern und legt noch zwei dazu. Die gibt er Ryan in die offene Hand und schließt sie fest darum.

»Verschenk sie oder nimm sie mit nach Hause«, sagt er. »Wenn du die alle heute Abend nimmst, schießt du dich komplett ab, und das ist nicht gut für mich.«

»Ich kann nicht glauben, dass du tatsächlich noch welche hast.«

»Sagen wir, die Dinger sind so geil, dass es mich schmerzt, sie aufzubrauchen. Sagen wir, jedes Mal, wenn ich sie sehe, werde ich daran erinnert, was mir abhandengekommen ist. Komm, wie wär's mit einer Line, wo wir schon mal hier sind?«

Zurück im Saal, verteilt Ryan die Pillen: eine für Joseph, eine für sich selbst, eine für Natalie, die er in ein Zigarettenblättchen gewickelt tief in seine Tasche steckt. Und zwei für den Mann, der weiß, in der Küche seines Vaters zu sitzen ist ein für Ryan personalisiertes Bat-Signal – Alarmstufe Rot.

Sterrys Songs, komplett aufgedreht, schrauben seinen Puls hoch.

Colm hat für Sterry und seine Leute zwei miteinander verbundene Hotelsuiten gebucht, und dorthin gehen sie, Sterry und seine Crew, Hourihan und seine Kumpel, die Mädchen, die sie aufgerissen haben, Colm und Dan, Natalie und Ryan.

Es ist keine gute Idee, aber der Rat, den sich Ryan selbst gegeben hat, welkt dahin, als Dans Pille, unterstützt von der Line und einer von Ryans eigenen Pillen, zu immer neuen Explosionen unter seiner Schädeldecke führt. Er steht an Sterrys Fenster und sieht vier Etagen auf den Lee hinunter, der im Laternenlicht ölig wirkt und sich kaum bewegt. Keine Sterne, also nimmt er sein Spiegelbild in Augenschein, drückt die Stirn gegen die Scheibe und legt die Fingerspitzen auf den Schatten. Dan ist so hinüber, dass ihm Ryans Verfassung nicht auffällt. Es gibt überhaupt keinen Stress hier oben, auf halbem Weg in den Himmel mit einem Trupp Engländer und ein paar Bräuten in engen Kleidern, die ganz verrückt sind nach ein bisschen Ex-und-hopp-Intimität. Es gibt Beats, tief, ganz tief, Flaschen aus der Bar. Worte und Gekicher, abgestreifte Stöckelschuhe, Kokain in chaotischen Lines, und Ryan sieht das alles durch den goldenen Hauch seines Hinüberseins. Schweiß, Zittern, flacher Atem. Natalie hockt auf der Lehne eines blutroten Zweiersofas. Nach der Ankunft gab es zehn Minuten lang Sorge, wie sie Dans Aufmerksamkeit entgehen konnte, so unwirklich, wie sie in ihrem Schwarz aussieht, aber jetzt denkt Ryan, Dan kann sie haben, wenn er will. Es ist alles gut. Ihm ist zu warm, er fühlt sich zu perfekt, als dass es ihn stören könnte.

Sterry taucht neben ihm auf und krächzt seine Anerkennung heraus, legt den Kopf schief, kratzt sich den Skalp, kaut, schmeckt und spuckt Luft. »Dan«, ruft er und legt einen Arm um Ryans Schultern. »Der Besitzer? Der ist eine verdammte Legende, Bruder.«

»Schreib's auf.« Ein Lächeln droht Ryans Kinn vom Rest des Gesichts zu trennen.

»Reib's auf«, haspelt Sterry. »Ich liebe euern Akzent, das klingt, als würdet ihr die ganze Zeit Fußballgesänge anstimmen.«

Dan kommt dazu. Er holt Ryans Schulter unter Sterrys Arm hervor, zieht ihn an sich ran und küsst ihn auf die Schläfe.

»Das ist mein Junge.«

Da ist sein Junge und blickt unter dem Arm zu Natalie hinüber, deren Mund sich verzieht und die sanft den Kopf schüttelt, als wären Dan und Ryan zwei entzückende, missratene Kinder. Ryan schließt die Augen. Er kann Dans Herzschlag spüren.

Plötzlich klingen die Gespräche um sie herum klar und unbesonnen.

Also sicher, absolut, aber dann habe ich ihr gesagt, wenn sie es nicht wieder auf die Reihe bekommt … Nein, Gott sei Dank, ich habe Montag frei … Ich hab da echt ein paar scheiß Sachen erlebt …

»Ich hab sie gevögelt.« Aber der Ton bleibt sicher in Ryans Hals stecken.

Zwei Pillen für Jimmy Phelan, in der Stammkneipe seines Vaters, am nächsten Tag. Was Ryan heute kann besorgen, das verschiebt er nicht auf morgen: Zahnarztbesuche, den Abwasch, Verrat.

Es hat keinen Sinn zu fragen, ob die Einzelheiten seines Verrats unter ihnen bleiben können. Ryan weiß, dass J. P. nichts sagen wird, weil er ihn dadurch in der Hand hat.

14

Der Frühling lässt sich Zeit. Natalie und Ryan nutzen die Dunkelheit aus.

Sie sehen sich zwei, drei Mal die Woche, die Catalyst-Abende nicht mitgerechnet, in denen Kaiser Kane den Vorsitz führt. Natalie bestätigt, dass sie mit Dan gesprochen und ihre Beziehung im besten Einvernehmen beendet hat, weshalb er so angenehm zu ihr ist. An den Clubabenden checkt er über ihre Schulter die Gästeliste und hat dabei eine Hand auf ihrer Taille. Er bietet ihr an, sie nach Hause zu fahren, und lädt sie immer wieder zu einem Glas Prosecco ein. Er legt seine Finger auf ihren Arsch und ihre Arme und ein paar Mal in ihren Nacken, und Ryan spürt, dass er näher kommt: der Punkt, an dem Dans Laune kippt, der Moment, den er abpassen und abwenden muss, in dem er zu Dan geht, mit dem Hut in der Hand, und ihm sagt, dass er Natalie gerne von ihm übernehmen würde – an dem er ihn um Erlaubnis bittet, ihr zu geben, was sie längst von ihm bekommt.

Seine Gefühle für sie halten mit dem Wetter Schritt, das Ungestüme des Winters geht in ruhigere Phasen über, unterbrochen von einzelnen Böen, innerlichen für gewöhnlich, aufgewirbelt durch etwas, das Dan gesagt oder getan oder nur mit Gereiztheit zum Ausdruck gebracht hat. Ryan glaubt, dass sie glaubt, er sei gelegentlich schwierig, weil Pianisten das sein sollten, und Drogendealer umso mehr. Sie hat kein Verständnis für Eifersucht, weil sie denkt, dass Ryan keinen Grund dafür hat. Sicher, Dan tätschelt ihr manchmal den Hintern. Sicher, sie lächelt ihm zu und schäkert mit ihm. Aber was soll sie machen? Ihm ans Bein pinkeln?

Zwischen den Catalyst-Wochenenden und wochentäglichen Böen gibt es Filmabende mit dem Laptop im Bett, die Analyse von Sets bei entspannenden Joints, Sets von ihm und von toten Legenden, zukünftigen Catalyst-Gästen, modernen Ikonen. Manchmal versucht sie mit ihm zu streiten, bevor das Gras Wirkung zeigt. Sie sagt, er sei irgendeinem Chart-Stürmer gegenüber zu herablassend oder veranstalte absichtlich ein ungerechtfertigtes Gewese um einen Poser, der im Fernsehen bei *Jools Holland* auftritt. Worauf Ryan nur grinst und weitermacht.

Ihre Machtübernahme hat etwas Affektiertes. Sie rezitiert immer wieder Dinge für ihn und mag es, wenn er darauf eingeht. Sie schmilzt dahin, wenn er ihr Voraussagen ins Ohr haucht, und sie posiert sogar, wenn er sie fickt, als wollte sie das Licht einfangen, als eiferte sie ihm nach. Sie hat was übrig für geschmackvollen Schweinkram, so nennt sie es, hat Lieblingsfotos und Gifs aus Online-Datenbanken mit klassischen Bildern. Sie zeigt sie ihm. »Das ist keine Pornografie«, sagt sie, nein, nein. »Für was hältst du mich eigentlich?«

»Manchmal möchte ich dich einfach nur ansehen«, sagt sie. »Mein Gott, dieser schlanke Junge hat was.« Sie starrt seinen Bauch an. Fährt ihm mit den Fingerspitzen über die Hüften. Er überzeugt sie körperlich. Geistig. Musikalisch. Ihre Aufmerksamkeit macht ihn besoffen. Sie sieht ihm beim Vögeln nicht in die Augen, für den Fall, dass es sie beide erden würde, aber gelegentlich lässt sie ihn eigenen Bildern nachhängen.

Er denkt an Karine und ihre unüberschreitbaren Grenzen: Wie sie ihn gereizt hat, indem sie ihm erlaubte, mit seiner Schwanzspitze durch die Spalte ihres Hinterns zu fahren, bevor sie ihn ihr lächelndes, unerbittliches *Nein* hören ließ. Er denkt daran, dass sie keine Angst davor hatte, Blickkontakt könnte der Fantasie ein Ende bereiten. Er denkt, dass das jetzt ein Teil der Vergangenheit ist. Nostalgische Träumereien und umgekehrt. Karine törnt ihn immer noch an.

Zwischen so aufgeladenen Tagen mag er Maureens Sofa und

ihr Murren und fühlt sich besser, weil er da jemanden zum Reden hat, der so ganz anders ist. Sie trinken Tee und machen Pläne für die Klavierübergabe. Sie spielen Karten, und zwei Mal nimmt Maureen ihn aus. Sie erzählen sich Geschichten. Seine handeln von Mädchen, in deren labyrinthischen Gefühlen er sich gerne verliert. Sie erzählt vom alten, katholischen Irland, der Magdalenen-Wäscherei, der Tyrannei des Glaubens. Ihm wird klar, warum sie sich so gut verstehen. Maureen hat etwas kaum Verheiltes. Weshalb sie erkannt hat, dass er am Abgrund stand. Was ihr die Kraft gab, ihn da rauszuholen. Wenn es besonders ruhig ist, wenn zwischen ihnen nichts als Geselligkeit und Friede herrscht, verspürt er Dankbarkeit, hat aber Angst, es zuzugeben.

Und über allem schwebt drohend Jimmy Phelan, und schrumpft wieder. Ryan denkt sich, dass die Pillen für J. P.s verlebtes Empfinden offenbar nicht so gut waren, weil er nichts unternimmt.

Das ist ein Glück, da Dan jetzt die zweite Lieferung vorbereitet. Er gibt Shakespeare nach, ohne ein Wort darüber zu verlieren. »Klar Schiff Mitte der Woche«, sagt er zu Ryan, und von da an scheinen die Kollegen ein wenig freier zu atmen, besonders Shakespeare, der sich reckt und die Glieder ausschüttelt, als würde eine schreckliche Last von ihm abfallen.

Dan spendiert Ryan einen Platz neben sich auf einem Flug nach Neapel, wo sie in einem öden Hotel, zehn Minuten vom Flughafen entfernt, einchecken und die Vertreter ihrer Zulieferer treffen: drei Mittdreißiger im Anzug, mit Stiefeln und einem Grinsen. Der, der im November in Cork war, begrüßt Ryan herzlich. Ryan sitzt eine Viertelstunde mit ihnen an der Theke und eiert auf Italienisch und Neapolitanisch herum, bis Dans Lächeln zerbirst und er Ryan sagt, dass sie was zu bereden haben und das hier kein verdammter Urlaubsaufenthalt sei.

So kommen sie zur Sache. Da die Lieferfähigkeit bewiesen ist, wird von Dan erwartet, dass er vorab zahlt.

»Handel sie auf achtzig pro Pille runter«, murmelt Dan.

Ryan einigt sich mit ihnen auf fünfundsiebzig.

Der Handel ist perfekt. Ein erfreuter Dan sagt den Jungs mithilfe von Ryan, dass er zusammen mit seinem Buchhalter die Zahlung veranlasst, sobald sie wieder zu Hause sind.

Eine Stunde später sind sie in Salerno, wo sie einen Schnellkurs in den Grundzügen des internationalen Handels belegen, und Dan stellt Fragen, auf die Ryan immer besorgniserregendere Antworten beibringt: Wie ist die Situation bei Kokain? Bei welchen Liefermengen würden sie an ihre Grenzen kommen? Bei welchen Waren lägen überhaupt ihre Grenzen? Vielleicht bei Waffen? Bei Menschen? Mal ganz hypothetisch gesehen?

Als sie wieder unter sich im Hotel sind, lässt Dan Ryan erleichtert aufseufzen, als er sagt, er habe nicht wirklich ein Interesse daran, in die Stadt zu fahren. Ryan bricht der Schweiß bei dem Gedanken aus, zufällig seine Großmutter zu treffen und ihr unter Ohrfeigen erklären zu müssen, was er denn in Neapel zu tun hat.

»Bisschen runtergekommen, dein Zuhause«, sagt Dan naserümpfend. Stattdessen gehen sie in die Hotelbar und lassen sich volllaufen.

Der Raub vom Dezember wird hier und jetzt als Kinderkrankheit neu eingestuft. Und das Ganze war Penders Schuld. Diese ganze verdammte Scheiße: Dans Panik, Ginas Opferrolle, der mit Ryan geteilte Verdacht, was mögliche verdeckte Motive Shakespeares anging, und Ryans daraus resultierende Angstzustände. Es fühlt sich wie eine ausgeblutete Wunde an, die mit Versöhnlichkeit statt einer OP behandelt wird.

Es ist später Nachmittag, Samstag, es sind noch Stunden bis zum Abend, bei dem Ryan einen Deep-House-Altmeister dirigieren und bei Laune halten soll, bevor er die Einnahmen zählt und zu Dan nach Hause bringt. Er sitzt daheim auf dem Sofa und schaut sein Telefon an, im Übrigen ist er mit nichts Anregenderem beschäftigt, als mit sich selbst zu diskutieren. *Ich werde ihm von Natalie und mir erzählen. Ich werde ihn fragen. Nein, scheiß drauf, ich werde ihm sagen, was läuft.* Die ganze Woche schon denkt er darüber nach, wie er es anstellen soll.

Es rumst an der Tür, die aus der Küche hinten in den Garten führt.

Ryan schreckt zusammen. Noch mal. Er springt vom Sofa auf und macht eine panische Bestandsaufnahme dessen, was er bei sich, in der Wohnung und seinem Wagen hat. Er geht in die Küche, wieder rumst es. Da wird jemand reinkommen, egal ob Ryan ihm aufmacht oder nicht. Wenn es die Gardaí wären, läge die Tür allerdings schon platt auf dem Küchenboden.

Ryan macht auf und wird von einer breiten, übel gelaunten Person zurückgedrängt, grauhaarig und rotgesichtig, tief in den besten Jahren und furchtlos, dreist und gerissen durch die eigene Langlebigkeit. Ryan stolpert über die eigenen Füße und knallt gegen die Arbeitsfläche, und dieser Mann, den er kennt, oh, so verdammt gut kennt, bleibt vor ihm stehen, stemmt eine dicke Hand links und rechts von ihm auf die Arbeitsfläche und setzt ihn fest.

Jimmy Phelan kommt hinter ihm herein, und Tim Dougan, sein treuer Gefolgsmann, bewegt sich vier, fünf Sekunden nicht, nachdem Phelan ihm die Hand auf die Schulter gelegt hat.

Phelan geht ins Wohnzimmer, Dougan tritt zurück, macht eine Kopfbewegung hinter ihm her und gibt Ryan einen Stoß, worauf der J.P. folgt. Dougan bleibt, wo er ist.

Phelan schnauft befriedigt und sieht sich um. Er scheint in dem kleinen Raum zu wachsen, und Ryan spürt, wie sich die Haut um seinen Kehlkopf verspannt.

»Sie wissen, Sie hätten auch einfach anrufen können«, sagt Ryan.

»Ich trau dir nicht genug, um darauf zu warten, dass du zu mir kommst«, antwortet Phelan. »Glücklicherweise, Ryan, muss ein Mann wie ich nie warten. Ich war einfach begeistert über die ganze Aufregung über euer neuestes Angebot.«

Als Ryan nicht antwortet, fasst er sich mit der linken Hand um den rechten Ellbogen und klopft sich mit den Fingerknöcheln gegen das Kinn. Das Ganze verdeckt seinen Hals nur zum Teil. Und J. P. hat einen Hals: ein gedrungenes, vierschrötiges, stoppeliges Stück Muskel, das seine Luftröhre schützt, die auch vor Ryan schon viele Männer liebend gern eingedrückt hätten. In diesem Geschäft braucht man so einen Hals.

»Wann kommt ihr damit raus?«, fragt er. »Mit euren neuen Empathogenen?«

»Ich weiß nicht, wovon Sie reden.«

»Ach, Ryan. Ich esse nie irgendwo anders als in der Gerüchteküche. Da höre ich alles und kann mich dann entscheiden, worum ich mich kümmern will. Ich bin fast so etwas wie ein Medium, wenn du an so was glaubst.«

Er schiebt hämisch die Lippen vor.

»Kanes Theater macht Lausejungen in der ganzen Stadt verrückt.«

Und zeigt seine Zähne.

»Er scheint sie magisch anzuziehen«, sagt er, »die verlorenen kleinen Bengel.«

Und plötzlich, überschäumend, Gegluckse.

»Ich verarsch dich nur«, sagt er. »Du bist einer von der hart arbeitenden Sorte, der zu seinem Dan steht. Trotzdem will ich alles wissen. Was Kane in Cork vorhat, und warum du, junger Cusack, mir die Geschichte nicht schon längst erzählt hast?«

»Da gibt's nichts zu erzählen.«

Phelan packt Ryans Schulter, oh, ganz kameradschaftlich. »Aber natürlich gibt es da etwas zu erzählen. Du könntest damit anfangen …«, er verdreht den Hals, als wollte er Ryans Unterarme besser in den Blick bekommen, »mir zu bestätigen, dass ihr euch entschieden habt, eine zweite Lieferung zu ordern.«

»Es hat wenig Sinn, etwas anderes zu behaupten, oder?«

»Siehst du«, sagt Phelan. »Das war doch gar nicht so schwer.«

Aber dann legt er eine unvorhergesehene Pause ein, die Ryan den Schweiß in den Nacken treibt, sodass er sagen muss: »Hören Sie, Mann, mehr weiß ich auch nicht. Dan hat die Pleite vom letzten Mal überdacht, die Risiken abgewägt und beschlossen, es noch einmal zu versuchen.«

»Das ist nur die halbe Wahrheit, Cusack.«

»So ist es nicht wirklich. Ich hab noch nie was mit der Wareneinfuhr zu tun gehabt. Ich hab keinen verdammten Schimmer, was da abläuft.«

»Warum würde Dan Kane seine Zeit mit jemandem vergeuden, der offen zugibt, nicht von hier bis zur Tür denken zu können? Komm schon, Ryan. Ich weiß, du bist kein Idiot. Hab ich nicht selbst erlebt, wozu du fähig bist?«

»Scheiße, ich lüge nicht. Dan wirft nicht grade mit Detailinformationen um sich. Nur, dass eine neue Lieferung kommt.«

»Wann?«

Ryans Kopf ist immer noch in seiner Schüttelbewegung, Phelans Finger drücken noch in seine Schulter, und das Licht im Raum flackert, oder ist es Ryans Sehvermögen, fährt er in Gegenwart der Bestie mit der Lederjacke, den Stahlkappenschuhen und burgunderroten Backen sein System herunter, wie er es sollte?

Phelan zieht Ryan ein Stück näher an sich heran.

»Anfang April«, sagt Ryan. »Das ist der Plan, aber noch nicht konkret. Mir wurde gesagt, ich kann erst mit ihnen rechnen, wenn ich sie sehe.«

Phelan antwortet ruhig: »Warum sollte Dan Kane seine Zeit mit einem Idioten vergeuden?« Er lächelt. »Warum überhaupt weitermachen, wenn er es den Arschlöchern noch nicht gezeigt hat, die ihm die erste Lieferung geklaut haben?«

»Woher wissen Sie, dass er das nicht hat?«

»Habe ich dir nicht gesagt, dass ich alles höre? Und alles, was bei euch passiert ist, war, dass euer hinterwäldlerischer Investor aus eurer kleinen Unternehmung raus ist.« Phelan ballt seine freie Hand zu einer Faust und drückt sie Ryan auf die Brust. »Weißt du, warum ich mich auf die Pillen hin nicht wieder gemeldet habe?« Er streckt den Zeigefinger aus und zeigt damit auf Ryans Hals. »Weil sie so gut sie waren, habe ich dir den Quatsch über den großen Diebstahl geglaubt. Ich habe dir geglaubt, dass die eine Lieferung alles war, was es gab.«

»*War* es auch.«

»Du willst mir also weismachen, dass eine Ersatzlieferung unterwegs ist, ohne dass sonst was passiert ist?«

»Da ist genug passiert, Mann, und ich hab reichlich was abgekriegt.«

»Nun, das sollte man meinen. Das waren super Pillen, Ryan, fast so wie der Scheiß, den wir in den Neunzigern hatten, und wenn du deine Pillen kennst, so wie deine Mam und dein Dad sie kannten, verstehst du die Ausmaße dessen, was ich dir gerade erzähle. Es war Liebe auf den ersten Blick, Junge. Aber zu gut, um wahr zu sein. Kane hat da ein paar geniale Chemiker aufgetan, nur um von seinen eigenen Teilhabern eins reingewürgt zu bekommen. So, als würdest du eine super Alte klarmachen, mit Apfelarsch und perfekten Titten, und sie klaut dir deine Brieftasche, kaum dass du runterguckst, um deinen Schwanz aus ihr rauszuziehen. Auf der Basis war ich bereit, mich da rauszuhalten. Jetzt nicht mehr.«

»Was wollen Sie von mir, Mann?« Ryan will unnahbar tun und geht damit komplett unter.

»Dass du ein bisschen entgegenkommender bist, mehr nicht.«

»Ich kann nicht mit Scheiß kommen, von dem ich nichts weiß.«

»Und ich habe keinen Bedarf an jemandem, der nichts weiß, und du, mein Junge, bist kein Narr. Finde für mich heraus, wann und wo die Pillen ankommen, damit ich was in der Hand habe, wenn ich so weit bin, Mr. Kane zum Teilen aufzufordern.«

»Hören Sie, ich kann nicht entscheiden, ob was mit Ihnen geteilt wird. Sie wollen verdammte Einzelheiten von mir und bringen mich damit um.«

»Du laberst rum, als könntest du daran was ändern«, sagt Phelan. »Du tust, was man dir sagt – das hast du doch wenigstens schon gelernt.«

»Sie sagen mir nicht, was ich tun soll.«

Phelan ist finster amüsiert. »Doch, das tue ich.«

Die folgende Pause bringt keinen Frieden. Er lässt nicht mal Ryans Schulter los.

»Ryan«, sagt er. »Diese ganze Sache stinkt zum Himmel, und ich bin enttäuscht, dass dir das noch nicht aufgefallen ist.«

Ryan senkt den Blick, als akzeptierte er, dass er das Arschloch enttäuscht hat.

Phelan neigt den Kopf, um seinen Blick erneut aufzufangen. »Die Alternative wäre natürlich, dass du hier was drehen willst, aber du weißt ja, was passiert, wenn du versuchst, mich aufs Kreuz zu legen, oder?«

Ryan weiß es.

»Ryan.«

Phelan schüttelt ihn.

»Ryan.«

Ryan hebt den Blick.

Es liegt eine eisige Klarheit in Phelans Augen. Er ist ein Mann für schlechte Nachrichten.

»Es ist an der Zeit, dass ich Kanes Vormarsch stoppe. Vielleicht nimmt er es gut auf, falls ihm der Koks nicht längst die wenigen grauen Zellen weggefressen hat, die er mal hatte. Vielleicht nimmt er es nicht gut auf, wenn er ignoriert, was das Beste für ihn ist. Entscheide dich, auf welcher Seite du an dem Tag stehen willst, Cusack, weil das die eine Entscheidung ist, die ich nicht für dich treffen kann. Wenn von Kane nichts mehr übrig ist, verlierst du deinen Nutzen. Fang an, drüber nachzudenken, wie du das abwenden willst.«

Endlich lässt er seine Schultern los. Phelan lächelt.

»Wir finden selber raus«, sagt er, »besorgt, wie wir sind, dass Danny Boy mitkriegt, wie du ihn verrätst, und dich dann heulend in kleine Stücke schnippelt. Ich komme wieder vorbei und besuche dich«, ruft er aus dem Flur. »Vorher versichere ich mich, dass du allein bist, keine Sorge, es sei denn, du pisst mich an. Aber wo wir schon von pissen reden …«

Ryan hatte die Hände auf den Knien und richtet sich schnell wieder auf, absolut sicher, dass er sein Frühstück wieder rausspucken wird.

»… ich glaube nicht, dass du dich bepisst hast«, fährt Phelan fort. »Dabei sind das harte Brocken, was? In Neapel?«

Denk nach, denk nach, denk nach, du blöder Scheißer!

Ryan dreht sich einen Joint.

Denk nach!

Er hatte acht super Noten in seinem Zeugnis, drei davon Einser, was ein Triumph war, bedenkt man, dass er die erste Hälfte des letzten Jahres in Gewahrsam steckte und die zweite in Karine. Er hätte die Schule auch fertig machen können, mit Sicherheit hätte er das geschafft. Einer, der einen pillenmäßig paranoiden Kundenstamm bilden und halten kann und dabei genug einnimmt, um sich mit zwanzig einen GTI kaufen zu können, gegen Cash, hätte kein Problem gehabt, ausreichend gute Noten für die Uni zu sammeln. Er hat schon recht, Jimmy Phelan. Ryan Cusack ist kein Idiot.

Denk nach, verdammte Scheiße.

Dann bekommt er einen Anruf. Der für sie reservierte Klingelton lässt alle Überlegungen zerstäuben. Es ist wie eine pawlowsche Reaktion: Er fährt hoch, speichelt, greift zu.

»Ryan, ich brauche dich.«

Ryan verschwendet Benzin für eine unnötig kurze Fahrt, und sie öffnet die Tür und ist ziemlich aufgeregt. Haare hängen aus ihrem Pferdeschwanz, und sie ringt die Hände. Das Monster lümmelt sich in ihrem Bad und stört sich nicht am Auftritt des weißen Ritters. Die Unverfrorenheit erkennend, hebt Ryan das Bein, als wollte er drauftreten, aber sie schreit: »Oh, bring sie nicht um!«

So steht Ryan auf einem Bein da, stützt sich mit einer Hand an den Kacheln ab, und Karine erschaudert draußen vor der Tür und sagt: »Schmeiß sie nur raus.«

Die Spinne macht sich klein, als wüsste sie, dass ihr Leben, genau wie Ryans Fuß, in der Luft hängt.

»Wenn ich sie rausschmeiße, kommt sie vielleicht wieder rein, und was ist dann?«

»O mein Gott.« Karine verschwindet im Flur, wo sie klagt und keucht und – er hört ihre Schrittfolge – auf und ab läuft, die Hände ringt und dicke Backen macht.

Ryan betrachtet die Spinne.

»Bring sie nicht um«, wiederholt Karine mit bebender Stimme im Flur.

»Dann bring mir ein Glas.«

Er fängt die Spinne, und Karine quiekt und läuft ihm hinterher, als er sie die Treppe hinunterträgt und draußen im Blumenbeet ihrer Mutter freilässt.

Karine hält sich mit beiden Händen an der Tür fest, ebenso verängstigt wie schüchtern. Sie trägt eine weite Trainingshose und ein blaues ärmelloses Trägerhemd, das zu hell ist, um den schwarzen Büstenhalter darunter zu verbergen. Er starrt sie an, und sie starrt die Stelle an, wo er die Spinne freigelassen hat. Zufrieden hält sie Ryan die Tür auf, damit er wieder hereinkommt, schließt sie hinter ihm und drückt sich an ihm vorbei in die Küche.

»Danke«, sagt sie über die Schulter, bleibt beim Wasserkessel stehen und macht sich ans Teekochen. »Ich weiß, es ist blöd. Aber ich hatte keinen, den ich anrufen konnte.«

»Wo sind sie alle?«

»Unterwegs.« Sie dreht sich um und legt eine Hand auf den Rand der Arbeitsfläche, dann die andere. Ryan hat ein Déjà-vu und zieht die Nase kraus, um es zu verorten. »Und überlassen mich der Gnade eines achtbeinigen Monsters.« Sie lächelt schwach. »Nicht, dass mir meine Schwestern eine große Hilfe gewesen wären.«

Er lacht, wie er es soll, und ihr Lächeln wird breiter. Sie wendet sich wieder dem Tee zu und schenkt ihm eine Tasse ein.

Sie setzen sich an den Küchentisch. Sie fragt nach dem Catalyst, und Ryan erzählt Geschichten: Wie sie letzte Woche einen bekannten Radiomoderator rausgeworfen haben, der seinen Schwanz gegen eins der Mädchen gedrückt hat, das leere Gläser einsammeln wollte. Dass Sterry den Corker Akzent mag, und welche DJs sie für ihre Sommerpartys buchen wollen.

»Und natürlich ist Dan mit dabei.« Das kommt ohne Bitterkeit, sondern mit der vertrauten Resignation. »Ich dachte, du würdest Musik machen«, sagt sie.

Ryan zuckt mit den Schultern.

»Er lässt dich nicht?«

»Vielleicht weiß er, dass ich nicht so gut bin.«

»Das muss es sein«, sagt sie trocken und lacht auf. »Und natürlich ist auch sie da.«

Ihre Blicke treffen sich, sie verstummen, und es funkt in der Stille.

Natalie. Sie formt den Namen mit ihren Lippen. Übertrieben.

»Sie arbeitet mit uns, ja.«

»Louise sagt, sie ist Türsteherin.«

»Sie ist keine Türsteherin. Sie ist eine Hostess.«

»Die Hostess …«, Karine zeichnet großzügige Kurven in die Luft über dem Tisch, »mit dem gewissen Extra.«

Ryan muss ungewollt lächeln. »Eifersüchtig?«

»Bin ich, ja.« Sie verdreht die Augen. »Tödlich.«

»Ein bisschen eifersüchtig darfst du sein. Dagegen habe ich nichts.«

Sie nimmt einen Schluck. »Wohl kaum. Im Gegenteil, ich bin dafür, dass du mit fetten Frauen rumvögelst. Abwechslung ist das Salz in der Suppe.«

»Absolut.«

Sie behält die Miene säuerlichen Vergnügens bei, während sie die beiden Tassen hinüber zur Spüle trägt. Ryan folgt ihr. Sie stehen an der Tür zur Diele. Er hat das Gefühl, sie wartet darauf, dass er sagt, wie er die Situation nimmt, aber es gibt so viel mehr zu sagen, wobei er nicht sicher ist, was und ob es passen würde.

»Danke«, sagt sie noch einmal.

Sie senkt den Kopf und sieht ihn mit nach oben gerichteten Augen an, was ihn umhaut. Etwas explodiert in ihm, aus dem Bauch herauf.

»Was sonst hätte ich tun sollen? Dich der Spinne überlassen?«

»Ich weiß, dass es dumm ist, Angst vor ihnen zu haben.«

»Das ist nicht dumm.«

»Doch, ist es. Es ist doof. Doof ist auch, dass du immer noch rüberkommst. Richtig?«

Sie verschränkt die Arme und sieht weg, und mit einer Geste, die zu der ganzen Blödheit passt, nimmt er ihr Kinn, hebt ihren Kopf an und küsst sie.

Sie erwidert seinen Kuss. Seine Hände fahren über ihre Taille. Ihre legen sich in seinen Nacken. Sie öffnen einander den Mund. Er zieht sie fest an sich.

Sie nimmt seine Hand, und sie gehen hinauf in ihr Zimmer.

Sie liegt unter ihm. Er küsst ihre Nasenspitze, ihren Mund, ihr Kinn und ihren Hals, und sie schmeckt genau richtig, das hat sie immer schon, sie ist in seinem Mund zu Hause. Er zieht ihr das Hemd und den BH herunter und legt die Lippen um eine Brustwarze, und sie sagt: »Ich würde mich besser dabei fühlen, wenn es nicht so einfach wäre.«

Ryan hebt den Kopf.

»Hast du auch nur ein bisschen drüber nachgedacht, bevor du mich geküsst hast?«, flüstert sie.

»Was gibt's da nachzudenken?«

Sie bewegt sich, ungeduldig. Sie setzen sich auf. Karine zieht ihr Top wieder hoch.

»So muss es sich anfühlen, jemanden mit dir zu betrügen«, sagt sie. »Es ist einfach nicht richtig.«

Er sackt in sich zusammen, und sie drückt den Rücken durch. Er legt die Hände auf ihre gemusterte Daunendecke. Sie öffnet ihren Pferdeschwanz und bindet ihn neu. »Du hast eine Freundin«, sagt sie. »Was *machst* du da gerade?«

»Ich weiß es nicht.«

»Hast du es je gewusst? Als ich die Freundin war und sie die Versuchung? Oder vor ihr? Als es andere Mädchen waren? Kannst du dich wirklich nie zurückhalten, Ryan?«

»Mit dir? Nein.«

»Klar, weil ich so *anders* bin.«

Ryan rutscht zurück. Seine Füße stoßen gegen die Wand. Karine schlingt die Arme um die Knie.

»Du *bist* anders, Karine.«

»Okay, so anders, dass du, gleich nachdem es zwischen uns aus war, deinen Schwanz in eine andere stecken musstest. Weißt du, du sagst das eine und tust das andere, Ryan.«

»Ich kapier das jetzt nicht«, sagt er. »Was soll das?«

»So hast du auch mich betrogen, oder?«

»Das hier ist was anderes … ein innerer Zwang.«

»Genau was ich sage. Du kannst dich nicht zurückhalten.«

»Nein, *du* bist der Zwang, Karine.«

»O Gott, Ryan, es tut mir leid. Ich hatte keine Ahnung, dass ich so eine Macht habe.«

»Genau das ist es, Mädchen. Du machst mich fertig.«

»Ich mach dich fertig? Ryan, ich habe immer nur versucht, in Ordnung zu bringen, was du dir antust. Ich hab dich nie fertiggemacht!«

»Du weißt, dass ich das so nicht meine.«

»Wirst du das auch Natalie erzählen? Wenn sie begreift, wie

du wirklich bist? Weil es ziemlich offensichtlich ist, dass alles, was du tust, darin besteht, vor mir davonzulaufen und ihn irgendeiner Schnalle reinzustecken, die keinen Schimmer von dir hat.«

»Meinst du die Dealerei? Das weiß sie. Sie weiß es und denkt nicht, dass es ihre Lebensaufgabe ist, mich verdammt noch mal davon abzubringen.«

Karine läuft rot an.

»Keine Verbesserungsvorschläge, das ist also der Reiz an der Sache. Offenbar bist du ihr ziemlich egal.«

»Sie weiß nur, dass es auch was anderes gibt als immer schlechte Nachrichten.«

»Über dich? Weiß sie, dass du eingesessen hast? Weiß sie, dass du nicht mal mehr Paracetamol in deiner Wohnung haben darfst? Und hast du sie je an die Wand genagelt?«

»Hör zu …« Ryan hebt die Hände, dreht sich, wackelt mit dem Kinn und lässt das »Hör zu« beschämt und verbittert in der Luft hängen, weil, zum Teufel mit ihr, dass sie das jetzt wieder rauskramt, und zum Teufel mit ihm, dass er sich dazu hat hinreißen lassen.

In einer parallelen Welt vögelt er Karine in diesem Moment, und das Licht draußen wird schwächer und bricht sich in ihren Augen.

Aber wenn etwas Negatives in einem freundlichen Wort, einer flüchtigen Berührung oder einem die Seele zerreißenden Fick liegt, dann wird Ryan es aufspüren, er ist darauf trainiert, es zu wittern, und geübt darin, sich selbst Schaden zuzufügen.

»Wenn der einzige Grund für das jetzt darin besteht, dass du unterstreichen willst, wie schrecklich ich bin, lass mich lieber in Ruhe«, sagt er. »Ich bin mit jemandem zusammen, der mir nicht ständig das Gefühl gibt, nur ein wandelnder Haufen Scheiße zu sein. Und ich hab Besseres zu tun, als dich vor deinen Krabbeltieren zu retten.«

»Himmel, Ryan. Wenn sie dich so mag, wie du bist, hat sie eindeutig keine Vorstellung davon, wozu du in der Lage bist.«

Sie beißt sich auf die Lippe. Er zuckt wütend die Schultern, greift nach der Türklinke, und sie geht mit hinaus. »Liebst du sie?«

»Ach, verpisst dich, Karine.«

Aber natürlich ist es Ryan, der sich verpisst.

15

In diesem Zustand zum Catalyst, durch Tracks, die überlagert sind vom Knurren der Seele. Ryan kommt rein, schleicht herum, wankt, nimmt Witterung auf. Wird nach der zweiten weißen Line fündig.

Lokalisiert Natalie an der Tür, mit ihrem Klemmbrett, wie sie mit Gästen lacht. Kein Dan, wobei Ryan nicht wirklich nach ihm Ausschau hält. Er denkt nicht wirklich an Dan. Er stellt sich neben sie, und als sie den Kopf dreht, kommen ihre Lippen nahe an sein Gesicht, und er spürt ihren Atem auf seiner Haut.

»Was machst du?« Heute trägt sie einen smaragdgrünen Lidstrich über ihren schweren Wimpern. Rubinrote Lippen, leicht verschmiert. Rosa Wangen, Gänsehaut.

»Ich will dich ficken.«

»Es ist ziemlich dreist«, flüstert sie, »das hier so zu sagen, oder?«

»Kommst du mit?«

»Wohin?«

»Ins Büro.«

Er hört, wie sie nach Luft schnappt.

Aber sie folgt ihm, lange Minuten später, durch Laserlicht und Schatten. Die Tanzenden ein menschlicher Schild. Sie tritt zu ihm ins Büro, und er schließt die Tür hinter ihr ab.

»Du weißt, dass Dan hier ist, oder?«, sagt sie, als Ryan die Arme um sie legt und ihr mit den Lippen über den Hals fährt.

»Ich weiß, dass er hier ist.«

»Und glaubst du nicht, dass er argwöhnisch wird, wenn die Tür verschlossen ist?«

»Wir wollen uns nur eine Line reinziehen. Wer schließt da nicht vorher ab?«

»Vielleicht solltest du dann zur Sicherheit eine vorbereiten?«

»Mach du es.«

Er drückt ihr einen Beutel in die Hand, und sie geht zum Schreibtisch und schafft Platz. Er drückt sich an sie und küsst ihren Hals, knöpft ihr Kleid hinten auf und schiebt ihr die Träger über die Schultern.

»O Gott«, sagt sie, »wir können richtig Ärger kriegen.«

»Den hab ich längst.«

Zu viel, um sich Sorgen zu machen, dass sie nach ihm und er nach ihr riechen wird. Ryan fickt, weil er gefickt worden ist. Von Jimmy Phelan.

Er zieht ihn raus und beendet es auf ihrem Hintern. »Und wenn du nicht getroffen hättest«, schimpft sie atemlos. »Wenn das auf mein Kleid gegangen wäre, oder auf den Tisch?«

»Scheiß drauf«, ist seine Antwort. Er schnupft seine Line mit offener Jeans.

Er geht in den Saal zurück, und Natalie marschiert an ihm vorbei zu ihrem Platz an der Tür. Er findet Colm und nickt, als der ihm Klangreihen ins Ohr schreit. Dann nickt er zum Beat. Es ist der völlig falsche Soundtrack. Eine Art Hot Funk, nostalgisch, tough und nachdenklich, während Ryan darauf wartet, unterzugehen. Zwei Fragen, als der Breakdown zu erhobenen Händen und einem geklatschten, gemeinsamen Zwischenspiel führt: Auf welcher Seite wird er stehen? Dans oder Phelans? Karines oder Natalies?

Das Licht geht zu schnell wieder an.

Dan taucht hinter Natalie auf, als sie mit den Einnahmen des Abends ins Büro kommt. Sie reicht Ryan das Paket über den Schreibtisch, auf dem er sie eben erst gevögelt hat. Er sitzt auf dem Stuhl, leckt sich über den Daumen und beginnt zu zählen. Dan fängt mit Natalie ein anzügliches Geplänkel an. Sie macht mit. Ryan verzählt sich. Er fängt noch mal neu an.

Die Afterparty wird arrangiert. Sie gehen zu Colm, drängen sich in sein Apartment, dimmen das Licht runter und drehen sofort die Musik hoch, als wollten sie den musiklosen Weg hierhin kompensieren. Die üblichen Verdächtigen: der DJ und seine Crew, einige der Mitarbeiter, ein paar Frauen. Colm, Dan, Natalie und Ryan.

Dan hält Hof. Colm lockt mit einer halben Flasche Jack Daniel's eine von den Frauen auf seinen Schoß. Ryan verschwindet ins Bad und schließt hinter sich ab. Natalie klopft und ruft leise nach ihm, während Ryan eine sinnlos fette Line zurechtschiebt. Er lässt sie rein und schließt gleich wieder ab. Natalie sieht ihn an.

»Ich nehme an, du hast nicht vor, heute müde zu werden.«

Ryan wirft einen kurzen Blick in den Spiegel, nur für den Fall, dass seine Nase blutet. Tut sie nicht.

»Wie meinst du das?«

»Nur …« Sie schiebt sich näher an ihn heran. »Ich hab gedacht, wir könnten uns verabschieden, du weißt schon. Und zu dir gehen.«

»Du willst mehr, was?«

Natalie küsst ihn, weicht zurück und fragt: »Ist mit dir alles okay?«

»Hm?«

Sie schiebt einen Arm über seine Schulter und um seinen Hals, und er sieht in ihren Augen jedes einzelne Körnchen Koks aufgelistet. Er sieht, wie sich ein Urteil bildet, und will es aufhalten. Er küsst sie. Er küsst sie, bis sie schwerer wird in seinen Armen.

»Okay, lass uns abhauen«, flüstert er.

Benommen und schön flüstert sie zurück: »Gut.«

Er schließt die Tür auf, und Dan steht davor und lächelt.

»Was macht ihr zwei denn da drin?«

Natalie schlängelt sich raus, und ihr gelingt ein von Scham ungetrübtes Lachen. Es ist super. So wie versierte Diktatoren und Taifune super sind. »Wir haben uns versteckt, weil niemand sehen soll, dass mir Erfahrung fehlt«, sagt sie. »Ich lebe in Angst, jemandem auf seine Line zu niesen. Also habe ich Ryan dazu überredet, mir, ohne dass es einer sieht, ein winziges, kleines bisschen abzugeben. Er ist sehr gut zu mir.«

»Ist er das?«

Ryan sieht zum Wohnzimmer hinüber und verfolgt aus dem Augenwinkel, wie Natalie Dan über den Handrücken streicht.

»Ich wünschte, Colm wäre die Art von Mann, der Champagner in seinem Kühlschrank hat«, fährt sie fort und geht zurück zu Musik und Licht.

Ryan will ihr folgen, aber Dan streckt die Hand aus und legt sie ihm auf die Brust. Einen Moment lang sagt er nichts. Dann: »Sie ist schon was, oder?«

»Wer? Natalie?«

»Ja, Natalie. Sie ist schon was, oder?«

Ryan zuckt mit den Schultern. Und schnieft. Es hallt wider. Und wenn er sich einmal schniefen hört, kann er es nicht mehr stoppen. Er schnieft wie eine alte Schachtel im Wartezimmer eines Arztes.

»Sie muss schon was sein«, sagt Dan, »wenn sie dich überredet, dich mit ihr einzuschließen, wo du es doch besser weißt, Ryan, oder?«

»Besser als was?«, schnieft Ryan.

»Du weißt verdammt genau, was ich meine. Du kannst um einen Haufen Koks rumschnüffeln, aber nicht um sie.«

Ryan schluckt und verbrennt sich den Gaumen. »Ich hab mir nur 'ne Line mit ihr gezogen. Das ist alles.«

»Ja, in etwa.«

Ein kurzer Blickkontakt und ein plötzlicher Stich in Ryans Magen. Er will Dan schlagen. Er will Dans Kopf an die Wand hinter ihm knallen, und dann an die gegenüber. Will den engen Raum hier richtig nutzen.

»Wie viel hast du geschnupft?«, fragt Dan.

Ryan schnieft wieder, was Dan als Antwort auf seine blöde Frage ärgert.

»Was machst du hier eigentlich?«, knurrt er. »Musst du nicht noch Geld zu mir nach Hause bringen?«

»Sollte ich nicht hier sein? Ist der Catalyst nicht auch mein Club?«

»Das ist mein verdammter Club, Ryan.«

Dan löst den Druck weder in seiner Hand noch in seiner Stimme. Ryan fährt sich mit der Zunge hinter den Zähnen her und schnieft die dunkle Wand an.

»Bring das Geld zu mir«, sagt Dan. »Und ich hab noch zwei Flaschen Cava im Kühlschrank. Bring die mit her, und pass auf, dass Gina es nicht mitkriegt.«

Ryan will sich davonbewegen, aber Dans Hand bleibt flach und schwer auf seiner Brust liegen, erst Sekunden später nimmt er sie weg. Ryan geht ins Wohnzimmer und holt seine Jacke. Dan geht viel zu nah hinter ihm her und gibt ihm das Geld. Natalie lehnt mit einem Glas Jack Daniel's an Colms Frühstückstheke und lächelt die beiden an. Ryan ignoriert sie, während Dan zu ihr tritt.

»Gehst du schon, Ryan?« Natalie. Weich. Verspielt.

Dan antwortet an seiner Stelle. »Er holt uns etwas Brause. Die Lady bekommt, was sie möchte, und Ryan bringt, was Dan möchte, nicht wahr?«

Ryan sieht, wie Colm den Kopf hebt.

»Natalie«, sagt Dan, »hast du Ryans Freundin mal kennengelernt?«

»Ich glaube nicht«, sagt sie.

»Karine«, sagt Dan. »Schlank, sehr weiblich, sehr hübsch. In etwa so wie er. Du weißt schon, so wie man sagt, dass Leute nach ein paar Jahren wie ihre Hunde aussehen. Wie lange geht das schon, Ryan? Gute fünf Jahre mindestens.«

Ryan schnieft seinen Groll zurück in die Kehle. »Wir sind nicht mehr zusammen.«

Dan lacht dröhnend. »Wie oft habe ich das schon gehört? Fünf oder sechs Jahre«, sagt er zu Natalie hin, aber so, dass es alle hören, »weshalb er erst noch Interesse an den süßen Damen entwickeln muss, die samstags ausgehen. Wobei, dass er in festen Händen war, hat ihn nie daran gehindert, andere flachzulegen.«

Ihr gelingt ein Kichern.

»Wir werden dir Karine vorstellen, wenn er seine Strafe, was immer sie diesmal verhängt hat, abgeleistet hat.« Dan lächelt. »Ich glaube, du wirst sie mögen, Natalie. Und ihn auch ein bisschen mehr. Ohne sie ist er nicht er selbst.«

Er entlässt Ryan, indem er ihm den Rücken zukehrt, und Ryan tritt aus Colms Wohnung hinaus in die kalte Luft, wo er den Mund öffnet, die Zähne bleckt und, *gaahhh*, Luft in die Dunkelheit ablässt.

Bevor er losfährt, schreibt er:

SIEHT ER WIE DU DIESE SMS KRIEGST

Die Antwort kommt erst, als er kaum mehr eine Minute von Dans Haus entfernt ist.

NEIN. KOMMST DU ZURÜCK?

ICH MUSS. GEH SCHON MAL. RUF EIN TAXI UND ICH TREFFE DICH MIT DEM SCHLÜSSEL ZU MEINER WOHNUNG

ICH HABE IHM GERADE GESAGT ICH HAB MIR EINE LINE REINGEZOGEN. WIE KANN ER DA GLAUBEN, DASS ICH NACH HAUSE INS BETT WILL?

EGAL RUF EIN TAXI

Gina hat ihn erwartet und macht auf sein Klopfen hin gleich auf. Sie trägt Jeans und flache braune Stiefel. Ihr Haar ist zurückgekämmt.

»Ich hab um drei mit dir gerechnet«, beschwert sie sich.

»'tschuldige bitte.«

»Ist schon okay.« Sie versucht, komisch zu sein. »Ab in den Safe mit dir«, befiehlt sie dem Geld, aber ein Gähnen erstickt den Witz. Ryan lächelt, obwohl Gina nicht verbergen kann, wie sehr sie seine Verspätung nervt, auch wenn sie noch angezogen ist. Sie sieht aus, als wäre sie gerade erst nach Hause gekommen.

»Gute Nacht, Ryan.«

Er lässt sie die Tür schließen. Es hat keinen Sinn, den Cava zu holen, weil er weiß, dass, wenn er zurück bei Colm ist, Natalie auf keinen Fall mehr da sein wird.

Er schnupft noch etwas Koks und sitzt wieder im Auto, als sie ihn aus einem Taxi anruft. Er passt sie auf dem Kai ab, gibt ihr den Schlüssel und sagt, er kommt, so schnell es geht. Wie vorhergesagt, fragt Dan nicht nach dem Cava. Jetzt, wo Natalie gegangen ist, gibt er wieder den Großherzigen, macht geistreiche Bemerkungen und zweideutige Witze. Die Uhr tickt, das Koks geht nicht aus. Ryan kann sich davonmachen, als die Sonne aufgeht.

Natalie ist noch wach, als er nach Hause kommt. Sie lässt ihn herein, schmallippig, geht zurück ins Schlafzimmer und legt sich mit dem Rücken zu ihm auf seine Daunendecke. Ryan wirft die Autoschlüssel auf den Tisch und zieht die Jacke aus. Das Schniefen hat aufgehört. Panik setzt ein.

»Das war stressig«, sagt Natalie.

»Er weiß, dass da was läuft«, sagt Ryan. »Trotz deinem Herummurksen.«

Sie rollt sich auf den Rücken und stützt sich auf die Ellbogen. »Was soll das heißen?«

Ryan wollte nicht spitz klingen. Er zuckt mit den Schultern. Das reicht ihr nicht. »Nein, Ryan. Was soll das heißen?«

»Du weißt schon. Das Händestreicheln, die Kicherei.«

»Hättest du es lieber gehabt, ich hätte ihm gesagt, dass ich mit dir im Bad geknutscht habe? Hätte ich ihm sagen sollen, dass du mich heute in seinem Club gevögelt hast?«

Ryan tritt sich die Laufschuhe von den Füßen. »Es ist nicht *sein* Club.«

»Du hast meine Frage nicht beantwortet.«

»Was? Ob ich es vorziehe, dass du ihm die Wahrheit an den Kopf knallst oder ihm mit Lügen schöntust? Weißt du was, Mädchen? Ich bin mir da nicht ganz sicher.«

»Nun, ich schon.«

»Ja. Deshalb auch deine sanfte Rangehensweise, was?«

»Darauf hatten wir uns geeinigt.«

»Hatten wir das? Ich kann mich nicht daran erinnern, dass ich dir gesagt habe, du sollst ihn aufgeilen.«

»Ich geile ihn nicht auf!«

»Oh, stört dich das? Ich darf nicht sehen, was da läuft. Ich soll wie ein braver Junge rumstehen und zusehen, wie du ihm jedes scheiß Wochenende etwas vorturnst.«

Sie saugt die ganze Luft im Zimmer durch die Nase in sich rein.

»Du überlegst dir besser, was du jetzt sagst, Ryan.«

»Ich soll überlegen? Wie soll das gehen, wenn ich den Kopf nicht klar kriege. Und wie soll ich meinen Kopf klar kriegen, wenn du ihn so anmachst?«

»Ich bin einfach nur nett. Gerade du musst so reden, wo du …«, sie springt vom Bett auf und reißt die oberste Schublade seiner Kommode auf, »noch das ganze Zeugs von deiner Ex hier hast. Schau dir das an! Du behältst ihren Kram hier, bis ihr am Ende wieder zusammenkommt, genau wie Dan gesagt hat.«

»Ja, und du weißt genau, warum er das gesagt hat.«

»Warum?«

»Weil er verdammt noch mal weiß, dass da was läuft!«

Ryan lässt sich auf seinen Stuhl sinken und sucht in der Hosentasche nach Gras und Blättchen. Natalie setzt sich aufs Bett, als er anfängt, einen Joint zu drehen.

»Warum hast du all ihre Sachen noch?«, fragt sie.

»Weil ich vergessen habe, dass sie noch da sind.«

»Du?« Natalie streckt einen Finger aus und fährt damit durchs Zimmer. »Du bist so was von ordentlich, Ryan. Wie kannst du ihr Zeug vergessen?«

Ein Wort gibt das andere. Ryan zündet den Joint an und attackiert sie wegen ihrer Vorwürfe.

»Du bist so was von aggressiv«, ruft sie.

»Du hast doch selbst gesagt, dass es stressig war«, erklärt er. »Ich bin gestresst.«

»Vielleicht wärst du weniger gestresst, wenn du dich nicht weiter an die Klamotten deiner Ex-Freundin klammern würdest.«

»Ich wäre weniger gestresst, wenn Dan nicht an dir rumfummeln würde.«

Sie blickt weg und ihn gleich wieder an und sagt: »Du bist also ein Betrüger, ja?«

»Was?«

»Dass du eine Beziehung hast, hält dich nicht davon ab, eine andere flachzulegen. Diese Art von Betrug. Hatte Dan da etwa recht? Hast du Karine betrogen?«

»Mit dir, Natalie.«

»Vor mir.«

Sie kommen nicht zusammen. Sie streiten heftig. Sie werden gemein. Während sie sich wegen Dan und Karine ineinander verbeißen, wer was wie sieht und wie was sein sollte, kommt Ryan von seinem mickrigen Joint runter und ist am Ende. Er kann nicht mehr dagegenhalten, kann sich nicht wehren. Er denkt, Natalie wird die Sache in die Hand nehmen und Karine anrufen, um wirklich alles zu erfahren, sobald er das Zimmer verlässt. Er will einfach nur schlafen – sich den Kopf abschrauben, ihn ins Regal stellen und ein Handtuch drüberlegen.

»Und du musst mir nicht erklären«, sagt Natalie, »wie gefährlich die Sache möglicherweise ist. Das weiß ich, okay? Weißt du, wie Dan dich nennt? Seinen Rottweiler. Toll, so was über den Mann zu hören, mit dem man schläft, oder?«

»Das ist nur Teil des Gifts, das er verspritzt«, sagt Ryan, doch seine Stimme ist schwach. *Sie hört die Lüge*, sorgt sich das Kokain. *Sie sieht die Wahrheit.*

»Vergreifst du dich für ihn an Leuten, Ryan?«

»Ich bin kein Eintreiber.«

»Das ist keine Antwort.«

»Was willst du hören? Ich habe nie jemanden umgebracht.«

Auch sie verlässt die Kraft. Sie seufzt. Ryan rutscht von seinem Stuhl und rutscht über den Boden, bis er seitlich vom Bett neben ihr kniet und zu ihr aufsieht.

»Ich wusste, dass du ein Dealer bist«, flüstert sie. »Aber du bist mehr als das. Du bist ein Gangster.«

Ryan denkt an Maureen.

»Ich bin kein Gangster, Natalie. Dazu bin ich nicht fähig.«

»Was bist du dann?«

Er spürt das Gewicht der Antwort und senkt unter der Last die Stirn auf die Decke neben ihr. Sie fährt ihm durchs Haar und berührt sein Ohr.

»Ich bin Musiker.«

Es klingt lächerlich. Aber es ist das Einzige, was er über die Lippen bringt.

Natalie schläft. Ryan nicht. Er liegt hinter ihr und drückt ihr die Stirn zwischen die Schulterblätter. Der Morgen stichelt hinter den Vorhängen, und Ryan schließt die Augen, zu fest. Er rast schwarze Tunnel hinunter. Ihm ist schlecht.

Gegen Mittag wacht sie auf. Sie sagt, sie fühlt sich schmutzig, und will nach Hause.

»Kannst du fahren?«, sorgt sie sich.

»Klar doch.«

Er fühlt sich beschissen und denkt, dass ihm recht geschieht. Nicht wegen dem Koks, sondern wegen der Antwort, die er Natalie gegeben hat, als sie sich auf den Daumen gebissen und die Wand angestarrt hat, kilometerweit weg, aber näher kommend.

Ich habe nie jemanden umgebracht.

Er hätte eine Geschichte erfinden und ihr versichern sollen, dass er nur Lieferungen übernimmt, er hätte Dans Rottweiler-Spruch abtun und seine Beziehung zu ihm in ihrer ganzen Banalität erläutern sollen. Sie duscht, und Ryan schleppt sich in die Küche und zwingt sich einen halben Liter Wasser durch die Kehle. Sie kommt zu ihm und schiebt sich in seine Arme, aber es fällt ihr nicht leicht. Er sieht, dass sie sich alles Mögliche vorstellt, was er für Dan erledigt, und er kann diese Gedanken nicht einfach zur Seite schieben, weil, was immer sie denkt, wahrscheinlich nicht allzu weit von der Wahrheit entfernt ist.

Natalie strahlt so hell, dass sie ein Spiegel sein könnte. Ryan betrachtet sie und sieht, was für ein Mistkerl er ist. Alles, was die Schundpresse je über Dealer geschrieben hat. Alles, was man ihm beim Schuldeneintreiben an den Kopf geworfen hat. Alles, was Karine ihm um die Ohren gehauen hat. Es stimmt.

Dan ruft an, als er sie nach Hause fährt. Er scheint hellwach, zielstrebig.

»Komm her, du wirst gebraucht.«

»Fünfzehn Minuten.«

Ryan setzt Natalie ab und fährt zu Dan. Hofft auf eine kleine Sache und ausreichend Zeit.

Gina kommt an die Tür, als er klopft.

»Hey, Ryan. Er hat eine Besprechung. Ich wurde verbannt.«

So muss es sein: Du schickst deine Alte weg, wenn es zur Sache geht, gibst ihr etwas Geld, schickst sie zu Brown Thomas und empfängst sie anschließend mit einer Flasche Wein zu einem ausgiebigen Fick. So läuft es, denkt Ryan, wenn du alles richtig machst. Wenn du nicht jedes Mal, wenn du abspritzt, deine Beziehung infrage stellen musst.

Er schließt die Tür hinter sich, folgt Shakespeares Ruf ins Gästezimmer und überlegt, während er Dans Flur hinuntergeht, ob er sich nicht doch auf J.P.s Seite schlagen soll bei dem, was ihm da ins Haus steht. Er hat Dan sowieso schon betrogen, da kann er sich auch gleich in den Abgrund stürzen.

Er schämt sich bei dem Gedanken, und genau so tritt er ihm gegenüber, tiefrot und beschämt.

Dan blättert durch Geldscheine. »Gut geschlafen, Ryan?«

»Hab kein Auge zugetan.«

»Das überrascht mich nicht. Du standst ja ziemlich unter Strom.«

Er streicht die Scheine zu einem ordentlichen Rechteck zusammen, hebt den Blick und lächelt.

»Und wie«, fragt er, »hat Natalie geschlafen?«

Ich bin ein Lügner, du kannst nicht ein Wort von dem glauben, was ich sage. Woher ich das weiß? Mein Dad hat's mir gesagt.

Er sagt, es war unvermeidlich, dass aus mir ein bösartiges Arschloch wurde, weil ich mehrsprachig aufgewachsen bin. Er konnte nie sicher sein, was ich gerade dachte, weil er nicht wusste, in welcher Sprache ich dachte. Er konnte mich nicht durchschauen und nahm an, dass mich das zu einem Fremden machte, und wenn ich das war, konnte er mir nicht vertrauen. Die alltägliche Fremdenfeindlichkeit, ein Gift, um die Lücke zu füllen, die du hinterlassen hattest. Gott, es ist so unfassbar dumm.

Ich wollte nicht zurück zu nur einer Sprache, allein schon, weil das meinen Dad nervte. Nach deinem Tod habe ich Bücher gelesen, News-Sites gelesen, ich hab mir Filme angesehen, Podcasts gehört, aber man kann das Leben nicht mit Nachrichten und so was ersetzen. Gott sei Dank für meine Nonna, die mich immer noch anruft und antreibt, immer wieder ins Neapolitanisch verfällt und aus der Ferne kein gutes Haar an meinem Akzent lässt.

Es ist witzig, aber mein Englisch stimmt auch nicht ganz. Meine Ts und Ds sind zu weich, und das liegt eindeutig am Italienischen. Ich meine, es ist immer noch ein Corker Akzent, und mir wurde erst mit siebzehn bei meinem Dublin-Urlaub bewusst, wie stark er ist. Wobei ich da nicht viel gesagt habe, weil ich mit jedem Wort und jedem Satz nur dazu eingeladen hätte, mir was auf die Jacke zu geben.

Die erste Nacht, die ich im Knast war, oh, fuck, ich glaube nicht, dass ich das je richtig beschreiben kann, ganz gleich, wie viele Sprachen ich zur Verfügung habe. Sie haben mich in eine Zelle gepackt, die nach Scheiße stank, und ich hockte auf der Matratze, die Hände in den Taschen, hab hyperventiliert und glaubte, kotzen zu müssen. Da hab ich nicht an dich gedacht, Mam. Du warst seit sechs Jahren weg, und das Leben war ein anderes.

Am nächsten Morgen dann haben sie mich geholt, um mich zu registrieren und so weiter, und der Mann sagte: Hast du zu Hause angerufen?, und das hatte ich nicht, weil mir niemand gesagt hatte, dass ich es könnte, und der Mann sagte: Deine Mam hättest du wenigstens anrufen können, und das war's, da habe ich mich am weitesten von dir weg gefühlt. Du und unsere Worte, so wie ich dachte und mich verhielt und wie alles einen Sinn gemacht hatte, das war weg, vergangen, nicht mehr da.

Vom Lügen hat es mich dennoch nicht abgebracht. Sieh mich an. Heute. Dan braucht mich treu und unverbrüchlich, und das bin ich nicht. Insgeheim tu ich, was J.P. will, und ich schlafe mit einer, mit der ich nicht schlafen sollte, weil es mir nichts ausmacht, Lügen zu erzählen, um zu kriegen, was mir nicht gehört.

Mein Dad hat das am Ende ganz richtig gesehen, aber am Anfang lag er falsch. Dabei hat das alles nichts mit den Worten und der Sprache zu tun, die du mir beigebracht hast, oder dem Blut, das ich von dir habe. Es ist nicht dein Fehler, was aus mir geworden ist.

16

Ryan zwingt sich. Er versiebt es. Er ist tot.

»Natalie?«

Dan bestätigt, lächelnd.

»Ich weiß nicht, was du meinst«, aber Ryans Lüge ist so schwach wie das ausgewaschene Tageslicht.

»Sie hat bei dir übernachtet, richtig?«

»Nein.«

»Doch. Ich werd dir diesen Scheiß nicht mühsam aus der Nase ziehen, Cusack. Ich habe ihr letzte Nacht ein Taxi gerufen und den Fahrer hinterher gefragt. Er hat sie an deiner Wohnung abgesetzt, und sie ist erst vor einer halben Stunde wieder rausgekommen. Als du sie nach Hause gefahren hast.« Sein Lächeln kippt. »Oder hast du sie gerade nicht nach Hause gebracht?«

Von Koks runterzukommen ist so ähnlich, wie unerwartet die Sackhaare ausgerissen zu bekommen. Ryans Haut ist feucht, sein Mund wie ausgetrocknet. Er muss schlucken. »Es ist nicht so, wie du denkst.«

»Klar. Das glaub ich auch erst mal, schließlich bist du der Letzte auf der Welt, der so eine Nummer mit mir abziehen würde.«

Er tritt näher, nimmt Ryans Kinn in die Hände und drückt ihm die Daumen in die Backen.

»Sag mir, dass ich recht habe, Ryan.«

Dans Augen sind feucht, er blinzelt, und zwischen seinen Zähnen purzeln Worte hervor: »Ich habe nach einer Entschuldigung für dich gesucht. Nach irgendwas, was dich makellos halten würde. Aber am Ende musste ich mich an die Fakten halten, kein Wunschdenken, oder?« Er schüttelt Ryans Kopf. »Ich kapier's nicht.« Er drückt fester zu. »Ich kapier's einfach nicht. Was zum Teufel treibst du da? Versuchst du zu beweisen, dass du der Größere bist, den längeren Schwanz hast? Ich kapier's verdammt noch mal nicht.«

»Nein, hör zu«, sagt Ryan. »Hör zu, es ist nicht so, wie du denkst.«

»Hast du sie gefickt?« Dans Finger reichen von Ryans Nacken den Schädel hinauf. »Steh deinen Mann, wenn du der Größere bist. Gib es zu, verdammte Scheiße.«

Seine Stirn berührt Ryans. »Gib es zu«, flüstert Dan. Ryan kneift die Augen zusammen. »Gib es zu.« Immer noch ein Flüstern, aber nachdrücklich, brechend. Ryan schüttelt den Kopf.

»Hör zu. Ich habe sie kennengelernt, als ich noch keine Ahnung hatte, dass du sie kanntest. Ich war schon mit ihr zusammen, als du mir abends gesagt hast, ich soll sie nach Hause bringen …«

Dan schlägt Ryan ins Gesicht. Er packt seinen Kragen und knallt ihn gegen die Tür. Er boxt ihm in den Magen, lässt ihn fallen. Ryan hustet über den Schmerz weg, auf dem Hintern auf Dans gebrochen weißem Teppich, den Rücken an der Tür.

»Das hast du vor mir verheimlicht?«

Dan tritt zu und trifft ihn an der Schulter.

»Du treibst es seit Januar mit ihr und verheimlichst es vor mir?«

Ryan kommt wieder zu Atem, starrt über den Boden hinweg auf Shakespeares Beine und die Fußleiste dahinter, eine Hand auf der Schulter, voller Angst, mit den Fingern zu drücken, sicher, dass er fühlt, wie sich das Blut darunter sammelt.

Dan läuft auf und ab und fährt mit der Hand durch die Luft. »Und du hattest keine Ahnung, dass ich sie kannte? Obwohl du dabei warst, als ich mit ihr unterwegs war? Du hattest vergessen, wie sie aussah, ist es das?«

»Ich schwöre, als ich sie kennengelernt habe, war ich allein …«, aber gerade erst von seinem Boss seiner Trunkenheit überlassen worden, der feiern war, mit einem flammenhaarigen Mädchen und ihrer Freundin, die sauer war und sich in einem Taxi verdrückt hatte …

»Du kanntest sie, verdammt«, schreit Dan. »Und selbst, wenn nicht, ihr war es klar. Ich hoffe, sie war es wert, Ryan. Ich hoffe, du hast ihr gesagt, du würdest dein Leben für sie geben, damit sie's kapiert, wenn du in ein paar Wochen von Maden zerfressen aufgefunden wirst.«

Ryan sieht die Pistole auf sich zukommen und presst sich gegen die Tür. Dan drückt den Lauf oben auf Ryans Nasenwurzel. »Gott …«, fängt Ryan an, doch dann versagt seine Stimme. Er legt die Hände auf die Tür hinter sich, aber sie rutschen weg. Seine Knie geben nach.

»Was erwartest du, Cusack? Du musst das hier vorausgesehen haben, als du das Für und Wider abgewägt hast. Oder hast du das nicht? Mösen sind so verdammt wichtig, wie?« Er drückt weiter, dreht die Pistole, keucht, bis Ryan seitwärts auf dem Boden liegt. Zieht die Pistole weg und setzt den Stiefel ein. Ryan wird genau unter die Rippen getroffen. Seine Lunge ist leer. Er verkrampft sich, würgt und rollt sich reflexartig zusammen. Dan taumelt an die gegenüberliegende Wand. Ryan ringt nach Luft, und als er einen Zug in sich reinkriegt, kotzt er auf den Teppich. Er hält sich den Bauch. Er kommt nicht hoch.

»Weißt du, was tragisch ist?«, keucht Dan. »Kein Sünder dieser Welt wird dich vermissen, Cusack. Ich bin der einzige Verbündete, den du hattest, und gerade mich musstest du verraten.«

Er holt aus. Er tritt in Ryans Bauch, gegen seinen Schenkel, zwischen die Beine. Hinter Ryans Stirn schießt der Schmerz hoch. Er kotzt wieder. Wasser, dann Schaum. Seine Augen treten vor. Er stöhnt.

Dan beugt sich zu ihm runter, drückt die Faust gegen Ryans Kehlkopf. »Mach den verdammten Mund auf.« Er schiebt den Lauf zwischen Ryans Lippen.

Shakespeares Stimme, ganz nah. »Dan.«

Dan keucht. »Der Hure verpasse ich später eine.«

»Dan, du denkst nicht nach, Mann.« Wieder Shakespeare. »Du putzt ihn nicht hier weg, oder? Was willst du Gina sagen, wie das Hirn auf den Teppich kommt?«

»Gina schluckt, was ich ihr sage«, schnaubt Dan. »Genau wie du.«

Shakespeare ruft: »Himmel, Dan, überleg, was du tust!«

Überleg, nachdrücklich. Shakespeare zieht Dan zurück, und während aus Ryan der Geschmack von Salz und Metall sickert, registriert er einen Streit neben sich. Wilde Gesten.

Shakespeare und seine Art zu argumentieren. Dan kommt näher und lässt Ryan den Stiefel noch mal spüren, zum Ausgleich für den gesunden Menschenverstand.

Shakespeare nimmt die Ballyhooly Road und fährt in einen Irrgarten aus Hecken und schmalen Wegen. Es geht bergauf. Die Vegetation vor ihnen ist stumpfbraun, kräftige Nadelbäume vervielfältigen sich. Shakespeare verlässt die Straße und parkt den Civic am Eingang eines Waldwegs mit einem schwarz-gelben Schlagbaum.

Dan hat in eine ruhige Grausamkeit gefunden. Er steigt aus, zerrt Ryan hinten aus dem Wagen und stößt ihn voran, bevor er die Beine richtig auf dem Boden hat. Ryan fliegt aus seinem Griff in den Dreck. »Steh auf«, sagt Dan. »Wir haben noch ein Stück vor uns.«

Ryan rappelt sich hoch und krümmt sich sofort. Die einzige Wärme in ihm drückt hinter seinen Augen zu den Schläfen und hoch zum Haaransatz. Er wird die Tränen nicht los. »Dan«, sagt er. »Ein Stück wohin?«

Dan zerrt an seinen Schultern. »Was, glaubst du, geht hier gleich ab, Junge? Ein Stück heißt, dass ich nicht die Absicht habe, deine Leiche weit zu schleppen.«

»Scheiße, wovon redest du?«

»Flenn nicht rum, verdammt. Denkst du, ich will das mitansehen?«

Dan packt Ryans Schulter und stößt ihn nach vorne, tritt ihn, wenn er stolpert.

Shakespeare geht teilnahmslos nebenher.

Ryans Augen sind weit aufgerissen, er zittert und kann seine Bitten nicht beenden, wobei Dan nicht taub für sie ist. Er antwortet auf Ryans Geräusche, manchmal zur selben Zeit. Schnauben, Fluchen, Hohn, Stöhnen. Auf Shakespeares Zeichen hin verlassen sie den Weg und stapfen durch regelmäßig gepflanzte Baumreihen. Schatten nach Blaupausen vom Tisch eines Studierten. Dicht und dunkel, toter Boden.

Nach einer Viertelstunde schließt Dan zu Ryan auf, nimmt seinen Arm und drückt ihm den Lauf hinten auf den Kopf.

»Runter auf deine scheiß Knie.«

Ryan kniet sich hin. Dan packt sein Haar und hält ihn aufrecht, und Ryan blickt auf ein von Gleichungen und Industrie korrumpiertes Stück Erde.

»Wenn ich dich begraben wollte, würde ich mir einen Sumpf aussuchen«, sagt Dan, »und du würdest verschwinden. Aber ich will sehen, wie lange es dauert, bis die Leute realisieren, dass du weg bist. Und dann wie lange, bis sie dich finden. Wie lange, bis es noch einen toten Cusack auf der Titelseite des *Echo* gibt.«

»Und das alles wegen einer Frau?«, wimmert Ryan.

Dan rastet aus. Er reißt an Ryans Haaren und tritt ihn weiter voran. »Hier geht es nicht um mich und sie, sondern um dich und sie.«

»Es tut mir leid, Mann. Ich meine … Ich weiß nicht, es tut mir leid.« Ryan ist sicher, dass er sich vollpissen wird, und konzentriert sich, als wäre er noch nicht ganz verloren, solange er seine Blase unter Kontrolle hat. »Es tut mir leid«, klagt er. »Es tut mir leid, Mann.« Auch für ihn selbst, in all seiner Verzweiflung, klingen seine Entschuldigungen anämisch. Er gräbt die Hände in den Schmutz und ballt die Fäuste.

»Es ist deine eigene Schuld.«

Ryan kneift die Augen zusammen.

Hinter ihm bewegt sich etwas. Ryan rührt sich nicht und hält die Augen geschlossen. Die kalte Mündung des Laufs liegt in seinem Nacken, drückt nach oben gegen seinen Schädel, aber nur so leicht, dass er sie, je stärker er zittert, kaum mehr spürt. Ryan denkt an seinen Vater. Er denkt an Karine. Er fühlt sich zutiefst losgelöst, ist nicht mehr als die Summe seiner Teile … Er will nicht in dem Wissen sterben, dass der letzte Moment, als ihn jemand im Arm gehalten hat, ohne jede Zeremonie gekommen und verstrichen ist.

Er will nicht sterben.

Dan geht neben ihm in die Hocke und packt erneut Ryans Haar. Seine Stimme ist verzerrt, als würde Ryans Panik auch ihn zerreißen. »Ist dein Wille gebrochen, Cusack?«

Ryan öffnet die Augen. Dan ist verschwommen und krumm. Ryan blinzelt. Er versucht eine Hand zu heben, um sich über die Augen zu wischen, aber es geht nicht.

»Gut«, sagt Dan. »Weil es verdammt wehtut. Es tut weh, dass ich dich immer noch brauche und dafür deinen Willen brechen muss.«

Er zieht Ryan an den Haaren hoch. Ryan muss nach Dans Arm greifen, um das Gleichgewicht zu halten. Er spürt die Erde unter seinen Füßen, ein Schwindelgefühl von Höhe und Ausgeliefertsein.

»Sie ist eine dreckige Schlampe«, sagt Dan. »Denk also nicht, dass ich ihre Reize nicht sehe. Aber ich verspreche dir, wenn ich höre, dass du ihr auch nur noch ein einziges Wort schickst, werde ich zu Ende bringen, was wir hier angefangen haben.«

Er öffnet die Hand. Ryan landet erneut auf den Knien.

»Himmel, steh auf.«

Ryan richtet sich auf, und der Schmerz breitet sich in seinem ganzen Körper aus. Dan sagt: »Dein Telefon.«

Ryan hebt einen Arm und holt es hervor.

»Entsperr es.«

Dan sieht zu, wie er den Code eingibt, dann nimmt er es ihm ab.

»Jetzt alles andere aus deinen Taschen. Deine Schlüssel.«

Ryans Schlüsselbund ist leicht. Natalie hat noch immer seine Wohnungsschlüssel.

»Wenn du nach Hause kommst …«, Dan stopft sich Ryans Sachen in die Jacke, »bringst du mir deine Pistole und was du an Munition gebunkert hast. Ich nehme zurück, was mir gehört.« Als er die Hände wieder frei hat, greift er Ryan ins Gesicht, wie schon bei sich zu Hause, hält sein Kinn und bearbeitet seine Wangenknochen. »Alles.« Der Druck wird stärker. »Ich lasse dich zurück, wie ich dich vorgefunden habe. Was immer du von mir hast, ist weg. Das ist die verdammte Entschädigung für die Jahre, die ich für dich aus dem Fenster geworfen habe. Und deinen Mafia-Kumpeln wirst du auch weiter so in den Arsch kriechen, wie ich es dir sage. Ich habe dich gemacht, ich habe dich gebrochen. Du gehörst mir. Mach dir das bewusst, Cusack, während du nach Hause kriechst.«

Ein letzter Schlag ins Gesicht, Knochen auf Knochen, Salz auf Kupfer, und er lässt Ryan auf allen vieren zurück, Blut spuckend.

Ryan hört ihn davongehen, oder er stellt es sich vor. Das Klingeln in seinen Ohren geht so weit zurück, dass er die Höhe und sein Alleinsein spürt. Unten auf der Straße entfernt sich ein Auto. Er kippt auf die Erde, die rechte Wange im Schmutz. Und liegt da.

Steh auf.

Steh auf.

Es geht. Scheiße, du musst aufstehen.

Ryan hievt sich auf alle viere, würgt, kommt in die Hocke, setzt sich auf seinen Hintern, zieht ein Bein an, streckt das andere aus und blickt ins Unterholz.

Komm schon.

Er steht auf, lehnt sich gegen einen Baum. Nestelt an den Knöpfen seiner Jeans, holt den Schwanz heraus und pisst, endlich, pisst heraus, was noch von dem halben Liter Wasser in ihm ist, den er in einem anderen Leben getrunken hat. Etwas davon pladdert auf sein Bein. Nässe auf Nässe auf Dreck. Nicht, dass es wichtig wäre.

Es dauert noch eine Weile, bis er zurück in Richtung Waldweg wankt und sich dabei an jedem zweiten oder dritten Baum abstützt. *Ich muss besoffen aussehen*, denkt er. Wenn ihn hier irgendwer sähe, würde er denken, dass er besoffen ist. Wenn denn einer hier wäre, oben auf diesem Berg an diesem scheißnassen Märznachmittag.

Er kommt zurück an den Schlagbaum. Shakespeares Civic ist weg. Ryan sieht sich um, eine zitternde Hand vorm Mund, und begreift, dass er nicht weiß, wo er ist, weil er seine Tage nicht damit zubringt, in der Wildnis Leute zu exekutieren und zwischen geradlinig ausgerichteten Nadelbäumen Gräber auszuheben.

Ich habe nie jemanden umgebracht. Es ist gar nicht abwegig, zu denken, dass er jetzt einiges an Erfahrung haben sollte.

Er macht sich auf den Rückweg. Sein Körper schmerzt vom Schädel bis zu den Fußsohlen. Seine Jeans sind nass. Der Kragen seines Hemds ist mit einer pastellfarbenen Brühe aus Blut und Rotz verklebt.

Er humpelt und wankt die Bergstraße hinunter, eine Viertelstunde jetzt, seine Brust zittert, die Lippe blutet. Hin und wieder entweicht ihm ein Wimmern oder ein kraftloses Fluchen. »Scheiße«, heult er. Er dreht sich um, bebend. Die Welt scheint groß und bösartig, der Himmel dünn.

Da kommt ein Auto. Ryan hört es, bevor er es sieht, und weiß, dass dem Fahrer sein Zustand nicht gleich auffallen muss. Er schätzt den Bremsweg ein und schwankt auf die Straße.

Der Fahrer bremst, ringt die Hände und fährt das Fenster herunter.

»Heilige Scheiße! Was soll das denn werden?«

Er ist jung und aufgebracht. Seine Stirn legt sich unter einem wilden braunen Haarschopf in Falten. »Was zum Teufel ist denn mit dir passiert?« Er weicht Ryans Blick aus, während er auf eine Antwort wartet, packt das Steuer und sieht nach rechts, nach links und hinter sich.

»Sehe ich so aus, als wäre ich in der Verfassung, dir dein Auto zu klauen, Mann«, sagt Ryan. »Ich brauche nur kurz ein Telefon.«

Der Fahrer holt sein Handy heraus und wählt auch schon, und Ryan ruft: »Moment, Moment!«

»Du willst nicht die Polizei?«

»Ich brauche die Gardaí nicht.«

Der Fahrer begreift, was Ryan zwischen seinen flachen Atemzügen ungesagt lässt, und Ryan glaubt schon, er fährt weiter. »Bitte«, sagt er. »Bitte, es dauert nur eine Minute. Ich muss nur jemanden anrufen.«

»Versuchen Sie keine Tricks«, warnt ihn der Fahrer, und Ryan sagt: »Scheiße, zu welchen Tricks soll ich wohl in der Lage sein?«

Der Fahrer reicht ihm durchs Fenster sein Handy und verriegelt die Türen.

Ryan denkt, sie geht nicht ran. Er denkt, er fängt an zu heulen, wenn sich nur ihre Mailbox meldet, und als Natalie schließlich antwortet, bringt er einen Moment lang kein Wort heraus. Seinem guten Samariter den Rücken zugewandt, wieder in der Hocke am Straßenrand.

Natalie ist außer sich. »Dan hat gerade von deinem Telefon angerufen. Er hat all diese Sachen gesagt … O mein Gott, Ryan. Was wird er mit mir machen?«

Ryan legt die freie Hand auf den Teer und würgt.

Rechts von ihm, im Gras bei der Hecke, rührt sich was. Irgendwas krabbelt da herum.

»Du musst kommen und mich holen«, sagt er zu ihr. »Du

hast noch meinen Wohnungsschlüssel. Du musst zuerst zu mir und was holen.«

»Ryan, ich fahre höchstens nach … Ich weiß nicht. Nach Kanada, verdammt!«

»Natalie, wenn du das nicht für mich tust, bin ich tot. Sag mir nicht, das verstehst du nicht.«

Mit der widerwilligen Hilfe des Fremden, dessen Telefon Ryan ausgeliehen hat, finden sie heraus, dass er sich in einem Wald in der Nähe von Mallow befindet, wenigstens eine halbe Stunde von Natalie entfernt. Als das geklärt ist, gibt Ryan das Telefon zurück durchs Autofenster und ist auch schon wieder allein. Er nimmt an, der Scheißer wollte nicht, dass er ihm den Sitz vollblutet. Und er nimmt auch an, dass der Bursche noch eine halbe Stunde braucht, bevor er seiner bürgerlichen Pflicht folgt, und betet, dass Natalie ihn vor den Gardaí findet.

Nach einer guten Stunde ist sie da, und als Ryan sich auf den Beifahrersitz fallen lässt, fasst sie ihn am Arm. »Wie hat er es rausgefunden? Was hast du ihm gesagt?« Sie hat rote Augen und zittert vor Wut.

»Einen Scheiß hab ich gesagt, Natalie. Ich habe kaum Gelegenheit zum Reden gekriegt, er hat mir das Mark aus den Knochen geprügelt.«

»Also mir hatte er alles Mögliche zu sagen. Was er mir alles an den Kopf geworfen hat, o Gott, übler ging's nicht.« Sie wischt sich die Tränen aus den Augen. Ihr Kinn kräuselt sich, sie fährt zurück auf die Straße.

Ryan sieht, wie sie die Zähne zusammenbeißt, er macht das Gleiche und sagt, als sich sein Atem beruhigt: »Wusstest du, dass er mein Boss war? An dem Abend, als wir uns kennengelernt haben, wusstest du da, dass ich einer von seinen …«

»Laufburschen war?« Sie wischt sich erneut über die Augen. »Das hast du mich schon gefragt, als du mich für ihn aus dem Restaurant nach Hause gebracht hast. Glaubst du, die Antwort hat sich geändert?«

»Er sagt, du wusstest es.«

»Er sagt eine Menge. Er sagt, er bringt mich um, sollte er uns noch mal zusammen sehen.«

Ryan beugt sich vor. »Du würdest mich doch nicht anlügen, Mädchen?«

»Ja, nur weiter so, zweifle an mir, Ryan! Nachdem ich mein Leben riskiere und hier zu dir rauskomme. Mit einer Pistole! Einer verdammten Pistole, Ryan!«

Er schließt die Augen.

»Und wenn ich erwischt worden wäre«, ruft sie, »wie ich dir das Ding bringe … Mein Gott, was würde ich dann machen? Was würden meine Eltern sagen?«

Ryan spürt immer noch Dans Hände im Nacken.

»Ryan!«, sagt Natalie. »Ryan?«

Ryan muss nachdenken. Er muss schlafen. Er hat kein Interesse, an ihr zu zweifeln, jetzt, wo er für sie auf die Knie gegangen ist, blutend.

Er setzt sich wieder auf. Der Abend knotet schiefergraue Troddeln in den Himmel. Durch eine Lichtung zwischen den Bäumen sieht er das Tal, grün unter den Wolken, üppig, zerschnitten von dunklen Hecken und von Gestrüpp gesäumten Mauern.

Natalie legt einen anderen Gang ein und trifft eine Entscheidung. »Ich rufe die Gardaí.«

Ryan fährt herum. »Keine Polizei!«, keucht er. Seine Hand zittert, durch die plötzliche Bewegung fährt ein stechender Schmerz durch seinen Körper. »Du verplapperst dich, und die Gardaí nehmen mich hoch. Bei Leuten wie mir kennen die kein Erbarmen, Natalie. Nicht, solange ich in einem GTI rumkurve und eine Dreihundert-Euro-Jeans trage.«

»Sei nicht blöd, du könntest ihnen helfen, ihn festzunageln.«

»Himmel, das hier ist keine Vorabendserie, Mädchen.«

»Als wüsste ich das nicht! Du hast mich gerade dazu gebracht, dir eine Pistole zu holen!«

Sie fahren über die Ballyhooly Road zurück in die Stadt und von da in die Old Youghal, denn jetzt, wo er seine Pistole hat, hat Ryan das Gefühl, er könnte seinen Ersatzschlüssel holen und sich in Dans Straße wagen, um seinen Wagen zurückzubekommen, wenn er denn in der Lage ist zu fahren. Natalie denkt, das kann er nicht. Sie widerspricht allem, was aus seinem kaputten Mund kommt, und ist wütend darüber, dass er an ihr zweifelt, sie spricht ihm alle Fähigkeiten ab und maßt sich sogar an, diese Art von Scheiße besser beurteilen zu können als er. Ryan sagt, er muss schlafen, und selbst da ist sie anderer Meinung.

»Du könntest eine Gehirnerschütterung haben.«

»Ich habe keine beschissene Gehirnerschütterung. Ich habe zu viel geschnupft und gesoffen und bin grün und blau geschlagen worden. Ich muss schlafen.«

»Und was ist mit mir, Ryan? Was soll ich machen?«

»Fahr nach Hause.«

»Nach Hause? Trotz seiner Drohungen?«

»Er wird dir nichts tun, Natalie.«

»Woher weißt du das?«

»Weil ich weiß, wie das funktioniert, okay? Mir kann er die Seele aus dem Leib prügeln, weil ich niemandem was wert bin. Denkst du, deine Eltern würden nichts merken, wenn er dir was antut?«

Sie nähern sich seinem Haus. Natalie fängt wieder an zu weinen. Sie kommt mit einem neuen Gedanken, aber Ryan hört nicht richtig hin. Er sieht ein Auto ein paar Meter vor seinem Eingang: David Cooneys Avensis. Dans Mann Cooney stammt ursprünglich aus der Straße hier, wohnt aber schon längst weit weg von Mayfield.

»Schau in den grauen Avensis, wenn wir vorbeikommen, und sag mir, wer drinsitzt.«

Er macht sich klein. Seine Kehle ist ganz wund vom wiederholten Erbrechen und vermag seinen Aufschrei nicht zurückzuhalten. Sein gesamter Körper verkrampft sich, und er kriegt gerade genug Luft in die Lunge, um schmerzhafterweise nicht das Bewusstsein zu verlieren.

Wie alles andere geht auch das vorbei.

Als es ihm gelingt, sich wieder aufzurichten, in eine verschwommene Welt aus Grau und Tropfen auf der Windschutzscheibe, greift sie nach seinem Bauch und hebt das Hemd an. »O Gott«, sagt sie. Ryan drückt sich auf mehrere Stellen. Es tut alles gleich weh. Da ist nichts gebrochen, denkt er.

Sie parkt den Wagen. Ohne dass er es gemerkt hätte, ist sie über die Ring Road und hinaus nach Glanmire gefahren. »Ich kann dich nicht mit zu mir nehmen. Meine Eltern dürfen dich so nicht sehen«, flüstert sie. »Was machen wir jetzt?«

»Der Avensis?«, fragt er.

»Hast du nicht gehört, was ich gesagt habe? Zwei Männer saßen drin. Vielleicht Mitte dreißig? Der Fahrer mit einem feisten Gesicht, kurze dunkle Haare. Den anderen habe ich nicht richtig gesehen, aber ich glaube, er hatte eine Glatze, oder war kahl geschoren, ich …«

»Cooney und Feehily. Er will echt die Pistole zurück. Verdammte Scheiße.«

»Zurück? Mein Gott, waren die da, als ich sie geholt habe? Haben die mich gesehen … hab ich sie knapp verpasst? O Gott.«

Ryan verschränkt die Arme. »Ich muss nachdenken.« Ein Mantra, leise für sich. *Ich muss nachdenken, ich muss nachdenken.* Es ersetzt alle hilfreichen Gedanken, die er haben könnte. Es füllt ihn aus.

»Wir könnten in ein Hotel oder so.« Natalie greift nach dem Zündschlüssel. »Unten in West Cork vielleicht.«

Dan hat sein Telefon, seinen Autoschlüssel, sein Geld … seine Ersparnisse. Und er hat zwei Leute vor Ryans Tür.

»Ich muss das verarbeiten«, sagt er.

Sie versteift sich, da er alles noch komplizierter macht.

»Ich muss telefonieren«, sagt er. »Ich brauche mein zweites Telefon, und das ist in meinem Auto.«

»Ryan, ich fahr auf keinen Fall noch mal zu dir. Nicht mit den Kerlen da, nicht mit diesem Ding da in deiner Hand. Auf keinen Fall.«

Da kommt ihm eine bessere Idee.

»Ich muss schlafen, und ich muss nachdenken«, sagt er. »Erinnerst du dich, wo Larne Court ist?«

17

Fang mit einem Witz an, denkt er, aber alles, was Ryan einfallen will, ist ein verbittertes »Das haben Sie nicht kommen sehen, oder?«, als Maureen die Tür aufmacht.

»Jesus, Maria und Josef. Was ist denn mit dir passiert?«

»Ich bin dabei erwischt worden, wie ich etwas getan habe, das ich nicht hätte tun sollen.«

Sie fasst seinen Ellbogen, schließt die Tür hinter ihm und führt ihn in die Küche an die Spüle, unter der sie eine Flasche Dettol hervorholt. »Bleib da stehen«, befiehlt sie, als wäre genug Kraft in ihm, etwas anderes zu tun. Sie kommt mit einem Wattebausch zurück.

»Ich versorge erst mal deinen Mund«, sagt sie, »dann kannst du erzählen, mein Junge.«

Aber die erzwungene Pause, während sie ihm die Lippen abtupft, gibt ihm den Rest. Er hängt neben der Spüle, und der Schmerz setzt sich in seinem Bauch, der Brust, dem Rücken, in Hals und Kiefer fest.

»Beruhige dich«, sagt sie. »Das kriegen wir hin.«

»Unmöglich.«

»Unsinn. Ich habe ein Händchen für so was. Mach dir keine Gedanken.«

»Sie verstehen nicht. Er wird mich abservieren.«

»Niemand wird dich abservieren.« Sie legt eine ernste Pause ein. »Du bist ein Mensch, Ryan.«

Und so widerspricht er ihr wie ein Mensch: »Ich habe mit seiner Freundin gevögelt.«

»So redet man nicht!«, fährt sie ihn an. »Wessen Freundin?«

»Mit der von meinem Boss.«

»Ah. Das ist natürlich eine Sache, die Bosse nicht mögen. Warum machst du so was?«

»Ich weiß nicht …«

»Du weißt es nicht. Ist das deine dritte Freundin?«

»Nein …«

Sie merkt, dass er zögert. »O nein«, sagt sie und lässt den Arm sinken. »Nicht die aus den besseren Kreisen.«

Es macht einen ganz irre, gleichzeitig zur Rede gestellt und verarztet zu werden. »Du hast gesagt, sie weiß, wer du bist«, mäkelt sie. »Offensichtlich zieht *genau das* sie an, das Dreiste, Unverfrorene …« Ryan tritt für Natalies Ehrenhaftigkeit ein, und Maureen tritt ihm die Füße unter dem Hintern weg. »Wie kann das ein Zufall sein?«, fragt sie. »Aber klar, so ist das mit jungen Burschen wie dir, ihr könnt nicht über euren Schwanz hinaussehen, aber junge Frauen? Denen traut man einfach nichts zu.« Sie ist mit seinem Kinn fertig und sieht ihn an. »*Du* sicher nicht.«

»'tschuldigung.«

»Wofür entschuldigst du dich?« Ihr finsterer Blick glättet sich. Sie legt die Watte neben die Spüle und nimmt seine Hände. »Ryan. Hör auf damit.« Sie drückt ihre Daumen in seine Hände. »Himmel, habe ich dir nicht gesagt, dass das nichts für dich ist? Oh, die Musik hat dich zu früh erwischt.«

Sie inspiziert seine Brust, hebt sein Hemd an und sieht die Pistole. »Großer Gott«, sagt sie verärgert. Sie nimmt ihm die Waffe weg. Ryans Hand hebt sich und fasst in die Luft. Sein Protest ist so schwach, dass sie ihn nicht zu bemerken scheint. Sie trägt die Pistole zum Couchtisch, kommt zurück, streicht ihm mit den Händen über die Brust und bestätigt seine Annahme, dass da nichts gebrochen ist. Dann fährt sie mit den Daumen unter seinen Augen entlang.

»Idiot«, sagt sie freundlich.

Ryan möchte Geläufigkeit in ihren Bewegungen sehen. Er

fragt: »Haben Sie so was auch für Ihren Sohn getan?«, doch er hat nicht das Glück, dass ihr ein verheulter Idiot wie er nicht zum ersten Mal unterkommt.

»Nein«, sagt sie und lächelt. »Nein.« Sie trocknet sich die Daumen in den Händen. »Ich habe ihn nicht viel gesehen, als er klein war. Und als Erwachsener gleicht er dir nicht. Er ist hart wie Wintererde. Wobei er, weißt du, zu so etwas absolut in der Lage wäre.«

»Ich nicht.«

Sie schüttelt den Kopf.

»Ich wünschte, ich hätte ein Hemd, das ich dir geben könnte«, sagt sie. »Ach, ich wasche dir deins einfach. Setz dich und sei ein braver Junge.«

Sie führt ihn zum Sofa und bringt ihm eine Decke, die er sich um die Schultern legen kann, kocht ihm eine Tasse Tee und macht ihm ein Sandwich mit Speck. Aus der Küche kitzelt sie den Rest seiner Geschichte aus ihm heraus, so wie Dan es sehen muss. Als sie überzeugt ist, dass er es bereut, will sie mehr über seine Gefühle für Natalie wissen, übersetzt sie in Momentaufnahmen und Songs und rätselt an ihnen herum.

»Und jetzt«, sagt sie schließlich, »schläfst du für mich.«

Sie holt ein Kissen, und er macht sich mühsam auf dem Sofa lang. Sie lässt ein *Hmmm* ertönen und geht und holt ein paar Tabletten und ein Glas Wasser.

»Letztes Jahr habe ich mir am Handgelenk wehgetan«, sagt sie, »und der Arzt hat mir die hier gegeben, damit ich schlafen konnte.«

Ryan nimmt die Tabletten. Maureen setzt sich in den Sessel ihm gegenüber und erzählt ihm eine ihrer Geschichten, eine Gespenstergeschichte diesmal. Er versinkt darin, und als der Schlaf ihn übermannt, lebt er in ihr, und die Worte wabern um ihn herum, verwischen, was er sieht, betäuben sein Gehör, und er redet mit einer menschenförmigen Masse am anderen Sofaende, die Ryan gekniffen und mit einem leisen, in sein Ohr geflüsterten

Fluchen geweckt hat und jetzt finster und wütend dasitzt und fragt, wie Ryan seinen Fehler wiedergutmachen will, ob er zufrieden damit ist, zu bluten und immer weiterzubluten, ob er denkt, ein Trog voll mit purpurnen Tränen reiche auch nur halb als Entschädigung, um ihn gut zu stimmen.

Ryan versucht sich zu beruhigen.

»Dan«, sagt er, und er will zuversichtlich klingen, aber es ist, als wäre sein Mund mit in Blut und Desinfektionsmittel getränkter Watte vollgestopft. »Hör zu, Mann … Hör zu …«

»Zurück aus dem Urlaub? War's nett?«

Sicher nicht, als Ryan das letzte Mal weg war, hatte er das Gefühl, die Erde würde sich unter ihm auftun.

»Was?« Grobschlächtiges Lachen über ihm. Ryan öffnet die Augen und sieht nichts als geschwollenes, wundes Grau. Sein Wangenknochen, der auf den Boden gedrückt wird, schmerzt. Flüssige Kälte um seinen Mund und unter dem Hals. Er stellt fest, dass er friert. Die Kälte beißt.

»Scheiße, Englisch ist das nicht. So viel weiß auch ich.«

Ryan öffnet die Augen ein zweites Mal. Eisen und Holzkohle. Er will sich auf Hände und Knie hieven, kommt halb hoch und sackt weg.

Mi dispiace. Mi dispiace moltissimo. Sein Mund wickelt sich um die Worte, seine Lippen schieben sich darüber, und er kann nur in die nassen Entschuldigungen sabbern, die bereits unter seiner Backe schwimmen.

Stai tranquillo, cucciolo mio, sagt sie, längst wieder Äonen entfernt.

»Sag Jimmy, er weilt wieder unter uns.«

Da hockt ein Mann neben Ryans Kopf und sieht aus einer Szenerie herab, die immer schärfere Konturen annimmt, nickt und steht in dem Moment auf, als Ryan ihn erkennt. Der erste Eindruck angegrauter Backen und flinker Augen wird zu einer vollblütigen Maske. Kurz darauf der Name: Tim Dougan. Wer er ist, schwimmt auf kaltem Schweiß heran: Jimmy Phelans Kapo, Vollstrecker der Launen des Herrn.

Ryan versucht sich zu orientieren.

Er ist immer noch ohne Hemd, liegt auf der rechten Seite, eine Faust vor der Nase, auf einem Betonboden. Die Leere macht den Raum riesig, und dass er erst langsam wieder zu sich kommt. Die Mauern, weit weg, haben ein stumpfes Grau. Rechts von ihm lehnen ein paar Metallrahmen. Ein Tisch mit silbernen Beinen. Und Dougan, in Stiefeln, schwarzen Jeans und einem abgetragenen Ledermantel, der ihm gegen die Schenkel schlägt.

Ryan richtet seine Aufmerksamkeit auf seinen linken Arm, seine Uhr, lehnt sich auf die linke Hand und drückt sich ein weiteres Mal hoch, und dieses Mal, denkt er, könnte er es schaffen – sein Kopf wird klar, als träte er hinaus in einen Wintermorgen. Sein Arm vermag sein Gewicht zu tragen, aber bevor er hoch genug kommt, um sich zu drehen, drückt etwas hinten auf seinen Kopf, und er landet erneut auf dem Boden. »Bleib liegen«, sagt Dougan. »Sei ein braver Junge.«

Ryan denkt an Maureen, zunächst als Grund für das fehlende Hemd, und dann ist auch der Rest wieder da: Dan, Natalie, wie er zusammengeschlagen worden ist.

»Die Frau, bei der ich war«, sagt er. »Ist sie okay?«

Er lallt. Er hebt die rechte Hand an sein Gesicht und befühlt die von Maureen behandelten Stellen. Ihre Hilfe war umsonst. Sein Kinn ist aufgeschabt, die Lippe geplatzt. Er wischt sich den Rotz vom Mund, der bis hoch zum Wangenknochen reicht. Als er die Hand zurückzieht, ist sein Daumen verfärbt.

»Er fragt nach ihr«, sagt Dougan zu jemandem hinter sich, und Ryan merkt, dass sich da noch jemand bewegt. Stumm.

Er will sich ein weiteres Mal drehen, und wieder drückt Dougans Stiefel auf seinen Kopf.

»Hab ich nicht gesagt, liegen bleiben?«

»Ich bleibe liegen, wenn Sie mir sagen, was zum Teufel hier los ist.«

»Es ist Jimmys Sache, dir zu sagen, was zum Teufel hier los ist«, sagt Dougan, »und hinterher wirst du eine verdammt lange Zeit ruhig daliegen.«

Er ruckt mit dem Stiefel, und Ryans Nase kratzt über den Beton.

»Ich hoffe, er lässt mich das erledigen. Bist ein hübscher kleiner Kerl.« Dougans Stiefel stößt noch einmal zu, diesmal trifft er Ryans Backe. »Hast ein paar Schläge eingesteckt, was?« Ein zufriedenes Seufzen. »Ich mag sie gerne weichgeklopft.«

Irgendwo geht eine Tür auf. Schritte kommen heran.

»Wie wach ist er?«

Ryan wird aufgesetzt und von zwei stämmigen, dumpfen Muskelpaketen gehalten. Wie ans Kreuz geschlagen. Er blinzelt und sieht, dass Jimmy Phelan ihn anstarrt.

»Hallo, Cusack.«

Von Phelans cooler Überlegenheit ist nichts mehr zu spüren. In seinem Blick liegt reiner, verstrahlter Hass, der die Brauen zu den Pupillen runterzieht.

»Was ist hier los?«, fragt Ryan.

»Sag du es mir«, antwortet Phelan durch die Zähne.

Die italienischen Wörter aus Ryans Schlaf lösen sich auf. Voller Panik klammert er sich an die Stunden. »Warum bin ich hier?«, fragt er Phelan. »Die Frau, was haben Sie mit ihr gemacht?«

»Versuch hier nicht den verdammten Clown zu spielen.« Phelan schüttelt ungläubig den Kopf. »Begreifst du nicht, was ich mit dir machen werde, Cusack?«

»Mit mir machen?«

Phelans rot anlaufendes Gesicht wendet sich seinem Kapo zu. »Wie viel hast du ihm gegeben?«

Dougan sagt: »Die übliche Dosis.«

»Nun, nur für den Fall, dass wir dir versehentlich den Verstand genommen haben«, sagt Phelan und sieht ihn wieder an, »will ich es einfach halten: Wer hat dir von Larne Court erzählt?«

»Larne Court?«

»Was, verdammte Scheiße, hast du in Larne Court gemacht?«

Sie hat ihm Tee gekocht und gesagt, es käme alles wieder in Ordnung. Nur ein weiteres Mantra von Maureen, ein magerer Knochen, den er fangen sollte. Verzweifelt ruft er sich ein Bild von Larne Court vor Augen, der Fenster und Türen, er versucht etwas Ungewöhnliches auszumachen, regelmäßiges nächtliches Gescharre, das ein Nachbarhaus als Versteck oder Umschlagplatz entlarven könnte, und je mehr er sich anstrengt, desto mehr entgleitet ihm alles, desto flacher und schneller geht sein Atem.

»Nichts. Ich hab sie nur besucht … Was haben Sie mit ihr gemacht?«

Phelan richtet ein wütendes »Warum fragt er ständig nach ihr?« an Dougan, tritt zu Ryan hin und droht: »Das hier ist kein Spiel, das du gewinnen kannst, Cusack. Ich blas dir das Licht aus. Du bettelst hier darum, dass es lang und schmerzhaft wird, und du hast nicht die leiseste Ahnung, wie lange und schmerzhaft Dougan so was gestalten kann. Also frage ich dich noch mal: Wer hat Kane von Larne Court erzählt?«

»Larne Court hat doch nichts mit Dan zu tun. Scheiße, ich schwöre bei Gott, J.P., ich schwöre bei Jesus Christus, dass ich keine Ahnung habe, was hier los ist!«

»Cusack, ich bin gerufen worden, um dich aus dem Wohnzimmer meiner Mutter zu holen. Hat dich das Ketamin so erwischt, dass du das nicht mehr weißt?«

Ryan glotzt ihn verständnislos an, und Phelans Augen weiten sich.

»Was?«

»Oh, verdammte Scheiße.« Phelan dreht sich weg, nur um plötzlich vorzuschnellen und Ryan in den Magen zu schlagen.

Ryan wird losgelassen, Knochen fallen auf den Boden, ein Haufen Gliedmaßen und Innereien. Er hustet das Letzte aus sich heraus, und das ihn zerreißende Gleißen wird zu einem dumpf brennenden Schmerz. Ihm wird erlaubt, wieder zu Atem zu kommen, um Phelan noch einmal zu hören.

Aus dem Wohnzimmer seiner Mutter?

Einer von Phelans Handlangern dreht Ryan den Arm auf den Rücken und zwingt ihn hoch auf die Knie.

»Rede, Cusack.«

»Ich schwöre bei Gott«, würgt Ryan heraus. »J. P., ich schwöre, ich hatte keine verdammte Ahnung …«

Ihr Sohn, der ihr die Wohnung gekauft hat, sie in verfahrene Situationen bringt, ihr auf die Nerven geht, hart wie Wintererde ist und zu Sachen fähig, die Ryan zu einem Bündel wimmernden Elends machen, faucht ihn an: »Du hattest keine verdammte Ahnung? Hast du sie etwa bei deinen Sozialstunden kennengelernt? Hilf den Alten, aber vergiss deine geladene Knarre nicht, weil du gleich anschließend wieder der harte Dreckskerl bist?«

»Himmel, nein.«

Während Phelan drei Mal vor ihm auf und ab läuft, ist Ryan zu keiner weiteren Erklärung fähig, auch nicht, als Phelan ihm verspricht: »Du wirst hier sterben.«

»Himmel!«, sagt schließlich auch Phelan, zieht eine Pistole aus dem Hosenbund, lädt durch und drückt sie Ryan mitten auf die Stirn. »Glaubst du das nicht, Cusack?«

»Ich schwöre. Mir hat keiner was von Larne Court erzählt. Das hat nichts mit Dan zu tun. J. P., ich schwöre es. Bei meiner Mam schwör ich es. Scheiße!«

»Glaubst du, ich krieg das nicht aus dir raus, Junge? Es ist zu deinem Besten. Spuck's aus, und ich töte dich schnell. Mach so weiter, und bei Gott, du wirst um eine Kugel betteln.«

»Fragen Sie Maureen! Fragen Sie sie! Ich habe sie nicht bedroht, Mann, ich habe nie … Sie hat *mich* gefunden!«

»Sie hat dich *gefunden*?«

»Vor Monaten. Sie sagte, sie kennt meine …«

Alles, was sie gesagt hat, ergibt jetzt einen Sinn. Seine Mutter, seinen Vater, seine Laufbahn. Wenn er genug Luft in die Lunge bekäme, würde Ryan schreien, aus Wut und Angst und *oh my fucking God che cazzo* …

»Sie sagte, sie kennt was?«, brüllt Phelan.

»Mich, sie sagte, sie würde mich kennen!«

»Meine Mutter«, sagt er, »hat dich aufgespürt, unter all den Enkeln von alten Freunden und Tanten, unter allen Jungs in Cork, und das in genau dem verdammten Moment, da du bei ihr untertauchst, damit sie mich um Hilfe bittet? Stehst du immer noch unter Drogen, Cusack?«

»Ich weiß nicht, ich weiß nicht, was abgeht!«

»Okay.« Phelan zeigt auf ihn, schiebt das Kinn vor und hebt den Blick zur Decke. »Du hast noch nicht genug Angst«, sagt er. »Gut. Dann eben auf die harte Tour. Was denkst du, Tim?« Er legt den Kopf schräg. »Hast du Lust, ein bisschen zu metzeln?«

»Himmel, Jimmy.« Dougan bewegt sich auf den silberbeinigen Tisch zu, die Hände in den Hosentaschen. »Ich dachte schon, du würdest nie fragen.«

Phelan tritt näher. Die Mündung seiner Pistole gleitet über Ryans Nase, seinen Mund, unter sein Kinn, auf seinen Hals. »Das hier ist ein DJ«, sagt Phelan. »Mit Ehrgeiz. Mit einem Laden, der wie Katzenpisse heißt.«

»Klingt ätzend.« Dougan hält ihm den Rücken zugewandt. »Weißt du noch, den Spaß, den wir mit den Decks hatten, J. P.? Denkst du, dieser kleine Schwanzlutscher hat es gerne, wenn man ihm den Arsch aufreißt?«

»Das muss er wissen, und du findest es raus, Tim.«

»Erst das Geschäft, Mann. Ein DJ … der braucht doch seine Finger.«

»Moment.« Ryan würgt mit der Pistole auf der Kehle. »Moment.«

»Oh, das ist längst nicht alles«, sagt Phelan. »Bevor er DJ wurde, da war er Klavierspieler. Ein richtiger Virtuose, der kleine Wicht hier. Eine echte Schwuchtel, bis ins Mark.«

Dougan blickt über die Schulter. »Oh, ich brauche keinen Knochen von ihm, nur sein kleines, enges Arschloch.«

Ryans Kinn zuckt. »Das ist nicht …«

»Hast du Lust zu plaudern?« Phelan täuscht Erstaunen vor.

»J.P., Mann. Ich kann nichts sagen, ich schwöre es, ich lüge nicht.«

»Weißt du, ich hätte nicht gedacht, dass du so eine harte Nuss bist«, sagt Phelan. »Du siehst nicht danach aus.«

»Tut er nicht, nein«, sagt Dougan. »Ich hoffe echt, er gibt nach, bevor ich ihm das Gesicht zerschneiden muss.«

»Du hast dich in ihn verguckt, was, Tim?«

»Oh, er ist genau mein Typ.«

Er dreht sich um und hält ein Messer mit einem abgewetzten Griff und einer langen, krummen Klinge in der Hand.

»Was habt ihr vor? Komm mir mit dem Ding nicht zu nahe. Himmel!«

Dougan tritt näher.

Ryan ruft: »Ich kann euch nichts sagen, Mann, ich schwöre es … Bitte!«

»Du hättest zuerst Bitte sagen müssen«, sagt Dougan. »Höflichkeit als letzte Rettung ist nicht schön, selbst aus einem hübschen Mund wie deinem. Nun, die Sache wird leichter, wenn du mir deine Hand hinhältst.«

»Da werd ich mich nie dran gewöhnen«, sagt einer der Handlanger, als sie Ryans rechte Hand ausstrecken.

»Merk dir das«, sagt Dougan und geht in die Hocke. »Ich gehe auf die Knie für dich.«

Ryans Beine treten und rutschen, wer immer ihn vorschiebt, er stemmt sich dagegen. Er wimmert wie ein Kätzchen. »Ich schwöre, das hat mit Dan nichts zu tun! Ich schwöre, verdammte Scheiße! Ich habe nichts getan!«

»Mit einer geladenen Waffe in die Wohnung meiner Mutter zu kommen, reicht völlig.« Phelan packt Ryans Kehle und drückt ihn zurück in eine plötzliche Leere hinter ihm.

Ryans Kopf schlägt auf den Boden. »Fragen Sie sie, verdammt, verdammt! Fragen Sie sie!«

»Und was sollte sie mir über das Funktionieren deines kriminellen Hirns sagen können?«

»Da werden Sie überrascht sein!«

Die Klinge wechselt Hände, wandert aus Dougans Faust in Phelans. Der hält sie eine halbe Handbreit unter Ryans linkes Ohr, waagerecht über die dünne Membran, die seine Venen und Arterien schützt.

»Begreifst du nicht, dass Dan Kane nie erfahren wird, wie heldenhaft du den Kopf für ihn hingehalten hast? Was du hier durchmachen wirst, Ryan, wird ihn nicht schützen.«

»Ich versuche nicht, Dan zu schützen. Ich habe doch gesagt, ich hab mit Dan nichts mehr zu tun!«

»Das habe ich gehört, von dir und von meiner Mutter. Wobei meine Mutter nicht die Vorstellungskraft hat, um zu kapieren, Ryan, wie findig und durchtrieben einen Mann der verzweifelte Wunsch machen kann, seinem Boss zurück in den Arsch zu kriechen. Meine Mutter weiß nicht, was für eine niederträchtige kleine Ratte du bist.«

»Ich kannte sie schon vor Weihnachten! Glauben Sie, ich bereite so was über Monate vor? Ich bin doch nicht durchgeknallt!«

Phelans Klinge drückt den Puls zurück in seinen Hals. »Wenn ich innerhalb der nächsten sechzig Sekunden nicht herausfinde, woher du von Larne Court weißt, werde ich dich foltern, Cusack. Ich werde dir jeden einzelnen Finger am Knöchel abschneiden, dich auf diesen Boden nageln und mit einem verdammten Zug über dich hinwegrollen. Sterben wirst du erst, nachdem du von der halben Stadt vergewaltigt worden bist, und dein Vater wird sich umbringen, wenn er das Video davon sieht.«

»Ich schwöre bei Gott, Dan weiß nichts von Larne Court. Fragen Sie doch Ihre Mam, sie hat mir erzählt, sie würde mich kennen, und ich hatte keine Ahnung, dass sie Ihnen was bedeutet!«

Die Klinge, der Druck, Unterwerfung. Völlige Unterwerfung mit Tränen, Rotz und Klagen. Phelan nimmt das Messer von Ryans Kehle weg, zieht Ryans Arm lang und legt die Hand auf den Boden. Er hebt das Messer.

»Italien, Mann, Italien!«

Phelan verzieht das Gesicht, als er seine Aufmerksamkeit von Ryans Hand auf seinen Mund dirigiert.

»Was?«

»Dans neue Pillen. Sie kommen aus Italien.«

»Und?«

»Aus Salerno nach Ringaskiddy, Mann. Zweihunderttausend Stück, Anfang April, und ich weiß es, weil ich den ganzen Deal aushandeln musste. Menge, Preis, wie verfahren wird, Scheiße, alles. Wollen Sie die Pillen? Ich kann Sie Ihnen liefern. Die verdammten Pillen sind er einzige Grund, warum Dan mich noch nicht erschossen hat.«

Phelan legt das Messer weg und setzt sich auf Ryan, mit beiden Händen an seiner Kehle.

»Und das erzählst du mir erst jetzt? Ist das nicht Grund genug, dir das Licht auszublasen?«

»Nehmen Sie sie«, jammert Ryan. »Bitte, nur lassen Sie … Bitte.«

Phelan sieht sich um. Ryan kann nicht erkennen, was Dougans Miene sagt, aber der Druck lässt nach. Phelan setzt sich auf, seine Hände liegen jetzt auf Ryans Brust.

»Großer Gott«, sagt er. »Wenn du mich anlügst, Cusack …«

Als er sich erhebt, ist da nur Raum zum Atmen. Ryan kann sich nicht mal umdrehen. Er liegt auf dem Rücken, zieht die Beine an, keucht und ist schweißnass, vom Kopf bis zu den Zehen.

»Fessle ihn«, sagt Phelan. »Ich muss mit meiner Mutter reden.«

Ryan wird mit Handschellen an einem Rohr an der hinteren Wand befestigt. Sie lassen ihn allein, das Licht geht aus, und er sitzt zitternd da, zu verängstigt, um Phelan, auch wenn er gar nicht da ist, laut zu verfluchen.

Als Phelan zurückkommt, hat Ryan tiefe Furchen an den Handgelenken, schmeckt Metall zwischen den Zähnen und krümmt sich immer noch, als wäre er auf einem kalten Entzug.

»Scheiße«, sagt Phelan. »Ein paar Stunden allein, und du bist völlig kaputt. Ich dachte, du hättest die Pause zu schätzen gewusst.«

Die Handschellen werden ihm abgenommen, Ryan wird hoch zu Phelan gezogen, und Phelans Worte hallen durch den Raum, während dunkle Vorhänge vorgezogen werden …

»Vielleicht der Schock.« Dougan wird eingeblendet. »Oder die Kälte. Der hat absolut nichts auf den Rippen.«

»Hol O'Leary. Beweg dich.«

Ryan kommt auf dem Boden wieder zu sich. Phelan erscheint in seinem Blickfeld. In der Hocke, ein, zwei Meter weg.

»Du machst mir ja Spaß, einfach so zusammenzuklappen. Kannst du aufstehen?«

Ryan wartet noch eine Minute, drückt sich hoch, torkelt und findet sich dann seitwärts auf dem Boden wieder, etwas weiter links.

Phelan scheint belustigt. Er lässt Ryan ein paar Minuten mit seiner Verwirrung und Verlegenheit kämpfen, dann sagt er: »Der Doktor kommt, um dich anzusehen.«

»Ich brauche keinen Arzt. Ich muss zurück.«

»Du sagst das, als sollte es mir egal sein, Cusack. Wobei, dass du so völlig neben dir stehst, ist verständlich. Du musst einiges mit meiner irren Mutter gemeinsam haben. Maureen mag dich wirklich, wie es scheint.«

Als Ryan endlich auf die Füße kommt, erklärt Phelan ihm, dass Maureen, nachdem er auf ihrem Sofa eingeschlafen war, ihn, Phelan, angerufen und um Hilfe gebeten habe, Ryan von seinen Sorgen zu befreien.

»Und da du weißt, was ich von dir weiß, Cusack, kannst du mir nicht vorwerfen, dass ich angenommen habe, dass du ihr was vorgemacht hattest.«

Ryan scheint völlig hinüber, trotzdem lässt Phelan ihm von Dougan, nur für den Fall, noch eine Dosis Ketamin verabreichen. Ryan sieht auf seine linke Schulter, da Phelan darauf zeigt. Sie ist angeschwollen und verfärbt, sein ganzer Körper ist ein einziger Bluterguss, »weshalb wir dich«, erklärt ihm sein Peiniger, »einmal durchchecken lassen«.

Nachdem Ryan Phelan von den Pillen erzählt hatte, ist Phelan zu seiner Mutter gefahren, die ihm erst mal den Kopf gewaschen hat, und es dauerte seine Zeit, bis er die ganze Geschichte aus ihr herausbekam, was Ryans Leiden, perverserweise, nur noch verlängerte.

»Sie hat mir erzählt, wie sie dich gefunden hat«, sagt Phelan, »und ich glaube ihr. Kein Mann würde etwas derartig Demütigendes zugeben, wenn er nicht völlig verzweifelt ist.«

Sein Telefon klingelt, und er holt es aus der Jackentasche.

»Trotzdem, jetzt, wo wir uns über neue geschäftliche Unterfangen verständigt haben, würde ich sagen, das Ganze war es wert, meinst du nicht? Hallo?«

Es gibt noch mehr dringliche Dinge, wie es scheint. Er lässt Ryan eine weitere Ewigkeit allein, und Ryan lehnt an der Wand, die Arme vor dem Leib verschränkt, und kann nur an Kälte denken. Da ist nur Kälte. So lange.

Phelan kommt mit einem Arzt zurück, einem Mann in mittleren Jahren, behaarter Hals, lavendelfarbenes Hemd. Phelan lässt Ryan aufstehen, und damit ist die Untersuchung auch schon vorbei. Der Arzt macht große Augen, wendet sich dem Tisch zu und schreibt eine Überweisung für die Notaufnahme.

Phelan zieht die Jacke aus.

»Anziehen«, befiehlt er.

Ryan wird auf den Rücksitz eines SUVs verfrachtet. Phelan setzt sich neben ihn, und sie fahren aus einer hinteren Ecke des Industriegebiets Little Island zurück in die Stadt.

Sie halten in Larne Court.

Maureen kommt herbeigeeilt, hat für Ryan einen zutiefst mitleidvollen Blick übrig und raunzt Phelan an: »Du dreister Mistkerl!«

»Gib ihm den Rest seiner Sachen«, sagt er. »Ich will meine Jacke zurück.«

18

»Also was erwartet Dan von dir?«, fragt Phelan im Warteraum der Notaufnahme, auf dem grauen Plastikstuhl neben Ryan.

»Er will mein Teil.«

»Deinen Anteil an der Lieferung?«

»Den auch. Nein, meine Pistole«, sagt Ryan leise. Er hat weder den Atem noch die Energie, seine Worte richtig zu artikulieren. »Er hat gesagt, ich soll ihm die Pistole zurückbringen. Ich denke, dann gibt er weitere Anweisungen.«

»Weil du immer noch sein Sprachrohr bist. Weißt du, dein Mr. Kane tut mir leid. Schlimm genug, von einem Komplizen verraten zu werden, aber es muss übel sein, festzustellen, dass er all die Jahre einen Judas an seiner Brust genährt hat. Vögelt seine Alte.« Er schnaubt. »Du bist ein echter Italiener, was?«

Er macht noch ein bisschen so weiter. Dann sagt er: »Es ist gut für mich, wenn die Sache möglichst reibungslos weiterläuft. Ich bin noch nicht so weit, zu nehmen, was du mir anzubieten hast, denn das geht garantiert nicht reibungslos über die Bühne. Müssen wir unseren verbitterten Verbindungsmann aus der Gleichung rausnehmen, oder denkst du, da du sein allerbester Freund bist, dass man ihn von der Notwendigkeit überzeugen kann, seine Abgaben zu zahlen?«

»Dafür hat er zu viel Arbeit in die Sache investiert«, sagt Ryan. »Da gibt er nichts ab.«

»Was ist mit Sullivan?«

Ryan denkt an Shakespeare, pragmatisch und die Geduld verlierend, aber vor allem besorgt, was die Sicherheit der Lieferung angeht.

»Könnte machbar sein.«

»Dann sollte ich darüber mal nachdenken. Du, Judas, tust genau das, was man von dir erwartet. Bring Dan deine Pistole.«

»Das können Sie nicht ernst meinen.«

»Er will nur seine Ausrüstung zurück. Bring sie ihm. Und dann mach dich lang und tu alles, was er von dir verlangt. Und komm zu einem klaren Urteil, was Shane O'Sullivans Flexibilität angeht. Ich will keinen Krieg, Cusack.«

Er erhebt sich und baut sich vor Ryan auf. Ryan kriegt das Kinn nur so hoch, dass er die Knöpfe an Phelans Hemd zählen kann. »Lass mich wissen, ob du durchkommst«, sagt Phelan, klopft Ryan herzlich auf die Schulter und lässt ihn allein zurück.

Ryan sehnt sich nach etwas, und er kann sich nur so lange zurückhalten, bis er weiß, dass der Dreckskerl nicht wieder zurückkommt.

Er rappelt sich hoch und geht zu der Frau vorne an der Anmeldung. Die schiebt das Fenster auf, und Ryan fragt, ob sie Karine D'Arcy verständigen kann, eine Studentin im vierten Jahr, die irgendwo oben auf einer der Stationen sein muss.

Sie war immer ein toller Anblick für entzündete, müde, grün und blau geschlagene Augen. Auch heute wieder, so große Mühe sie sich auch gibt: Ryan ist froh, sie zu sehen, obwohl sie Feuer spuckt.

»Ich nehme an, das nennt man Stress am Arbeitsplatz, oder?«

Sie ist geübt darin, ihren Zorn der Situation entsprechend zum Ausdruck zu bringen, und so schreit sie mit leiser Stimme und wechselt von Verzweiflung zu Sanftmut, wann immer jemand von der Notaufnahme auftaucht. Wenigstens ist sie bereit, ihm die Prozedur zu erklären: Ryan hat ein Abdominaltrauma erlitten, und sie nehmen ihm Blut ab, um innere Blutungen auszuschließen. Dann werden sie ihn röntgen, um zu sehen, ob Rippen gebrochen sind, und eine Ultraschalluntersuchung vornehmen, wenn sie mit den Blutergebnissen nicht zufrieden sind. »Weißt du«, zischt sie, »so was kann dich umbringen.«

Er hatte sich die Geschichte erst halb zurechtgelegt, als sie in seine Kabine kam: Dan ist ausgerastet, hat ihn zusammengeschlagen und ein irres Stück zurück nach Hause laufen lassen. Der Arzt kommt und sagt, er soll sich ins Wartezimmer setzen, bis sie ihn zum Röntgen rufen. Karine geht mit und will den Rest der Geschichte hören. Sie beugt sich über ihre verschränkten Arme, und ihre Wut, wie alles andere an ihr, ist so rein: Sie macht ihn zu einem verdreckten, gedemütigten Kind. »Du erzählst mir alles«, sagt sie, »oder ich rufe die Gardaí. *Er* …«, und dieses *er* kommt mit einem feinen Knurren, »*er* kann dir so was nicht antun.«

»Es ist ein verdammtes Chaos, Mädchen …«

»Das ist mir egal. Los jetzt.«

Bei seinem letzten Besuch in der Notaufnahme war Ryan bewusstlos gewesen. Da gab es nichts von diesem beschämenden Eingeständnis seiner Dummheit im grellen Licht des Amphitheaters, umgeben von sich wellenden Aushängen, tagträumendem Putzpersonal und den Bonbonpapieren von irgendwelchen Leuten. Eine böse Sekunde lang, am Anfang seines Geständnisses, wünscht er sich, Dan hätte ihn umgebracht.

»Dan war mit dieser Frau zusammen.«

»Ich schwöre bei Gott, Ryan, wenn du jetzt das sagst, von dem ich glaube, dass du es sagen wirst …«

»Und ich auch.«

Einen Moment lang denkt er, Karine steht auf und geht. Einen Moment lang denkt er, dass sie darüber nachdenkt.

»Ich nehme an, es sollte mich nicht überraschen, dass dein Schwanz damit zu tun hat«, sagt sie. »Da steht Natalie wahrscheinlich noch ein böses Erwachen bevor …«

»Es war Natalie.«

Das muss sie erst verarbeiten, und Ryan wartet und kann nirgends hin.

»Ryan Cusack«, flüstert sie. »Was hast du da gerade gesagt?«

»Dan hat mit Natalie geschlafen. Ich habe erst davon erfahren, als es zu spät war.«

»Als er dich zusammengeschlagen hat?« Karine macht eine Pause. Sie schüttelt den Kopf und kommt selbst dahinter. »Nein«, sagt sie, »dann hätte er dir das nicht angetan. Nachdem ich es rausgefunden habe, das mit dir und Natalie, und dir gesagt habe, du solltest aus meinem Leben verschwinden, da wolltest du sie nicht mehr aufgeben, richtig? Weil, Gott vergebe, dann hättest du deinen Schwanz ja eine Weile selbst versorgen müssen, oder?«

»Wenn du es so ausdrücken willst.«

Sie steht auf.

»Weißt du, was wirklich richtig wehtut?«, sagt sie.

Ryan sieht sie an.

»Zu begreifen«, fährt sie fort, »dass ich sechs meiner besten Jahre damit zugebracht habe, mit einem verdammten Schwachkopf zu schlafen.«

Sie wendet sich zum Gehen, aber Ryan hält sie auf.

»Lass mich nicht allein, Mädchen.«

Sie herrscht ihn an: »Himmel, ich kümmere mich nur um die Rechnung. Ich werde dich kaum hier so sitzen lassen, oder?«

Er ist vom Röntgen wieder da und sitzt im Wartezimmer, als sie zurückkommt, immer noch in ihrem Kittel und nicht so weit, um mit ihm davonzulaufen.

»Erzähl mir den Rest«, sagt sie und hofft wahrscheinlich, dass es nicht schlimmer werden kann, betet dafür, dass seine Schutzlosigkeit vor ihrer wimpernzuckenden weiblichen Aufmerksamkeit das Ende seiner traurigen Geschichte ist. Ryan hasst es, sie zu enttäuschen, aber es geht nicht anders. Als er nichts sagt, weiten sich ihre Augen, und sie öffnet die Hände. »Ryan!«

»Es gibt da ein Projekt, das ich für Dan eingefädelt habe. Dafür braucht er mich noch. Deshalb hat er zwar alles aus mir rausgeprügelt, mich aber am Leben gelassen.«

»Wenn du meinst, dass du wieder für Dan arbeitest …«

»Hör zu. Das neue Projekt hat das Interesse eines alten Kumpels von meinem Dad geweckt. Hab ich dir je von J. P. erzählt?«

»J. P.?«

»J. P., Jimmy Phelan. Dan, nur fünfzig Mal größer. Kaum, dass er gehört hat, ich wär mit Dan über Kreuz, hat er mich bei sich reingeholt.«

»Reingeholt? Wozu?«

»Ich musste es ihm verraten. Dans Projekt. Phelan hat es aus mir rausgetreten. Ich habe bestenfalls ein paar Wochen, bevor Dan dahinterkommt, und dann bin ich tot.«

Seine Stimme ist ausdruckslos, und ihre verliert an Kraft.

»Was soll das heißen?«

»Dan wird nicht aufgeben, was er entwickelt hat, und ich habe Phelan alles erzählt. Ich sehe da keinen Ausweg, Mädchen. Ich bin tot.«

Mit einem Mal wird ihm klar, dass es reine Wirklichkeitsverleugnung ist, sich hier verarzten zu lassen. Er steht auf, und sie zischt ihn an. Er erklärt es ihr und hinkt los. Sie ist schneller als er. Sie hält mit ihm Schritt, weiß nicht, wohin mit ihrer Wut und Energie, und als sie durch die Tür kommen, ist sie bereit zu explodieren.

»Du kannst dich kaum bewegen«, kreischt sie. »Was zur Hölle hast du vor?«

»Ich muss zu Dan. Ich muss ihm was bringen, wonach er gefragt hat. Das wird ihn ein bisschen beruhigen, und vielleicht habe ich dann die Chance nachzudenken. Ich brauche mein Telefon und meine Schlüssel. Ich muss Natalie anrufen und mich versichern, dass mit ihr alles in Ordnung ist …«

»Dich versichern, dass mit *ihr* alles in Ordnung ist?«

»Ich weiß, was du von ihr hältst.«

»Dass sie ein bösartiges Miststück ist, ja?«

»Sie wusste es auch nicht.«

»Was für ein Zufall! Da hat eine verzogene Göre aus reichem Hause Lust auf einen Drogendealer und vernascht euch beide, dich und Dan, zufällig zur gleichen Zeit. Und erzählt dir dann, es ist reiner Zufall. Und du glaubst ihr?«

»Ich habe sie gefragt, und sie schwört ...«

»Oh, sie schwört. Weil solche Frauen so moralisch sind, weil sie niemals was schwören würden, wenn's nicht so wäre. Du verlässt dieses Krankenhaus nicht, Ryan.«

»Ich muss, Mädchen. Je länger ich ihn im Unklaren lasse, wo ich bin, desto eher explodiert er.«

»Wir bleiben hier!«, schreit sie.

Und Ryan schreit mit aller Luft, die er in sich finden kann, zurück: »Was interessiert dich das überhaupt? Du hast mich abserviert, verdammt, hast mich zurückgestoßen, selbst am Samstag bist du hin- und hergeschwankt und ... Scheiße, ich hab keine Ahnung, was du von mir willst, Mädchen, warum zum Teufel kannst du irgendwas von mir verlangen?«

»Ryan, weißt du wirklich nicht, dass ich schwanger bin?«

Ryan macht den Mund noch einmal auf. Er langt tief in sich rein, versucht Entrüstung aus sich rauszuholen. Aber wieder ist da keine Luft mehr in seiner Lunge.

Fünfzehn Wochen. Anfang Dezember. Ryan tauchte gerade wieder aus seiner Versenkung auf, und sie war nicht so konsequent mit der Pille, wie sie es sonst gewesen wäre. Ihre Sorgen ließen sie an anderes denken, und jeder Funke von ihm war etwas, das es zu hegen galt. Sie war überall und nirgends, während er still dalag, sagt sie.

»Ich verstehe nicht«, sagt Ryan.

»Was verstehst du nicht, Ryan? Du weißt, wie das funktioniert, oder?«

Seine Brauen ziehen sich zusammen und ihre heben sich, im Spott vereint.

»Bist du sicher?«, sagt er.

Das, denkt sie, ist eine unbeschreiblich dumme Frage. »Oh, nein«, sagt sie. »Nein, der Gedanke, es noch mal zu überprüfen, ist mir gar nicht gekommen. Nein, wahrscheinlich ist es eine reine Wunschvorstellung.«

Ryan lehnt an der Mauer neben der Tür zur Notaufnahme des Universitäts-Krankenhauses von Cork, und ihm wird unversehens bewusst, dass er steht, immer noch steht, er muss also noch Kraft haben, wenigstens in seinen Beinen und seinem Sturkopf. Karine geht durch ein Wechselbad der Gefühle, die kurz in ihrem Gesicht aufflackern und in ein einmaliges Heben und Senken ihrer Brust übergehen. »Sag was, das nicht idiotisch klingt«, befiehlt sie, aber ihre Augen drohen überzulaufen, und sie knetet an ihren Daumen herum.

Er kann Lippen, Zunge und Kiefer nicht koordinieren.

Sie entscheidet sich für Seelennot.

»Ryan!«

»Fünfzehn Wochen, das heißt …«

Es ist ein armseliger Versuch, und sie reagiert entsprechend gequält.

»Das heißt, Ryan, dass du Ende August Vater wirst.«

»Das ist in fünf Monaten.«

»Mein Gott, gut gerechnet, Mr. Abakus.«

Ryan stößt sich von der Wand ab. Hinter ihren Schultern eilen die Lebenden über ihre regennassen Alltagspfade. Das Krankenhaus ist ein pulsierendes Herz, er ein in Arterien treibendes Rädchen, etwas Mechanisches, Kaltes, Fremdes, Giftiges.

»Wie lange weißt du es schon?«

Darauf ist sie vorbereitet. Ihr Kinn hebt sich.

»Seit Neujahr.«

Sie fließen vorbei, diese atmenden, zitternden, nichts ahnenden Zellen, in die Notaufnahme und wieder hinaus, auch seitlich die Straße rauf und runter, alle mit ihrer eigenen Biologie ringend. Ryan sieht auf seine Hände. Sie sind rot vor Kälte. Da ist Leben in ihm, ob er es nun für richtig hält, es zu glauben, oder nicht.

Und in ihr. Wie ihm gesagt wird. Unter dem sauberen Stoff ihres Kittels kommt ihm ihr Bauch so wie immer vor.

»Warum hast du so lange damit gewartet, es mir zu sagen?«

Auch dafür hat sie eine Antwort eingeübt. »Man sagt es niemandem, bevor es nicht wenigstens zwölf Wochen sind.«

»Okay, toll, aber das ist drei Wochen her, und *mir* hättest du es sowieso sagen müssen.« Aber er hat das nicht eingeübt, und seine Stimme zittert. »Wer weiß es noch?«, fragt er.

»Meine Familie. Mein Studienleiter. Louise. Emma. Ein paar von den Schwestern.« Sie sieht, wie betroffen er ist, und versteift sich. »Ich wollte es dir am Samstag sagen, aber das ging daneben. Es wäre kaum gegangen, so wie du in einem deiner kleinen Wutanfälle raus bist.«

»Samstag? Das war vor ein paar Tagen, Karine. Du hattest Wochen.«

»Himmel, es ist schließlich nicht so, als hätte ich keine Andeutungen gemacht.«

»Hast du *nicht*!«

»Meine Mam hat es gesehen.«

»Deine Mam lebt mit dir zusammen!«

»Ja, also am Samstag hättest du es merken können, wenn du nicht so damit beschäftigt gewesen wärst, mir auf die Titten zu starren. Ich meine, sieh hin!« Sie dreht sich zur Seite, streicht den Kittel über dem Bauch glatt, und da ist es. Da ist es.

»Ich hätte es also ahnen sollen?«, sagt Ryan. »Ist das ein weiterer Test, wie am Samstag ... Scheiße ... Ich hätte nicht versuchen sollen, dich zu küssen, sondern einfach erraten, dass du schwanger bist? Red doch keinen Scheiß! Du wolltest nicht, dass ich es merke. Seit Weihnachten schiebst du mich von dir weg.«

»Ja, und denkst du nicht, mit gutem Grund? Es ist das reine Chaos mit dir, Ryan. Eine verdammte Katastrophe nach der anderen. Und ich hatte Pläne. Echte Pläne, die ich jetzt aufgeben muss und … Glaubst du nicht, dass ich reichlich zu überlegen hatte?«

»Dass ich zum Beispiel nichts davon erfahren sollte?«

»Zum Beispiel, ob ich mich zu allem anderen auch noch von deinem Irrsinn verrückt machen lassen wollte.«

»Das ist doch absurd, Karine! Fünfzehn verdammte Wochen lang eine Schwangerschaft zu verheimlichen, das ist Irrsinn. Wenn's überhaupt meins ist. Ich meine, ist es das?«

Für diese Giftspritze muss er die Arme ausbreiten, eher um das Gleichgewicht zu wahren, als um seine Worte zu unterstreichen. Auf jeden Fall ist die Frage absolut unangebracht, und das begreift er in dem Moment, in dem er sie stellt.

»Hast du mir gerade die Frage gestellt, von der ich meine, dass du sie mir gestellt hast?«, sagt Karine.

Ryan flüchtet sich in albernen, dummen Trotz. »Ich muss nur sicher sein, also …«

»Kannst du dir ernsthaft, in deinen wildesten Träumen vorstellen, dass ich dir sagen würde, ich kriege ein Baby von dir, wenn es nicht so wäre?«

Hektische Finger. Sie greift in die Tasche vorn auf ihrem Kittel und holt eine zusammengefaltete Karte und ein Stück Papier hervor.

»Siehst du?« Sie hält ihm die Karte hin. »Der voraussichtliche Geburtstermin, da steht er. Rechne neun Monate zurück und sag mir, ob du denkst, dass ich, während ich dich gepflegt und gehätschelt und versucht habe, dich wieder auf die Beine zu bringen, dass ich da Zeit und Muße hatte, loszulaufen und mich von einem anderen schwängern zu lassen. Willst du die Ultraschallbilder sehen?«

Sie schiebt ihm das Papier unter die Nase, und eher aus einem Impuls heraus als aus Boshaftigkeit legt er den Kopf zurück und blickt über sie hinweg. Sie nimmt seine Hand, öffnet sie, drückt das Papier hinein und schließt seine Finger darum.

»Sieh es dir an«, sagt sie.

Ryan sieht hin.

Mehr Grau. Von Silber durchzogene Schatten. Ein kleiner Kopf.

»Und du kannst von Glück reden«, sagt Karine, der die Tränen herunterlaufen, »wenn das jetzt nicht das letzte Mal ist, dass du es siehst.«

»Was, nur weil ich dir eine Frage gestellt habe? Scheiße noch mal, Mädchen, du hast mir die wichtigste Sache überhaupt fünfzehn Wochen lang verheimlicht, und jetzt soll ich denken, dass das verständlich ist?«

»Glaubst du, ich würde dich aussuchen, um ein Kind großzuziehen? Dich allen anderen Männern auf diesem Planeten vorziehen?«

»Warum sagst du jetzt so was?«

»Weil es mich wahnsinnig macht, Ryan! Vielleicht habe ich auch deswegen nichts gesagt. Weil du ein Chaot bist, weil du das Potenzial hast, gewalttätig zu werden, weil du keinen Job hast, keine Perspektive und auch nicht die Absicht, das je zu ändern. Weil du so enden wirst wie dein Dad. Glaub ja nicht, dass ich das nicht sehe.«

Es macht das Gift nicht leichter verträglich, dass es sie genauso schmerzt, es zu verabreichen. »So schlimm kann es doch nicht gewesen sein, wo du es sechs Jahre mit mir ausgehalten hast, oder?«, bringt Ryan heraus.

»Ja, Ryan, weil ich dich geliebt habe.«

»Was, damit ist es vorbei?«

Sie fährt sich mit beiden Händen über die Wangen. Mit einem Nicken, einem Kopfschütteln oder einem Schluchzer.

»Warum kriegst du es dann?«

Sie verengt die Augen. »Frag jetzt bloß nicht …«

»Doch, Scheiße, ich frage! Wenn du mich so hasst, warum hast du es dann nicht wegmachen lassen? Lange genug gebraucht, es mir zu sagen, hast du ja. War es, weil du dich noch nicht entschieden hattest? Weil du nicht wolltest, dass ich dabei ein Wort mitrede?«

Sie weicht nicht zurück. Sie stehen sich gegenüber, die Wangen tränennass, und starren einander an. »Es war beim ersten Mal schon nicht besonders toll«, sagt sie.

Ryan runzelt die Stirn.

»Ich hatte schon einen Abbruch«, sagt Karine leise. Sie sackt in sich zusammen. »Als du in Saint Pat's warst.«

Saint Pat's, das waren neun Monate Angst, Einsamkeit und Erniedrigung, die nur von ihren Briefen gelindert wurden, ihrer Liebe. Ihre Trennung war lächerlich, in dem Sinn, dass sie nicht mehr war als körperlich, nur körperlich, im Grunde gab es keinen Weg, sie zu trennen. Es war lächerlich, wenn auch nicht zum Lachen. Aber ihm gefiel der Gedanke. »Und du hast es mir nicht gesagt?«

»Ryan, du warst im Gefängnis.«

»Du hättest anrufen können. Du hättest …«

»Aber was hättest du dazu sagen sollen, Ryan? Ich musste an den Schulabschluss denken, die Noten, die ich für mein Studium brauchte, an mein Leben, mein ganzes verfluchtes Leben.«

»Du hattest eine Abtreibung und hast mir nichts davon erzählt?«

»Du hast mich auch nicht gefragt, als du dich voll und ganz aufs Dealen verlegt hast! Oder hast du meinen Rat eingeholt, bevor du dich mit dem Koks von jemand anderem hast erwischen lassen!«

Aber das ergibt keinen Sinn. Mit siebzehn waren Ryan und Karine ein vollkommenes Paar. Sie waren schön. Sie waren sich näher als Sand und Meer. Da kann sie so etwas nicht vor ihm verheimlicht haben. Nicht, während ihr Freund selbstmordgefährdet hinter Gittern saß, nein, sie konnte so ein Geheimnis nicht vor ihm bewahren, während sie am hellen Nachmittag kichernd zusammenlagen, wenn sie ihn besuchen kam, die Arme um ihn schlang und er ihr sagte, ich liebe dich, Mädchen, ich liebe dich so sehr, nimm jeden einzelnen meiner Fehler, halte sie in Händen, betrachte sie, zerquetsche sie, zerquetsche mich, wenn es bedeutet, dass du mir näher kommst …

Er schiebt sich um sie herum, mithilfe der Mauer. »Wohin willst du?« Sie fasst seinen Arm, er schüttelt sie ab. »Wie weit wirst du kommen, Ryan? Fünf, sechs, sieben Kilometer durch den Regen?« Er schiebt sich weiter. Sie geht mit ihm mit.

»Fass mich nicht an«, sagt er.

Sie tritt vor ihn, fängt seine Arme ein und schließt die Hände um seine Ellbogen. Er dreht sich weg, sie dreht sich mit. »Warum?«, fährt sie ihn an. »Warum darf ich dich nicht anfassen?«

»Ich kenne dich nicht«, sagt er. »Wie konntest du mir das antun?«

»Genau das ist es, Ryan! Du kannst mich zur schwersten Entscheidung führen, die ich je zu treffen habe, und mich da einfach stehen lassen, aber oh, ich muss perfekt sein, mit was immer du mich konfrontierst. Ich bin es so leid. Ich bin es leid, dich zu brauchen, ich bin es leid, enttäuscht zu werden, weil du nicht akzeptieren kannst, dass es je um etwas anderes geht, als dass *du mich* brauchst.«

Sie tritt einen Schritt zurück, und ihre Hände sinken an ihren Seiten herunter.

»Vielleicht sollte ich dich einfach gehen lassen, Ryan. Vielleicht wird alles gut, oder du gehst nach Hause, fällst hin, erleidest einen Schock und stirbst. Was wäre der Unterschied? Es ist immer nur eine Frage der Zeit, bevor du mich enttäuschst.«

Sie ringt um Fassung. Sie schluckt und saugt die Lippen nach innen. Als sie davongeht, sind ihre Schritte unangemessen sicher, als hätte sie das alles bereits geschluckt und Ryan nichts mehr von ihr zu erwarten. Er denkt, dass er den Arm ausstrecken sollte. Sie rufen, wenn seine Stimme hält. Seine Schulterblätter drücken gegen den Putz. Er drängt sich in den Schmerz. Er schwankt und spürt das Kratzen auf seinen Knochen. Sein

Abstieg ist gerecht und schmerzvoll. Er rutscht nach unten, sitzt auf der Erde.

Minuten vergehen, und ein dickbäuchiger Kerl in einer dunkelblauen Fleecejacke bleibt stehen und fragt: »Alles okay, Mann?«

»Ja«, weil das die instinktive Antwort ist.

Der Mann sieht die Ultraschallbilder. Ryan drückt seine Daumen auf jedes Ende des kleinen Schattens.

»Damit auch?«

Ryan schaut auf die Bilder.

»Ich hab's grade erst erfahren.«

»Keine schlechten Nachrichten«, sagt der Mann hoffnungsvoll.

»Nein, nicht schlecht.«

»Nur, dass du draußen vor der Notaufnahme sitzt …«

»Das bin ich, der hier ist.«

»He. Schluck's runter.« Der Mann hält ihm eine dicke rosa Hand hin.

Alles an ihm ist ähnlich gerötet. Er hat ein volles, herzliches Gesicht, hilft Ryan auf und geht mit ihm zur Tür, langsam, damit er nicht zu schnell ist, und die ganze Zeit über lächelt er unbeholfen.

»Nun«, sagt er, als sie zum Empfangsschalter kommen. Er streckt die Hand aus. »Herzlichen Glückwunsch.«

Ryan schaut von den sich schüttelnden Händen zu seinen Schuhen und in den Warteraum. Karine ist noch da, sie sitzt auf einem der Plastikstühle.

Sie kommt zu ihm.

»Du wirst mich das jetzt doch bekommen lassen, oder?«, sagt sie.

Und so, im freien Fall, legt er den Kopf auf ihre Schulter und legt die Arme um sie.

19

Sie behalten ihn am Ende nicht da. Die Ärztin ist mit dem Röntgenbild zufrieden. Sie fragt, wann ein CT gemacht werden kann, und entschließt sich zu einem weiteren Bluttest. Sie lässt einen Ultraschallspezialisten eine Weile mit Ryans Bauch herummachen, was der zwischen den Zähnen gemurmelt für absolut pervers erklärt. Und da Ryan sich nicht mehr hat erbrechen müssen und weil sein Urin die richtige Farbe hat, entscheidet die Ärztin schließlich, dass er bald schon ganz wiederhergestellt sein wird.

»Wie geht es Ihnen sonst?«, fragt sie, bevor sie sich von Ryan verabschiedet. Er nimmt an, dass es da eine Notiz in seinen Unterlagen gibt, oder eine der Schwestern in der Aufnahme hat erzählt, dass er gerade mal so bei Bewusstsein war. Er ist zu erledigt, um sich zu schämen. »Gut«, sagt er, und die Ärztin senkt die Stimme und sagt: »Sie sollten Anzeige erstatten.«

Zurück im Warteraum, nimmt Karine die Ultraschallbilder an sich und gibt ihm ihr Telefon. Sie zieht die Nase kraus. »Falls du dich besser fühlst, wenn du rauskriegst, ob das Hirn hinter der ganzen Operation keinen Schaden genommen hat.«

Natalie ist okay.

»Mein Gott«, sagt sie, als sie seine Stimme hört. »Wo zum Teufel warst du?«

Sie ist in Ordnung, wenn auch ein wenig mitgenommen, wenn auch ein wenig verstimmt darüber, dass das Hin und Her zwischen zwei Dealerbetten Folgen zeitigen kann, die wie geladene Pistolen aussehen. Ryan hält es nicht für klug, ihr die gesamte Geschichte zu erzählen, und so gibt es nur Bruchstücke: dass er geschlafen hat, im Krankenhaus war und auf Knochenbrüche und innere Blutungen untersucht worden ist.

»Ich kläre das«, sagt er. »Gib mir Zeit bis morgen früh, und die Welt sieht wieder anders aus.«

»Ach ja? Was hast du vor?«

»Zu tun, was immer er will.«

»Und du glaubst, das klärt alles?«

Ryan fängt an zu lachen, hilflos, wie ein Verrückter.

»Was ist daran so komisch?«, ruft Natalie, und Karine zu seiner Linken tritt von einem Fuß auf den anderen und wirft ihm auf seine Kicherei hin düstere Blicke zu.

Ryan legt seine freie Hand über die Augen und lacht ins Dunkel.

»Nichts«, sagt er zu beiden. »Gar nichts.«

Karine nimmt ihr Handy, gibt ihm einen Zwanziger und sagt, er solle sich ein Taxi nach Hause nehmen und sich ins Bett legen.

»Dan kann warten«, sagt sie. »Ruf ihn an und erzähl ihm, was er dir angetan hat. Er wird mit dem Resultat seiner Bemühungen so zufrieden sein, dass er dir etwas Ruhe gönnen wird. Und morgen früh steigst du in ein Flugzeug und setzt dich für eine Weile zu deiner Nonna ab.«

»Italien haben sie mir auch genommen, Mädchen.«

»Wie können sie dir Italien genommen haben?«

Ryan zieht an der Haut unter seinen Augen und sieht zur Decke. »Ich kann nirgends hin«, sagt er zu Karine und sich selbst. »Ich stecke zwischen zwei Männern fest, die drauf und dran sind, sich gegenseitig die Köpfe einzuschlagen. Wenn ich verschwinde, ist Dans Projekt gestorben, und sie gehen mir beide an die Kehle. Und wenn sie mich nicht finden, wen nehmen sie sich stattdessen vor? Was glaubst du? Meinen Vater, meinen Bruder oder dich.«

Sie ignoriert das. »Warum sollte Dans Projekt ohne dich nicht funktionieren?«

»Ich hab's dir doch erzählt. Ich habe es für ihn eingefädelt.«

»Und?«

Und Gott, du bist gut, denkt er.

Sie schlägt die Arme übereinander und macht große Augen.

»Er hat sich mit der verdammten Camorra eingelassen, und es ist nicht leicht, verlässliche Übersetzer zu finden. Es ist eine große Sache, Karine. Wirklich eine verdammt große Sache.«

Sie nimmt seine Hand und legt sie auf ihren Bauch.

»Nein, Ryan«, sagt sie. »Das ist eine große Sache.«

Nun, es kann beides groß sein, oder etwa nicht?, sagt sich Ryan auf seiner selig stillen Taxifahrt durch die Stadt. Er will am Larne Court abgesetzt werden. Die Fahrt kostet einen Zehner. Den anderen gibt er für Zigaretten aus. Beides kann groß sein, beschließt er. Leben und Tod. Liebe und Verlust. Zerstört und gerettet zu werden. Am Arsch und wieder obenauf zu sein.

Maureen will reden. Ryan will nur seine Pistole zurück, damit er tun kann, was ihr bösartiger Sohn ihm aufgetragen hat. Um sie nicht ansehen zu müssen, starrt er ihre Möbelstücke an, eines nach dem anderen. Er nimmt ein rotes Plastikfeuerzeug vom Tisch und zündet sich eine Zigarette an. Er spielt mit dem Saum des Hemds, das sie für ihn gewaschen hat. Endlich sieht er sie an und blafft: »Was?«

»Warum lässt du es an mir aus?«, fragt sie.

»Vielleicht, weil ich in der Scheiße stecke. Haben Sie das nicht in Ihren Teeblättern gesehen? Sie hätten es mir sagen können!«

»Dir sagen, dass du in der Scheiße steckst?«

»Mir sagen können, dass Sie die Mutter des größten Gangsters in dieser verdammten Stadt sind.«

Umpf. »Und was hätte dir das geholfen?«

»Nun, dann hätte er mich nicht mit Ketamin vollgepumpt, raus nach Little Island geschafft, mir die Seele aus dem Leib geprügelt, gedroht, mir die Kehle aufzuschlitzen, mich halb nackt in ein Lagerhaus gekettet und dazu gezwungen, Geheimnisse über meinen Boss auszuplaudern, der mir jetzt Arme und Beine einzeln ausreißen wird … so was in der Art.«

»Für das alles kann ich nichts«, sagt sie. »Es hat Jimmy fürchterlich mitgenommen, dich hier aufzufinden.«

»Scheißdreck! Ist es nicht so, dass Sie ihm gesteckt haben, dass ich hier war?«

»Ist es nicht so, dass du Ärger mit ihm hast, weil du im selben Teich angelst wie er?«

»Ach ja, der kleine Gangster. Weil Sie so tief in mich reinsehen können, was? Scheiße. Er und mein Dad waren Freunde. Daher kennen Sie mich. Daher wussten Sie von meinem Klavier, meiner Mam. Verdammt, Maureen! Wie konnten Sie mich so verarschen?«

»Ich wollte nur helfen«, sagt sie. »Was nützt es, einen schrecklichen Sohn zu haben, wenn man ihn in solchen Situationen nicht gebrauchen kann? Ich dachte, er könnte dir helfen.«

»Bin ich so am Ende, dass Euthanasie die beste Lösung wäre?«

»Ich kann mich nicht erinnern, dass dein Vater auch so ein freches Mundwerk gehabt hätte.«

Ryan sinkt in sich zusammen.

»Mein Vater ist ein Arschloch«, sagt er. »Aber ich bin sicher, dass Sie das auf irgendeine Weise auch gewusst haben.«

»Ich hab's nie geglaubt und tu es immer noch nicht«, sagt sie. »Sicher, er ist wahrscheinlich kein Heiliger, aber ich würde ihn in jedem Fall meinem Jimmy vorziehen.«

»Würden Sie das? Meinen völlig unbrauchbaren Dad Ihrem Sohn vorziehen, vor dem sich die Leute verbeugen? Ich sterbe, während Sie dastehen und über Corks Herrn und Gebieter klagen. Mein Dad kann nichts für mich tun, aber Sie? Scheiße, ich wette, Sie kämen mit einem Mord davon.«

»Ist es das, was du werden willst, Ryan? Ein Herr und Gebieter? In Jimmys Welt gibt es keinen Trost.«

»Für meinen Dad schon gar nicht, und obendrein ist seine Leber kaputt.«

»Vielleicht«, sagt sie. »Aber ich will dir was sagen, ich muss deinen Stammbaum nicht kennen, um zu sehen, dass du nicht in der Lage bist, den Gangster zu spielen.«

»Sie wussten, dass ich Klavier spielen konnte.«

Phelans Ankunft setzt dem Hin und Her ein Ende. Das ist Fluch und Segen zugleich. Ryan braucht mehr als nur Linderung seiner körperlichen Wunden, aber Phelan legt ihm seine immer noch geladene Pistole in die Hand und schickt ihn auf einen Weg ohne Wiederkehr. Ryan kann es nicht weiter hinausschieben. Dan wartet schon seit mehr als vierundzwanzig Stunden.

»Und jetzt hör mir zu«, sagt Phelan, während seine Mutter, wie Ryan aus dem Augenwinkel sieht, düster den Kopf schüttelt. »Du gibst Kane das Ding zurück, ohne es zu benutzen. Du wirst mein Nestei mit allem verteidigen, was noch in dir steckt, Cusack, oder ich krieg dich dran, und die ganze miese Drecksbagage, die deinen Namen trägt.«

Es sind fünfzehn Minuten Fußmarsch, für den Ryan fünfundzwanzig braucht. Er schleppt sich durch die Straßen und erntet mitleidvolle Blicke von Fremden, die sein Zustand erschreckt. Was sie sehen, ist nicht nur sein Gesicht, sondern die Folge von sieben Jahren Verfehlungen. Er ist die Geißel seiner eigenen Heimatstadt, die ohne ihn besser dran wäre. Cork.

Glaub nicht, dass ich dich nicht durchschaue, zischt Cork, zischen die Autos, die über die Straßen gleiten, die Radioklänge aus offenen Ladentüren, zischt das Sirren von Fahrradreifen. Er hört es im Gemurmel um sich herum, den Sprüchen von Hipster-Baristas, engen Anzügen und Studenten, die an ihm vorbeidrängen.

Dan scheint keinen Deut gnädiger gestimmt, obwohl er einen Tag hatte, um Ryans Verrat zu verarbeiten.

»Wo zum Teufel warst du?«

Ryan antwortet eher dem Boden, als dass er es ihm ins Gesicht sagt: »Im Krankenhaus.«

»Wer hat dir gesagt, ins Krankenhaus zu gehen?«

Es fühlt sich fast wie etwas an, das er ihm sagen könnte. Es würde ihm zumindest für einen kurzen Augenblick das Vergnügen bereiten, Dan stutzen und blass werden zu sehen. Stattdessen sagt er, sein Dad habe ihn hingeschickt, worauf Dan beschließt, noch mal nachzutreten.

»Ist was anderes, als wenn er dich selbst so zurichtet, nehme ich an.«

Er nimmt die Pistole, checkt das Magazin, hebt den Arm und schlägt Ryan ins Gesicht.

»Scheiße, was soll das, mit einer geladenen Pistole rumzulaufen? Wolltest du mich damit umlegen?«

Ryans »Nein« lässt er als Antwort nicht gelten. Dass er den ganzen Weg hergelaufen ist, sich vorgenommen hat, Dan zu töten, sich schließlich aber seinem Schicksal gefügt hat ... Dans Augen weiten sich. In seinen Atem schleicht sich ein leichtes Beben.

Er beschließt, dass ein Sklave ohne die Möglichkeit, die Stimme seines Herrn zu hören oder zu ihm zu eilen, wenn er gerufen wird, niemandem von Nutzen ist, höchstens einem äußerst geduldigen Sadisten, und so gibt er Ryan sein Telefon und seine Autoschlüssel zurück. Ryan hält beides in der rechten Hand, während er hört, dass Dans Bank alle Gelder auf Ryans Geschäftskonto gesperrt und auch die Zugriffsrechte geändert hat. Da er jetzt mittellos ist, wird er keine Ware mehr zu Großhandelspreisen übernehmen können. Nein, er handelt auf Kredit und wird Dan Zinsen dafür zahlen und das volle Risiko tragen, wie es alle kleinen Straßendealer tun, das Risiko, dass ihm die Beine gebrochen werden, wenn es finanzielle Probleme gibt. Ryan rechnet, während Dan seine Tirade loslässt: Dan will ihn ruinieren. Er will zusehen, wie Ryan absäuft, einen Fuß auf seinem sich reckenden, nach Luft schnappenden Kopf. Dan wütet wie ein Kind, und Ryan ist nicht in der Verfassung, ihm klarzumachen, dass er nicht mal ansatzweise ahnt, was für ein verheerendes Chaos Ryan über ihn bringen wird.

Er wird noch früh genug stutzen und blass werden.

Dan schickt Ryan weg und kann sich nicht verkneifen, ihm einen letzten Stoß mitzugeben. Der Ruck nach vorne löst einen Krampf in Ryans Bauch aus. Er ist verwundbar und dünnhäutig und der Tag noch nicht vorüber.

Keine Spur von dem Mann, mit dem er wirklich reden muss.

Ryan sinkt auf den Fahrersitz seines Autos und checkt die Anrufe, die mit seinem Telefon gemacht, beantwortet und weggedrückt worden sind. Auf der Liste steht immer wieder Natalies Nummer, ein Anruf nach dem anderen. Ryan scrollt weiter. Etwa zwanzig Mal hat er sie angerufen, von gestern Nachmittag an, das letzte Mal vor einer Stunde.

Er schließt sich an.

»Ich habe mein Telefon zurück«, sagt er.

»Und was jetzt?«

»Ich muss dich sehen.«

»Hast du den Verstand verloren?«

»Wir müssen eine Menge besprechen. Meinst du, die Sache ist ausgestanden oder so?«

Sie gibt nach.

Dann ruft er Shakespeare an, doch der hat keine Laune, sich irgendeinem Wahnwitz hinzugeben. Er erklärt Ryan, dass er ihm nichts zu sagen hat, mit was könnte Ryan schon kommen, wenn nicht mit komplettem Unsinn? Ryan warnt ihn, dass er, Shakespeare, das anstehende Chaos nicht überleben wird, wenn sie sich nicht heute noch treffen.

Shakespeare zögert.

Sein Nachgeben kommt in Flüche gekleidet. Er sagt Ryan, er soll ihn am Eingang des Gewerbegebiets an der Mallow Road treffen, und Ryan fährt mit nichts Gefährlicherem hin als Jimmy Phelans Botschaft, ihn zu beschützen.

Er kommt als Erster an und nutzt die Zeit, sich aus dem Auto zu kämpfen und seinen Hintern, die Beine ausgestreckt, auf der Haube zu platzieren. Er will nicht lässig wirken, aber er ist komplett hinüber und braucht die frische Luft, sonst klappt er zusammen.

Shakespeare taucht zehn Minuten später auf. Mit großen Schritten und durchgedrückten Schultern kommt er näher. Er tritt ganz nahe an Ryan heran und beugt sein Gesicht zu ihm herunter.

»Warum glaubst du, dass ich dir irgendwas zu sagen habe, du blöder, kleiner Wichser?«

»Ich will dir was erzählen.«

»Oh, was erzählen? Mich interessiert dein beschissenes Liebesleben nicht, Cusack. Dans Alte hinter seinem Rücken flachzulegen … Das ist das absolut Blödeste, was ich je gehört habe. Verdammte Scheiße, das macht doch alles kaputt.«

»Ich habe eine andere Geschichte für dich, Mann, und du wirst sie nicht mögen.«

»Oh, da bin ich aber gespannt, Cusack. Was könnte übler sein, als unseren Laden wegen irgendeiner kleinen Hure aus reichem Hause kaputt zu machen? Bist du ein Undercover-Bulle?«

»Kein Bulle, nein.«

Shakespeares Spucke trifft auf Ryans Kinn. »Was zur Hölle ist es dann?«

Ryan erzählt ihm die Geschichte, wie er sie auf der Fahrt eingeübt hat: Dass er sich mit einer älteren Frau angefreundet hat, die ihn über seine Familie kennt (Shakespeares Brauen ziehen sich über der Nasenwurzel zusammen), ihr mit ein paar Sachen geholfen hat und sie beide vertraut genug miteinander sind, dass er, nachdem Dan ihn draußen im Wald zurückgelassen hat, zu ihr ist, um eine Mütze Schlaf zu bekommen, er dann aber auf einem Betonboden in Little Island aufgewacht ist …

Der letzte Punkt lässt Shakespeares Knurren verstummen.

»Wie sich rausstellt …«, Ryan kneift mit Daumen und Zeigefinger den Stoff seiner Jeans auf dem Schenkel zusammen, »ist sie Jimmy Phelans Mutter. Und der war nicht wirklich glücklich, mich da auf ihrem Sofa zu finden.«

»Was hast du da gerade gesagt?«

»Der Grund, warum ich letzte Nacht nicht aufzufinden war, ist, dass ich mit Ketamin vollgepumpt an ein Rohr in einem leeren Lagerhaus gekettet war. Und ich schwör bei meinen Eiern, dass ich das nicht erfinde.«

Shakespeare lässt ein unangenehmes Geräusch hören, ein kurzes *Uuach*, begleitet von einem leichten Schritt zurück. Er kapiert es, bevor Ryan es rausbringt.

»Er dachte, ich wäre auf Dans Befehl bei ihr gewesen, und ich hatte meine Knarre dabei, geladen. Er hat damit gedroht, mich kaltzumachen, nicht nur gedroht, sondern auch damit angefangen. Er hatte Tim Dougan bei sich, und du weißt, was für ein Tier das ist. Du kannst dir nicht vorstellen, was sie mir alles versprochen haben.«

»Weiter«, sagt Shakespeare durch die Zähne.

»Ich hab ihm Italien gegeben. Er war dabei, mich umzubringen, und da hab ich ihm das Einzige gegeben, was mir einfallen wollte: Ich habe ihm von der Lieferung erzählt.«

Während Shakespeare schweigt, hat Ryan Zeit, sich selbst als leblosen Körper am Rand einer vierspurigen Straße vorzustellen, eine in Zeitungen gewickelte Leiche, als abschreckendes Beispiel.

»Nur, um da jetzt nichts durcheinanderzubringen«, sagt Shakespeare, lässt die Hände vor sich auf und ab wippen und versucht das Gewicht des Geständnisses zu ermessen. »Ich rette dir dein verdammtes Leben, damit unser Geschäft nicht den Bach runtergeht, ich meine, das verstehst du doch, Junge? Ohne mich hätte Dan dich kaltgemacht, ohne mich hätte er seinen Teppich mit deinen Innereien eingefärbt … Ich rette dir also dein verdammtes Leben, und du bedankst dich dafür, indem du die Geschichte an J.P. verkaufst? Wegen der unausgegorenen Vorstellung, dein Leben könnte mehr wert sein als unsere Handelsverbindungen? Ist dir nicht klar, dass ich dir dafür eine Kugel verpassen werde?«

»Das könntest du, Mann. Ich kann dich nicht dran hindern. Dan hat meine Glock, ich bin dir schutzlos ausgeliefert.«

»Und was soll das alles sein? Ein Geständnis auf dem Totenbett?«

»Eher eine Nachricht: Phelan hat kein Interesse daran, einen Krieg vom Zaun zu brechen. Er will nur seinen Anteil. Er will mit dir reden.«

»Du bist also hier, um Gottes Wort zu überbringen? Mit deinem Hut in der Hand, und du meinst, ich hab zu viel Schiss, dich umzubringen. Oder erwartest du, dass ich dir dankbar bin, weil du mir einen verdammten Knochen hinwirfst?«

»Ich erwarte, dass du bei den wenigen Möglichkeiten, die du hast, die richtige Entscheidung fällst. Töte mich, beschwichtige Dan und zieh in den Krieg. Oder töte mich, überzeuge Dan und verhandelt mit Phelan. Mit der Camorra müsst ihr auf jeden Fall reden.«

»Kommst du mir jetzt mit meinen eigenen Argumenten, Cusack?«

»Du hast kein Monopol darauf, den Durchblick zu haben.«

»Und du meinst, du bist der einzige Italiener in Irland, was?«

»Könnte schon sein.«

»Also, ich denke, dein kleiner Bruder kann die Sprache auch …«

»Ja, vielleicht könnte er für euch übersetzen. Wenn ich nicht schon mit ihnen geredet hätte.«

Jetzt muss Shakespeare die Alternativen abwägen, nach Schwachstellen suchen, und wo's hapern könnte. Er muss wissen, was Ryan zu sagen hat, und will ihm gleichzeitig das Genick brechen: Als er die Zähne bleckt, ist Ryan sicher, dass er seinen Bauch weiter in Mitleidenschaft ziehen wird. Aber Shakespeare stopft die Hände in die Hosentaschen.

»Du hast uns ausgeschaltet«, sagt er.

»Das muss nicht sein.«

»Ach, meinst du?« Er lässt den Blick über Ryan gleiten. »Ich hab's vom ersten Tag an gewusst, Cusack. Du bist nichts weiter als ein verzogenes Bürschchen, ein Welpe, der mit den großen Hunden bellen will, weil es kaum ein Risiko ist, Geld damit zu machen, Feiglingen und kleinen Mädchen Stoff zu verkaufen. Ich wusste, dass du eines Tages in die Hand beißen würdest, die dich füttert, du widerliches kleines Arschloch.«

Die letzte Nacht hat Ryan empfindungslos gemacht, oder das Ketamin, das noch in ihm steckt, feiert seine Wiederauferstehung, weil sein Magen leer und er so endlos müde ist. Shakespeare ist puterrot vor Wut, aber Ryan hat keine Angst. Sollte er eigentlich, aber er ist einfach müde.

Er sagt Shakespeare, er arrangiere ein Treffen, und dass er hinterher entscheiden kann, was er machen will.

»Hast du keine Angst, dass ich dich abserviere, sobald ich mit J.P. klar bin«, sagt Shakespeare.

»Wenigstens würdest du es kurz machen.«

»Also hast du vor Dan Schiss«, sagt er. »Glaubst du nicht, dass ich auf den Gedanken kommen könnte, ihm von deinem kleinen Staatsstreich zu erzählen?«

»Was hättest du davon?«

Shakespeare spuckt aus, und der Rotz landet Zentimeter vor Ryans abgewetzter weißer Schuhspitze. »Es wird alles seinen Gang nehmen«, sagt er, »und wenn du dich drauf verlassen willst, dich mit deinem Gequatsche am Leben zu halten, Scheiße, dann kann ich dich nur bedauern.«

Er schüttelt den Kopf und wendet sich ab.

»Tut mir leid, Mann«, sagt Ryan in seinem Rücken.

Ein bitteres Lachen, und Shakespeare sagt: »Es tut dir nur leid, Cusack, weil du so gut wie ich weißt, was auf dich zukommt.«

20

Ryan fährt nach Hause, geht aber nicht in seine Wohnung. Er parkt, sucht nach Münzen, stolpert aus dem Auto und läuft ein paar Mal die Straße auf und ab, baut Schnellkraft und Widerstandsfähigkeit auf und hält nach Informanten und Feinden Ausschau. Dabei ruft er Jimmy Phelan an und sagt ihm, dass Shakespeare seinen Anruf erwartet. Er gibt ihm die Nummer. Anschließend, als er glaubt, dass ihn niemand beobachtet, ruft er Natalie an und sagt ihr, sie soll sich bereithalten, ihm aufzumachen. Er winkt ein vorbeifahrendes Taxi heran. Die Fahrt dauert weniger als fünfzehn Minuten, während der er das Kinn auf Brust und Schultern sinken lässt.

Als sich das Tor vorne öffnet, sieht er sie mit verschränkten Armen vor der Tür stehen. Sie dreht sich zur Seite und geht um das Haus herum, er folgt ihr. Sie bleibt an der Terrassentür stehen, zwischen Gartenmöbeln aus Kirschholz und in dem wenigen Licht, das durch die rauchblauen Vorhänge leckt. Farblachen reichen bis zu ihren Füßen und in die sorgsam angelegte Dunkelheit des Gartens hinein, das Land ihrer Eltern, gekaufte, bepflanzte Erde. Als sie glaubt, er ist nahe genug, sagt sie: »Von wessen Telefon hast du mich zuerst angerufen?«

Ryan tritt auf die Terrasse und hält sich mit einer Hand an der hölzernen Brüstung fest. Natalie trägt einen dunkelblauen Kittel und dunkle Jeans, ihr Haar fällt locker geflochten auf ihre Schultern. Keine Kriegsbemalung, um ihre Gesinnung zu unterstreichen, aber ihre Schlichtheit macht sie umso eindrucksvoller. Sie ist wie die Karikatur einer ungehaltenen Frau, die lange aufbleiben musste, um ihren unartigen Mann ins Haus zu lassen.

»Vorsicht«, fährt sie fort, »ich hab sie schon zurückgerufen.«

»Dann weißt du ja, wem es gehört«, sagt Ryan.

»Ich frage mich nur, wie es kommt, dass du das Telefon deiner Ex-Freundin benutzen konntest?«

»Sie ist Krankenschwester«, sagt Ryan. »Sie war im Krankenhaus, als ich da war. Ich hatte kein Telefon, Natalie, kein Geld. Was sollte ich denn machen?«

Wind streicht durch die Äste. Natalie wartet, bis er wieder nachlässt. »Oh, ich hätte es wahrscheinlich genauso gemacht. Nur, ohne ihr alles zu erzählen. Sie hat eine ziemlich große Klappe für eine Krankenschwester.«

»Wir waren fast sechs Jahre zusammen. Sie weiß, was sie fragen muss, wenn ich mit Rippenprellungen und einer zerschlagenen Lippe in der Notaufnahme lande.«

»Und du hast ihr haarklein erzählt, warum Dan so wütend war.«

»Na und?«

»Denkst du nicht, dass das vielleicht etwas ist, was unter uns hätte bleiben sollen? Ich war nicht wirklich darauf vorbereitet, mich von einer Schlampe beschimpfen zu lassen, die mich noch nie gesehen hat.«

»Wie bitte?«

»Oh, blas dich jetzt bloß nicht auf, Ryan. Ich bin ernsthaft nicht in Stimmung.«

»Nenn sie nicht so.«

Ihr Mund verzieht sich. »Warum? Sie hat mich auch beschimpft.«

»Sie ist ein bisschen verschreckt. Diese Sache zwischen dir, mir und Dan …«

»Die Sache zwischen dir, mir und Dan geht sie nichts an.«

»Nein, hör zu, das tut es, und deswegen müssen wir reden.« Er produziert ein sprödes Lächeln. »Weil sie schwanger ist. In der fünfzehnten Woche.«

Ihre Eiseskälte schrumpft zu lauer Sprachlosigkeit und dann, mit einem Wahnsinnstempo, zu überkochender Abneigung. Sie legt eine Hand auf Ryans Brust und stößt ihn von der Terrasse. »Das ist so typisch«, sagt sie. »Ich nehme an, da muss man mit rechnen, wenn man sich mit einem von der Northside einlässt.«

»Was soll das heißen?«

»Wenn du die Schule beendet hättest, wärst du vielleicht schlau genug, um es zu kapieren. Was ich meine, ist, dass du dich verpissen sollst. Du kannst mich mal.«

»Was, weil Karine schwanger ist?«

Er tritt zurück auf die Terrasse, neben sie. Sie stößt ihn wieder runter.

»Natalie, ich wusste nicht, dass sie schwanger ist. Sie hat es mir nicht gesagt!«

»Na klar. Du erzählst ihr alles, und sie verheimlicht dir alles. Hältst du mich für bescheuert? Hier stammt nur einer aus einem Sozialviertel.«

»Gott, wo kommt das jetzt her?«

Er fasst ihr ans Handgelenk. Sie schlägt ihn weg. »Wie soll ich denn reagieren?«, sagt sie. »Soll ich dir auf die Schulter klopfen, weil du bewiesen hast, dass ich recht habe? Hast du auch nur irgendeine Ahnung, was ich in den letzten paar Tagen durchgemacht habe?«

Ryan krächzt ein Lachen heraus, womit er für Natalie ihrem Leiden auch noch Spott hinzufügt. »Du bist so was gewohnt!«, sagt sie. »Was ist schon ein Schlag für dich? Genau das, was du selbst austeilst. Bist du nicht sein Rottweiler?«

»Ein Rottweiler? Sehe ich so aus, Mädchen?«

»Nun, der äußere Eindruck täuscht manchmal, oder? Ich dachte zuerst auch nicht, dass du wie ein Drogendealer aussiehst, und warum soll sich dieser Widerspruch nicht fortsetzen? Aber so bist du und zeigst mir, wie naiv ich war. Geh zurück zu deiner Mutti, lass dich von mir nicht aufhalten.«

Ryan hält sie fest. Er packt ihre Handgelenke und zieht sie auf Kussweite an sich heran. Sie wehrt sich, aber was er da gehört hat, reicht tief und gibt ihm Kraft. »*Wie ein Drogendealer?* Und woher wusstest du, dass ich ein Dealer war?«

Sie zieht die Nase kraus. »Oh, was denkst du wohl?«

Ryan lässt sie los. »Du wusstest es«, sagt er und macht ein paar Schritte zurück.

Sie hat den Anstand, in Tränen auszubrechen. »Es ist nicht mein Fehler, dass du mich nicht erkannt hast! Am Abend, als wir geredet haben, war ich mit Dan aus, du hast mich mit ihm gesehen, ich habe dir zugelächelt, Himmel noch mal! Und du hast mich angestarrt! Ich dachte hinterher, dass du nichts dazu gesagt hast, weil du nicht wolltest, dass *ich* mich daran erinnere.«

Ryan hat die Hände an den Kopf gelegt. Er drückt zu. »Natalie! Er hätte mich verdammt noch mal umbringen können!«

»Das wusstest du schon vor Monaten, Ryan! Du wolltest weitermachen! Warum sollte ich da nicht mitmachen? Du hast gewusst, was du tust.«

»Nein, Moment mal ... Ich kannte nur die halbe Geschichte. Ich habe dich gefragt, Natalie, immer wieder: Wusstest du es? Und du hast mir immer wieder versichert, nein – was für ein krankes Spiel ist das denn?«

»Ein Spiel? Du erzählst mir erst, dass deine Ex-Freundin schwanger ist, als sie meine Telefonnummer aus dir rauskriegt und, oh, lass mich mal nachrechnen!« Sie klopft sich übertrieben auf die Finger. »Ja, im vierten Monat, als man anfängt, es zu sehen, und du es nicht weiter vertuschen kannst. Du bist der, der hier Spiele spielt, Ryan. Und Glückwunsch: Du hast gewonnen!«

»Ich habe gewonnen? Erklär mir das!«

»Hast du irgendeine Ahnung, was Dan alles gegen mich in der Hand hat? Ich stehe am Anfang einer Karriere, okay? Weißt du, was das ist, Ryan? Ist das etwas völlig Exotisches für dich?«

»Scheiße, Natalie! Dan hat gar nichts gegen dich in der Hand. Was soll er denn machen? KPMG erzählen, dass er dich mit Rauschgift versorgt?«

»Herrgott, Ryan, machst du Witze? Weißt du denn wirklich nicht …« Sie hält die Hände ausgespreizt vor sich hin, hebt den Blick zum Himmel und schüttelt den Kopf. »Erinnerst du dich an den Abend, als wir zum ersten Mal miteinander geredet haben!«

»Natürlich, direkt vor Heiligabend.«

»Nein, Ryan. Früher. Als du mir die Kontonummer von einem Typen in Italien gegeben hast. O mein Gott, du bist echt schwer von Begriff. Wer, denkst du, hat Dan die Bücher für diese Italien-Geschichte geführt? Warum, denkst du, war er so besitzergreifend? Weil ich so gut im Blasen bin?«

Ryan hat nur das Geld für ein Taxi zurück nach Douglas Village. Dann steht er eine Viertelstunde an einer Bushaltestelle, den Kopf gegen das Plexiglas vor einer Fast-Food-Reklame gelehnt, bevor er durch von Geschwindigkeit und Regen verschmierte Farben in die Innenstadt getragen wird. Er wechselt an eine andere Haltestelle, und das Spiel geht von Neuem los. Als er noch fünf Minuten von seiner Haustür entfernt ist, klingelt sein Telefon.

Karine. »Wo um alles in der Welt bist du?«

»Auf dem Weg nach Hause.«

»Da solltest du schon vor Stunden sein!«

»Ich bin ja gleich da«, sagt er, und dann mechanisch: »Sei mir nicht böse.«

Sie sitzt mit Joseph im Wohnzimmer, als er zur Tür hereinkommt. Joseph springt auf und umarmt ihn gravitätisch, was Ryan zusammenzucken lässt. Er nimmt an, dass es ihre Neuigkeiten sind.

»Gut gemacht, Mann.«

Das Licht vom Fernseher und den Wandleuchten lässt Joseph erhitzt und erregt erscheinen. »Das wird so gut für dich«, erklärt er, aber Ryans Zustand bestürzt ihn, und er scheint nicht sicher, was er als Nächstes sagen soll. Karine auf dem Sofa zieht ein Bein unter sich. Sie scheint ebenfalls leicht errötet, wobei

Ryan nicht sagen kann, ob ihm seine müden Augen vielleicht nur etwas vorgaukeln.

»Wo warst du?«, fragt sie.

»Ich musste Verschiedenes erledigen. Das hatte ich dir doch gesagt.«

Er denkt, sie bohrt jetzt vor Joe weiter nach, aber als sie den Mund erneut öffnet, fragt sie: »Hast du was gegessen?«, und Ryan antwortet kleinlaut: »Nein.«

»Geh duschen«, sagt sie. »Ich mache was.«

Ryans Jeans sind so verdreckt – voll mit den verschiedenen Flüssigkeiten, die aus ihm rausgeprügelt wurden, immer neu eingetrocknet –, er kommt kaum aus ihnen heraus. Eine Viertelstunde steht er unter der Dusche und wäscht sich drei Mal von oben bis unten. Die Haut innen auf seinen Schenkeln ist rot und wund, seine Brust ein einziger Bluterguss.

Was immer Karine Joseph erzählt hat, er zieht sich netterweise zurück. *Better Living Through Chemistry* schmettert aus seinem Zimmer, und er schmettert mit. Karine kommt mit einem Teller Pasta mit Pesto und Huhn zu Ryan, er sorgt sich, über allen Hunger hinaus zu sein, fängt aber trotzdem an und schafft die Portion sogar. Und sie, die irische Mami in spe, sagt: »Jedenfalls ist mit deinem Appetit alles in Ordnung.«

Sie bringt den Teller zurück in die Küche und setzt sich anschließend neben ihn aufs Bett.

»Lass sehen.«

Da sie weiß, dass man ihm böse zugesetzt hat, hilft sie ihm aus dem Hemd. Sie sackt in sich zusammen und seufzt. »O Ryan«, sagt sie. »O Ryan.«

»Es wird schon besser.«

Sie seufzt wieder und sagt: »Was kommt als Nächstes?«

»Ich habe keinen verdammten Schimmer.«

Es gibt nicht viele Lücken aufzufüllen. Was er an Einzelheiten ausgelassen hat, kann sie sich denken. Sie ist angemessen entsetzt und sein Update entsprechend zögerlich. Sie hört ihm zu, mit den Fingern auf seinem Bauch. Der einzige Teil, bei dem er absichtlich vage bleibt, ist Natalies Raserei. Er weiß, er muss sich damit auseinandersetzen. Er weiß, dass er nicht artikulieren kann, was er nicht versteht. Er weiß, Karine wird sich von einer strahlenden Mutter in eine zornentbrannte Furie verwandeln.

Er fragt sie, was sie zu Natalie gesagt hat. Wie hat sie sie so in Rage bringen können? Sie zuckt mit den Schultern.

»Ernsthaft, D'Arcy.«

Sie schiebt die Unterlippe vor. »Wahrscheinlich, dass sie eine blutsaugende Schlampe ist oder so.«

Ryan schiebt die Brauen zusammen und lacht leise. Sie rutscht auf ihn zu und nimmt seine Hände.

»Wie lange gebe ich dir?«, fragt sie.

Ryan weiß, seine einzige Hoffnung besteht darin, dass Shakespeare Dan überzeugen kann, Schutzgeld zu zahlen. Was eine schwache Hoffnung ist, wenn überhaupt. Er sagt Karine, dass er Ende der Woche mehr weiß und Shakespeare die Fähigkeit besitzt, Dan zu überzeugen, Phelan einen Anteil abzugeben, und er erzählt sich, erzählt ihnen beiden Lügen, lauter Lügen, und da Karine Karine ist, glaubt sie nichts davon, aber er nimmt an, dass er ihr leidtut, wie er da auf seinen Kissen liegt und bei jeder ihrer Bewegungen das Gesicht verzieht.

Sie streiten über Flüge nach Neapel, dann Flüge irgendwo anders hin. Sie streiten über Pflichten und Rechte. Der Streit versiegt. Karine nimmt wieder seine Hand.

Er sieht ihre, wie sie um seine liegt. Sein Blick wandert zu ihrem Bauch. Er sagt: »Zeig mir etwas Gutes.«

Sie versteht. Sie lächelt.

Sie zieht ihr Hoodie aus und schiebt sich das Hemd bis unter den BH, reckt sich und dreht sich auf die Seite. Da ist eine verräterische Wölbung, ziemlich weit oben, unübersehbar jetzt, wo sie sich streckt und die Hände flach auf die Seiten legt. Sie neigt den Kopf. »Mach schon«, sagt sie.

Ryan fährt mit den Fingern über ihre Haut, und sie kommt

ihm gleichzeitig vertraut und neu vor. Da ist diese Wölbung, wo vorher keine war, das ist alles. Aber er ist der Grund dafür. Ihre Körper waren immer schon füreinander bestimmt. Das beweist es. Er hat Schmerzen und fühlt sich leicht, er ist erschöpft und hingerissen.

»Das ist so schön«, sagt er.

»Es ist sonderbar«, korrigiert sie ihn. »Da wächst was in mir. Diese Woche ist es etwa so groß wie ein Apfel.«

»Das kann nicht sein.«

Sie murmelt, doch. Sie sieht an sich herunter und dreht sich etwas, als wären die Wölbung und seine Hand darauf ein Outfit, das sie anprobiert.

Ryan schiebt den anderen Arm um sie und zieht sie an sich heran.

Sie legt ihren Kopf gegen seinen, und ihr Bauch berührt seine Seite. Haut auf Haut ist nicht genug. Er will sie auf seinen Schoß holen, und sie gibt nach, setzt sich auf ihn und legt ihm die Hände auf die Schultern.

»Du brauchst Ruhe«, erinnert sie ihn.

»Ich weiß«, wispert er verzweifelt. »Ich weiß.«

»Weil ich null Absicht habe, dir noch mehr wehzutun.«

Ich weiß, ich weiß.

Eine Seite ihres Hemds hat sich gelöst und fällt zurück über ihren Bauch. Er hebt es wieder an, und seine Finger streichen über ihre Brust.

Noch einmal erinnert sie ihn, dass er ausruhen muss, macht jedoch keine Anstalten, ihn aufzuhalten.

Er sagt: »Lass mich sehen.«

Sie reckt sich. »Du siehst doch.«

»Alles.«

Sie lächelt.

»Ich schwöre bei Gott, Mädchen, du warst nie so schön.«

»Weißt du«, sagt sie, »dass ich das auch gedacht hab? Es steht mir irgendwie.«

Es ist ihr Gewicht auf seinem Schoß, ihr Bauch, der auf seinen geschundenen Leib drückt, es sind ihre Hände, die von seinen Schultern zu seinem Hals gleiten: Er küsst sie.

»Tut das nicht weh?«, sagt sie.

»Ein bisschen.«

Er küsst sie wieder und schiebt den Saum ihres Hemdes hoch, bis sie die Arme für ihn hebt. Er reckt sich, um ihr die Träger von den Schultern zu küssen, und es schmerzt. Er erstarrt und kneift die Augen zu, und sie sagt: »Siehst du«, aber die Worte kommen, als sich bereits der Verschluss öffnet, viel zu spät. Ihre Brüste auf seiner Brust, und darunter, ihr runder Bauch. Vorsichtiger, halbherziger Protest. Sie hat Angst, seine Verletzungen noch schlimmer zu machen. Es ist vor allem sein Atem, der flach und schnell geht. Sie schlüpft über ihn, lehnt sich zurück. Es durchfährt sie von ihrer Verbindung unten bis hinauf in den Hals. Sie übernimmt die Führung, tut es rhythmisch und sanft, und dennoch, als er kommt, hält er die Luft an, die Muskeln in seinem Bauch verkrampfen sich, und er zieht sie fest auf sich herunter. Es fühlt sich an, als würde er wieder und wieder in den Magen getreten, es brennt und schmerzt, doch es ist ihm scheißegal.

Und es flutet sein Hirn mit Glücksgefühlen, und er kann schlafen.

Er gleitet aus Träumen in völlige Erstarrung und zurück. Da sammeln sich Formen und Geräusche, aber nicht genug, um ihn wach zu halten. In der Dunkelheit ist sie die sich an ihn kuschelnde Wärme, am Morgen die Hüterin, die gegen ein Kissen gelehnt dasitzt und friedlich ihr Handy studiert. Sie lässt ihn sich rumdrehen und wieder einschlummern. Als er richtig wach wird, kurz nach zehn Uhr morgens, holt sie ihm Schmerztabletten und Kaffee.

»Wie fühlst du dich?«, fragt sie.

»Beschissen.«

Mit Schwierigkeiten stützt er sich auf die Ellbogen und setzt sich auf. Er ist steif wie ein verrostetes Gartentor.

Als er seinen Kaffee halb getrunken hat, sieht Karine ihn an und sagt: »Gibt es unten was zu frühstücken?«

»Keine Ahnung.«

»Ich sehe mal nach«, sagt sie.

Er will sie nicht von sich runterwaschen, aber die Dusche gibt ihm Raum, seine Gedanken zu ordnen. Es liegt alles in Shakespeares Händen, sagt er sich, und Shakespeare ist ein Mann klarer Gedanken. Wenn irgendwer zu Dan durchdringen kann, dann er.

Er denkt an Natalie. Was sie ihm gegenüber zugegeben hat, muss er erst noch in Gänze realisieren, und er hofft, dass er dann wieder genug Kraft hat, um sie zu hassen.

Er denkt an die Lücken in seiner und Karines Geschichte, an sterile Räume und Flugreisen, an Entscheidungen außerhalb einer verschlossenen Zelle. Er denkt an Verschmelzungen und Trennungen und fasst sich geistesabwesend an die Eier. Er stellt sich vor, mit siebzehn schon Vater geworden zu sein. Dieser andere Ryan hätte bessere Entscheidungen getroffen, wäre zu Hause auf dem Sofa geblieben und hätte sich mit seiner Armut abgefunden.

Karine hält ihm den Rücken zugekehrt, als er in die Küche kommt. Sie macht Rührei. Er tritt hinter sie und denkt, ihre Nähe wird das Gedankenkarussell in seinem Kopf stoppen, aber sie versteift sich in seinen Armen, und das ruft den Albtraum in ihm wieder wach.

»Alles okay?«

Sie befreit sich aus seiner Umarmung und füllt die Teller.

»Weißt du, mir wird irgendwie bewusst …«, ihr Kinn zittert, »dass ich nur okay bin, wenn du okay bist, und dass das andersrum nicht so ist.«

Sie stellt die beiden Teller auf den Tisch, setzt sich aber nicht.

»Ich übergebe mich wochenlang«, sagt sie, »und dir fällt es nicht mal auf. Irgendein Unterweltirrer guckt dich komisch an, und ich drehe durch. Ich schaffe das nicht mehr. Ich kriege eine winzige Kostprobe und weiß gleich wieder, warum ich allergisch dagegen bin. Ich kann das nicht mehr, Ryan.«

Sie umfasst die Lehne des Stuhls vor sich und fährt sich mit einer Hand über die Stirn. Sie trägt das T-Shirt von ihm, das sie letzte Nacht angezogen hat. Es ist weit, und man sieht ihren runden Bauch nicht.

»Ich kläre das«, sagt er. »Ich hör damit auf, es passiert nicht wieder.«

»Das kannst du mir nicht versprechen.«

Er macht einen Schritt vor, ihre Hände finden sich, er neigt den Kopf. »Ich kann es dir schwören. Ich reiß mich zusammen, ich will mit dir zusammen sein, Mädchen.«

»Ja? Und was ist mit ihr?«

»Was soll mit ihr sein?«

Sie spuckt die Worte zurück. »*Was soll mit ihr sein?* Himmel noch mal, Ryan.«

»Ich habe einen Fehler gemacht.«

»O nein«, sagt sie. »Fang bloß nicht so an.«

Es ist kein Problem für sie, an ihm vorbeizukommen, bis zur Geburt sind es noch fünf Monate, und sie kann sich bestens bewegen. Sie rennt die Treppe hinauf, und er trottet ihr hinterher und muss sich dabei ans Geländer klammern. Sie wirft die Tür hinter sich zu. Ryan öffnet sie vorsichtig wieder. Sie sammelt die Kleider ein, die abends auf dem Boden gelandet sind.

»Was habe ich gesagt, Mädchen?«

Sie hebt eine Hand. Schnieft, schnappt nach Luft, schnieft.

»Karine.«

Er schließt eine Hand um ihr Handgelenk, und sie schüttelt ihn ab. Sie kommt zu nahe, und er fällt zurück aufs Bett. Schmerz zieht durch seine Rippen. Sie fährt fort, ihren Abgang vorzubereiten. Er hätte sie aufhalten können. Einmal hat er sie schon aufgehalten, hat sie mit seiner Kraft gegen die Wand gedrückt.

»Ich weiß nicht, was ich gesagt haben soll. Was habe ich gesagt?«

»Weißt du, was ich durchgemacht habe, Ryan? Kannst du dir überhaupt vorstellen, wie ich mich gefühlt habe, als ich rausfand, dass ich wieder schwanger war? Wo schon der Grund, warum ich das Erste nicht bekommen habe, der war, dass du ein einziges Chaos warst und so von Dan Kane vereinnahmt, du warst wie besoffen von dem Schrott, mit dem er dir den Kopf gefüllt hat.«

Sie reißt sich das geliehene T-Shirt über den Kopf und zieht ihr eigenes an, und es ist keine Zeit, die Körperform zu begutachten, für die er verantwortlich ist.

»Weißt du, dass ich keinen Abschluss ohne meine Pflichtstunden machen kann? Weißt du, dass ich einen Teil des nächsten Jahres darauf verwenden muss, meine Mutterschaftsstunden wieder reinzubekommen, um nicht rauszufliegen? Weißt du, wie ich hier jetzt festsitze? Es gibt null Jobs für mich in Irland, wenn ich fertig bin, und ich kann nirgendwo anders hin, kann keine Erfahrungen sammeln. Ich bin so eingeschränkt, ich muss mein ganzes Leben auf Eis legen, verstehst du das?«

»Aber das ist die Sache, Mädchen, ich sehe das. Was getan werden muss, werde ich …«

»Ja, wunderbar, und das war's dann … was, Ryan? Als klar wurde, dass dich diese gefährliche Scheiße vergiftet, habe ich dir gesagt, du sollst damit aufhören, und du hast dich geweigert. Oh, ich hab's nicht kapiert, ich konnte unmöglich sehen, wie kompliziert das alles war. Also habe ich die Konsequenzen gezogen und mit dir Schluss gemacht, und statt von den Drogen loszukommen und dir zu überlegen, was ich dir bedeute, hast du dir eine Verrückte ins Bett geholt und mich vergessen. Weil es ihr egal war, wann oder ob du verhaftet oder getötet würdest. Sie war genau die Frau, die du gesucht hast. Ich habe absolut alles umgeworfen, was ich vorhatte, um dein Baby auf die Welt zu bringen, und du? Was hast du geändert, Ryan? Hast du auch nur einmal das Bett frisch bezogen?«

Sie hält inne, um mit dem Arm in den Ärmel ihres Hoodies zu fahren.

»Und jetzt sagst du mir, du hast einen *Fehler* gemacht. Dass du mich zurück willst und alles super wird, obwohl du gleichzeitig zugibst, dass du noch tiefer bei diesen gefährlichen Irren mit drinhängst als je zuvor!«

Und dann vermag sie nur noch dazustehen und zu weinen, und er weiß nichts anderes zu tun, als sie anzustarren und sich die Finger zu kneten.

Er erholt sich als Erster, steht vom Bett auf, und sie fährt zurück.

»Ich hab's versaut, Karine. Ich habe es versaut, es tut mir so leid.«

»Dir tut es immer leid«, sagt sie.

Sie geht zur Treppe, und er folgt ihr schwerfällig. Sie kommt unten an und lehnt sich mit dem Rücken gegen die Tür. Er tritt zu ihr, sucht über ihren Schultern Halt und berührt ihre Stirn mit seiner.

»Nichts von alledem wäre passiert ...«, seine Hände fahren zu ihrem Kopf, die Daumen legen sich auf ihre Wangen, »wenn ich gewusst hätte, dass du schwanger bist. Ich wäre niemals bei ihr geblieben, ich wäre nie so blöd gewesen.«

»Es ist nicht mein Job, dich davon abzuhalten, dumme Dinge zu tun, Ryan.«

»Ich weiß. Nur ...«

Seine Stimme ist belegt, *nur* ... sanft und nachgiebig, klammernd und verängstigt.

»Ich muss mich von dir losmachen«, sagt sie. »Es ist pervers. Weil ich mit dir zusammen sein sollte. Aber es geht nicht.«

»Was ist mit gestern Abend?«

»O ja, so nach dem Motto, wenn ich dich einfach immer so halten könnte, wärst du sicher und alles wäre perfekt. Was ist mit mir, Ryan? Bin ich sicher?« Ihre Hände wandern zu ihrem Bauch. »Selbst wenn zwischen uns alles leicht und anmutig wäre, sind da immer noch die Gardaí. Und da ist immer noch der Dreckskerl, für den du arbeitest. Und wenn es mal nicht leicht und anmutig ist, was dann? Du mit deinem Jähzorn? Weißt du, in wie vielen Beziehungen es während der ersten Schwangerschaft zum Missbrauch kommt?«

Er denkt nicht nach, er sagt nur: »Das ist nicht deine erste.«

»O wie bitter«, sagt sie, als ihre Augen überlaufen, o wie bitter ist der Geschmack der Worte auf seiner Zunge. »Und deine Hände wieder an meinem Hals. Was sage ich, *zum Missbrauch kommt*? Du hast doch vor Monaten schon damit angefangen.«

Sie geht, und er kehrt in sein Zimmer zurück, setzt sich aufs Bett und starrt aus dem Fenster in den Himmel. Die Wände rücken näher. Nach einer Weile geht er nach unten und räumt die Küche auf. Er raucht. Er geht vom Wohnzimmer in den Flur, in die Küche, in sein Zimmer.

Joseph kommt von der Arbeit. *Was ist eigentlich passiert?* Ich bin zusammengeschlagen worden. *Von wem, warum?* Eine Sache ist aus dem Ruder gelaufen, aber jetzt geklärt. *Und Karine?* Wir sind nicht wieder zusammen. *Sie kommt wieder.*

»Beweise ihr, dass du dich geändert hast«, sagt Joseph und lacht. »Natürlich musst du's dann auch tun.«

Ryan tut belustigt. Nickt. Zischt durch die Zähne, während er einen Joint dreht. Er ist mit dem Kopf woanders.

Das wird dir guttun. Damit schaffst du die richtigen Voraussetzungen.

Gegen elf geht Joseph ins Bett. Er muss arbeiten, hat Verpflichtungen, eine Funktion. Seine kleine Tochter ist vier. Er versucht sie jeden Tag zu sehen.

Ryan geht in sein Zimmer und bleibt in der Mitte stehen. Um ihn herum die Werkzeuge eines verlorenen Gewerbes. Schwarze, klobige Männergeschichten. Dunkles Plastik, Tasten, Pads und Schieberegler. Ihm kommt der Gedanke, alles zu zerschlagen. Alles zu zerstören und einen Schrein dafür zu errichten. Stattdessen legt er sich aufs Bett. Er dreht sich auf die Seite, langsam, behutsam, und greift nach unten.

Geräusch und Stille: Eine menschliche Obsession.

Es sind etwas weniger als fünfzehn Wochen her, dass sie ihm das Buch geschenkt hat, und er ist noch nicht über das Inhaltsverzeichnis hinausgekommen.

Er dreht es um. Weiß und silbern, eine klare Schrift, absolut schlicht.

Es soll dir guttun.

Er hört sie, ihren Klang in der Stille, packt den Rücken ihres Geschenks und verflucht sich.

21

Einundzwanzig Jahre nachdem er seinem Vater in den Arm gelegt wurde, tritt Ryan leise über dessen Schwelle.

Er hat es so getimt, dass seine Geschwister bereits in die Schule oder ins College aufgebrochen sind, sein Vater aber noch nicht Opfer seines Dursts geworden ist. Natürlich sitzt er in der Küche, das Haar steht ihm wirr vom Kopf ab, und er trägt eine dunkelblaue Trainingshose und ein verfusseltes Sweatshirt. Die Waschmaschine läuft, neben der Spüle tropft Geschirr ab, und im Radio beklagt ein Mann Obdachlosigkeit.

»Hey, Dad.«

»Gott, das Geburtstagskind.« Tony setzt sich aufrecht hin und grinst. »Du bist früh dran.« Und dann sieht er es. »Was ist passiert?«

»Bin verprügelt worden.«

»Von wem?«

»Einem Arschloch. Eine blöde Sache, schon geklärt, als es losging.« Obwohl die Art, wie er die Frage stellt, Ryan wünschen lässt, zurückzufragen: *Warum? Denkst du, du hast ein Monopol darauf?*

Tony geht zum Wasserkessel. Ryan zieht einen Stuhl heraus, sein Gras und Blättchen. So früh, wie es ist und so weiter, können sie beide etwas Beruhigung gebrauchen, denkt er.

Als das Wasser kocht, geht sein Vater hinaus und kommt mit einer silbernen Geschenktüte zurück.

»Alles Gute zum Geburtstag«, sagt er, gibt Ryan die Tüte und greift sich dessen Schulter in einer typischen Tony-Cusack-Umarmung.

Es ist eine *Azzurri*-Trainingsjacke. Ryan steht auf und probiert sie an.

»Steht dir«, sagt Tony.

Ryan zieht den Reißverschluss zu und streicht den Stoff glatt. »Sehr schön.«

»Eine irische zu tragen würde dich umbringen, nehme ich an.« Aber er ist in bester Stimmung. Tony wendet sich dem Kessel zu, Ryan nimmt ein Messer aus der Schublade und schneidet die Etiketten ab. Sie setzen sich wieder an den Tisch. Tony gibt Ryan eine Tasse, Ryan ihm etwas Gras. Tony sieht die Trainingsjacke noch mal an, nickt und sagt wehmütig: »Wie zum Teufel kann ich einen einundzwanzigjährigen Sohn haben?«

»Ich dachte, das hättest du langsam rausgekriegt, Dad.«

Tony lacht, als wäre er nicht sicher, ob er das Geräusch mag. »Ich schwöre bei Gott, Rocky, es kommt mir vor, als wäre es gestern gewesen. Ich war nur ein Jahr älter als du jetzt. Und jetzt dreh ich mich um und bin dreiundvierzig.«

Es ist wie ein Witz, dass Ryan hier ist, um etwas zu erzählen, wodurch sich sein Vater sogar noch älter fühlen wird.

»Ich muss dir was sagen«, murmelt er.

Er sieht ihn nicht an, aber er weiß, dass Tony die Stirn in Falten legt, innehält und nicht weiter an seinem Joint dreht. Ryan hat den Kopf in die rechte Hand gelegt. Er starrt auf einen unbestimmten Punkt auf dem Tisch, irgendwo rechts von seinem Vater.

»Was ist?«

Ähm … Ryan drückt den Kopf in die Hand und schließt die Augen.

»Karine ist schwanger«, bringt er schließlich heraus.

Tony sitzt da wie versteinert.

»Du verdammter Idiot«, bringt er schließlich heraus.

Das kommt ohne Groll. Er ist einfach aus der Fassung gebracht, dreiundvierzig Jahre alt und kaum fähig, die eigene Vaterrolle zu erfüllen. Er schüttelt den Kopf. »Gott«, sagt er, reibt sich grüne Fitzel von den Fingerspitzen und lässt den angefangenen Joint liegen. »Damit habe ich nicht gerechnet.«

»Ich auch nicht, um ehrlich zu sein.«

»Nein? Wie schafft man das in der heutigen Zeit, Junge?«

»So was passiert, oder?«

»Wenn du meinst. Gott!«, wieder, als der Schrecken wächst. Ihm gelingt ein Lachen. »Nun, das sind ja tolle Nachrichten. In welchem Monat ist sie?«

»Im vierten.«

»Ist sie deswegen schon seit Weihnachten so komisch zu dir?«

»Ja.« Dazu hatte Tony bisher nichts gesagt.

»Ich wusste, es würde einen Grund geben«, sagt er. »Sie ist ein tolles Mädchen. Obwohl ich nicht weiß, was ihr euch dabei gedacht habt. Wenn ihr euch denn überhaupt was gedacht habt. Was jetzt?«

»Ich weiß nicht.«

»Du solltest anfangen, darüber nachzudenken, Junge.«

Tonys Hände bewegen sich zurück zu seinem Joint, bleiben aber in der Luft darüber stehen. Er dehnt die Finger, zieht die Hände zurück und legt die Fingerspitzen auf den Tischrand.

»Wie fühlst du dich damit?«

»Ich habe Angst.«

»Angst? Wovor?«

Da ist die Wut wieder. Als wäre Vater zu sein eine einfache Sache. Als wäre Tony je gut darin gewesen. *Warum bist du dann hier?* Ryan weiß es nicht. Er wollte es seinem Vater sagen. Sein Vater ist ein dummer Arsch, aber er wollte bei ihm sein. *Warum?* Er weiß es nicht. Scheiße, er weiß es einfach nicht. *Warum?* O Gott, weil Tony sein Dad ist, und was, wenn er es ist, der ihm beigebracht hat, was es heißt, ein Dad zu sein? Was, wenn Karine recht hat und diese ganze Sache am Arsch ist und nicht wieder hinzubiegen?

»Warum, Dad? Gibt's da nichts, wovor man Angst haben könnte?«

»Eine Menge«, sagt Tony leise. Er sieht die Flamme. »Ich habe nur gefragt, was dir Sorgen dabei macht. Insbesondere.«

»Ich habe Glück, wenn sie mich überhaupt was damit zu tun haben lässt. Sie hat bereits die Entscheidung getroffen, dass ich nichts wert bin.«

»Und damit liegt sie falsch, oder?«

»Wie kann sie da falschliegen, Dad? Hast du nicht selbst gesagt, dass das Einzige, was ich will, darin besteht, meinem Schwanz hinterherzulaufen?«

»Nun, vielleicht lässt dich das zur Vernunft kommen, Junge.«

»Was? Meinst du, ich kann das hinkriegen?«

»Ja.« Er runzelt die Stirn. »Natürlich glaube ich das.«

»Sie hasst mich, Dad.«

»Tut sie nicht.«

»Doch, das tut sie. Sie hat mir klar und deutlich gesagt, dass sie mich nicht mehr will. Man kann mir nicht trauen. Ich bin schlecht.«

Tony schüttelt den Kopf und lächelt in Richtung Boden.

Ryan fährt ihn an: »Was, verdammte Scheiße, solltest du auch darüber wissen?« Er steht auf, nimmt seine Sachen vom Tisch und stopft sie in die rechte Tasche seiner neuen Trainingsjacke. »Wie solltest du wissen, was für ein Mensch ich bin? Abgesehen davon, dass ich am Arsch bin. Genau wie du. Das hat sie gesagt, weißt du. Am Montag. Dass ich so enden werde wie du. Das ist witzig, was, Dad?«

Er geht rückwärts zur Küchentür. »Montag. Da hat sie mir gesagt, dass sie schwanger ist. Erst am Montag, verdammte Scheiße. Als letzten Ausweg. Als sie längst beschlossen hatte, dass sie's haben will. Beim letzten war es anders, auch das habe ich erst am Montag erfahren. So mies bin ich, Dad!«

Tony steht auf, um ihm zu folgen, und Ryan dreht sich um und läuft zur Haustür.

»Deshalb war sie so komisch, als ich in Saint Pat's war. Weil sie nach England ist und eine Abtreibung hatte. Ja, und sagt es mir erst Jahre später. So mies bin ich, Dad. So verdammt mies bin ich.«

Tony erwischt ihn, bevor er nach der Klinke greifen kann. Er hat immer noch Kraft, auch wenn Ryan sie seit Jahren nicht mehr gespürt hat. Er packt ihn an den Schultern, und Ryan stößt ihn weg. Sein Vater stolpert gegen das Treppengeländer. »Fass mich nicht an!«, schreit Ryan, was ungewöhnlich genug ist, um seinen Vater innehalten zu lassen, hätte er gewettet, aber so ist Tony Cusack nun mal: unberechenbar, man kann nicht darauf vertrauen, dass er sich vernünftig verhält.

Diesmal kriegt er Ryan zu fassen. Erst an den Schultern, dann um die Schultern herum, und er lässt auch nicht locker, als sein Sohn stampft und zittert.

»Ist ja gut, Junge.«

»Nichts ist gut. Sie hasst mich, verdammt.«

Tony hält Ryans Arme an seinen Seiten, sodass er nur nicken kann.

»Ist ja gut«, sagt er wieder.

Ryan drückt die Nase gegen die Schulter seines Vaters, dann das ganze Gesicht. »Bin ich so mies, Dad?«, und Tony fährt ihm mit den Händen über den Rücken, hält ihn, und Ryan ist geschafft, er flennt. Scheiße. »Es ist alles, was ich wollte«, sagt er. »Ich weiß«, sagt Tony, reibt Ryan über den Nacken, und wieder sagt Ryan: »Es ist alles, was ich wollte.«

»Ich weiß, Junge. Ich weiß.«

Also, Maria, so ist die Lage.

Hast du ihn gehört? Wie er mir sagt, dass schon alles in Ordnung kommt? Tony Cusack, der versoffene Schwächling, der willenlose Einfaltspinsel, den du geheiratet hast. Plötzlich ist er der verdammte Experte für alles, was das Vatersein angeht, und erzählt mir, dass er nie so glücklich war wie das erste Mal, als ich in seinen Armen lag, auch wenn er mich anschließend immer verprügelt hat, der falsche Dreckskerl, ja, verprügelt, rumgeschubst und mir den Kopf vor die Wand gehauen. Sagt mir, dass ich sein Werk bin. Das ist schon grausam, oder, Mam? Es ist schon grausam, mir so eine Scheiße an den Kopf zu werfen, wenn er es nicht ernst meint, weil ich mir so sehr wünsche, dass er es meint, deshalb bin ich überhaupt nur zu ihm hin, oder? Scheiße. Karine kriegt ein Kind von mir, und ich muss zu meinem Dad rennen und es ihm erzählen, weil ich seine verdammte Anerkennung will, und es tut so furchtbar weh, mehr, als geschlagen zu werden. Ich will meinen Dad. Ohne eine Ahnung zu haben, warum ich meinen verfluchten Dad will.

Siehst du, das hast du fabriziert, als du dich umgebracht hast.

Ach, denk nicht, dass ich das nicht weiß. Du hast die Entscheidung getroffen, hast dich ins Auto gesetzt, völlig betrunken und voller Wut. Denk nicht, ich weiß nicht mehr, wie du auf dem Treppenabsatz standst und meinen Dad angeschrien hast, ihm gesagt hast, du würdest mit uns runter nach Youghal fahren und uns alle ertränken, wenn das nötig wäre. Meinst du, dass ich mit dir rede, bedeutet, dass ich dir vergebe und dich verdammt noch mal liebe? Nein, das bedeutet es nicht. Ich rede

Ich rede

Ich schreie ins beschissene Nichts, das ist.

Es ist ja nicht so, dass du mich hören könntest. Du hast Dad auch nicht hören können, als er sich wegen dir die Augen ausgeheult hat, oder? Du hast keine Ahnung, wie es ist, seinen Dad so zu sehen, hast aber dafür gesorgt, dass ich es erfahre. Ich hab meinen Dad immer und immer wieder in Stücke brechen sehen, und wo warst du? Scheiße, überall und nirgends.

Nein, was zum Teufel sollte ich drüber wissen, wie man mit einem Kind umgeht, wenn doch alles, was ich weiß, sowieso falsch ist? Ich weiß, wie es ist, in der verdammten Kälte am Küchentisch zu hocken und die Wand anzustarren, mit einem Bier, weil, hey, es ist nur für einen Treibstoff Geld da. Ich weiß, wie es ist, draußen in der Einfahrt hinzufallen und da liegen zu bleiben, bis sich eine Nachbarin erbarmt. Ich weiß, wenn mein Kind zwölf ist, kann ich den kleinen Scheißer so fest schlagen, dass er gegen die Kacheln fliegt, und falls es irgendwer merkt, macht keiner ein Gewese darum, weil Gott hilf uns, der Mann hat's gerade echt nicht einfach, der hat es auch so schon schwer genug.

Hast du ihn gehört, Mam? Meinen Dad, den großen Impulsgeber, diesen Sack Bosheit, der mir erzählt, dass ich das hinkriegen werde? Dass ich sie zurückbekomme? Dass Karine mich liebt und er das am letzten Halloween klar gesehen hat, als ich in der Notaufnahme landete, weil ich, genau wie du, dachte, ich könnte nicht mehr und niemand würde auch nur einen gottverdammten Gedanken darauf verschwenden.

O Scheiße, ich habe Angst vor dem, was ich tun werde, wenn ich noch weiter mit dir rede. Siehst du, Mam? Du machst mich immer noch kaputt.

22

»Ich wusste am Samstagabend, was passieren würde«, jault Colm.

Ryan ist bei Colm zu Hause, weil ihm sein Gewissen gesteckt hat, er müsse ihm beichten, dass er mit Dan über Kreuz ist, was die Zukunft des Catalyst unsicher macht. Um ihm zu sagen, ja, er hatte recht, von Anfang an, Ryan hätte nie denken sollen, er könnte kraft seines Schwanzes zwei derartig unterschiedliche Welten zusammenbringen.

Ryan ist die Kopfschmerzen, die daher rühren, dass er im Flur seines Vaters wie ein Baby rumgeheult hat, noch nicht wieder los. Dazu, oder vielleicht deswegen, ist ihm übel, als wäre ihm irgendetwas Faules, Verdorbenes in der Kehle stecken geblieben. Er zieht die Bündchen seiner Trainingsjacke halb über die Hände und hält sie da fest, fährt sich mit den bedeckten Handgelenken über die Schenkel, bis runter zu den Knien und zurück.

Colm geht an die Frühstückstheke und lehnt sich mit dem Rücken zu Ryan dagegen. »Ihr seid alle gleich, oder? Ihr geldgierigen Ficker«, sagt er dumpf auf die Arbeitsfläche runter, zwischen Angst und Wut.

Ryan sagt: »Da steckt nun mal Geld drin.«

»Ja, ja.«

Es wird kurz still, draußen rauscht der Abendverkehr vorbei, dann setzt Colm wieder ein: »Ich nehme an, man könnte meinen, es war mein eigener Fehler.« Er rollt herum. »Mich in der Unterwelt nach Investoren umzusehen, was auch immer. Aber ich habe immer in Grauschattierungen gedacht. Nicht einfach die Guten und die Bösen. Ich wollte nur die Möglichkeit, etwas aus einem sehr bescheidenen Wunsch zu machen. War das Catalyst etwa kein guter Start? Und jetzt sieh es dir an. Nur Wochen später … Jetzt krieg ich schwarz auf weiß zurückgezahlt, dass ich nicht klar genug gedacht habe.«

Ryan fragt nicht, was er damit meint, es schwarz auf weiß zurückgezahlt zu bekommen, und Colm ist nicht wütend genug, einfach so ein Messer in ihn reinzustecken.

»Immerhin«, grunzt er, »bist du okay.«

Ryan fühlt sich nicht in der Lage, ihn zu korrigieren. Nichts ist okay. Und er glaubt auch nicht, dass es anders wäre, wenn Jimmy Phelan nicht mit drinsteckte oder Dan nie rausgefunden hätte, was mit Natalie gelaufen ist, selbst wenn Ryan sie nie mit nach Hause genommen hätte. Diese Welt ist feindselig. Ecstasy macht aus anderthalb Stunden Hochstimmung bösartige Besäufnisse, sein mütterliches Erbe ist verkauft, und in einem Bauch reckt sich ein kleines Wesen, das bereits Angst vor seinem Vater hat.

»Es ist Mittwoch«, sagt Colm. »Wenn er die Sache platzen lassen wollte, hätte er sich schon gemeldet.«

»Sag nichts«, antwortet Ryan. »Mach einfach weiter.«

Er geht in Richtung Tür, und Colm fragt: »Ich weiß nicht, ob Triona es dir erzählt hat: Sie werden deinen Remix als Lead für die Aimee-Kohane-Single nehmen. Machen das Ding noch mal ganz neu. Es ist nicht so, als ob da sonst nichts für dich liefe.«

»Den hab ich verkauft, den Remix«, sagt Ryan. »Für zweihundert.«

»Da sind noch neun weitere Tracks auf dem Album«, sagt Colm. »Ich denke, damit solltest du rausgehen.«

»Ich glaube nicht, dass das mein Weg ist, Mann.«

»Warum nicht? Wohin führt dich denn der, auf dem du im Moment unterwegs bist?«

»Ich glaube, ich muss ganz aufhören«, sagt Ryan.

Er fährt nach Hause, parkt und denkt: *Also, wenn ich noch*

keinen Durst habe, liegt es nicht dran, dass sich noch keine Möglichkeit ergeben hat. Haha. Er steht auf dem Fußweg, sieht die Scheinwerfer der Autos vorbeifahren und etwas weiter die Straße runter eine Gruppe von Kids, die sich teilt, um eine Mülltonne herummarschiert und anschließend wieder zusammenfindet. Nach einer Weile setzt sich Ryan in Bewegung. Er macht einen kurzen Spaziergang zum Spirituosenladen, kauft eine Flasche Jameson, kommt zurück auf die Straße und gratuliert sich selbst zum Geburtstag.

Er zuckt nicht zusammen, als Shakespeare mit seinem Civic neben ihm hält und die Scheibe runterlässt.

»Was wanderst du so allein durch die Gegend, Cusack?«

»Ich mache einen Spaziergang. Wonach sonst sieht es denn aus?«

»Du verwegener kleiner Scheißer. Keine Spaziergänge mehr, Junge. Dan weiß Bescheid.«

»Worüber?«

»Dass du weinend zum großen bösen Wolf gelaufen bist.«

»Wer hat es ihm erzählt?«

Shakespeare zuckt mit den Schultern. Sein Mund scheint sich zu lockern, aber der Rest des Gesichts, von der Stirn bis zur dünnen, spitzen Nase, ist ziemlich angespannt. »Die Stadt ist klein«, sagt er, »und meiner Erfahrung nach, wenn sich die Möglichkeit bietet, was Boshaftes zu tun, ergreift sie der eine oder andere Scheißer. Ist jetzt auch egal. Ich habe den Mann noch nie so wütend erlebt. Gott, wie er es hasst, sich getäuscht zu haben: Du warst das Problem, nicht ich, nicht Pender. Immer schon warst du das Problem.«

»Ich habe doch gesagt …«, Ryan spannt die Finger um die Whiskeyflasche, »J.P. ist da erst nach der Sache mit seiner Mam draufgekommen.«

»Ich glaub dir ja, Cusack, Dan allerdings …«

Er spuckt aus dem Fahrerfenster.

»Ich habe mit J.P. einen Schwatz gehalten, so wie du vorgeschlagen hast«, sagt er. »Aber Dans Reaktion auf deinen Seitensprung ist so heftig, dass ich nicht den Wunsch verspüre, ihm zu sagen, dass ich in den letzten Tagen in ähnlicher Gesellschaft war. Okay? Bei seiner koksbedingten Angewohnheit, mich zu verdächtigen und so weiter. Mir scheint, wir müssen diese ganze Scheiße eher früher als später klären.«

»Was zum Teufel soll ich machen?«

»Muss ich es dir buchstabieren, Cusack? Der Mann will Köpfe rollen sehen. Deinen Kopf. Sei bereit. Beispielsweise, indem du deine eigene Offensive startest, aber das ist nur ein Vorschlag. Du willst ja keinen Bandenkrieg, oder? Stell dir das Kreuzfeuer vor.«

»Wie soll *ich* denn eine verdammte Offensive starten, Shakespeare?«

»Das ist nicht mein Problem, Cusack. Es ist deine Schweinerei.«

Der Civic schießt so animalisch übergangslos davon, dass man annehmen muss, sein Fahrer hätte ihn die ganze Zeit nur mit Mühe zurückhalten können.

Jimmy Phelan, von dem die eigene Mutter sagt, er sei ein unbarmherziger Clown, reagiert kaum auf die Neuigkeit und sagt Ryan, dass es nicht sein Problem sei, wenn Ryan seine außerehelichen Aktivitäten nicht für sich behalten kann. Ryan ist zu J. P. gefahren (der ihn erst nicht sehen wollte), die Flasche Whiskey auf dem Beifahrersitz seines Wagens und gerade noch in der Lage, klar genug zu denken, um zu wissen, dass er aus Cork wegmuss. Er hat aber nicht das Geld, um wegzubleiben. Er hat noch ein bisschen was zu Hause, unter die letzte Schublade seines Schreibtischs geklebt, und dann sind da noch ein paar Riesen auf dem Dachboden seines Dads, von denen Tony keine Ahnung hat. Abgesehen davon ist Ryan mittellos. In einem fast leeren quadratischen, weißen Raum vorne im Lagerhaus in Little Island versucht er das Phelan zu erklären. »Entweder ist diese Route eine Goldader«, sagt Ryan, »oder sie ist es nicht. Glauben Sie, ich versuche Sie über den Tisch zu ziehen?«

»Das glaube ich nicht«, gluckst Phelan.

»Ich muss aus Cork raus. Ich kann nach Neapel, Salerno, wohin auch immer, und die Dinge da am Laufen halten.«

»Na, dann.«

»Ja, aber dafür brauche ich eine Anschubfinanzierung.«

Ryan legt seine neuerliche Notlage dar, doch Phelan lässt das unberührt. Komplett. Oh, man muss auf solche Eventualitäten vorbereitet sein, wenn man sich seinen Lebensunterhalt mit Drogen verdient. Keine rechtlichen Absicherungen, keine Garantien. Es ist Ryans eigene Schuld. Warum sollte Phelan seine Dummheit unterstützen?

»Es ist nicht so, dass ich alles für Frauen ausgegeben und verspielt hätte! Dan hat Tausende, die mir gehören.«

»Und warum in Gottes Namen hast du ihn so viel Geld bei sich behalten lassen?«

»Damit er es wäscht ...«

»Es wäscht. Du weißt nicht, wie du dein Geld säuberst? Herr im Himmel, wahrscheinlich gehst du dienstagmorgens bei den Buchmachern vorbei und fragst dich, was all die Leute da machen.«

»Ich rede von fünfstelligen Summen«, sagt Ryan.

»Was man an einem halben Tag verdient«, sagt Phelan.

»Diese ganze Scheiße ist ...« Ryan fährt sich mit dem Daumennagel zwischen die Zähne und zieht die Finger wieder zurück, als er sieht, wie sie zittern. »Ich weiß nicht, es kommt einfach komplett ungelegen, das ganze Timing.«

»Sicher nicht«, sagt Phelan. »Das ist keine Frage von Timing. Du verteilst deine Gewinne, damit du deine Verluste schultern kannst. Aber jung, wie du bist, bist du noch nicht immun gegen die Dummheit von pubertierenden kleinen Jungs. Belassen wir es dabei. Es soll dir eine Lehre sein. Ich hab zu meiner Zeit eine

Menge Geld verloren, und ich hatte auch keinen, dem ich damit in den Ohren liegen konnte.«

»Ich will ja keinen verdammten Urlaub finanziert kriegen. Ich sterbe hier, und wie geht's Ihnen dann?«

»Schlechter, aber nur vorübergehend. Komm, Cusack, sei nicht so naiv.«

»Was soll ich denn machen, verdammte Scheiße?«

»Ein Flugticket kannst du dir sicher leisten. Hast du da unten keine Verwandten?«

»Ich kann doch von meinen Großeltern aus nicht mit der verdammten Camorra verhandeln!«

Phelan gluckst ein weiteres Mal amüsiert. »Okay, gut. Sehen wir mal, ob wir Dans Mordlust eindämmen können, ohne mein Geld zu verschwenden.«

»Was soll das heißen?«

»Das heißt, ich rede mit ihm. Komm.«

Ryan folgt Phelans Bewegungen. Phelan nimmt seine Jacke vom Sitz eines blau gepolsterten Stuhls, schließt die Jalousien, nimmt seinen Autoschlüssel und lässt nichts auf dem Schreibtisch zurück. »Hören Sie, J. P.«, doch der hat im Moment kein Ohr übrig, »Sie verstehen nicht«, aber das weiß Phelan längst, und da scheißt er gleich zweimal drauf.

»Denken Sie ernsthaft, wir können einfach hin zu Dan fahren und ihm sagen, er soll sich zurückhalten, ohne dass das Bestätigung genug ist, damit ihm endgültig alle Sicherungen durchbrennen?«

»Cusack«, schimpft Phelan. »Ich bin seit langer Zeit in diesem Geschäft, und meine Autorität wiegt mehr als ein Jahr voller Wutausbrüche von Kane. Dreißig Jahre lang habe ich schwierige Situationen gemeistert und auf Vollidioten eingeprügelt. Wie alt bist du?«

Das ist eine rhetorische Frage, aber Ryan tut Phelan den Gefallen: »Einundzwanzig. Heute.«

»Heute?« Phelan dreht sich um und lässt Zeichen von Wohlwollen erkennen. Eine Art Lächeln, eine Art Lockerung der Schultern. »Dann wollen wir mal sehen, ob wir dir noch mal einundzwanzig verschaffen können.«

Ryan folgt Phelan zurück in die Stadt, und als er in der Barrack Street parkt, an deren Ende zum Zentrum hin, hat Phelan mit Shakespeares Hilfe Dan lokalisiert und ein Dringlichkeitstreffen verlangt.

»Was, jetzt?«

»Du kleiner Scheißer, erst hast du unendlich Druck, und wenn es zur Sache geht, fragt du: *Warum so eilig?* Verdammte Scheiße, Cusack. Ja, jetzt.« Er steckt sich eine Zigarette an, schnipst den Deckel seines Feuerzeugs zu und zeigt mit dem Daumen auf einen Pub drei Türen weiter.

Ryan war da schon mal. Es ist ein öder Laden und oben nicht besonders groß, aber Phelan arrangiert seine Treffen immer im Untergeschoss. Da im Keller hat ihm Ryan mit zusammengebissenen Zähnen vorgelogen, dass er die Frau aus dem Weg geräumt habe, die Phelan aus dem Weg geräumt haben wollte.

Phelan geht los, und Ryan fasst ihn am Arm, wofür er einen überraschten Blick erntet.

»Sie erwarten doch nicht, dass ich mitkomme?«

»Hier geht's um dich, oder? Du scheißt dir in die Hosen, weil du sicher bist, Dan Kane will dich umbringen. Nein, Junge. Du stellst dich da hin und siehst ihm aufrecht ins Gesicht. Einundzwanzig wirst du heute, stimmt das? Du bist jetzt ein Mann.«

Ein paar von Phelans Leuten sind schon unten im Keller, von denen einer seinen Spaß daran hat, zu sehen, wie sich Ryan die Haare aufstellen.

»Wird der unser Maskottchen, Jimmy?«

»Der Zug ist abgefahren. Mr. Cusack wird heute einundzwanzig Jahre alt.«

Dougan grinst anzüglich. »Die wachsen so schnell.«

Brandy. Pur. Der Geruch steigt Ryan in die Nase, als die Flüssigkeit bereits unten ist, und er spürt, wie sie wieder hoch will, und schlägt sich mit der Faust auf die Brust.

Dan taucht kurz nach halb zwölf auf und hat Shakespeare im Schlepp. Vielleicht sind noch ein paar von der Truppe draußen, so wie sie drauf gewartet haben, dass ihr Boss mit Pender abrechnet, was eine Ewigkeit her ist. Dan hat ein leises Grinsen für Phelan übrig, doch dann sieht er Ryan, das Grinsen fällt in sich zusammen, und er runzelt verwirrt die Stirn. Phelan stützt die Fingerknöchel vor ihm auf den Tisch. Dan steht knapp vor dem anderen Ende, die Hände in den Taschen seiner Jacke. Shakespeare mustert Ryan. Ryan merkt es, ohne ihm den Blick zuwenden zu müssen.

»Wir haben ein kleines Problem«, setzt Phelan an.

Ryan lehnt sich zurück, bis seine Schultern auf die Wand treffen. Er neigt den Kopf, bringt die Hände vor den Bauch und starrt auf seine Fingerspitzen.

»Wie ich höre«, sagt Phelan, »hat Cusack dich hintergangen. Und glaub mir, Kane, ich bin so nahe dran, dir zu sagen, dass du alles Recht dieser Welt hast, dich an dem kleinen Ficker schadlos zu halten, wie immer es dir gefällt. Aber die Sache ist kompliziert. Sein Vater und ich, wir kennen uns seit ewigen Zeiten. Siehst du mein Problem?«

Es dauert ein paar Sekunden, bis Dan antworten kann: »Was zur Hölle geht hier vor?«

»Er hat dein Mädchen gevögelt«, kommt ihm Phelan zu Hilfe, »und du hast ihm dafür den Hintern versohlt. Aber mehr kann ich nicht dulden. Ich habe hier eine Linie gezogen, und du wirst deinen Arsch schleunigst wieder dahinter schaffen.«

Ryan senkt den Kopf so weit, dass ihm der Nacken schmerzt und sein Kinn auf den Kragen seiner neuen Trainingsjacke drückt. Er denkt an die Schule, wo er wegen irgendeiner Geschichte eine ganze Schulstunde stehen musste. *Können Sie nicht aufpassen, Mr. Cusack? Geht es über Ihre Fähigkeiten hinaus, zuzuhören?*

»Das ist ja lächerlich«, sagt Dan. »Ich kann nur annehmen, dass das Ganze ein Witz ist.« Eine verschwommene Bewegung; er wendet sich Ryan zu. »Was zum Teufel soll das, Cusack, da Leute von außen mit reinzuziehen?« Ryan ballt die Fäuste. Er kämpft mit seinen Daumen, zuckt innerlich zusammen und sieht nicht auf.

»Ich hab's dir doch erklärt«, sagt Phelan. »Ich bin ein Freund der Familie. Ich könnte seinem Vater nicht mehr in die Augen blicken, wenn dem jungen Kerl was zustoßen würde.«

»Ein Freund der Familie.«

»Genau. Und was ich noch bin: absolut unwillig, mit einem Vollidioten wie dir mehr Zeit als nötig zu verbringen. Es gibt Ärger, wenn auch nur ein einziges Haar auf Cusacks Kopf gekrümmt wird. Da sind zwei Dinge, die du dich fragen solltest, Kane: Bist du sicher, dass du dich wegen dieses verdammten Kindes mit mir anlegen willst? Und ganz aktuell: Willst du hier aufrecht wieder rausgehen?«

Ryan zählt, fährt mit den Füßen über den Boden, blinzelt und fühlt die ganze Zeit Shakespeares Blick auf sich, der ihn tiefer und tiefer zu Boden drückt.

»Und jetzt verpisst euch«, zischt Phelan, und die sich verschiebenden Schatten sagen Ryan, dass er Dan den Rücken zugewandt hat. Stühlerücken, Schlurfen, Phelans Leute eskortieren Dan und Shakespeare hinaus. Ryan betrachtet seine Hände. Er betrachtet seine Hände.

Der Raum gewinnt seine normalen Dimensionen zurück. Stimmen, ein kurzes Lachen. Eine Dose wird aufgerissen, jemand telefoniert.

Phelans Hand legt sich in Ryans Nacken.

»Siehst du, wie so was geht?«, sagt er.

Er tritt einen Schritt zurück und schnipst vor Ryans Nase mit den Fingern. Ryan richtet sich auf. »Der Mann ist wütend«, sagt Phelan.

»Das ist er.«

»Aber er hat sich im Griff. Ich hätte keine große Lust, heute Nacht seine Mrs. zu sein, aber du bist okay. Und das alles, ohne auch nur einmal deine Freunde in Italien zu nennen.«

Ryan sagt es wieder, seine Stimme ist schwach: »Ich muss hier weg.«

»Wenn ich so weit bin, dich zu schicken«, sagt Phelan. »Bis dahin hast du noch ein paar Tage. Vielleicht solltest du etwas schlafen. Du siehst scheiße aus.«

»Werden Sie mir eine verdammte Pistole geben?«

»Gewalt zeugt Gewalt«, sagt Phelan. »Wenn ich dir eine Pistole gebe, habe ich Angst, dass du sie benutzt.«

»Wollen Sie drauf warten, dass Kane mich erschießt? Damit Sie die Kugel identifizieren und ihn bestrafen können, wenn der Schaden angerichtet ist?«

»Ganz ruhig, Schätzchen«, sagt Phelan. »Er tut, was ihm gesagt wird, angesichts der Tatsache, wer es ihm gesagt hat.«

»Nichts würde mich glücklicher machen, als das zu glauben, aber bei der Wette geht es um mein verdammtes Leben.«

Phelan seufzt. »Würdest du dich wirklich besser fühlen, wenn ich dir eine Pistole gebe?«

»Ein bisschen schon.«

Er blickt zu seinen Jungs hinüber, legt den Kopf schief, und einer kommt, um zu fragen, was er will.

»Triff dich in einer Stunde mit Mr. Cusack, damit du ihm eine von den Neunern geben kannst«, lautet seine Anweisung, und zu Ryan meint er: »Also, da wir jetzt Freunde sind, zwölfhundert.«

»Habe ich Ihnen nicht gesagt, dass ich nichts in der Tasche habe?«

»Hör auf, Cusack. So grün und unerfahren du sein magst, ich bin sicher, dass du noch irgendwo was greifbar hast.«

Ryans Abgang ist ein Fiasko mit wackligen Knien und mehr als einem falschen Alarm. Er ist sicher, Dan hat draußen jemanden postiert, und will losrennen, hat aber Angst, dass er dadurch nur noch auffälliger wird. Er ist zwölfhundert Euro und wenigstens eine Stunde von jeder Hoffnung entfernt.

Eine Viertelstunde später steht er im Haus seines Vaters, trägt einen Stuhl auf den oberen Treppenabsatz, öffnet die Klappe zum Dachboden, steigt aufs Treppengeländer, hievt sich in die Höhe und spürt jeden Schlag und jeden Tritt noch einmal. Tony steht neben dem Stuhl und starrt zu ihm hoch, als er zurück durch die Luke schaut, sein Geld aufgeteilt und in den Taschen verstaut hat.

»Was machst du da oben, Junge?«

»Hab nach was gesucht.«

»Nach was denn?«

»Egal. Ich hab's nicht gefunden.«

»Um diese Uhrzeit steigst du da rauf? Ach, Ryan. Was treibst du nur wieder?«

Ryan springt, schnappt nach Luft und stößt ein *O Scheiße* aus, als es seinen Leib auseinanderreißt und gleich wieder zusammenstaucht. Er lehnt sich gegen die Bügeltüre.

»Was zum Teufel ist mit dir?«, sagt Tony.

»Ich glaube, ich hab mir was gezerrt.«

»Was gezerrt?« Tony sieht aus, als wollte er in Tränen ausbrechen. »Was hast du da oben gesucht?«

»Ist egal, Dad, ehrlich. Entschuldige, ich wollte dich nicht aufwecken.«

Tony schüttelt den Kopf. Ryan will den Stuhl zurücktragen. Er überlegt, ob er Cian dafür aus dem Bett holen soll. Seine Haut brennt.

»Warum kommst du nicht für eine Weile nach Hause, Junge?«, sagt Tony. »Kommst wieder zu dir … Ich weiß, du hast eine Enttäuschung erlitten. Ich wäre glücklicher, wenn du hier wärst.«

»Okay.«

Tony verzieht überrascht das Gesicht. Augen, Mund, Nase.

»Ich bin in einer halben Stunde wieder da«, sagt Ryan, nimmt den Stuhl und versucht, keine Grimasse zu ziehen.

Ryan ist ein mutterloser Dealer, der im Gefängnis gesessen und jahrelang in einem Drecksloch gelebt hat, zusammen mit einem reuelosen Alkoholiker, der mit Fäusten und Knien Schuldzuweisungen verteilte. Angst ist ihm nicht fremd.

Er schließt die Tür des reuelosen Alkoholikers hinter sich und setzt sich in sein Auto.

Das jetzt ist eine andere Angst. Er spürt, dass sich die Welt verändert hat, er spürt, wie winzig er ist, aber auch zu welchen Abscheulichkeiten er fähig ist. Er sieht, wie sein Potenzial in Karines Leib Form annimmt, ein Wunder, das seine Vergangenheit, das Gegenwart und Zukunft in Ordnung bringen könnte, und er fürchtet, es nie in Händen halten zu können. Es ist das Grausamste überhaupt, ihm etwas so Schönes zu schenken, jetzt, wo er derartig kaputt und am Ende ist.

Er ist nur noch ein paar Hundert Meter von der Stelle entfernt, wo er Phelans Händler treffen soll, als er rechts ranfahren, den Kopf aufs Lenkrad legen und keuchend die Hitze aus sich rausstoßen muss. Als hätte er vergessen, tief genug Luft zu holen, um sich in der Spur zu halten.

Er kommt zurück zu seinem Vater, als die Straßen ruhig sind.

Er lässt ihn wissen, dass er zu Hause ist, und setzt sich vorne auf die Mauer. Tony starrt wahrscheinlich aus seinem Schlafzimmerfenster und fragt sich, ob sein Sohn einfach nur eine raucht oder kurz vor einem Nervenzusammenbruch steht. Beides trifft nicht zu, Ryan muss nur die Nacht studieren. Er sitzt mit Phelans Pistole unter der Jacke da, starrt die Straße hinauf und zuckt zusammen, wenn Motoren und Lichter von der Hauptstraße abbiegen. Er springt von der Mauer, geht bis oben ans Ende der Häuserreihe, blickt die Straße voller künstlicher Lichter, schwarzer Fenster und Ziegel hinunter, kehrt zum Gartentor seines Vaters zurück und hat Angst, der Welt hinter sich den Rücken zu kehren oder auch nur rückwärts zu gehen.

Aber seine Müdigkeit holt ihn ein. Sie treibt ihn zurück in sein altes Bett, und da liegt er, die Ohren gespitzt, die Pistole unter dem Kissen, und wird am Ende eingeschläfert vom gleichmäßigen Atem seines Bruders und wacht mit einem fürchterlichen Schrecken auf. Licht dringt durch den Vorhang.

Er zieht seine Jeans an, steckt die Pistole hinter den Bund und checkt die Zimmer. Seine Geschwister sind glücklich aus dem Haus, dem Zustand der Küche nach zu urteilen. Er checkt Fenster, Vorder- und Hintereingang, duckt sich kurz raus, barfuß, und weiß nicht, was er sonst noch tun soll.

Tony sitzt am Küchentisch, die Fingerknöchel weiß um eine lavarote Tasse gelegt. Im Hintergrund ist eine düstere Stimme aus dem Radio zu hören. Ryan spürt, dass ihm gleich der Kopf platzt.

»Was ist verdammt noch mal los mit dir, Junge?«, fragt Tony.

»Nichts«, sagt Ryan.

Sein Vater mag das als definitive Antwort hinnehmen oder auch nicht. Sie werden von den Elf-Uhr-Nachrichten unterbrochen, in denen das Opfer der gestrigen Schießerei in Bandon Town als der neununddreißigjährige Jason Pender identifiziert wird, ortsansässig, Vater von zwei Kindern, der polizeibekannt war.

Ryan trommelt ein paar Takte auf den Rand der Spüle, nickt, als Tony sagt: »Bandon? Großer Gott, ausgerechnet in Bandon«, geht die Treppe hoch ins Bad und krümmt sich über die Toilette.

Nicht, dass da viel in ihm wäre, das er rauskotzen könnte, und bald schon sitzt er ausgelaugt auf dem Boden, hört, wie sein Vater draußen herumzappelt, und fragt sich, wie zum Teufel er die Erschütterungen des Unausweichlichen, Absoluten vor ihm verbergen soll.

Ryan könnte jetzt hier auf dem Badezimmerboden die 9-Millimeter nehmen, sich den Lauf in den Mund stecken und die Fliesen seines Vaters mit seinem beschissenen, kaputten Hirn bespritzen. Dann gäbe es eine Untersuchung, eine Verbindung zu der Tragödie in Bandon und irgendwas darüber, dass auch er der Polizei bekannt war. Im Centra-Laden an der Ecke würden sie angesichts der Titelseiten die Köpfe schütteln, und Mrs. Buckley von gegenüber würde vorne an ihrem Gartentor stehen und den Vorbeikommenden die ach so traurige Geschichte erzählen: »Er hatte keine Hoffnung mehr nach dem Tod der armen Maria, Gott hilf ihm. Wieder einer, der den Drogen zum Opfer fällt, wann wird endlich etwas dagegen getan?« Doch am Ende des Tages würde alles vergeben und vergessen sein, weil Ryan *den Gardaí bekannt* war. Der einundzwanzigjährige werdende Vater, den verdammten Gardaí bekannt.

Der werdende Vater fast zweier Kinder, denkt er. *Himmel Herrgott*. Er fährt sich mit den Händen über die Schenkel hinunter zu den Knien. Er sieht sich an, die Länge seines Körpers, die Breite seiner Brust, das Ebenbild seines Vaters, in Gestalt, Farbe und seiner verruchten Fruchtbarkeit.

Er kommt erst wieder auf die Füße, als Tony die Treppe rauf nach ihm ruft.

»Ich hab keinen Kaffee, Junge. Es sei denn, du gehst zum Laden und ziehst welchen aus dem Automaten.«

»Ich nehme Tee.« Die beiden sind durch Tür und Decke voneinander getrennt – und durch Gott weiß wie viele Menschenalter.

Während sein Sohn zu Abend isst, wirft ihm Tony durch seinen Zigarettenrauch unruhige Blicke zu und fragt viel zu sanft, ob Ryan nicht auch denkt, dass diese Geschichte in Bandon verdammt noch mal ziemlich schockierend war. Ryan zuckt mit den Schultern und kann kaum an sich halten ... *Dad, Dad, ich weiß nicht, was ich machen soll. Was soll ich nur machen?*

Ryan geht nach oben, findet aber nicht die Ruhe, um sich

hinzulegen. Mit den Ellbogen auf den Knien sitzt er auf dem Rand des Betts. Er facht seine Wut auf Natalie an, bis die Verwünschungen ihm in die Kehle beißen. Er will sie für alles verantwortlich machen. Ihre Schönheit und seine Anfälligkeit für ihre Schönheit. Phelans Übermacht, Dans Jähzorn und Karines Entscheidung, Ryans Zeugungskraft vor ihm zu verbergen. Seine Wut blüht auf, welkt und stirbt.

»Ich dachte, du hättest dich unter einem Stein verkrochen«, sagt Shakespeare, als er ans Telefon geht, »als du die Warnschüsse gehört hast.«

»Hat J. P. ihm nicht gerade gesagt, dass ich die undichte Stelle war? Warum knipst er Pender aus?«

»Genau darum«, sagt Shakespeare. »Jetzt, wo offensichtlich ist, dass er die Pillen ohne J. P. geklaut hat und ich nicht der dreckige Verräter bin, der du nicht sein konntest, war der Zeitpunkt gekommen, um aktiv zu werden. Ich sag dir, Dan dreht so was von durch. Er hat J. P.s Direktive nicht grade gut aufgenommen. Jetzt will er auf Italienisch reinen Tisch machen.« Das kommt lang gezogen und mit einem wilden Schnauben.

»Was verdammt soll ich tun?«

»Himmel, du kannst doch nicht immer mich fragen.«

»Oh, toll, nein. Du kannst ihm nicht gut zureden?«

»Hast du ihm, was mich angeht, zugeredet?«

»Ja, tatsächlich. Ja, das habe ich, Scheiße noch mal. Weil du nichts von alldem mitgekriegt hättest, wenn ich dich nicht eingeweiht hätte, oder? Du kannst doch diese ganze Scheiße auch nicht wollen.«

»Ich sage dir, was ich nicht will, ist Zoff mit J. P. Ich bin gedeckt, egal wer von euch wie aus dieser Sache rauskriecht. Klär das, oder warte drauf, dass Dan dich ausknipst. Mir ist das so was von egal.«

Ryan ruft Phelan an, berichtet ihm von Shakespeares Warnung, aber Phelan schneidet ihm das Wort ab.

»Moment mal, bist du schon tot? Rufst du mich aus dem

Sternenflieger an und schaust runter auf lauter Männer in Kitteln, die dir gerade die Brust aufschneiden?«

»Ich sage nur, dass Ihre Warnung nicht den gewünschten Effekt hatte. Ich bitte doch nur darum, dass Sie mich hier rausbringen. Himmel, J.P., muss ich erst anfangen zu betteln.«

»Das tust du doch längst«, erwidert er nachdenklich, räuspert sich und sagt: »Ich habe dir doch gesagt, du hast noch ein paar Tage. Hol dir einen Kasten Bier und ein paar Pornos und verkriech dich unter deinem Bett oder sonst wo. Du tust so, als wärst du der Staatsfeind Nummer eins und kein Säugling, der irgendeinem Schwachkopf, der eine dicke Lippe riskiert, auf den Senkel gepisst hat.«

»Hören Sie, es liegt mir fern, Sie daran zu erinnern, dass ich das Arschloch besser kenne als …«

»Verdammte Scheiße«, sagt Phelan, »such dir eine Erdhöhle, in der du dich verkriechen kannst, und hör auf, mich am Ärmel zu ziehen. Das Ganze wird ja immer peinlicher.«

»Ich fänd's noch peinlicher«, erklärt ihm Ryan, »wenn ich mich für den Oberbefehlshaber halten würde und sich rausstellt, dass ich für Dan Kane nicht mehr bin als eine meckernde alte Vettel in meiner Höhle in der Barrack Street.« Wobei er ihm das nur sagen kann, weil J.P. längst aufgelegt hat.

Ryan denkt eine Weile über Erdhöhlen nach, bröckelnde Decken und Wiesel, und wie es wäre, da rausgespült zu werden, wimmernd und von Taschenlampen geblendet.

Ihm will nur ein Ort einfallen, von dem er weiß, dass Dan ihn dort nicht findet, und er glaubt nicht, dass Phelan darüber erfreut sein wird.

Unten schließt und öffnet Tony die Hand um sein Kinn, fährt sich mit den Fingern über den Kiefer und sieht Ryan an, als wäre er ein irrsinniges Puzzle, das ihn ratlos macht, was er aber aus Stolz nicht zugeben mag.

»Ich bin dann wieder weg«, sagt Ryan.

Ein mächtiges Gefühl erfüllt ihn auf dem Weg zur Tür, mit

seinem Vater im Rücken: Ryan will, dass Tony ihn umarmt. Er soll ihm die Arme an die Seiten drücken und ihm noch einmal über den Nacken streichen, soll ihn daran hindern zu gehen. »Hör zu«, sagt er, und Tony sagt: »Ja, was?«, nachdem er eine ziemliche Weile darauf gewartet hat, dass sich sein Sohn drüber klar wird, was um alles in der Welt er sagen will.

»Bist du okay mit dem, was ich dir gestern erzählt habe?«

Tony legt die Stirn in Falten. »Warum sollte ich das nicht sein, Junge?«

»Weiß nicht. Ich kann mir nicht vorstellen, dass Gary D'Arcy das so gut wie du aufnimmt.«

»Gary D'Arcy ist eine elende Nervensäge.« Tony grinst, und seine Hand zuckt. Eine Sekunde lang denkt Ryan, dass sein Vater seinen Arm nehmen wird, doch das tut er nicht.

»Du bist mit dabei, oder?«, fragt Ryan, und Tonys Grinsen verliert sich, und er nickt langsam.

»Warum sollte ich das nicht sein?«, fragt er wieder.

»Ich meine, es ist doch genauso dein Enkel wie der von den D'Arcys.«

»Ja.«

»Ich würde nicht wollen, dass er nicht weiß, wer sein Dad ist.«

Einen Moment lang hofft Ryan, dass sein Vater die Panik hinter seinen Worten spürt, doch er reagiert auf etwas weit Näherliegenderes: den Gedanken, dass Ryan fürchtet, Karine könnte ihn aus dem Leben seines Babys ausschließen.

»Sei nicht albern, Rocky. Ehe du dichs versiehst, seid ihr zwei wieder zusammen. Sie ist sicher nur wütend auf dich.«

Wenn Ryan ihn umarmt, wird Tony merken, dass da etwas ganz und gar nicht in Ordnung ist. Und schon kommen wieder Bilder eines trauernden, hinterbliebenen Tonys hoch, wie er sich an einer Theke an einem Glas festhält, wie er über dem Küchentisch zusammensackt, unten vor der Treppe liegt. Ryan hält Blickkontakt mit ihm, bis Tony etwas zu merken scheint, bringt ihn an den Rand des Verstehens, sieht weg und geht.

Der Weg von der Tür bis zum Ende der Einfahrt gibt ihm nicht genug Zeit zu verarbeiten, dass das jetzt vielleicht das letzte Mal ist, dass er sein Zuhause verlässt, auch nicht genug Zeit, ein Bild des Betons unter seinen Füßen mitzunehmen oder vom Zustand des Rasens. Ryan streicht mit dem Finger über das Auto seines Vaters, erreicht den Torpfosten, tritt auf öffentlichen Grund.

Als er außer Sichtweite ist, ruft er seinen Bruder an und erzählt ihm irgendwelchen Scheiß über leicht zu schlichtende Streitereien. Er sagt, er soll Dan aus dem Weg gehen und auch Dans Leuten. Er soll aufpassen. Cian klingt ernst, hört aufmerksam zu, und Ryan muss ein weiteres Mal seine Panik verbergen, aber die Wahrheit treibt ihn weiter. Den eingeschlagenen Weg weiterzugehen bedeutet, er versteckt sich für ein paar Tage, bevor er nach Kampanien geschickt wird, und was dann? Dann macht sich Dan an Cian ran. An Tony. Er wird zusehen, wie Karine in die Breite geht. Und er wird Ryan nie wieder nach Hause lassen.

Maureen ist überrascht, lässt ihn rein und hat sich bereits wieder beruhigt, als sie die Tür hinter ihm schließt.

»Wie geht es dir?«, fragt sie abscheulich ruhig, worauf Ryan antwortet: »Schrecklich.«

»Schrecklich?«

»Verdammt schrecklich.«

Er geht in ihr Wohnzimmer und will sich auf ihr Sofa fallen lassen, die Arme verschränken und das Kinn einziehen, doch das Yamaha in der Ecke gegenüber nimmt ihm die Luft, den Schrecken, seinen Trotz und seine Pläne.

»Was zum Teufel ist das?«

»Nun, das siehst du doch, oder?«, murmelt Maureen. »Wobei es, nehme ich an, auch ein Friedensangebot ist. Ich habe es gegen ein Bücherregal eingetauscht.«

Etwas dringt aus seiner Brust, ein Schluchzer, der zu einem Schnauben wird, oder umgekehrt. Das Auto von seinem Vater, das Klavier seiner Mutter. Ryan geht, streckt den Arm aus und berührt es mit den Fingerspitzen, ganz, ganz sachte.

Die Kapitulation im Griff, dreht er sich um. »Was hilft mir das jetzt noch? Wozu soll es gut sein?«

»Ryan, wenn du das nicht siehst, weiß ich nicht, was ich mit dir machen soll.«

Sie verstellt den Weg links durchs Zimmer, und so geht er rechts entlang zum Sofa und lässt sich darauf niedersinken.

»Ich habe nicht gedacht, dass du wieder herkommen würdest«, sagt sie. Er sieht sie so gerade aus dem Augenwinkel.

»Nun, Ihr Sohn hat gesagt, ich suche mir besser eine Höhle, in der ich mich verkriechen kann, und ich habe mich gefragt, wer das größte Wiesel ist, das ich kenne.«

»Suchst du dir mit deiner Boshaftigkeit nicht besser jemand anders, den du überfallen kannst?«

»Ich denke, Sie schulden mir einen Unterschlupf.«

Eine Weile sagen beide nichts.

Am Ende lässt sie die Schultern sinken und sagt: »Ich wollte nicht, dass es so kommt.«

Ryan schnaubt nicht mal.

Noch eine Pause, viele Tonnen schwer. Sie sagt: »Ich nehme an, es ist fürchterlich verstimmt«, tritt auf das Klavier zu, und er springt auf und stolpert über die eigenen Füße, um sich ihr in den Weg zu stellen.

»Rühren Sie es nicht an«, sagt er, und sie schiebt die Lippen vor und erwidert: »Warum nicht, wenn es für dich zu nichts mehr gut ist?«

»Nicht anfassen«, warnt er sie.

»Oh, endlich beziehst du mal Stellung.« Sie legt die offene Hand auf den Klaviaturdeckel. »Für eine große, verfluchte Holzkiste.«

Er legt seine Hand Zentimeter neben ihre und beugt sich zu ihr hin. »Ich beziehe keine Stellung. Es dreht mir nur den verdammten Magen um, zu sehen, dass Sie es anfassen.«

»Ich hätte nicht gedacht, dass du so bösartig sein kannst.«

»Weil ich nicht weiß, wie ich am Leben bleiben soll. Und daran sind Sie schuld.«

»Wenn ich mich recht erinnere, hast du dich selbst in diese Situation manövriert.«

»Da erinnern Sie sich falsch. Ich wäre mit Ihrem Sohn, diesem Irren, schon klargekommen, und hätte auch die andere Sache durchgestanden, aber Sie mussten ja unbedingt dazwischenfunken, und jetzt haben wir's. Ich bin tot, Maureen. Entschuldigung, dass ich nicht in der Laune bin, Ihnen was vorzuspielen.«

»Du bist völlig durch den Wind«, sagt sie, »und kommst kein Stück weiter. Setz dich.«

Sie weicht zurück und geht vor dem Sofa zur Küche hinüber. Als Ryan sich nicht rührt, zuckt sie mit den Schultern und sagt: »Oder bleib da, sicher, bewach das Ding. Halt es fest. Was immer dich aufrechthält.«

Die verräterischen Geräusche eines Rituals: das Klicken des Schalters, das Herumgeräume, die Schranktüren. »Ich will keinen verdammten Tee«, ruft er zu ihr hinüber.

Sie kommt mit einer Tasse in jeder Hand zurück und stellt eine auf den Tisch.

»Ich will Ihren verdammten Tee nicht. Das habe ich doch schon gesagt.«

»Aber mein Dach über dem Kopf willst du.« Sie setzt sich in den Sessel und drückt sich ihre Tasse gegen den Bauch. »Allerdings nur mit Halbpension.«

Sie nimmt einen Schluck und sieht ihn durch den Dampf über der Tasse an.

»Ryan«, sagt sie, und ihm tut es weh, den Namen von ihren Lippen zu hören. Was, wenn sie die Letzte ist, die ihn ausspricht? »Was nützt dir deine Wut«, fragt sie, »wenn du entschlossen bist, nichts damit anzufangen.«

»Was soll ich damit anfangen? Es gibt nichts Gutes, wofür

ich sie brauchen könnte. Ich bin am Arsch. Haben Sie das überhaupt in Ihrem Wortschatz? Am Arsch zu sein?«

»Nein, habe ich nicht«, sagt sie. »Bei mir braucht es eine Menge mehr, bevor ich aufgebe.«

»Eine Menge mehr? Als das hier? Scheiße, ich habe Ihrem Sohn das Einzige gegeben, was mich am Leben hält, und er hat kaum Bock, es zu erhalten. Heute Morgen habe ich jemanden getroffen, dessen letzter Gefallen für mich darin bestand, mir zu raten, meine Beerdigung vorzubereiten, und was sagt J. P. dazu? Ich soll mich irgendwo wegducken, während er drüber nachdenkt, ob es den Ticketpreis wert ist, mich hier rauszuholen. Ihr Sohn spielt mit meinem Leben, und Sie kommen mit einem beschissenen Klavier!« Ryan nimmt die Hand vom Klaviaturdeckel und schlägt noch einmal drauf. »Zur Hölle mit Ihnen. Mischen Sie sich nicht in anderer Leute Sachen.«

»Und zur Hölle mit deiner Jammerei. Denkst du, du bist der erste Mensch, der je in eine Ecke gedrängt wurde?« Sie hebt die Stimme und die Brauen. »Ich bin geschlagen worden und habe weitergemacht. Und du wirst auch weitermachen. Sieh dir das Ding da an.« Sie hebt die Hand, und Ryan folgt ihrem Blick auf sein Klavier. »Was machst du damit? Wofür das alles?«

Er schüttelt den Kopf.

»Absolut hoffnungslos«, sagt sie. »All die Stunden, die deine Mutter damit verbracht hat, dir das Spielen beizubringen, und du hast kein Hirn in deinem Kopf.«

»Wissen Sie, das Problem mit Ihnen ist, dass Sie glauben, es geht nur darum, mich da rauszuquatschen …«

»Nein, glaube ich nicht«, sagt sie. »Wenn es keinen Weg raus oder drum herum gibt, dann musst du da durch, Himmel noch mal. Mitten durch, und lass dich von niemandem aufhalten.«

»Sie wissen ja nicht, wovon Sie reden.«

»Das weiß ich nicht? Ich bin verlassen, ausgeraubt und vertrieben worden, und das alles auf einmal, und wenn ich mich da nicht hab unterkriegen lassen, Ryan, damals, als eine Irin ohne den Segen der katholischen Kirche noch nicht mal pinkeln gehen durfte, dann wirst du es auch nicht. Denkst du, ich verstehe das Böse nicht? Setz dich und trink deinen Tee. Ob du dich nun versteckst oder kämpfst, du brauchst dafür deinen verdammten Kopf.«

Sie gibt ihm seinen Kopf zurück. Es dauert Stunden, und es ist strapaziös. Er sagt ihr nicht, dass Karine schwanger ist. Er will Maureen diesen Schatz nicht anvertrauen. Aber er glaubt, sie spürt, dass seine Angst auf wirklich ehrbare Weise egoistisch ist. Er hat sich etwas Winzigem überantwortet, das größer ist als er selbst. Sie liest die einfachen Formen seiner Hingabe und rückt sie in seinem Kopf zurecht.

Als sich Maureen in ihr Zimmer zurückgezogen hat, sehr spät, als das Pochen aus seinem Kopf gewichen ist, hebt er den Klaviaturdeckel an und streicht über die Tasten.

23

Natalie trifft ihn am frühen Morgen, zwanzig Minuten außerhalb der Stadt, wo das trübe Meer in einen silbrigen Himmel schneidet. Er steht ein paar Meter vom Murmeln des Wassers entfernt, eingelullt vom Wind, und als sie kommt, ist es ein vages Bild: indigoblaue Jeans, zerzaustes Haar, Zögern.

»Hi«, sagt sie.

Ryan antwortet nicht. Er betrachtet die in der Ferne zusammenfließende Welt und schmeckt das Salz.

»Ich bin froh, dass du angerufen hast.« Natalie spricht nur ein wenig lauter als die Wellen. »Ich bin nicht glücklich damit, wie wir auseinandergegangen sind. Mit ein paar Dingen, die ich gesagt habe.«

»Die Wahrheit will ans Licht«, sagt Ryan. »Erleichtere dich.«

Er blinzelt und wendet ihr den Kopf zu, sie senkt ihren.

»Sie belastet mich nicht«, sagt sie.

»Gott behüte!«

»Nein, ich meine …«, sie zwingt einen Seufzer heraus. »Du und ich. Das war sehr … natürlich. Ich habe dich sehr früh schon nicht mehr als einen von Dans Kollegen gesehen.«

»Kollegen?«

Sie zieht den Kopf ein, nimmt dann aber die Frage an.

»Ich bin in der Wortwahl nicht so gut, Ryan.«

»Warum solltest du auch?« Er versichert sich, dass sie ihn ansieht. »Da geht nicht allzu viel vor in deinem Kopf, soweit ich das erkennen kann.«

Er wünschte, dass der Wind wilder würde. Er nimmt einen Kiesel und schleudert ihn ins Grau.

»Wolltest du mich sehen, um mich auseinanderzunehmen?«, sagt sie.

»Nein. Dass du ein Miststück bist, ändert nichts daran, was für ein dummer Mistkerl ich bin.« Er wirft noch einen Stein aufs Meer hinaus. »Ich nehme an, ich will nur wissen, was du in der ganzen Sache gesehen hast.«

»Du denkst, ich schulde dir eine Erklärung.«

»Tust du das nicht?«

Nach zwei weiteren Kieseln nimmt sie den Gedanken an, geht ein Stück, bleibt stehen und blickt zurück, um deutlich zu machen, dass sie nachgibt. Er wirft noch einen Stein und folgt ihr. Natalie setzt sich auf einen Felsen oben auf dem Strand und zieht die Knie an die Brust. Er bleibt stehen, steckt die Hände in die Taschen und blickt aufs Meer hinaus.

»Was du tust, hat etwas Reales«, fängt sie an. »Es ist leicht, Authentizität wertzuschätzen, wenn …«

»Was zur Hölle redest du da, Mädchen? *Authentizität* … Hast du deine Entschuldigung auswendig gelernt?«

»Nun ja«, sagt sie. »Meinst du, ich habe nicht darüber nachgedacht? Wieder und immer wieder?«

Und damit beginnt ein freimütiges Geständnis ihrer eigenen Dummheit. Sie zählt eine ganze Reihe Vorteile in Bezug auf seine Herkunft auf: Jemand wie Ryan macht mehr her und hat eine größere Anziehungskraft als jemand, der vom Elfenbeinturm runterschaut.

»Das klingt jetzt dumm«, sagt sie.

»Du hörst dich also selbst?«

»Du bist für mich anders«, sagt sie. »Das ist attraktiv. Das verstehst du, oder? Warum sonst wärst du mit mir gegangen?«

Er antwortet nicht, und sie wartet nicht. Sie sagt, dass sie erst platte, ziemlich idiotische Vorstellungen von ihm gehabt hatte, dass er dann aber ihre Erwartungen übertroffen habe.

»Weil sie so scheiß niedrig waren?«, fragt er.

Die Pause, die sie einlegt, verrät ihre Scham. Sie löst ihre

Hände und beginnt, ein Bein vor- und zurückzuschieben. Sie fräst mit dem Absatz durch den Sand.

»Was sollte ich in dem Moment sagen, Ryan? Dass mir gerade erst klar wurde, dass ich mich an dich erinnere? Ich dachte nicht, dass das wichtig wäre für einen One-Night-Stand oder eine kurze Weihnachtsgeschichte. Und als ich dann mit dir zusammen sein wollte, war es zu spät zu sagen, ja, dass ich dich vielleicht schon mal mit Dan gesehen hatte … Dann hätte ich dich verloren.«

»Himmel, Mädchen, wenn du wüsstest, wie oft ich diese Woche schon beinahe verloren war …« Er schüttelt den Kopf. »Aber egal, das ist nur die Hälfte. Du kannst da sitzen und unglücklich tun, das ändert nichts daran, wie du auf mich losgegangen bist, als ich dir gesagt habe, dass Karine schwanger ist. Da war ich plötzlich nicht mehr authentisch, oder? Da war ich nur noch ein asozialer Wichser.«

»Ich bin explodiert …«

»Ach was.«

»… und es tut mir leid. Allein der Gedanke, dass deine Ex-Freundin dich noch so im Griff hat … und dann das mit Dan, es war so furchterregend – *ist* so furchterregend, dass es einfach zu viel war.«

»*Mich im Griff hat.* Scheiße noch mal.«

Sie sagt nichts, schlingt die Arme wieder um ihre Beine und drückt die Stirn auf die Knie.

»Das ist verdammt kindisch«, sagt Ryan. »Und ich bin einige Jahre jünger als du.«

»Ich war nur so sauer, dass du mir nichts davon gesagt hattest.«

»Ich hatte es selbst nicht gewusst, Natalie. Ich weiß, du glaubst mir nicht, authentisch wie ich bin, aber so ist es. Und ich hätte sterben können, ohne es je zu erfahren. Kannst du das begreifen? Ich kann es nicht.«

Sie sagt: »Fühlst du noch etwas für mich?«

Er blickt sie an, und der Wind weht Serpentinen in den Sand um ihre Füße.

»Oh, du hast wirklich einen fiesen Humor.«

Er zieht die Schultern vor und geht zum Wasser hinunter, tritt nasse Sandklumpen vor sich her, spuckt in den Schaum, wirft böse Blicke zum Horizont und kehrt zu Natalie zurück, die Hände immer noch in den Taschen, die Finger wütend gespreizt.

»Weißt du, ich war so nah dran, Natalie. Es hat mich in der bestmöglichen Weise verrückt gemacht, dass du mich wolltest.«

»Du denkst, weil ich dir nicht von Anfang an die Wahrheit gesagt habe, war alles nicht ehrlich gemeint?«

»Nein, Mädchen, was mich das alles infrage stellen lässt, ist, wie lange du weitergemacht hast, obwohl es mich hätte umbringen können, die Wahrheit nicht zu wissen.«

»Das waren ein paar Wochen, Ryan, in denen wir kaum aus dem Haus sind …« Als ihm der Mund offen steht, hebt sie die Hand und wiegt den Kopf. »Es tut mir leid, ich sollte nicht versuchen, mich zu verteidigen. Wenn ich die Uhr zurückdrehen könnte, o Gott, ich würde es sofort tun.«

»Kannst du das beweisen?«

Sie sieht ihn an.

»Willst du es wiedergutmachen, Natalie?«

»Natürlich will ich das.«

»Du willst immer noch mit mir zusammen sein, oder?«

Auf dem Weg zum Strand hatte Ryan versucht, seine Wut auf sie zu überwinden, und, bis sie an seiner Seite stand, auch gedacht, er hätte es geschafft. Er weiß, dass nur ein Teil der Scheiße, die ihm bis zum Hals steht, auf ihre Kappe geht. Sie war scheinheilig, aber er auch. Er weiß nicht, ob er ihr je von sich aus erzählt hätte, was er mit den Stunden seines Tages anfängt. Vielleicht wusste er zu Anfang nicht, dass er mit ihr Dan hintergehen würde, aber Natalie hat recht, als er es erfuhr, nahm er die Sache in die Hand und machte einfach weiter.

Ja, und wenn sie ihn anfährt, weiß sie, welche Knöpfe sie zu drücken hat. Dann nennt sie ihn einen Straßenlümmel und sieht zu, wie er erschaudert. Das ist es, wo sein wahrer Ärger herrührt. Was Ryan verdrängt hatte, bis er an den Strand kam.

Und so erwartet er, dass sie blass wird und einen Rückzieher macht, aber sie sagt: »Ja. Sonst wäre ich nicht so grausam gewesen. Ich weiß, das klingt pervers.«

Er schüttelt wieder den Kopf.

»Mit mir nach dieser ganzen Scheiße immer noch zusammen sein wollen, das ist pervers, Mädchen.«

»Ich weiß nicht … Ich dachte, wir hätten etwas, das echt genug ist, um es zu bewahren.«

Er stellt sich seine Erprobung wie ein übertriebenes Kneifen nach dem anderen vor, mit dem sie herauszufinden versucht, wie echt er denn nun wirklich ist. So auf Herz und Nieren geprüft, kriegt er am Ende seinen Authentizitätsstempel: *Er teilt tatsächlich aus wie ein richtiger schwerer Junge.*

»Ich dachte«, fährt sie fort, »dass da eine Verbindung zwischen uns besteht.« Sie stöhnt auf, reibt die Stirn über die Knie, und als die Wut heruntergeschluckt ist, sagt sie: »Vielleicht sind wir beide gleich schlecht?«

»Du kannst mir das Wasser nicht reichen, Mädchen.«

Sie hört nicht, dass er sich damit geschlagen gibt. Zum Meer hinaus sagt sie: »Wir haben nie irgendwas Normales gemacht wie andere Paare. Sind nicht ins Kino gegangen, haben nicht im Fitzgerald Park Händchen gehalten, und ich hab dich nie an einem verregneten Samstag durchs Einkaufszentrum geschleppt. Stattdessen haben wir nur … gekifft und waren zusammen im Bett. Gras und Sex sollten nicht alles sein.«

Ich kenne mich aber nur mit Gras und Sex aus, denkt Ryan kurz und knapp, und es ist gefährlich und überwältigt ihn beinahe, doch dann fügt er wie aus dem Nichts noch *Musik* hinzu. Tarantellas, eingeübt und ja, perfektioniert. In Auftrag gegebene

Remixe. Improvisierte Konzerte und Klaviere, die nach Hause wollen, Scheiße noch mal.

Und so überwältigt es ihn nicht, sondern er stimmt ihr zu.

»Gras und Sex sollten nicht alles sein«, sagt er.

Er hatte akzeptiert, dass er sie würde zwingen müssen, und sich Sorgen gemacht, wie er sich das hinterher vergeben könnte, aber Natalie braucht keinen Zwang. Sie sagt ihm, er solle mit zu ihr kommen. Und so sitzen sie hinter den geschlossenen Vorhängen ihres düsteren Zimmers, sie im Schneidersitz auf dem Bett mit dem Laptop vor sich, er auf dem Boden mit dem Rücken zur Tür.

Sie kommen zur Sache.

Bei ihr zu Hause, in ihrer Umgebung, begreift er, wie abgrundtief sein Unwissen ist. Sie führt ihn ein in die Grundbegriffe der Steuer- und Finanzflucht. Was sie alles für Dan eingefädelt hat. Sie führt Ryan die Komplexität der ganzen Sache vor Augen, was etwas viel ist für einen Burschen, der mit sechzehn aus der Schule raus ist und seine Ersparnisse auf dem Speicher seines Vaters versteckt hält.

Er überlässt sie ihren Machenschaften und sucht in der Küche nach Essbarem. In den wenigen kurzen Monaten ihrer Beziehung hatte er nicht viel Gelegenheit, sich an ihr Zuhause zu gewöhnen. Er kocht zwei Tassen Kaffee, klaut den Rest eines übrig gebliebenen Salats, den Großteil eines Baguettes und ein Stück Schimmelkäse. Er findet Teller, um die Sachen darauf zu verteilen, steht da und drückt die Hände auf die polierte Arbeitsfläche. Wer hätte gedacht, dass er in diesem Herrenhaus Fuß fassen würde?

Auch er könnte sich eine luftige Festung am eleganten Rand der Southside schaffen, genau wie Natalies Eltern es gemacht haben: mit harter Arbeit, stählernen Nerven und flexiblen Moralvorstellungen. Vielleicht ist das alles ein Sumpf, korrupt und gewalttätig. Natalie mit ihrem Wissen, wie sie Dans Einkünfte ehrbar werden lässt, ist nur eine von vielen Millionen. Für jeden

Ryan gibt es eine Natalie, eine oder einen Aufrechten, der seine Gewinne wäscht und seine Drogen nimmt.

Er denkt an Jason Pender. Wo ist diese arme Sau, während Ryan hier in dieser Marmorküche steht? Noch nicht einmal unter der Erde. Dem stochern gerade ein paar Fremde in sterilem Weiß in den Einschusslöchern herum, während seine Kinder die gruselige Wärme vor sich hin murmelnder Trauernder genießen. Ryan kennt das.

Er bringt Natalie ihr Mittagessen.

»Und was jetzt?« Sie streckt ein Bein aus und balanciert den Teller auf der Innenseite ihres Schenkels. Sie fängt erst an zu essen, als auch er so weit ist.

»Ich kratze etwas Geld zusammen und mache mich davon, nach Italien. Allerdings muss ich mir was einfallen lassen, wie ich meiner Nonna klarmache, dass ich nicht bei ihr wohnen kann. Ich such mir ein Bleibe in Napoli oder Salerno, grabe ein Loch in die Wand, verkriech mich drin und überlege mir während der nächsten fünf Monate, wie ich wieder nach Hause kommen kann.«

»Dabei willst du kaum Gesellschaft, oder?«

Sie sagt das, als er sich gerade ein Stück Brot abreißt, so getimt, dass er sie nicht anglotzen kann.

»Hä?«, bringt er gerade so heraus, mit vollem Mund.

»Denkst du, ich würde nicht auch gerne für eine Weile aus Cork weg, Ryan?«

Es ist verblüffend, dass sie angesichts ihrer Fähigkeit, alles um sich herum kaputt zu kriegen, denkt, mit ihm zu kommen könnte eine gute Idee sein. Aber sie geht das Ganze mit ihrer typischen Natalie-Logik an und spinnt Gründe aus dem Faden ihrer Fehler.

»Du denkst wirklich, wir verdienen einander.« Und obwohl er sein Resümee in Hohn hüllt, hebt sie das Kinn und sagt: »Ich denke, wir haben noch ein ganzes Stück Wegstrecke vor uns.«

»Zweitausend Kilometer.«

»Niemand würde da weiter nachfragen«, sagt sie. »Es würde aussehen wie ein letzter Urlaub am Ende meines Sabbaticals.«

»Und was ist in fünf Monaten?«

Sie antwortet ihm ihrerseits mit einer Frage, die etwas zu spät kommt.

»Liebst du deine Ex noch?«

»Natürlich tu ich das.«

Sie saugt die Lippen in den Mund, als sähe sie eine Ratte über ihren schönen Walnussboden huschen.

»Seit du gehört hast, dass sie schwanger ist?«, fragt sie. »Oder ist das etwas, was du die ganze Zeit vor mir verborgen hast?«

»Du weißt, dass sie Schluss gemacht hat. Und ich musste es irgendwie kapieren, aber ich war nicht so weit.«

»Wenn du also fragst, was in fünf Monaten ist, bedeutet das, dass du dann zu ihr zurückgehst.«

»Aber sie wird mich nicht nehmen, weil ich für sie nichts als Chaos bin.« Ryan stellt seinen Teller zur Seite, streckt sich und lacht leise. »Ich glaube aber«, fährt er fort, »sie wird mich zu meinem Kind lassen.«

Natalie findet diesen Gedanken nicht so selbstverständlich. Sie verdreht die Augen und sagt, zu leise: »Fünf Monate sind ein guter Zeitrahmen für mich. Dann muss ich ein Praktikum anfangen, und Italien wäre eine gute Erfahrung, um eine schlechte zu verdauen. Und wer weiß, was aus uns in dieser Zeit wird? Ich glaube, wir könnten es bedauern, wenn wir uns nicht die Möglichkeit geben, das rauszufinden.«

»Du willst also mit nach Neapel?«

»Wir müssen beide hier weg.«

»Neapel.« Ryan zuckt zusammen, gleichzeitig erfreut und angewidert. »Eine Feuertaufe, direkt vor der Taufe.«

Jimmy Phelan erklärt Ryan, dass er ihn mag, auch wenn Ryan das vielleicht nicht glauben mag. Sicher in seinem Keller unter der Barrack Street, plustert er die Federn und lobt Ryans Eifer. Er weiß zu schätzen, wie Ryan sich zusammenreißt, und damit das auch so bleibt, verrät ihm Ryan nicht, dass er bei Maureen war und sie ihn so weit gebracht hat. Ryan war fleißig. Er erklärt Phelan, dass er den Zahlungsverkehr unter seine Kontrolle gebracht habe und die Übernahme damit so nahtlos vonstattengehen könne wie nur irgend möglich. Ohne Zugang zur Kasse und ohne Übersetzer ist Dan Phelans Gnade ausgeliefert. Das holt die Luft aus seiner Wut und wird ihn zwingen, klein beizugeben. Wenn Phelan so weit ist, eine Bestellung aufzugeben, wird die Maschinerie bestens geölt sein. Das Geld geht direkt von dem Konto, das Dan dafür eingerichtet hat, an die Briefkastenadressen in Mailand.

Und das Ganze zu einem Superpreis: fünfundachtzig Cent pro Pille.

Was ein Zehn-Cent-Wagnis ist. Und um sich gegen mögliche Verluste abzusichern, muss Ryan aus dem Land. Nur für den Fall, dass Dan und Phelan doch noch gemeinsame Sache machen.

Ryan macht Pläne. Seine Taschen sind leer, aber sein Kopf ist klar.

24

Früh am Samstagmorgen sitzt Ryan mit den Händen auf dem Steuer da, die Schultern eingezogen, und misst die Zeit daran, wie der Strom der Feiernden langsam nachlässt. Zuerst kommen größere Gruppen auf dem Weg zu irgendwelchen Anschlusspartys vorbei, Typen, die zu gut drauf sind, um geradeaus zu laufen, Mädchen, die das kichernd verfolgen, selbst aber auf dem Fußweg bleiben. Dann die Nachzügler, zu zweit, zu dritt, schimpfend, flüsternd. Schließlich die verlorenen Jungs, die mit den Schultern gegen Mauern taumeln. Die Abstände werden größer.

Es ist Viertel nach drei, als Colm Ryan schreibt, dass Dan den Catalyst verlassen hat, und fast halb vier, als er tatsächlich auftaucht. Dan bleibt stehen und wartet, dass sich das Tor öffnet, aber es ist nicht hell genug, um seinen Gesichtsausdruck erkennen zu können. Ryan weiß, dass Dan ihn nicht sehen kann, ein paar Autos weiter in der Querstraße.

Er setzt darauf, dass Dan nicht lange brauchen wird, was er daraus schließt, wie alles am Samstag letzter Woche abgelaufen ist, und weil ihm keine andere Möglichkeit bleibt. Ryan muss weg aus Cork, aber ihm fehlt das Geld dafür. Von Phelan kriegt er nichts. Ryan muss sich zurückholen, was ihm genommen wurde. Was ihm gehört.

Natalie ist schon weg. Sie ist am Nachmittag nach Dublin gefahren. Ein paar Nächte bei Freunden, hastig organisiert, dann fliegen sie über London nach Neapel. Er weiß nicht, ob sie mitwill, weil sie ernsthaft Angst hat oder sich schuldig fühlt wegen ihres Anteils an der ganzen Scheiße. Vielleicht hält sie es durch, vielleicht auch nicht. Ryan ist es egal.

Er reibt sich über die Schenkel.

Der erste Teil der Wette geht auf. Dan fährt aus dem Tor und verschwindet in die Richtung, aus der er gekommen ist. Ryan schließt eine Hand um die andere. Er wartet.

Fünf Minuten später nähert sich Ginas blauer Mazda dem Tor und biegt nach links ab, weg vom Stadtzentrum.

Ryan folgt ihr.

Bevor alles in die Brüche gegangen ist, vor einer Woche, hat Ryan ihr auf Dans Geheiß die Einnahmen gebracht, und Gina war angekleidet und bereit, das Haus zu verlassen. Ryan hat das nicht kapiert, bis Natalie ihm zeigte, was sie über Dans Buchungsverfahren weiß, und da wurde ihm klar: Dan bunkert die Einnahmen vom Catalyst nicht zu Hause. Er lässt sie von Gina wegschaffen. Warum sonst hatte sie voll bekleidet und ungeduldig auf ihn gewartet? Die Frau besitzt Tagespyjamas, Scheiße noch mal.

Er bleibt so weit hinter Ginas Rücklichtern, wie er kann, schließlich ist sie erst vor ein paar kurzen Monaten überfallen worden. Es macht Ryan ganz fertig, dass er sich Natalie mit einem Mann geteilt hat, der seine Freundin mit Aufgaben betraut, die sie, nach dem Raub, zu Tode ängstigen müssen.

Die Stadt bleibt hinter ihnen zurück, hinter Gina und Ryan.

Hinter Wilton biegt sie in eine Ansammlung von rechtwinklig zueinander stehenden Wohnblöcken mit kaum einem Parkstreifen. Ihr Mazda fährt nach links, Ryans Golf nach rechts. Er parkt, sobald er um die Ecke ist, und läuft zu Fuß zurück. Zwischen Stufen und Hecken sieht er, wie sie auf die nächste Glastüre zuhält. Sie hat eine Tragetasche über der Schulter, hält die Arme vor dem Leib verschränkt und den Blick zu Boden gerichtet. Sie hört ihn nicht kommen.

Gina zieht einen Transponder aus der Tasche und hält ihn an eine Metallplatte links neben der Tür. Ryan kommt von rechts und drückt ihr den Pistolenlauf in die Seite, genau unter ihren Rippen, und packt mit der Linken ihre Schulter.

Sie erstarrt, und in der Stille hört er seinen eigenen Atem. Er kommt stoßweise.

»Sag mir, dass du hier gerade Geld deponierst, Gina.«

»Gott, Ryan, was soll das?«

»Sag's mir.«

Als stieße sie leise Gebete aus, keucht sie verwischte Silben heraus. *LieberGottstehmirbei.* Es ist gar nicht so leicht, nicht in ihren heiseren Refrain einzustimmen.

»Sag mir, dass du es hier deponierst, Gina.«

»Willst du es? Es ist abgezählt, in der Tasche.«

»Ich bin nicht hinter den Einnahmen vom Catalyst her. Ich glaube, hier gibt es noch etwas mehr.«

Im gebürsteten stählernen Aufzug zittert sie und lehnt sich an ihn, und eine Sekunde lang hat es den Anschein, als würde ihre Wange auf seiner Schulter enden. Sie atmen schnell, beide, gemeinsam. Die Türen öffnen sich, Ryan drückt seinen Daumen in Ginas Schulter.

Dans Schließfach ist eine Zweizimmerwohnung, bitterkalt und auch erleuchtet grau. Links und rechts des kleinen Flurs gibt es eine Eichentür. Ryan zieht Gina mit und checkt sie beide. Ein Bad mit einer kaputten Lampe, ein Schlafzimmer mit nichts als einem unbezogenen Doppelbett und einer geschlossenen Jalousie vor dem Fenster. Er schiebt sie weiter. Gina führt ihn ins Wohnzimmer, steht da und wartet auf Anweisungen.

»Wo hat er es versteckt, Gina?«

Sie versucht ein »Was meinst du?« und strapaziert damit seine Geduld ein wenig zu sehr. Mit der Innenseite des Handgelenks stößt er ihr vor das Brustbein. Sie schreit auf.

»Ryan, du kannst nicht von mir verlangen …«

»Kann ich. Mach ich.«

»Du weißt, es ist unmöglich, dass es hiernach einen Weg zurück gibt … Lass uns die Sache bereden, okay?«

»Bereden? Als wär das hier nur eine flüchtige Anwandlung

von mir? Gott, Gina, sag mir nicht, dass du nicht weißt, dass es zwischen mir und Dan aus ist. Sag mir nicht, dass das alles nicht auch für ihn eine große Sache ist.«

Sie verschont ihn. Sie schüttelt den Kopf. »Natürlich.«

»Dann weißt du, was er mir angetan hat. Ich will einfach nur mein Geld.«

»Du verstehst nicht, Ryan, das gibt er nie wieder her. Und er wird dich auch nie in Ruhe lassen.«

Sie weicht seinem Blick aus. Sie versucht den Fußboden zu überzeugen, dass das, was von dem Mann, der da steht, noch übrig ist, einen schrecklichen Fehler begeht, und so hebt er seine Pistole auf Höhe ihres Mundes und fragt sie, ob sie denkt, dass er Witze macht?

Gina presst die Lippen zusammen, und im Make-up von gestern bilden sich Risse. »Das lässt sich einrenken. Ich helf dir dabei, Ryan. Ich kenne Dan.«

»Du willst für mich ein Bittgesuch bei ihm einreichen? Er hätte mich beinah umgebracht! Scheiße! Er hatte seine Pistole hier oben …«, er tippt auf seine Schläfe, »das volle Programm.«

»Aber er *hat* dich nicht umgebracht. Er wollte dir nur Angst machen. Ich *kenne* ihn.«

»Weißt du, weshalb wir uns zerstritten haben? Was meinst du? Dass ich mit seinem Koks irgendeine Scheiße angestellt habe, so was?«

Sie zuckt zusammen.

»Nein, wir haben dieselbe Frau gevögelt. Das war's. Stell dir vor. Weißt du, in welchem Ausmaß er dich betrügt?«

»Ich bin nicht blöd«, sagt sie.

»Wenn du nicht blöd bist, dann sieh mich an und sag mir, wozu dein Herumeiern hier noch führen wird.«

Während sie seine Verzweiflung einzuschätzen versucht, sieht er ihre Angst und weiß, wenn er morgen noch lebt, gibt es neue Schuldgefühle, mit denen er klarzukommen hat. Gina war immer gut zu ihm.

»Ryan, bitte.«

Seine Brust zuckt, sein Elend imitiert einen Lacher.

»Keiner hat zugehört, als ich gebettelt habe, Gina.«

Wie sich rausstellt, funktioniert der hässliche, an die Wand geschraubte Boiler nicht. Der richtige ist hinter einer Schranktür versteckt, der an der Wand ist eine Attrappe, die Frontverkleidung kann man leicht abmontieren.

Gina lehnt links neben Ryan an der Arbeitsfläche und hat eine Hand an die Stirn gelegt. Ryan stellt die Verkleidung auf den Boden, greift wieder nach seiner Pistole, und seine Hand hat sich gerade um den Griff geschlossen, als er sie sieht: drei graue Geldkassetten, übereinander, und um sie herum fünf volle Beutel mit Pillen.

Er nimmt einen. Dreht ihn in der Hand. Durch das trübe Plastik hindurch sieht er das Logo auf den Tabletten. Indem er das alles erfasst – Masse, Anzahl, Wahrscheinlichkeiten –, nimmt eine Geschichte in seinem Kopf Gestalt an. Die Tabletten verrutschen und machen Platz für seine Fingerspitzen.

»Das sind die verloren gegangenen Pillen.«

Gina antwortet mit einem Schniefen. Ihre Hand wandert von der Stirn über ihre Augen.

Ryan legt die Beutel auf die Arbeitsfläche, auf einen Haufen. Gina nimmt die Hand herunter. Sie blickt starr in den leeren Raum und weitet die Augen, als wollte sie Tränen zurückhalten.

»Hat er die gefunden, als er Pender umgelegt hat?«

»Von dieser Seite der Dinge weiß ich nichts«, sagt Gina, und Ryan hebt seine freie Hand, streckt den Zeigefinger aus, und sie verstummt, als er zu einem Ergebnis kommt.

»Nein. Nein, wie hätte das gehen sollen? Pender hatte sie nie. Du bist nie überfallen worden. Diese Pillen sind nie weggekommen.«

»Ich kenne mich da nicht aus, Ryan. Das hat nichts mit mir zu tun.«

»Verdammte Scheiße, Gina!«

Sie zuckt mit den Schultern, obwohl ein Schulterzucken in dieser Sache bei Weitem nicht reicht.

Die Pistole nimmt die Position des ausgestreckten Zeigefingers ein. »Du bist nicht überfallen worden«, wiederholt Ryan jetzt lauter. »Du bist überhaupt nicht überfallen worden, oder?«

»Es war nicht meine Entscheidung.«

»Pender ist tot, Gina! Verdammte Scheiße! Warum ist das so, wenn er nichts damit zu tun hatte?«

»Es war nicht …«

Ryans Hand an ihrem Hals und die Pistole auf ihrer Wange reichen, um sie aus ihrem Gebet herauszureißen. Sie gibt dieses Albtraumgeräusch von sich: einen abgesehen von einem Kieksen ganz hinten in der Kehle tonlosen Schrei. Zwischen den Zähnen hindurch zischt Ryan: »Das hatte nichts mit Pender zu tun. Also, warum ist er tot?«

Sie kann reden, da sie denkt, dass zu reden das Einzige ist, was sie am Leben hält. So wie Ryan vor wenigen Tagen, als er einem Mann von der Italien-Connection erzählt hat, der kurz davorstand, ihm das Licht auszublasen, zittert Gina und heult, formt aber klare Sätze, weil klare Sätze gefordert sind.

»Als die Pillen ankamen, fing Jason davon an, Jimmy Phelan mit in die Sache reinzunehmen. Dan dachte, er hätte Phelan vielleicht schon was gesteckt, und deshalb sind wir auf Nummer sicher gegangen und haben sie hergebracht. Verstehst du, bis Dan sicher sein konnte. Es sollte nicht so lange dauern, wie es gedauert hat. Alle sind durchgedreht, und das hat es kompliziert gemacht. Dan hat euch allen gesagt, Geduld zu haben, oder etwa nicht? Er musste rauskriegen, wer womöglich sonst da noch mit drinsteckte, bevor er Jason abservierte …«

»Du sagst mir, dass Dan einen verdammten Raub vorgetäuscht hat, weil er Schiss hatte, dass Pender, dieser arme kleine Ficker, dass der in Verbindung mit Jimmy Phelan stand? Du sagst, dass er das alles vorgetäuscht hat, nur weil er … nur weil er seinen Leuten nicht vertraut?«

»Es ist aus dem Ruder gelaufen ...« Genau wie sie selbst jetzt die Kontrolle verliert, in sich zusammensackt und schluchzt. Ryan hält sich an der Arbeitsplatte neben sich fest. Die Pistole schlägt auf seinen Schenkel.

»Hat er auch nur die geringste Ahnung, was er da angerichtet hat?« Er blinzelt, um den Blick wieder klar zu bekommen. »Was weiß Shakespeare davon?«

»Komm, Ryan, natürlich nichts.«

»Nichts. Genau das, wofür Pender gestorben ist?«

»Davon weiß ich nichts. Er muss geredet haben, er muss die Sache noch schlimmer gemacht haben ...«

»Erstens«, sagt Ryan zu ihr und richtet sich auf, »hat Pender nicht geredet, und zweitens, es konnte gar nicht schlimmer kommen.«

Auf seinen Befehl hin schließt sie die Geldkassetten auf. Ryan weiß, was Dan ihm schuldet, aber das ist ihm jetzt scheißegal. Er nimmt ihre Tasche und stopft das Geld und die Beutel hinein. Gina steht da, drückt die Fäuste gegen das Schlüsselbein und heult auf dem Boden. »Weißt du, wie viel diese Pillen kosten?«, fragt Ryan, und als sie nicht antwortet, wiederholt er seine Frage. Sie schüttelt den Kopf. »Fünfzig verdammte Riesen«, sagt er. »Ist das jetzt der Preis für ein Menschenleben?«

Er verlässt das Haus mit der Pistole in der einen und Ginas Tasche in der anderen Hand.

Es sollte Theorien geben, die Ryan verschiedene Schlüsse nahelegen, eine Geschichte, einen Zusammenhang, der sich in seinem Kopf bildet. Doch da ist nur Mechanik. Er fährt nach Larne Court und parkt den Wagen. Einen Ellbogen auf dem Lenkrad, eine Hand an der Stirn, starrt er durch die Windschutzscheibe. Er versucht die Sache zu beschleunigen, versucht Jason Pender zu nicht mehr als einer Notiz abzustempeln, die innen in seinen Schädel geschrieben steht. Der Name zerfällt in kleine Geräusche, fängt an, wie Unsinn zu klingen.

Ryan richtet sich auf, atmet tief ein und sieht auf den Beifahrersitz.

Er zählt. Es sind fünfundsiebzig Riesen.

Sein Telefon klingelt, er gräbt es aus und sagt leise zum Himmel hinauf: »Du hast dir verdammt viel Zeit gelassen.«

»Mein Gott, ich werde es genießen, dir den Arsch aufzureißen«, sagt Dan.

Ryan sieht sich um, zur Seite, in alle Richtungen, aus denen eine Armee anrücken könnte. »Hübsche Pillen hattest du da, Dan«, sagt er. »Was würde Shakespeare wohl dazu sagen?«

Es entsteht die Pause, auf die er gezählt hat.

»Ich bring dich um, Cusack«, sagt Dan. »Lange bevor du losquatschen kannst. Verstanden?«

Ryan streckt sich. »Weißt du, ich bin deiner Alten heute Abend hinterhergefahren, weil ich dachte, dass du die Catalyst-Einnahmen beiseiteschaffst. Aber hatte ich eine Ahnung, dass ich da so viel finden würde? Hatte ich eine Ahnung, dass du so eine verdammte, irre Drecksau bist, das alles zu inszenieren? Jetzt verstehe ich es, Mann. Ich hab dich durchschaut.«

»Du kannst es dir ruhig auf deinen grandiosen Schlussfolgerungen bequem machen, Cusack! Du weißt viel weniger, als du denkst.«

»Was bleibt da noch zu wissen, Dan? Du hast die Pillen geklaut, hast Pender die Sache in die Schuhe geschoben und das alles vor Shakespeare verheimlicht. Was fehlt da noch, hm?«

»Komm zu mir«, sagt Dan, »dann kann ich dir noch sehr viel mehr Informationen geben.«

»Darauf habe ich keinen großen Bock, um ehrlich zu sein.«

»Du meinst, ich kriege dich nicht? Dann werde ich es an deinen Leuten auslassen. Ich räuchere deinen Daddy aus, oder …«, als käme ihm dieser Gedanke gerade in diesem Moment, »sind deine Schwestern nicht mittlerweile alt genug, um die Beine breit zu machen?«

»Weißt du, Mann, bis heute habe ich gedacht, dass du ein

Mensch und kein Tier bist.« Ryan stopft das Geld ins Handschuhfach und legt sich die Finger an die Kehle. »Aber jetzt weiß ich es besser. Wenn du willst, dass wir die Sache auf irgendeine Art zu Ende bringen, dann lass es uns tun.«

»Guter Junge. Aber denk dran, das wird tatsächlich das Ende sein. Eine Exekution. Glaub nicht, dass du dich da rauskaufen kannst. Und mein Geld bringst du besser mit.«

»Was ist mit den Pillen?«

Eine weitere Pause. Shakespeare ist bei ihm, daran besteht für Ryan kein Zweifel.

»Wir bringen es zu Ende«, sagt Ryan, »und es wird uns beiden gerecht werden. Glaub nicht, dass ich Shakespeare verheimlichen werde, was du gemacht hast. Als könnte dir überhaupt noch jemand trauen, nach dem, was mit Pender passiert ist.«

»Niemand wird auf deine Geschichten hören, mit denen du in der Scheiße rührst, Cusack. Und für jede von ihnen werde ich einen in Karines Fotze rammen, und ich schwöre dir, Ryan, Hand aufs Herz, sie wird es nicht mögen. Es liegt an dir, ob auch sie leiden wird. Sagen wir … in einer Viertelstunde?«

Ryan legt das Telefon zur Seite und lässt den Motor an.

Wie gefordert setzt Ryan den Wagen in die Einfahrt seines Vaters, wo Shakespeare an der Gartenmauer eines Unschuldigen steht, die Hände in den Taschen, und der Wind Muster ins Laub hinter ihm treibt. Ryan geht zu ihm, und Shakespeare legt ihm die Hände auf die Schultern, schiebt sie ihm unter die Arme, streicht über die Brust und an den Seiten herunter. Hinter ihm ist das Zuschlagen einer Autotür zu hören. Ryan dreht den Kopf und sieht Dan, der ihm an den Kragen will.

Shakespeares Hände gleiten über die Pistole hinten in Ryans Bund. Dann fuchtelt er mit einer zweiten Waffe herum, hält sie hoch, um sie Dan zu zeigen, und steckt sie zurück, wo immer er sie herhat.

»Er ist sauber«, sagt er mürrisch.

Dan schluckt die Lüge.

»Wo ist mein Geld?«

Ryans Antwort kommt Sekunden zu spät, was Dan schlecht aufnimmt. Er geht Ryan an die Kehle, noch bevor der seinen Satz beenden kann, dass er das verdammte Geld nicht kriegt.

»Was, glaubst du, passiert, wenn du es nicht zurückgibst, Cusack?«, sagt er, die Faust an Ryans Luftröhre. »Ich reiß dir hier auf der Stelle die Innereien raus und fackle das Haus deines Vaters ab, und wenn er überhaupt was davon mitbekommt und rausguckt, wird er nur noch sehen können, wie du verblutest.«

Shakespeare, der Ryan die im Bund versteckte Waffe gelassen hat, mag die Vorstellung nicht, dass Dan versucht, jemanden an Ort und Stelle auszuweiden, und zwingt einen Arm zwischen die beiden. »Wir bleiben bei unserem Plan.«

»Wir machen gar nichts, bevor ich mein Geld nicht zurückhabe«, sagt Dan so nahe an Ryans Gesicht, wie es ihm Shakespeares Druck gegen die Brust erlaubt.

»Wir finden das Geld schon!«, zischt Shakespeare. »Nehmen wir mal an, dass er es bei seinem Alten gebunkert hat, und wenn das nicht der Fall ist, bin ich sicher, dass er es uns erzählt, damit wir Tony C nicht gleich nach ihm unter die Erde schicken. Du hast ihm gesagt, dass er sich nicht freikaufen kann. Bleib dabei, wir lassen keine verdammten Leichen auf offener Straße zurück!« Dann zu Ryan: »Setz dich ins Auto«, und Ryan weiß, er muss ihm noch nichts von den Pillen sagen, weil Shakespeare bereits entschieden hat, wer hier als Sieger den Platz verlassen soll.

Der Wind fährt in Dans Mantel. Er scheint von den Knien bis zum Hals hinauf zu zittern. Ryan denkt, dass Dans Leben jetzt in seinen Händen liegt und nicht andersrum. Er bittet ihn inständig: »Wir können das immer noch klären.«

»Das ist erbärmlich«, ist Dans Antwort darauf. »Einfach erbärmlich.«

Shakespeare stößt Ryan auf den Rücksitz des Civic. Dan setzt sich auf den Beifahrersitz. Ryan blickt in die vorbeiziehende Dunkelheit hinaus, während Dan ihn verhöhnt, bedroht und mit Szenarios füttert: Wo er annimmt, dass Ryan sein Geld versteckt hat, wie er vorhat, es sich zurückzuholen. Ryan ignoriert ihn. Er versucht, alle Drohungen zur Seite zu schieben, indem er harte, schnelle Entscheidungen fällt. Er versucht seinen Weg zurück nach Hause zu planen … Und Dan macht immer weiter. Ryan kann nicht tun, was Shakespeare von ihm erwartet. Wahrscheinlich nicht. Unmöglich. Die einzige Lösung wäre, dass Dan sich beruhigt, um Ryans Rat zu hören. Genauso unwahrscheinlich. Dan erklärt, dass er Ryan durch seinen Bruder ersetzen wird, der sicher genauso gut darin ist, mit harten Italienern zu verhandeln. Ryan fängt seinen Blick wieder auf.

Shakespeare nimmt die bekannte Straße aus der Stadt heraus und fährt nach Norden in Richtung Waldgebiet.

Ryans Schweigen hat Folgen. Dans Mund zuckt, sein Kopf neigt sich, die Warterei nagt an ihm. Er will unbedingt die Geschichte über die geklauten Pillen geradebiegen. Das und nichts anderes.

Als sie in den Waldweg einbiegen, sagt Ryan schließlich: »Ich glaube nicht, dass sich das nicht einrenken lässt.«

»Da liegst du falsch. Meine Geduld ist am Ende, Cusack. Glaub ja nicht, dass dein kleiner Diebstahl alles war, womit du mir geschadet hast. Womit dein Leben mich ärmer macht. Oder hältst du mich für so bescheuert zu glauben, dass du Phelan nicht von den Italienern erzählt hast?«

»Das habe ich«, sagt Ryan.

Sie steigen aus. Der Wind weht Ryan einen feinen Nieselregen unter den Kragen. Ein Tropfen bildet sich an seiner Nasenspitze. Shakespeare hat eine Taschenlampe. Das Licht reicht kaum aus. Dan will, dass sie sich etwas weiter vom Weg entfernen. Nicht so weit wie beim letzten Mal, sagt er zu Ryan, weil ein Mann nicht müde sterben sollte. Wenn Ryan denn ein

Mann ist. Dan kommt ins Grübeln und fragt sich, warum er so lange gebraucht hat, um zu erkennen, dass Ryan ein Krebsgeschwür auf zwei Beinen ist, ein Lügner, genau, ein Lügner, aus Angst, Shakespeare könnte den Enthüllungen glauben, mit denen Ryan jetzt jede Minute herauskommen muss.

Aber Ryan sagt nichts.

»Okay«, sagt Dan. »Das muss reichen.«

Außer dem Lichtkegel von Shakespeares Taschenlampe und dem Schimmer von Dans Handybildschirm gibt es kein Licht. Kohlestücke zwischen tiefschwarz aufragenden Nadelbäumen, das ist alles, und selbst das nur durch den Nebel auf Ryans Lidern und Wimpern. Es wäre kein schlechter Ort zum Sterben, wenn man denn sterben wollte.

Dan geht zwischen Ryan und Shakespeare, und Shakespeare führt den Lichtkegel vor ihm her.

»Wir können das regeln«, sagt Ryan ruhig, wobei der Klang seiner Worte knarzende Äste und den heulenden Wind übertönt.

»Schwachsinn!« Dans Wut springt aus den Schatten und verfängt sich in Ryans Atem. »Scheiße, willst du mich provozieren oder machst du dir tatsächlich was vor? Wenn es das Erste ist, dann lass es. Glaubst du nicht, dass das jetzt das Schlimmste ist, was ich je erledigen musste?«

»Was, schlimmer noch als der Probelauf am letzten Wochenende?«

»Halt dein vorlautes Maul.« Dan packt Ryans Kinn und kommt ihm mit seinem Gesicht sehr nahe. »Scheiße, Ryan. Sieben verdammte Jahre lang war ich dein Mentor und dein Freund. Hast du eine Vorstellung davon, was das hier für mich bedeutet?«

Ryan sollte eine Hand über seiner Pistole behalten, aber jetzt braucht er beide, um sich von Dans Fingern zu befreien. »Für dich? Du hast mir die Seele aus dem Leib geprügelt, Dan. Du hast mir eine Pistole an den Kopf gedrückt. Du hast mir mein

Geld weggenommen und mich zu Sachen gezwungen, für die ich nie auch einen Penny gesehen habe, und ich soll dich bedauern?«

»Was sonst hätte ich tun sollen, Junge? Du hast einen Narren aus mir gemacht, und hast du deine Strafe wie ein Mann angenommen? Nein, du rennst heulend zu deinem Kumpel J. P., damit er sich in alles reindrängen kann, was ich mir hart erarbeitet habe. Was soll ich dazu sagen? Wegen dir muss ich in den Krieg ziehen, du soziopathisches Arschloch.«

»Ich bin ein Soziopath? Ich habe Pender nicht umgebracht wegen …«

»Genug!«, brüllt Dan, und leiser dann, nachdrücklicher: »Ich werde den letzten Rest Leben aus dir rauspressen, bis nichts mehr davon da ist, und das nur, weil du mich dazu zwingst.« Sein Griff wird fester, und Ryan zieht fester an seinen Fingern und sagt ihm mit der Luft, die ihm bleibt, dass er für ihn tun wird, was er kann, bei Phelan, und auch wenn die Sache ziemlich verkorkst ist, sie lässt sich so weit in Ordnung bringen, dass alle gut da rauskommen. Er schwört, sie kommen beide da wieder raus. Er hat noch kein Wort gegen ihn gesagt.

»Droh mir nicht!«, bellt Dan und drückt immer fester zu. Ryan kennt Dans Züge, die jetzt im Dunkel verborgen bleiben, nur zu gut: das Grau in seinen Augen, seine Haare und diese Stimme, die für gewöhnlich so gefasst wirkt. Wenn er Ryan auf die Schulter klopft oder sie leicht schüttelt, wenn er nickt und all den Scheiß versteht, den Ryan gemacht hat, da er ihn fast so gut kennt, wie Karine ihn kennt. Ryan ist noch längst nicht bereit, einen weiteren Vertrauten zu verlieren. *Ich will mein Kind nicht in eine Stadt hineingeboren sehen*, denkt Ryan, und dieser Gedanke erstaunt ihn, *in der es uns nicht beide gibt. Ich will keine Welt des Bedauerns und des Verlustes. Ich will nicht, dass mein Baby mich fragt: Dad, wen hast du verloren, bevor du mich gefunden hast?*

»Himmel, Dan, zwing mich nicht dazu.«

»Du tust gar nichts mehr …«

Wenig können Bäume und Wind tun, um den Schuss zu schlucken. Dans Augen weiten sich. Sein Gewicht stößt Ryan zurück. Ryan stolpert über die eigenen Füße und landet auf dem Hintern. Er kratzt sich die Hände auf, schlägt sich einen Ellbogen an. Dan fällt ungestützt, seine Knie treffen als Erstes auf die Erde, dann kracht er auf die Seite, rollt auf den Bauch. Er macht ein heiseres, ratterndes Geräusch. Seine Unterarme zucken. Ein noch tieferes Dunkel breitet sich auf der linken Seite seines Mantels aus. Shakespeare jagt Dan eine zweite Kugel in den Kopf.

»Himmel, Cusack«, mokiert er sich. »Du bist wirklich zu nichts zu gebrauchen.« Ryan rappelt sich hoch, beide Hände gegen einen Baumstamm gedrückt. Er bewegt sich weiter zurück. Seine Lippen öffnen und schließen sich, ihm stockt der Atem. In seinen Augen brennen Tränen und der Schock. Es könnte auch der Regen sein.

»Wenn ich daran denke, dass ich Angst hatte, du würdest ihn schon im Wagen wegblasen«, sagt Shakespeare.

Ryan kehrt der Szene den Rücken und geht davon.

»Hey!«, sagt Shakespeare. Er klingt amüsiert. »Was denkst du, wohin du willst? Wir haben noch einiges zu tun.«

Ryan entschließt sich, sich an einen Baum zu lehnen. Sein Herz schlägt weiter. Seine Lunge füllt und leert sich. Sein Ellbogen schmerzt.

25

Es gibt einen letzten Ruheplatz für Dan, und zwar dort, wo er Ryan begraben wollte. So viel zu den Einzelheiten, während Ryan und Shakespeare ein provisorisches Arrangement aus Erde und Ästen fertigen. Shakespeare sagt ihm, er übernehme den Rest und dass Ryan zurück in die Stadt müsse. Sie sitzen im Civic. »Dans Auto steht irgendwo in der Stadt. Da darf es morgen früh nicht mehr sein«, sagt Shakespeare. »So einfach ist das.«

»Was soll ich damit machen?«

»Es zu seinem verdammten Haus fahren natürlich.«

»Zurück zu seinem Haus? Was ist mit Gina?«

»Gina ist ein Risiko, das du auf dich nehmen musst.«

Ryan setzt sich auf den Platz, den Dan eben erst frei gemacht hat, nickt dessen Mörder zu und ist zu nichts anderem in der Lage, bis sie zurück in der Stadt sind. Als sie in die Old Youghal Road biegen, sagt er: »Was machen wir jetzt?«

»Ich dachte, das ist klar, Cusack? Ich fahre noch mal hin und beende, was wir angefangen haben. Du bringst das Auto zurück.«

»Ich meine, danach. Ich meine …«

»Du meinst, was für 'ne Art von Totenklage angemessen ist? Scheiße, Cusack. Keine. Nichts.«

»Ich hätte einen Ausweg finden können.«

»Nein, konntest du nicht. Schlag dir das aus dem Kopf, Junge, bevor es sich da festsetzt. Es war er oder du.« Er schnauft. »Man hätte meinen können, du würdest mir danken.«

Die Lichter schleichen sich heran. Sie fahren in eine Welt voller flaumiger, grauer Silhouetten, eine Stadt, die gerade erst dem Meer abgewonnen scheint. Am Kai hält Shakespeare an und gibt Ryan Dans Schlüssel. Das Gewicht von sieben Jahren, alles, was davon noch übrig ist, liegt darin.

»Das ist so verdammt lächerlich«, sagt Ryan leise.

»So geht das Spiel, Junge.«

»Er hätte nie gedacht, dass du mir meine Pistole lässt. Diese Vorstellung, er hätte sie für lächerlich gehalten.«

Shakespeare sieht durch die Windschutzscheibe. »Hör zu.« Er rückt etwas zur Seite. »Es ist so gekommen, wie es kommen musste. Es sind Entscheidungen getroffen worden, schwerwiegende Entscheidungen. Du bist noch da, und wenn du auch weiterhin noch da sein willst, hältst du besser den Mund. Lass dir was sagen, Junge. Wie ich das sehe, wirst du der Hauptverdächtige sein, und du bist nicht halb so unersetzbar, wie die denkst.«

»Wie meinst du das?«

»Ich meine, Cusack, dass du runterschlucken musst, was da immer an dir nagt und die Oberhand zu gewinnen droht. Wenn die Bullen von der Sache Wind bekommen, werden sie dich dafür festnageln.«

»Warum mich?«

»Ich hab dir deine Pistole mit gutem Grund gelassen, Cusack. Dass du es warst, macht am meisten Sinn.«

Das zerstört Ryans Fähigkeit, sich mit Energie um alles Weitere zu kümmern. Lange noch steht er im Nieselregen auf dem Fußweg, wo Shakespeare ihn abgesetzt hat, mit den Schlüsseln in der Hand.

Er findet Dans Auto unten beim College of Comm, bringt es zurück zu seinem Haus und parkt möglichst weit von der Haustür entfernt, nachdem er die Fernbedienung für das Tor zwei Mal fast hat fallen lassen. Er geht so schnell wie möglich davon, und seine Schultern und sein Nacken sind so heiß, als würde ein Scheinwerfer auf sie niederbrennen. Es dauert eine

Stunde, bis er zurück bei seinem eigenen Auto ist, und das Licht ist schon so hell, wie es an diesem nebligen Märzmorgen werden wird.

Er fährt nach Hause, um zu duschen und so zu tun, als ruhte er sich aus. Er liegt auf seinem Bett und starrt an die Decke.

Nach einer Weile steht er auf, tritt ans Fenster und starrt in den Regen. Er spürt, wie sich der Schmerz über seinem linken Ohr ausbreitet. Er ruft Phelan an.

Phelan antwortet erst beim vierten Mal.

»Mr. Cusack«, sagt er, hart, leise.

»Ich habe etwas Geld aufgetrieben«, erklärt Ryan dem Nieselregen draußen. »Ich verschwinde.«

»Wohin?«

»Mich im Ihre Interessen kümmern, wie ich es gesagt habe. Warum? Glauben Sie, ich hätte meine Meinung geändert?«

»Bei dir weiß man nie, Cusack. Du bist nicht immer so verlässlich, wie du sein solltest.«

»Was soll das heißen?«

Phelan reagiert übertrieben, wie einem Kleinkind gegenüber: »Das heißt, dass ich mir die Frage stelle, ob ich nicht Shakespeare mit dir schicken soll, für den Fall, dass du auf die Idee kommst, dich vor deinen Aufgaben zu drücken.«

Dazu kann Ryan nichts mehr sagen. Er ruft Shakespeare an, der zwei Mal nicht rangeht, bevor er antwortet. Schlaf und Ärger füllen seine Stimme, er hat keine Probleme abzuschalten.

»Was ist?«, fragt er, unverfroren, gleichgültig.

»Ich hab's gemacht.«

»Nun, es war nötig. Es gab keine Möglichkeit, das anders zu regeln. Musst du beruhigt werden? Ich habe meinen Teil auch erledigt.«

»Was ist mit seiner Alten?«

Ryan meint Gina. Shakespeare versteht das gleich. »Ich rede mit ihr.«

»Das hast du noch nicht gemacht?«

»Willst *du* mit ihr reden?« Er nimmt Ryans Schweigen als ein Nein. »Dann reiß dich verdammt noch mal zusammen. Nach dem Ding in Bandon ist der Scheißer abgehauen. Er kommt bestimmt zurückgeschlichen, nachdem er sich ein paar Monate in Spanien weggeduckt hat.«

»Aber was ist mit mir? Sie war da, als ich das Geld abgehoben habe.«

»Du hast nur genommen, was dir gehört? Dann wird ihr gesagt werden, dass es damit nichts zu tun hatte. Und wenn sie es nicht glaubt …«, Shakespeare lacht, »nun, das ist dein Problem. Du bist noch da und kannst es klären, das ist die Hauptsache.«

Ryan hat nicht daran gedacht, dass Shakespeare nichts von seinen Italien-Plänen weiß. »Ich habe nicht vor, hier noch länger herumzuhängen«, sagt er.

»Du bleibst hier, Junge. Wir müssen mit dem neuen Mann etliches umstrukturieren. Ohne deine Kontakte kriegen wir das nicht hin. Du musst dabei sein.«

»Wie viel, meinst du, wird er dich umstrukturieren lassen, Mann?«

Shakespeare lacht. »Du glaubst, diese Welt ist irrational, aber das stimmt nicht, Cusack.«

»Ich habe das sichere Gefühl, dass das, was geschehen ist, so geschehen ist, weil es dem neuen Mann auf diese Weise in den Kram passt. Entscheidungen sind getroffen worden, das hast du doch gesagt. Meintest du das nicht? Von ihm? Er hat mir grade erzählt«, sagt Ryan, »dass er dich gestern Abend zu mir geschickt hat. Was bedeutet, dass du nur seine Befehle ausgeführt hast. Was bedeutet, dass es nicht um eine Umstrukturierung geht, sondern um eine Übernahme.«

»Eine Allianz«, verbessert ihn Shakespeare. »Einen anteiligen Weg in die Zukunft. Wie kommt es, dass du mich immer noch unterschätzt?«

»Er hätte dein Freund sein sollen, Mann.«

»Ein Freund, der keine Probleme damit hatte, mir zu misstrauen, nachdem ich ihn zehn Jahre gestützt, ihm die Treue gehalten und seine Fehler wiedergutgemacht habe.«

Ryan beendet das Gespräch und überlegt, welche Rolle Shakespeare ihm zugedacht hat. Er nimmt an, dass Shakespeare Dan als Chef ihrer dürren Truppe ersetzen will und davon ausgeht, dass Ryan sich von ihm ficken lässt.

Er zieht sich wieder an und packt das Nötigste in eine Tasche: ein paar Sachen zum Wechseln, beide Pässe, seinen Laptop. Er teilt seinen Gewinn auf: einmal vierzig, einmal fünfunddreißig Riesen.

Ryan fährt zu Maureen und sagt: »Ich hab's versaut, Maureen. Ich hab's versaut.«

»Du hast was?« Sie führt ihn zum Sofa und nimmt ihm den Rucksack ab. »Willst du es mir nicht erzählen?« Ryan hat nur noch tief verborgene Wahrheiten. Shakespeare hat Dan umgebracht und Ryan damit die Zunge rausgerissen. Ryan hat Dan vor sich sterben sehen, aber keine Worte, um sich von dieser Last zu befreien.

»Ach, Mensch«, sagt Maureen und legt beide Arme um ihn.

Ryan verbringt die Nacht in Maureens Wohnung, ohne dass ihr Sohn davon weiß. Er bespricht den nächsten Tag mit Natalie: Ryan wird den Zug nach Dublin nehmen, und sie trifft ihn am Bahnhof Heuston. Zwischendurch döst er, trinkt Tee und isst die Pommes, die Maureen ihm holt. Am Ende schläft er ein. Falls er träumt, erinnert er sich hinterher nicht daran. Er wacht früh am Morgen auf, vor ihr, und hinterlässt eine Nachricht für sie, hinten auf einem Briefumschlag, den er auf den Kaffeetisch legt: *Danke für alles. Falls Jimmy nach mir sucht, sagen Sie ihm, dass ich ihn anrufe. Alles wird gut.*

Es gibt viel zu tun und nur wenig Zeit. Ryan erwischt seinen Cousin, bevor er zur Arbeit geht. Joseph reagiert eher unwillig auf Ryans vage Geschichte und seine, *mal ganz offen gesagt, ab-*

gefuckte Gemütsruhe. Auch darauf, dass Ryan ihm die Miete für den Rest des Jahres gibt. Trotzdem nimmt er das Geld an. Ryan verspricht ihm, dass er ihm alles, was in der letzten Woche passiert ist, erzählt, wenn er wieder einen klaren Kopf hat. Joseph nimmt irrtümlich an, dass Neapel ein guter Ort ist, wo ein Mann seinen Kopf klar kriegt.

Ryan fährt nach Hause zu seinem Vater.

Cian kommt an die Beifahrertür und setzt sich neben ihn. Sie rauchen eine.

»Alles okay, Mann?«, fragt Cian.

Ryan betrachtet durch die Windschutzscheibe sein Zuhause. Beton mit Reifenspuren, Trampelpfade durchs Grün, Verunstaltungen, die so wenig mit den hellen Ziegelwänden harmonieren wie Ryan und Cian mit den Nachbarn, die vorbeitrotten und zu den beiden reinstarren … *die beiden ältesten Cusacks, da wächst was ran, denen gehst du besser aus dem Weg.* Er sagt zu Cian: »Dieses scheiß Spiel ist verrückt. Ich bin durch damit, und du auch.«

»Was ist passiert?«

Ryan antwortet nicht, sondern schüttelt nur den Kopf. Er sagt Cian, dass er ein paar Monate aus Cork verschwindet und dass Cian mit der ganzen Scheiße aufhören soll, die er im Dunstkreis seiner eigenen Riesenscheiße betreibt.

»Ich meine das ernst, Mann.«

»Okay«, sagt Cian, und er meint es auch ernst, und Ryan denkt, wie übel die Dinge für seinen Bruder aussehen müssen, wenn er ihm genauso antwortet, wie er es will.

Er sagt ihm, was er zu tun hat. Cian soll Colm McArdle eine bestimmte Summe geben, eine Investition in eine große Sache, die Ryan einst ermöglicht hat. Eine weitere Summe soll er verstecken und nur im Notfall darauf zurückgreifen, so wie für Strom- und Wasserrechnungen. Ihr Vater darf auf keinen Fall wissen, wo das Geld ist. »Natürlich nicht«, sagt Cian. »Hältst du mich für blöd oder was?« Ryan sagt ihm, dass Joseph am Abend den GTI holt und strenge Anweisung hat, ihn nicht an Cian auszuleihen. »Ach, wie übel«, beschwert sich Cian, und Ryan sagt, er habe keinen Bock, dass sein kleiner Bruder den Wagen um einen Baum wickelt oder er ihn rauspauken muss, wenn er ohne Versicherung erwischt wird. »Na, super«, schmollt Cian.

»Ich bin sicher August wieder hier«, sagt Ryan.

»Warum August?«, fragt Cian.

»Hat Dad dir's nicht erzählt?«

»Hat er«, sagt Cian. »Ich hatte nur gehofft, dass du es auch mir sagst.«

Karine kommt in Pyjamahose und Hemd an die Tür bei ihren Eltern, und Ryan kann es sehen, yeah, sein kleiner Kerl sitzt genau da.

Sie begrüßt ihn nicht. Sie schimpft nicht. Sie schauen sich an, dann senkt sie den Blick und lässt ihn herein.

Karine führt ihn in die Küche und fragt, ob er etwas gegessen hat, und er spürt, wie ihm die Gesichtszüge entgleiten, aber Himmel, nein, er darf hier jetzt nicht die Fassung verlieren. »Alles okay«, sagt er, und sie: »Sicher? Ich hätte Toast …«

»Ja, sicher.« Ihm gelingt ein Scherz. »Du bist die, die für zwei essen muss.«

Sie sind allein im Haus. Der Schaden, den Ryan und Karine hier anzurichten vermochten, als er noch etwas Unbeschwertes hatte, und die Fetzen, die sie von den Wänden der Welt rissen, das alles machte ihre Zuflucht in diesem Haus nur noch heimeliger.

Sie geht und wartet in der Küche, und Ryan sagt zu ihrem Rücken: »Ich fahre nach Neapel. Heute Abend Dublin, morgen der Flug.«

Sie dreht sich um. »Ist das das Beste für dich?«

»Ja, und äh …« Er schiebt die Hände in die Jeanstaschen. »Was ich dir vorher sagen muss.«

Sie verschränkt die Arme, und ihre Ernsthaftigkeit macht Karine noch schöner. Wie sie die Lippen aufeinanderpresst, das

Kinn vorschiebt. Sie verschränkt die Arme, und sein Herz fängt an, wie wild zu schlagen. Sie verschränkt die Arme wie vor sechs Jahren auf dem Stück Gras mit den Büschen, wo sie sich zum ersten Mal geküsst haben. Sie versteckte die Hände, hob ihre Brust und sagte: »Es ist kalt«, und er legte ihr seine Hände unten auf den Rücken …

»Natalie hat gefragt, ob sie mitkommen kann, und ich habe zugestimmt. Es war dumm von mir zu sagen, dass sie ein Fehler war, oder so zu tun, als wäre das alles nur aus einer Laune heraus passiert. Ich habe es, ich habe das alles bewusst getan.«

Sie verengt das rechte Auge fast zu einem Blinzeln.

»Ich gehe also nach Neapel«, sagt Ryan, »und kümmere mich da um die andere Geschichte, die ich angezettelt habe. Bis August bin ich mit dem ganzen Mist durch. Du wolltest, dass ich aussteige, und ich habe gesagt, das geht nicht über Nacht, und das war nicht gelogen. Aber einen Teil habe ich schon geschafft, und bis August bin ich ein anderer. Nicht mehr derselbe wie jetzt. Ich schwöre es. Ich weiß, es ist zu spät für uns, aber … Ich will es besser machen als mein Vater.«

Sie holt Luft, als wollte sie etwas sagen, atmet aber wieder aus.

»Ich bring das in Ordnung.« Es brennt ihm in der Kehle. »Wenn kein Weg daran vorbeiführt, muss man mittendurch.«

Sie kommt zu ihm, und wenn sie ihn küssen und ihm tief in die Augen blicken würde, würde sie ihn abhalten. Er kann nicht gehen, wenn sie nicht mitspielt. Sie sagt: »Nun, dann hast du fünf Monate Zeit, Ryan.« Er willigt ein. Fünf Monate Buße, eine Wiedergeburt für eine Geburt.

Vielleicht schafft er es ja nicht. Aber er schuldet ihr, es zu versuchen.

Es gibt eine letzte Sache, für die er das Auto braucht. Er versteckt die geklauten Pillen unter dem Sitz und fährt zum Haus in der Watercourse Road, das Dan als Versteck gemietet hatte.

Nachdem er eine Handvoll rausgenommen hat, steckt er die Beutel in eine Kohlenkiste, die er hinten im alten Gartenschuppen gefunden hat, setzt sich zurück ins Auto und schreibt Joseph, wann sein Zug geht. Er bittet ihn, sich die Schlüssel zu holen, und ja, wenn er mag, könnte er ihm einen letzten großen Gefallen tun und vielleicht ein zwölfhundert Euro teures Werkzeug für ihn verstecken, wenn er es nicht mehr braucht.

Dann setzt er eine Kappe auf, zieht sich die Kapuze über den Kopf und geht zu einem Treffen mit Shakespeare, der meint, er wolle ein paar Sachen klären und dass er ein Update von Gina hat. Im Übrigen gebe es Pläne, in die er Ryan einweihen will.

Shakespeare sitzt in einem Pub, hinten beim Spielautomat, in respektvollem Abstand von einigen seiner Leute flankiert, und Ryan ist sicher, dass er sie riechen kann: ihre Mordlust, ihre Hast und merkwürdige Energie.

»Ich mach mich davon«, sagt Ryan.

»Habe ich dir nicht gesagt, dass du nirgendwohin gehst, Junge?« Aber Shakespeares Steifheit verrät ihn. Weder er noch einer von seinen Jungs hat eine Waffe dabei, aber Ryan hält eine in der Hand und richtet sie auf Shakespeares Kopf.

»Ich habe mir schon gedacht, dass dir das nicht gefällt, und ich weiß, du würdest es nicht ertragen, wenn ich versuchen würde, dich zu überzeugen. Deshalb bin ich hier, um dir die Wahl zu geben. Ich lasse zu viel zurück, worüber du mich kriegen kannst, deshalb müssen wir uns unter bestimmten Bedingungen trennen. Also, entweder du bist mit dem, was ich dir anbiete, einverstanden, oder ich mach mit dir jetzt, was du mit Dan gemacht hast. Wir beenden unsere Geschäftsbeziehung heute, egal wie du dich entscheidest.«

»Hier«, lacht Shakespeare, »in einem verdammten Pub, in deinem eigenen Hinterhof, am helllichten Tag?«

»Frag dich mal, Shane, was habe ich zu verlieren?«

Keiner von den Jungs rührt sich, trotzdem hebt Shakespeare eine Hand, um sie zu beschwichtigen.

»Ich wollte mit dir reden«, sagt Shakespeare, »weil ich weiß, dass du viel mehr hast mitgehen lassen als deinen fairen Anteil. Fünfundsiebzig, sagt Gina. Wie viel gehören dir davon, Cusack? Zwanzig? Denkst du ernsthaft, ich lass dich mit fünfundfünfzig von meinem Kapital ziehen?«

»Ja, das tue ich.«

Ryan dreht die linke Hand, sodass Shakespeare endlich genau hinsieht.

»Erkennst du die?«, fragt Ryan.

Der Knoten in seinem Hals hüpft auf und ab, während er auf Shakespeares Reaktion wartet, und sie kommt, ein leichtes Stirnrunzeln, als er begreift, dass das, was Ryan ihm da zeigt, einen Sinn ergibt. Ryan lässt ihn nahe genug herankommen, dass er das Logo sieht. Er erkennt es so schnell, wie Ryan es erkannt hat.

»Wo sind meine Pillen, Cusack?«

»Das werde ich dir sagen, Mann. Ich will sie nicht.«

»*Du* hast sie geklaut?«

»Wohl kaum. Dan hatte sie. Gina hatte sie.«

Shakespeares Augen werden wieder enger. Seine Jungs rühren sich immer noch nicht. Vorne aus dem Schankraum dröhnt immer noch das Radio.

»Du sagst mir, wo die Pillen sind …«, Shakespeares Stimme wird von einem Knurren zu einem Flüstern, »und ich lass dich mit dem Geld ziehen? Willst du mich verarschen?«

»Ich nicht, aber du verarschst dich selbst, wenn du glaubst, dass Dan die Knete für dich auf die Seite geschafft hat.«

»Hat er nicht«, sagt Shakespeare. »Aber ich nehme sie mir trotzdem.«

»Dann also die Kugel. Oder du nimmst mein äußerst großzügiges Angebot an und akzeptierst, dass wir quitt sind, und zwar auch noch, wenn ich zurückkomme. Die Pillen bringen genug Geld ein. Du hast deine eigene Mannschaft, kriegst deinen Sündenbock, einen Teil des Italiengeschäfts, und du lebst, Mann, was nicht mehr alle von uns von sich behaupten können.«

Shakespeare versucht Ryans Blick mit dem eigenen niederzuzwingen, und als er damit keinen Erfolg hat, sieht er nach rechts und links und überlegt, wer noch im Spiel ist und was der tun könnte.

»In Ordnung«, sagt er. »Abgemacht. Sag mir, wo die Pillen sind.«

»Erst wenn ich auf dem Bahnsteig in der Kent Station stehe, Mann, und wir uns auf die Socken machen.«

Shakespeare lacht. »Himmel«, sagt er und fährt sich mit der Hand über das Kinn. Er tritt ein Stück zurück, und seine Jungs atmen durch, als er ihnen mit der Hand ein Zeichen gibt.

»Du bist eine harte Nuss, Junge«, sagt er zu Ryan, und sosehr es ihn schmerzen muss, er kann nicht anders und lächelt.

Hier gibt's keine Musik. Keine Decks, keine Keyboards, keine Klaviere. Keinen Platz dafür in meinem Kopf. Mir juckt es in den Fingern, aber ich kann mich nicht entspannen, die Schultern fallen lassen, den Hals dehnen. Ich kann mir allerdings nicht vorstellen, dass mich deswegen jemand bedauert, nicht nach allem, was ich getan habe, und meine Klagen sind ja letztendlich auch ziemlich kleinkariert, oder?

Natalie hält durch. Wir haben Ende Juni, und sie ist immer noch in Neapel in dieser Mietwohnung, fünfzehn Minuten vom Haus deiner Eltern entfernt. Sie fand es toll, dass ich eine Wohnung mit Balkon gemietet hatte, und stellte sich vor, dass sie abends draußen sitzen, Wein schlürfen und auf die Bucht hinaussehen würde. Die sieht man aber nicht, nur andere Wohnungen. Ich habe versucht, sie zu warnen, doch sie hat nicht auf mich gehört, und als sich bewahrheitete, was ich gesagt hatte, hat sie ihren Frust runtergeschluckt. Darin wird sie immer besser.

Sie hat deine Mam enttäuscht. Meine Nonna hat sich gefreut, mich zu sehen, war aber entsetzt über den Grund. Ich meine, natürlich habe ich ihr nicht von meinem Netzwerk und meinen Erkundungen erzählt, die mich in die Innenstadt bringen oder bis runter nach Salerno. Soweit sie weiß, bin ich nur in Neapel, weil ich von August an, wenn ich Vater werde, nicht mehr die Möglichkeit habe, Urlaub in der Sonne zu machen, braun zu werden und was für mein Italienisch zu tun. Trotzdem. Ich bin kein Mann, wenn ich mir eine neue Frau nehme, kaum dass ich Karine geschwängert habe. Bis zum Gehtnichtmehr habe ich ihr erklärt, dass das Timing einfach ein übler Zufall war, aber das will sie mir nicht glauben. Ich mag ja ihr erster Enkel und im Grunde ein Guter sein, aber diese Sache? Das will sie mir nicht verzeihen.

Natürlich hat sie uns mit italienischer Gastfreundschaft empfangen, auch wenn sie für Natalie nichts als böse Blicke übrighatte, die Natalie, so wie sie ist, einfach hat von sich abprallen lassen.

Karine war richtig begeistert, als ich ihr das via FaceTime bei zwei Flaschen Bier auf dem Balkon erzählt habe. Sie konnte ihre Zufriedenheit darüber genauso wenig verbergen wie ihren Bauch. Sie hat einen spitzen Bauch, was ihrer Nana zufolge bedeutet, dass wir einen Jungen bekommen. Das muss mir keiner sagen. Es wird ein kleiner Kerl, das ist klar.

Karine nimmt zu, mein Vermögen auch. Dans zweite Lieferung ist durchgekommen, bezahlt von Dans Geld. Phelan hat sofort eine weitere Lieferung bestellt: eine Viertelmillion Pillen diesmal. Anfang des Monats musste ich ein Treffen für ihn arrangieren, und er wollte es von Chef zu Chef, und da sie hier überzeugt sind, dass Dan nur sein Bote war, der jetzt wahrscheinlich anderswo eingesetzt wird, sind die Camorristi auf Phelan geflogen wie Schmeißfliegen auf einen Scheißhaufen. Wieder sollten die Iren im Voraus zahlen, und wieder ging das Geld auf Dans Scheinkonto. Und Natalie hat zehn Prozent davon abgeschöpft und mir so weitere fünfundzwanzig Riesen verschafft.

Einmal hab ich zu ihr gesagt: Ich komm da nicht mit, Maestro, als sie einen ihrer Tricks mit verschiedenen Konten abzog. Du, hat sie daraufhin gesagt, musst dir deinen hübschen kleinen Kopf deswegen nicht zerbrechen. Du musst nur wissen, dass wir ein unschlagbares Duo sind. Schuldgefühle kennt Natalie nicht. Sie hat alles arrangiert: Auf dem Papier sind wir Unternehmer, Online-Investoren. Im Moment arbeitet sie mit Colm. Der Catalyst läuft weiter, ist gleichzeitig Fassade und Nutznießer ihres Superhirns.

Keine Schuldgefühle, nichts, obwohl sie die komplette Geschichte kennt. Sie weiß, dass Dan tot ist und Shakespeare ihn erschossen hat. Das hat sie eine Weile mit sich rumgetragen, dann aber die Kraft gefunden, es wegzuschieben. Bei allem ist sie so gut zu mir. Sie weiß, wie tief mich die Sache getroffen hat, und weil wir im Moment ein Team sind, kümmert sie sich um mich, und zwar richtig.

Hauptsächlich lässt sie mich schlafen, und ich kann mit Karine facetimen, so lange ich will, und wenn ich zurück nach Cork gehe, schwört sie, wird sie nicht herumstänkern.

Ich und Shakespeare reden nicht mehr, abgesehen von einem Gespräch nach der zweiten Lieferung. Er sagte, Gina ist vernünftig. Er hat ihr nicht erzählt, dass Dan tot ist, sondern angedeutet, dass er sich nach Penders Abgang dünngemacht hat, und klar, sie steckt da drin wie wir alle und will das Haus behalten, das Auto, die Geschäftsfassade, und so hält sie den Mund. Ich weiß von Phelan, dass sich Shakespeare als fähig erwiesen hat, sich seinen Lebensunterhalt zu verdienen.

Ich mach mir nicht die Mühe, Dan Briefe zu schreiben, aber ich habe Fragen, die ich seinem zornigen Geist stellen könnte, sollte er mir je auf die Pelle rücken. Zum Beispiel, ob er es hat kommen sehen? Und: Als du Pender das eine Mal allein in O'Connell's Pub getroffen hast, was hast du ihm da gesagt? Ich habe die Pillen, behalt die Ruhe und sag nichts, niemand wird dir ein Haar krümmen? Wann sollten sie wiederauftauchen? Warum sind sie nicht wiederaufgetaucht, als dir klar wurde, dass ich J.P. unsere Connection verraten hatte? Wolltest du mich umbringen und Shakespeare dann die Pillen präsentieren? Hör zu, Junge, Cusack hatte sie. Der Bursche hat wirklich Rosinen im Kopf.

Es macht mich verrückt. Die ganze Zeit denke ich darüber nach.

Ich hab's aufgeschrieben, zerrissen und verbrannt.

Hab's wieder aufgeschrieben und versteckt, nur für den Fall, dass mir etwas passiert und mein Dad meine Version der Geschichte braucht.

Es ist Ende Juni, und heute Abend habe ich vom Balkon aus mit Phelan telefoniert. Phelan ist von der ganzen Sache absolut begeistert. Er denkt drüber nach, auch in Großbritannien Pillen zu verkaufen, weil keiner da was ahnen würde. Die Pillen mischen alle Tanzflächen, Hauspartys und Beach-Raves in ganz Irland auf, und keiner scheint eine Idee zu haben, woher das ganze Zeugs stammt.

Niemand beschwert sich. Unter bestimmten Umständen nehmen die Straßendealer fünfzehn Euro pro Pille. Clubber kaufen ganze Rollen und betrachten es als Investition.

Und so hatte ich an zehn Prozent Schweigesteuer gedacht und wollte die nächste Lieferung zur letzten machen, mit der ich was zu tun habe.

Ich habe Phelan die Idee respektvoll vorgetragen, und Zirkusdirektor Phelan sagt: Scheiße, nein. Was bin ich anderes für ihn als ein Zirkuspferd mit äußerst beschränktem Repertoire, das nur wegen seines Stammbaums am Leben gehalten wird.

Es kann nicht ewig so weitergehen, erkläre ich ihm und sehe in den Hof hinunter, unter dem die Erde arbeitet. Ich fürchte, sie passt zu rastlosem Blut, diese neapolitanische Erde, und so weiß ich nicht, wann mein Blut aufgefrischt wird, ob ich dann tatsächlich ein anderer bin, so wie ich es Karine versprochen habe, oder ganz der Alte bleibe. Weil, weißt du was? Ich bin froh, dass ich lebe. Ich bin froh, dass es Dan erwischt hat und nicht mich. Und ich schäme mich, dass ich so froh darüber bin.

Die Sache geht so lange weiter, wie ich es will, sagt Phelan fast freundlich. Er ist in guter Verfassung. Im Gegensatz zu Dan und meinen Schwächen hat er einen festen Charakter. Du magst denken, dass du nur ein Diplomat bist, Cusack. Aber du bist mehr: nämlich ein Diplomat, der zu viel weiß. Warum sollte ich dich nicht dort halten, wo ich dich haben will?

Wann läuft mein Vertrag also aus? Und ich blicke über meine Schulter durchs Fenster, wo Natalie auf dem Sofa liegt, ihren Laptop auf dem Bauch, mit dem sie Zugriff auf das gesamte Netz unserer Missetaten hat, dessen Fäden sich durch ganz Europa ziehen.

Warum solltest du aus deinem Vertrag rauswollen?, lacht Phelan, der so viel über mich weiß und dem das alles scheißegal ist. Du wirst mich doch kaum hängen lassen, Ryan, wo du mir noch so viel schuldest. Habe ich dir nicht bereits das Leben gerettet?